SCIENCE FICTION

Herausgegeben
von Wolfgang Jeschke

Ein Verzeichnis der STAR TREK®-Serie
finden Sie am Schluß des Bandes.

ROBERT GREENBERGER

STAR TREK
THE NEXT GENERATION

DIE STRATEGIE DER ROMULANER

Star Trek®
The Next Generation™
Band 47

Deutsche Erstausgabe

WILHELM HEYNE VERLAG
MÜNCHEN

HEYNE SCIENCE FICTION & FANTASY
Band 06/5447

Titel der Originalausgabe
THE ROMULAN STRATAGEM
Aus dem Amerikanischen übersetzt von
UWE ANTON

Umwelthinweis:
Dieses Buch wurde auf chlor- und säurefreiem Papier gedruckt.

Redaktion: Rainer-Michael Rahn

Printed in Germany 1998
Umschlagbild: Pocket Books/Simon & Schuster, New York
Umschlaggestaltung: Atelier Ingrid Schütz, München
Technische Betreuung: M. Spinola
Satz: Schaber Satz- und Datentechnik, Wels
Druck und Bindung: Ebner Ulm

ISBN 3-453-13323-4

Für Edwin L. Greenberger,
der mich zum Träumen ermutigt
und das Schreiben gelehrt hat.

Historische Anmerkung

Dieses Abenteuer findet mehrere Monate nach der Episode ›Das Gesicht des Feindes‹ aus der sechsten Staffel der Fernsehserie statt.

PROLOG

Bleiches Sternenlicht sikkerte durch das kleine Fenster in der Nische des Schlafzimmers. Der schwache Schein kämpfte gegen die Dunkelheit des Raums an und ermöglichte es Daithin, in die Uniform zu schlüpfen, die er an diesem Tag tragen wollte, ohne seine noch schlafende Frau zu stören. Nachdem sie jahrelang früh aufgestanden war und ihm und ihren Kindern alles für diese oder jene Schlacht zurechtgelegt hatte, verdiente sie es nun, morgens etwas länger zu schlafen. Grobe Hände, die vom Alter allmählich steif wurden, stopften Hosenbeine in Stiefel, und der Mann staunte – zum tausendstenmal –, wie unmöglich ruhig und friedlich das Leben geworden war. Daithin war jedesmal überrascht, wenn er erwachte und nicht das Geräusch von Mörserfeuer oder Wasser hörte, das gegen die Seite eines Boots schlug, welches sich unter der Deckung des Nebels in einen Hafen schlich.

Leise füllten dicke Finger die winzigen Gürteltaschen mit dem Krimskrams seines geregelten Lebens. Daithin war nicht sicher, was er vom kommenden Tag erwarten sollte. Er hatte gut geschlafen, bemerkenswert gut, wenn man die Bedeutung der bevorstehenden Ereignisse in Betracht zog, und war seltsamerweise trotz der Schmerzen, die seine ständigen Begleiter waren – unerwünschte Kriegsandenken –, mit sich selbst im reinen. Aber das war keine Überraschung – er hatte sich monatelang auf diesen Augenblick vorbereitet, einen Augenblick, der seinem Namen und dem seiner Familie für immer Aufnahme in die Geschichtsbücher Elohs verschaffen würde.

Er ging langsam zu seiner Frau, beugte sich vor und küßte sie sanft auf die Stirn, was sie mit einem zufriedenen Seufzer beantwortete. Als sie sich umdrehte, verließ er den Raum und ging mit gemessenen, routinierten Schritten den Gang entlang, vorbei an den Zimmern der Kinder. Kinder, sinnierte er. Sie waren noch immer seine Kinder, obwohl das eine in einem halben Jahr heiraten würde und das andere, eine halbe Welt entfernt, gerade das Studium abschloß.

Shandra, die bei den Dar lebte. Er schüttelte staunend den Kopf. Vor zwanzig Jahren hätte sie noch gelernt, wie man die Dar tötet. Nun lehrten diese sie, wie sie dazu beitragen konnte, daß ihre Welt überlebte. Es war wirklich ein Zeitalter der Wunder.

Ihr Zimmer, wie auch das Daniths, war jetzt leer, stumme Zeugen des Erfolgs seiner Frau, sie allen Widrigkeiten zum Trotz großgezogen zu haben. Daithin schätzte sich glücklich, am Ende des bittersten, blutigsten Kapitels in der Geschichte seiner Welt zwei gesunde Nachkommen zu haben – die überdies noch überlebt hatten.

Zumindest hoffte er, daß das Ende dieses Kapitels angebrochen war.

Er betrat die Küche, in der bereits eine kleine Karaffe *Kintare* bereit stand. Der herbe Geruch brachte ein Lächeln auf seine Lippen und erinnerte ihn daran, wie stolz seine Frau darauf war, daß sie selbst die Früchte anbaute, aus denen das heiße Getränk zubereitet wurde. Ihre Fähigkeit, mit natürlichen Dingen umzugehen – Pflanzen, Tieren, Kindern –, erstaunte Daithin immer wieder und erfüllte ihn mit Stolz.

Er nippte an dem Getränk, genoß den kräftigen Geschmack und die Ruhe. Die Ereignisse erreichten nun ihren Höhepunkt: Innerhalb von vierzehn Tagen würde Eloh sich unwiderruflich verändern. Und das galt auch für sein Leben. Es war an der Zeit für ihn, endlich auszuruhen. Im Verlauf von sieben Jahrzehnten hatte er viel zu viele Kämpfe gesehen, zu viele Unschuldige getötet, zu viele Entscheidungen getroffen, die auf Instinkten und Launen beruhten statt auf ausgewogener Kenntnis der Fakten. Daithin war im Laufe dieser vielen Jahre, in denen er Entscheidungen hatte treffen müssen, klüger geworden, doch diese ersten frühen Fehler belasteten ihn noch immer schwer. Er dachte ständig über sein Vorgehen nach und drehte und wendete Fakten und Situationen immer wieder in seiner Erinnerung in der Hoffnung, einen bestimmten Konflikt besser zu bewältigen. Oft war es ihm gelungen, andere Lösungen zu finden, doch dann zerbrach er sich endlos den Kopf darüber, ob sie auch *besser* waren.

Als Daithin ausgetrunken hatte und das Sternenlicht schnell einer hellen Dämmerung wich, stand er auf, wischte einen verirrten Fussel von seinem Ärmel und verließ sein Heim.

Wie immer stand Waln draußen auf der Straße und wartete auf ihn.

Daithin betrachtete seinen Freund und lächelte. »Du siehst heute gut aus, Gouverneur«, sagte er, und ein Hauch von Frost färbte seinen Atem weiß.

»Und du siehst schrecklich aus«, fauchte der Ältere. »Die Uniform ist dir viel zu eng geworden.«

»Die gute Küche meiner Frau«, erwiderte Daithin, tätschelte seinen Bauch und kicherte leise. »Komm schon, Waln – warum bist du so fuchtig?«

»Mußt du das noch fragen?« sagte Waln. Er schaute kaum zu seinem Freund hinüber, als sie sich in Marsch setzten. »Du weißt, was ich davon halte. Wir sind dafür noch nicht bereit! Keiner von uns ist es.

Die Kooperativen Verteidigungsprojekte werden mindestens einen weiteren Monat lang blockiert, und ich gehe jede Wette darauf ein, daß die Dar dem Baubeginn erst zustimmen, wenn sie Zusicherungen bezüglich ihrer bereits vorhandenen Waffen bekommen haben. Und der Generalschaltmeister wird mit der Abrüstung erst beginnen, wenn er die Zusicherung erhält, daß sein Amt keine Einmischung durch die Legislative zu befürchten hat, und …«

Waln setzte seine übliche Litanei der Beschwerden gegen die Schwächen der Vereinigten Regierung fort, während die beiden Männer an der Reihe von Häusern vorbeigingen. Bei den meisten waren die Fenster geschlossen und die Lichter noch nicht eingeschaltet. Er wußte, daß Regierungsangehörige normalerweise viel später aufstanden, und anfangs hatte man ihn für ein wenig seltsam gehalten, weil er stets schon so früh zum Dienst erschien. Ein Vermächtnis seines Lebens als Soldat.

»… also ist es lächerlich verfrüht, sich mit diesen Allianzen zu belasten. Wie du weißt, sind alle Gouverneure in dieser Hinsicht einer Meinung mit mir, und …«

Daithin schüttelte den Kopf. »So haben sie nicht abgestimmt, Waln. Das ist dir bekannt.«

»Na ja, du weißt, wie ich abgestimmt habe.« Waln schaute zu Boden und ging weiter. »Sie werden uns die Hände abbeißen.«

»Mann, du bist heute morgen aber gut in Form«, erwiderte Daithin. Er versuchte, die Stimmung nicht allzu ernst werden zu lassen. Seit einer Woche führten sie diese Diskussion fast jeden Morgen.

Waln ließ sich jedoch nicht darauf ein. »Ich verstehe einfach nicht, wieso es dir damit so eilt«, sagte er. »Wir haben monatelang gestritten und debattiert, und dann erklärst du eines Tages, daß du eine Abstimmung beantragst. Du hast noch nie in deinem Leben eine Abstimmung durchgesetzt. Warum ausgerechnet jetzt?«

Daithin blieb abrupt stehen und drehte sich zu Waln um. In diesem Augenblick sah er nicht seinen Freund seit der Kindheit, den Soldaten, der ein Vierteljahrhundert an seiner Seite gekämpft hatte, den General, der unter den ersten gewesen war, die der Vereinigten Regierung ihre Unterstützung zugesichert hatten, sondern einen müden, verängstigten alten Mann, der sich vor weiteren Veränderungen in einem Leben fürchtete, in dessen Verlauf die Welt bereits völlig umgekrempelt worden war. Und in diesem Augenblick verspürte Daithin plötzlich den Drang, seinen Freund an den Schultern zu packen, ihn zu schütteln und ihm die Wahrheit zu sagen.

Warum habe ich auf diese Entscheidungen gedrängt? wollte Daithin sagen. Weil die Große Allianz am Rand des Zusammenbruchs steht, Waln! Weder du noch irgendein anderer der Gouverneure haben gelernt, die Interessen des jeweiligen Klans in den Hintergrund und die Elohs in den Vordergrund zu stellen. Und wenn die geplante Abrüstung den Bürgerkrieg nicht wieder aufflammen läßt, wird etwas anderes dazu führen. Nur diese Allianz kann uns davor bewahren!

Aber es gibt noch einen weiteren Grund, alter Freund, vielleicht den wichtigsten überhaupt.

Weil ich bald sterben werde… und ich sicherstellen will, daß meine Welt, mein Sohn, meine Tochter und all die anderen, an denen mir etwas liegt… überleben.

Daithin sagte aber nichts davon. Statt dessen lächelte er lediglich und gab Waln einen Klaps auf die Schulter.

»Du hast mir vertraut, als der Zeitpunkt gekommen war, mit den Dar Frieden zu schließen«, sagte er. »Und ich habe in dieser Hinsicht recht behalten, nicht wahr? Vertraue mir auch jetzt, Waln. Es war genauso wichtig, diese Entscheidung zu treffen – genau zu diesem Zeitpunkt.«

Waln schaute zu ihm hoch und schüttelte den Kopf.

»Ich vertraue dir, Daithin. Aber ich bin von ganzem Herzen der Überzeugung, daß die Entscheidung, die du uns nun aufgezwungen hast, falsch ist. Katastrophal falsch.« Waln hielt kurz inne und sah seinem Freund in die Augen. »Und du weißt, daß ich nicht allein dieser Meinung bin.«

»Ich weiß«, erwiderte Daithin. »Aber dein Widerstand verletzt mich am meisten.«

»Ich habe nicht vor, dich zu verletzen, Daithin. Ich will nur meiner Welt – und meinem Volk – dienen, wie ich es für richtig halte.« Sein Tonfall war ungewohnt ernst und bereitete Daithin akutes Unbehagen.

Die beiden gingen schweigend weiter, bis sie schließlich das Parlament erreichten. Das Gebäude wurde von allen anderen durch den großen Ring einer Grünanlage abgeschirmt, der ihm Prunk und Bedeutung verlieh. Das morgendliche Sonnenlicht spiegelte sich auf klaren und matten Scheiben, und es funkelte, als wolle es die beiden begrüßen.

Ein halbes Dutzend Wachen flankierten den Haupteingang. Daithins Herz setzte einen Schlag lang aus. Hier stimmte etwas nicht.

Als ein jüngerer Mann in Zivilkleidung ihn sah, löste er sich von den Soldaten und ging schnellen Schrittes auf sie zu. Daithin entspannte sich leicht, als er seinen Chefadjutanten Larkin erkannte.

»Guten Morgen, Gouverneur«, sagte Larkin zu Waln. Dann drehte er sich zu Daithin um und widmete ihm seine vollständige Aufmerksamkeit.

»Premier … sie sind früher eingetroffen. Sie werden in knapp einer Stunde in die Umlaufbahn gehen. Eine Stunde später wird unser erstes Treffen mit ihnen erfolgen.« Larkins Augen funkelten. »In weniger als zwei Stunden, Premier, werden Sie einen direkten Kontakt mit Wesen aus einem fernen Sonnensystem haben. Es ist bemerkenswert.«

Daithin lächelte. Es freute ihn, daß jemand so begeistert über das war, was der Tag bringen würde. Er drehte sich zu seinem Freund um. »Ich verspreche dir, Waln«, sagte er, »daß du keinen Grund haben wirst, die Ereignisse des heutigen Tags zu bedauern. Ich ...«

Er hielt inne, weil der Gouverneur weitergegangen war und bereits das Parlament betrat.

»Stimmt etwas nicht?« fragte Larkin.

Daithin schüttelte den Kopf. »Der Gouverneur freut sich nicht über unsere Besucher, Larkin.«

»Sie kennen doch das Sprichwort, Premier«, erwiderte sein Adjutant. »Die Zukunft wartet auf niemanden.«

Larkins leidenschaftliche Einstellung ließ Daithin lächeln. »Nun ja, Larkin«, sagte er und machte einen Schritt auf das Parlamentsgebäude zu, »die Zukunft wird eine Weile auf mich warten müssen – zumindest, bis ich noch eine Tasse *Kintare* getrunken habe.«

»Ja, Premier«, sagte Larkin und schloß zu ihm auf. Der Jüngere holte ein Blatt aus der Mappe, die er sich unter den Arm geklemmt hatte, und las daraus vor. »Sie sollten wissen, daß die Führer des Handelsrats zugestimmt haben, an der Abendsitzung mit unseren Besuchern teilzunehmen. Daher habe ich diese Sitzung in den Plenarsaal verlegt und dem Personal mitgeteilt, daß es ein Abendessen für zusätzliche fünfzig Personen zubereitet. Ich habe auch Führungen durch die Kläranlage arrangiert, durch das Parlamentsgebäude während einer Sitzung und das der Jugendliga. Ihre erste Konferenz ...«

Während Larkin die Termine dieses Tages vortrug, fühlte Daithin, daß er sich allmählich entspannte und der unangenehme Nachgeschmack seines Streits mit Waln verblich. Der Gouverneur wird einsehen, daß ich recht habe, sagte er sich, sobald er unsere Besucher kennengelernt hat.

Und wenn Waln die heutigen Gäste nicht mochte – nun, dann würden die vom morgigen Tag ihm vielleicht besser gefallen.

1

Schreie.

Das war das erste, was Fähnrich Ro Laren hörte, als die Lifttür sich öffnete. Dann nahm sie den Geruch wahr. Rauch.

»Computer«, sagte sie und fiel in einen leichten Laufschritt, »lokalisiere und identifiziere die Quelle des Brandes.«

Es erfolgte keine Antwort. Wie sie es befürchtet hatte. Das Feuer mußte das Audiointerface beschädigt haben. Verdammt. Es würde sie wertvolle Sekunden kosten, den Brandherd selbst zu lokalisieren. Sie hoffte, daß diese Verzögerung nicht zu folgenschwer sein würde.

Ro war zu ihrem Quartier unterwegs gewesen, als die Liftkabine, in der sie sich befunden hatte, von den Computersystemen des Schiffes auf diesem Deck angehalten worden war. Um ihr Hilfsmaßnahmen zu ermöglichen, vermutete sie – und anderen eine Chance zur Flucht.

Sie lief um eine Ecke und kniff die Augen zusammen. Der Gang vor ihr füllte sich schnell mit Rauch. Hier war das Schreien lauter, beharrlicher.

Kinder, wurde ihr plötzlich klar. Das Feuer war in einem der Klassenzimmer der *Enterprise* ausgebrochen. In dem rechts vor ihr.

Sie stemmte die Tür auf und sah sofort, daß das Feuer durch eine elektrische Anlage ausgelöst worden war. Leise zischend und knallend sprühten Funken hinter einer Wandvertäfelung hervor. Kinder liefen kreischend umher und wußten nicht, in welche Richtung sie sich wenden sollten. Die durchgebrannten Schaltkreise erzeugten weiterhin eine Kakophonie, die den Lärm der Kinder übertönte. Ihr Lehrer stieß sie zurück und versuchte, beruhigend auf sie einzureden, brachte jedoch nur kehlige Geräusche zustande.

»Hier entlang!« rief Ro. »Hier geht es hinaus!«

Die Kinder in ihrer Nähe schauten auf und bewegten sich auf sie zu – aber zu langsam. Sie hatten noch zu viel Angst – und waren zu jung –, um vernünftig zu reagieren. Ro brauchte Hilfe.

Mit schnellen Schritten ging sie zu dem Lehrer, einem unauffälligen Mann von etwa fünfzig Jahren mit leicht gebeugten Schultern, der vor dem Computerdisplay an der gegenüberliegenden Wand stand. Sie sah sofort, daß das Feuer dort seinen Ursprung hatte. Ein Kurzschluß.

»Sir, bitte treten Sie beiseite, damit ich die Konsole ausschalten kann.« Noch während sie sprach, suchte sie die Wand mit den Blicken nach einem Feuerlöschgerät ab. Da. »Ich brauche Ihre Hilfe, um die Kinder hinauszuschaffen.«

Der Mann schaute auf, betrachtete sie eine Sekunde lang und richtete, so unglaublich es auch war, seine Aufmerksamkeit dann wieder auf das Computerdisplay vor ihm.

»Ich habe die Schaltkreise fast umgeleitet«, sagte er. »Noch eine Minute, und ich habe verhindert, daß die Fehlfunktion sich ausbreitet.«

»Dafür haben wir jetzt keine Zeit«, sagte Ro eindringlich. Sie griff hinter das Wandpaneel neben ihr, packte das Feuerlöschgerät und trat neben die Konsole. »Sir«, wiederholte sie. »Bitte treten Sie zur Seite.«

»Noch eine Minute«, sagte der Mann. Schweiß strömte seine Stirn herab. »Dann habe ich es.«

Das war der reine Wahnsinn. Das Feuer war nicht so gefährlich, wie sie anfangs geglaubt hatte, aber schlimm genug. Und mit jeder verstreichenden Sekunde wurde die Gefahr größer. Sie hatte keine Zeit für Streitereien.

Mit der freien Hand packte sie den Mann am Hemdrücken und riß ihn von dem Computerinterface zurück. Er landete hart an der gegenüberliegenden Wand. Das dumpfe Geräusch, mit dem er aufprallte, war leise im Vergleich zum Prasseln des sich ausbreitenden Feuers.

Ro riß den Sicherheitsriegel des Feuerlöschgeräts zurück, und eine Sekunde später schoß Schaum hervor. Die Konsole wurde davon eingehüllt – und kurz darauf war das Feuer erloschen. Zwei, drei Minuten später stürmten uniformierte Techniker herein, um die Situation endgültig zu bereinigen. Sie dankten Ro für ihr Eingreifen und ignorierten sie dann.

Als sie ihre Kabine erreichte, wandte sie ihre Aufmerksamkeit wieder den tausend Dingen zu, die sie an Bord des Raumschiffs zu erledigen hatte. Sie rechnete nicht im Traum damit, je wieder etwas über das Feuer zu hören.

»Sie haben schon eine Art, mit Leuten umzugehen«, sagte William Riker, als die Tür des Beobachtungszimmers sich zischend hinter ihr schloß. Der große, breite Erste Offizier stand über einen Stuhl am Kopfende des Tisches gebeugt, direkt neben der Schwelle.

»Danke, Commander«, sagte Ro. »Meinen Sie das ganz allgemein, oder haben Sie eine bestimmte Person im Sinn?«

»Gregori Andropov«, sagte Riker.

Ro runzelte die Stirn. »Ich kenne den Mann nicht.«

»Sie haben ihn gestern fast durch eine Wand geworfen, Fähnrich«, fuhr Riker fort.

»Oh«, sagte sie. »Der Lehrer.«

»Genau, der Lehrer.« Riker schüttelte den Kopf. »Fähnrich, was sollen wir nur mit Ihnen machen?«

Ro runzelte erneut die Stirn. Sie wußte, seit sie vor fast zwei Jahren auf dieses Schiff versetzt worden war, hatte ihre starrköpfige Selbständigkeit ihr eine Konfrontation nach der anderen mit den vorgesetzten Offizieren eingebrockt. Ro wußte des weiteren, die Umstände verlangten, daß sie diesen Leuten uneingeschränkt ihr Leben anvertraute. Sie hatten dieses Vertrauen niemals enttäuscht. Daher ließ sie diese Gespräche immer über sich ergehen, auch wenn sie dabei ihr Bestes geben mußte, um ihr berühmtes Temperament im Zaum zu halten. Sie zeigte Riker weiterhin ihr Profil und betrachtete die Streifen der Sterne, die an dem stolzen, mit Warpgeschwindigkeit fliegenden Raumschiff vorbeizogen.

»Sir«, setzte sie an, »wir hatten auf diesem Deck einen schwerwiegenden Stromkreisausfall, und hätte ich die Situation nicht … schnell … bereinigt, hätte es eine Katastrophe geben können! Was sollte ich denn tun? Warten und ihn höflich bitten, endlich aus dem Raum zu schlurfen?«

»Nein, aber er ist Zivilist und nicht ausgebildet, so zu reagieren, wie es bei Ihnen und mir der Fall ist, und daran müssen Sie stets denken, Fähnrich! An Bord dieses Schiffes befinden sich über eintausend Besatzungsmitglieder. Das heißt, Sie müssen bei jeder nur erdenklichen Situation mit über eintausend möglichen Reaktionen rechnen und als Offizier darauf vorbereitet sein, dementsprechend zu handeln. Wenn Sie jemanden einfach wie ein Nashorn umrennen, trägt es Ihnen wohl kaum den Respekt des Betroffenen ein. Darüber hinaus ist solch ein Vorgehen nur dazu geeignet, die Spannungen zwischen den Zivilisten und Starfleet zu vergrößern.«

Ro stand weiterhin so stramm, als ob sie einen Besenstiel verschluckt hätte, wartete einen Augenblick, bevor sie das Wort ergriff, und zwang sich, wie der Offizier zu handeln, der sie war.

Dann erwiderte sie: »Ich vermute, meine Vorgehensweise hätte nicht ganz so … nachdrücklich sein müssen.«

»Sie vermuten das?« fragte Riker.

Trotz allem funkelte Ro ihn wütend an. »Ja, Sir. Ich hätte ein wenig anders reagieren können, und das Ergebnis wäre dasselbe geblieben: Das Feuer in den Schaltkreisen wäre eingedämmt worden.«

»Freut mich zu hören, daß Sie das sagen, Fähnrich«, erwiderte Riker. Er kam auf sie zu, und sie beobachtete die eingeübte Leichtigkeit seines Gangs. Alles, was er als Erster Offizier tat, war lediglich die Probe für den Augenblick, in dem er das schon lange verdiente eigene Kommando bekommen würde. Sie bewunderte die Hingabe, mit der Riker seinen Job ausübte, und hielt ihn in mancher Hinsicht für eine verwandte Seele. Der größte Unterschied zwischen ihnen war der, daß er schon lange gelernt hatte, seine Gefühlsausbrüche so weit zu beherrschen, daß sie ihn nicht bei der Ausübung seiner Pflichten behinderten. Ro befürchtete manchmal, daß sie niemals dazu imstande sein würde.

»Ich habe an Ihrer Pflichterfüllung nichts auszusetzen«, sagte Riker. »Aber Ihre Einstellung … nun, daran müssen wir noch arbeiten.«

»Schon wieder«, murmelte sie leise.

»Schon wieder«, wiederholte er und ließ sein vertrautes Lächeln aufblitzen. »Fähnrich, ich glaube, ich habe genau die richtige Lösung gefunden, die sicherstellt, daß solch ein Problem nicht noch einmal auftreten wird. An Bord dieses Schiffes leben ziemlich viele Zivilisten, die nicht alle direkt Verbindungen zu Starfleet haben. Als wir vor zwei Tagen Starbase 211 verließen, wurden vierzehn neue Familien an Bord versetzt. Ich betraue Sie mit der Aufgabe, eine dieser Familien drei oder vier Tage lang zu begleiten. Machen Sie sich mit ihrer Sichtweise vertraut, ihrer Auffassung davon, wie hier an Bord alles abläuft. Diese Zivilisten werden durch Sie dann auch Einblick darin gewinnen, wie es ist, zu Starfleet zu gehören. Ich glaube, beide Seiten werden davon profitieren.«

Ro ließ die Kinnlade herunterfallen. »Commander, ich bin kein Fremdenführer! Ich bin nicht an Bord der *Enterprise* gekommen, damit Zivilisten mich als Rollenmodell studieren können. Ich bin Offizier von Starfleet, und mein Platz ...«

»Ihr Platz, Fähnrich, ist dort, wo Sie diesem Schiff am besten dienen können«, unterbrach Riker sie. »Ihr Dienstplan wird entsprechend geändert, und Sie werden Ihre neue Aufgabe als Orientierungsoffizier antreten. Und, ja, es handelt sich dabei durchaus um ein Rollenmodell. Ich bin der Auffassung – und ich bin überzeugt, Captain Picard ist meiner Meinung –, daß Sie etwas mehr Erfahrung im Umgang mit dem zivilen Element an Bord dieses Schiffes gewinnen sollten. Ich werde Ihre Befehle in den Computer eingeben lassen.« Riker atmete tief durch. »Wegtreten«, sagte er dann.

Ro wirbelte herum und stürmte völlig frustriert aus dem Beobachtungszimmer. Dabei hätte sie fast Geordi LaForge umgerannt. Der Chefingenieur der *Enterprise* trat schnell zur Seite, um sie vorbeizulassen.

»Haben Sie wieder ein kleines Schwätzchen mit ihr gehalten?« fragte er Riker, als die Tür hinter ihm zuglitt.

Der Commander seufzte müde und lächelte. »Ich werde eines Tages einen Offizier aus ihr machen oder bei dem Versuch sterben.«

Als LaForge in den Sessel glitt, lächelte er. »Ich setzte darauf, daß Sie dabei sterben. Die Quoten stehen übrigens zu meinen Gunsten.«

Riker schaute überrascht auf. »Quoten?«

»Ja, Lance Woods aus der wissenschaftlichen Abteilung nimmt seit zwei Monaten Wetten über Sie und

Ro an. Ich schätze, ich kann mich mit meinem Gewinn zur Ruhe setzen.«

Der Erste Offizier lachte, nahm in seinem Sessel Platz und schaute erwartungsvoll zur Tür. Er wünschte, er könnte andere Leute mit reiner Willenskraft herbeizwingen, damit die Konferenz endlich anfangen konnte. Ganz gleich, wie ihre nächste Mission aussah, sie konnte nur besser sein als ihr derzeitiger Kartographieauftrag.

Innerhalb weniger Minuten gesellten sich Dr. Beverly Crusher, Counselor Deanna Troi und der klingonische Sicherheitsoffizier Worf zu ihnen. Trotz der Beiläufigkeit, mit der sie sich begrüßten, spürte Riker bei ihnen eine gewisse Erwartungshaltung. Er stellte sich vor, wie der Captain in seinem Bereitschaftsraum auf der anderen Seite der Brücke saß und die Minuten zählte, bis der richtige Moment für seinen dramatischen Auftritt gekommen war.

Doch zu seiner Enttäuschung sah Riker, wie die Türen sich leise zischend öffneten und den Captain einließen, vertieft in ein Gespräch mit Data, dem Androiden und Zweiten Offizier des Schiffes.

»Nicht alles ist so, wie es zu sein scheint«, bemerkte Jean-Luc Picard, als sie über die Schwelle traten. »Das haben Sie während Ihrer Zeit an Bord der *Enterprise* doch bestimmt gelernt.«

»Natürlich, Captain«, erwiderte Data, als er seinen Platz an dem polierten Tisch einnahm. »Ich habe lediglich darauf hingewiesen, daß die Schriften Stelins von Vulkan den Deduktionen der reinen Logik folgen.«

»Das bezweifle ich ja gar nicht«, sagte der Captain und nahm am Kopfende des Tisches Platz. »Aber wir haben es schon mit Situationen zu tun gehabt, bei denen die logische Deduktion uns zu den falschen Antworten geführt hat.«

»Nur, weil uns zum betreffenden Zeitpunkt nicht

alle Informationen zur Verfügung standen«, hielt Data dagegen.

»Meinen Sie nicht auch, daß Arthur Conan Doyle auf seine Weise über dieses Thema geschrieben hat?« fragte Picard.

Data hielt kurz inne, und seine Miene deutete an, daß er den neuen Gedankengang in Betracht zog. »Ja, Sir. Ich glaube, Doyle hat als erster postuliert, daß, wenn sich alles andere als unwahrscheinlich erweist, nur noch das Unmögliche übrig bleibt.«

Picard schüttelte den Kopf. »Poe«, erwiderte er.

»Wer, Sir?« warf Riker ein. Picard schaute zu ihm hinüber und schien erst jetzt mitzubekommen, daß seine anderen Senior-Offiziere sich bereits versammelt hatten und die Diskussion schweigend verfolgten.

»Edgar Allan Poe, Nummer Eins«, sagte Picard mit einem schwachen Lächeln. »Ich entsinne mich, während eines Seminars an der Akademie seine Detektivgeschichten gelesen zu haben. Sie haben mir überhaupt nicht gefallen.«

»Sind Sie in der Kriminalliteratur sehr bewandert, Sir?« fragte Data. »Ich dachte, Sie hätten sich auf Dixon Hill konzentriert.«

Picard grinste. »Dieses Seminar hat mir die Möglichkeit gegeben, mich mit den bedeutendsten Schriftstellern und Charakteren dieses Genres vertraut zu machen. Dixon Hill gehörte nicht dazu. Den habe ich selbst entdeckt.«

»Ich habe gar nicht gewußt, daß Poe Detektivgeschichten geschrieben hat«, sagte Riker.

»Poe kommt der Ruhm zu, das Genre erfunden zu haben, Commander. Ich würde Ihnen empfehlen, sich einen Überblick über sein Werk zu verschaffen.«

»Das werde ich tun, Sir«, erwiderte Riker. »Vorausgesetzt, daß meine Zeit es erlaubt.«

»Natürlich«, sagte Picard. »Also … fangen wir an?« Der Captain zog seine rote Uniformjacke herunter und faltete die Hände. Er tat es unbewußt – aber dieses Verhalten war auch ein Hinweis für Riker, der aus ihren Jahren des gemeinsamen Dienstes mit den Angewohnheiten des Captains vertraut war, daß das zu erörternde Thema in der Tat ernst war. Der Erste Offizier richtete sich in seinem Sessel auf und widmete Captain Picard seine volle Aufmerksamkeit.

»Starfleet hat uns eine wunderbare Möglichkeit gegeben, den Weg für umfassende diplomatische Beziehungen mit einer neuen Welt zu ebnen«, begann er. Auf einen Knopfdruck erwachte ein Bildschirm hinter Picard zum Leben und zeigte eine Sternenkarte, auf der ein Sonnensystem durch einen purpurroten Rahmen hervorgehoben war.

»Das ist Eloh – eine Welt, die gerade mehrere Jahrzehnte des Bürgerkriegs hinter sich hat und endlich unter einer Regierung vereinigt wurde«, erklärte er. »Dieser Planet liegt in der Pufferzone zwischen dem Klingonischen Imperium und dem Romulanischen Reich. Bis heute wurden die Bewohner von keiner extragalaktischen Spezies besucht, doch ihre Kommunikationsgeräte haben sie auf unsere Anwesenheit aufmerksam gemacht. Nun, da sie sich auf Dinge konzentrieren können, die über das nackte Überleben hinausgehen, wurde ihrer politischen Führung klar, daß sie sich früher oder später mit dem einen oder anderen Reich einlassen werden müssen.«

»Und sie haben sich für den früheren Zeitpunkt entschieden«, sagte Riker. »Statt darauf zu warten, nach dem Zeitplan einer anderen Macht einverleibt zu werden, wollen sie nun den Zeitpunkt vorgeben.«

»Genau.« Picard nickte. »Wie Sie aufgrund dieser Karte sehen werden, könnte die Föderation einen direkteren Einfluß als je zuvor auf die romulanischen Angelegenheiten nehmen, wenn Eloh ein Protektorat der Föderation werden würde. Man vertritt die Auffassung, daß ein anhaltender Kontakt mit unserer Lebensweise nur positive Auswirkungen auf die Beziehungen zwischen den Romulanern und der Föderation haben kann.«

Am Ende des Tisches beugte Worf sich vor. »Es wäre uns auch möglich«, sagte er, »legal einen Beobachtungsposten in ihrem Sonnensystem zu installieren. Ein Frühwarnsystem im Fall eines geplanten romulanischen Angriffs.«

»Allerdings«, pflichtete Picard ihm bei. »Unsere Aufgabe hier ist es, persönlich den ersten Kontakt und die nötigen Verbindungen herzustellen sowie alle Vorbereitungen für eine darauf folgende diplomatische Mission zu treffen. Wie mir mitgeteilt wurde, hat der Diplomatische Dienst der Föderation sie bereits mit automatischen Translatoren ausgestattet, und unsere Systeme haben ihre Sprache gespeichert. Wenn wir unseren derzeitigen Kurs beibehalten, werden wir ihr Sonnensystem in einigen Stunden erreichen. Wir werden schätzungsweise eine Woche lang hier bleiben und so viel wie möglich über die Elohsianer in Erfahrung bringen.«

»Was haben wir bislang über sie herausgefunden?« fragte Riker.

»Die *USS Cochrane* hat vor etwa drei Jahren eine vorläufige Untersuchung vorgenommen – unaufdringlich, nur mit Hilfe von Sonden. Technisch befinden sie sich auf einem Niveau, das in etwa dem der Erde Ende des zwanzigsten Jahrhunderts entspricht.« Der Captain hielt inne. »Jetzt wird es kompliziert. Starfleet möchte, daß wir für den Augenblick so wenig wie möglich über technische Belange verlauten lassen. Der Planet hat zwei Möglichkeiten: Er geht eine Allianz mit uns ein oder bittet darum, in Ruhe gelassen zu werden. Wenn sie sich für das letztere entscheiden, ist es um so besser, je weniger sie über uns wissen. Wenn sie mit uns zusammenarbeiten wollen, kann das formelle Diplomatenteam sie später auf den neuesten

Stand bringen. Hoffentlich habe ich mich in dieser Hinsicht klar ausgedrückt.«

Nun ging die kleine Gruppe von Offizieren dazu über, Angelegenheiten zu besprechen, die mit den Romulanern, Klingonen und der galaktischen Politik zusammenhingen und Auswirkungen auf den neuen Planeten haben konnten. Riker nahm gern an solchen Sitzungen teil, da sie allen Anwesenden ermöglichten, ein tieferes Verständnis für die Mission zu gewinnen und eigenen Sorgen Ausdruck zu verleihen. Er konnte über die Befürchtungen und Fragen der anderen nachdenken und stieß normalerweise stets auf ein oder zwei Aspekte, die er bislang noch nicht berücksichtigt hatte. Normalerweise griff der Captain in solch eine Diskussion nicht ein, bis das Thema erschöpfend behandelt war. Diesmal hatte sie jedoch kaum angefangen, als ein nur allzu bekannter Alarmton erklang und rote Lichter in dem Raum aufblitzten.

Riker war bereits aufgesprungen und lief zur Brücke, bevor er es überhaupt richtig mitbekam – nur einen Schritt hinter Captain Picard.

»Status«, sagte Picard, als er seinen Platz in der Mitte der Brücke einnahm. Doch Riker mußte die Antwort des diensthabenden Offiziers nicht einmal hören, um das Problem zu erkennen.

Es starrte ihm ins Gesicht, direkt auf dem vorderen Bildschirm.

»Ein romulanischer Kriegsvogel, Sir«, meldete Lieutenant D'Sora, die hinter ihnen an der taktischen Konsole stand. »Er befindet sich nun im Orbit um den Planeten Eloh.«

2

Lieutenant Jenna D'Sora trat zur Seite, damit Worf seinen Platz an der taktischen Station einnehmen konnte.

»Was wissen wir über das Schiff?« fragte Riker, während er die Rampe umrundete, die zum Befehlsstand in der Mitte der Brücke hinaufführte. Er konnte sich nicht setzen – nicht, bis er genau wußte, was hier geschah.

»Aus dieser Entfernung sind die Scans ungenau«, erwiderte Commander Data. Seine hellen, goldenen Hände flogen kurz über das Operatorpult. »Ich kann keinerlei Subraumkommunikationen oder Waffenaktivitäten entdecken.«

»Das Schiff ist ein Kriegsvogel älterer Bauweise, Typ B, ähnlich denjenigen, denen wir bei Angel Eins begegnet sind«, erstattete Worf Bericht. »Die Sensoren zeigen, daß die Hülle beschädigt ist, wahrscheinlich erst vor kurzem bei einem Gefecht. Es wurden noch keine Reparaturen vorgenommen.« Er sah Riker mit einem zufriedenen Gesichtsausdruck an. »Keine Gefahr für die *Enterprise*.«

Riker nickte. Nun konnte er Platz nehmen, was er auch tat, rechts neben Captain Picard.

»Mr. Data – wann werden wir Eloh erreichen?« fragte Picard.

Der Androide antwortete fast umgehend. »Bei derzeitiger Geschwindigkeit in elf Stunden und dreizehn Minuten.«

Picard nickte. Morgen früh, genau pünktlich.

Data schaute wieder auf seine Konsole. »Sir, meine Instrumente nehmen keine Spuren jener Restenergie wahr, die bei kürzlich erfolgter Waffenaktivität bestehen bleibt.«

»Gestern abend haben wir unseren letzten Kontakt mit den Elohsianern gehabt«, sagte Picard. »Also ist seitdem hier nichts passiert.« Er runzelte die Stirn und wandte sich an Riker. »Ihre Meinung?«

Der Erste Offizier dachte kurz nach. »Mr. Data, suchen Sie auf der Funkfrequenz nach Sendungen.«

Picard lächelte und nickte. »Natürlich. Die Technik des zwanzigsten Jahrhunderts ...«

»... und die Geräte des zwanzigsten Jahrhunderts«, beendete Riker den Satz. »Sie werden noch nicht über Subraumfunk verfügen.«

»Einen Augenblick, Commander«, sagte Data; seine Hände huschten über das Sensorpult und nahmen die nötigen Neujustierungen vor. »Keine Notsignale ... doch ich orte ausgiebige Kommunikation zwischen dem Kriegsvogel und der elohsianischen Regierung.«

»Ein Informationsaustausch, Sir«, sagte Worf. »Über die Kultur, die Geschichte ...«

»Ich glaube, Sie können die Alarmstufe Rot beenden, Sir«, sagte Troi, die links vom Captain saß. »Die Romulaner sind eindeutig Gäste der Elohsianer.«

Riker ging ein Licht auf. »Sie haben alle Nachbarn eingeladen.«

Die Implikationen gefielen Picard nicht besonders, doch er mußte sich eingestehen, daß sie zu den Fakten paßten. Er gab Worf das Zeichen, die Alarmstufe Rot aufzuheben, und beendete den Gedankengang, den seine Offiziere begonnen hatten. »Genau, wie wir eingeladen wurden, um die Vorzüge der Föderation darzustellen, haben sie vielleicht auch die Romulaner eingeladen, damit sie ... ihre Sache vorbringen.«

»Die Elohsianer würden sich freiwillig dem Romulanischen Reich anschließen?« fragte Worf erstaunt. »Das wäre ... Selbstmord.«

»Wir wissen das«, sagte Riker. »Sie vielleicht nicht.«

Data drehte sich auf seinem Sessel um. »Mit allem gebührenden Respekt, Commander«, sagte er. »Ich muß widersprechen. Die Föderationsunterlagen des frühen dreiundzwanzigsten Jahrhunderts verweisen auf mehrere Kulturen, die unter romulanischer Verwaltung nicht nur überlebten, sondern sogar gediehen.«

»Von keiner davon haben wir in letzter Zeit etwas gehört«, warf Picard ein. »Doch das Reich muß ihnen in irgendeiner Hinsicht attraktiv erschienen sein.«

»Ich frage mich, warum sie uns nicht mitgeteilt haben, daß wir uns diesem ... Wettbewerb unterziehen müssen«, sagte Riker.

Picard nickte; er hatte sich diese Frage ebenfalls gestellt. Doch um die Antwort darauf zu finden, mußte er wesentlich mehr über die Elohsianer und ihre Kultur in Erfahrung bringen. Er hatte die Berichte der *Cochrane* gelesen und, abgesehen von den letzten fünfundzwanzig Jahren, Elohs Geschichte dabei nur kurz überflogen. Diesen Fehler wollte er nun korrigieren – in seinem Bereitschaftsraum, mit einer schönen Tasse heißen Tees.

Er betrachtete den Bildschirm und überlegte, welcher Lichtpunkt Elohs Sonne sein mochte. Des weiteren fragte er sich, was es zu bedeuten hatte, daß die Romulaner einen älteren Kriegsvogel hierher geschickt hatten. Dies mochte bedeuten, daß das Romulanische Reich den Planeten für durchaus interessant, aber nicht für übermäßig wichtig hielt. Und das bedeutete mit ziemlicher Wahrscheinlichkeit, daß er Admiral Tomulak hier wohl nicht wiedersehen würde – ein Gedanke, der ein kurzes Lächeln auf seine Züge brachte.

Der Captain erhob sich und zog die kurze Jacke und

das graue Hemd herab. »Nummer Eins, setzen Sie die Sondierungen des Planeten und des Kriegsvogels fort. Informieren Sie mich augenblicklich, falls die Lage sich ändert. Nach unserer Ankunft gehen wir in den Orbit und bestätigen unseren Termin mit ihrem Premier. Bis dahin bin ich in meinem Bereitschaftsraum.«

»Aye, Sir«, sagte Riker und nahm auf dem Sitz in der Mitte Platz.

Als Picard die Brücke verließ, vernahm er zufrieden, daß sein Erster Offizier sämtliche Führungsoffiziere daran erinnerte, sich die Instruktionen von Starfleet aufmerksam durchzulesen.

Ganz gleich, was sie auf Eloh erwartete, Picard war überzeugt, daß seine Mannschaft vorbereitet war.

Das darf doch nicht wahr sein, dachte Ro Laren und umschloß den Datenblock fest mit einer Hand, als sie schnell um eine Ecke des Decks ging. Die *Enterprise* war jetzt auf einer wichtigen Mission, bei der es galt, einen Erstkontakt herzustellen – als Brückenoffizier hatte sie Zugang zu den Protokollen der Einsatzbesprechungen. Die Romulaner hatten die Hand im Spiel, und sie bereitete sich gerade darauf vor, Zivilisten durch das Schiff zu führen.

Commander Riker tickte nicht mehr richtig. Sie hatte noch Zeit genug, ihr Verhältnis zu den Zivilisten an Bord zu verbessern, sobald diese Krise überstanden war. An diesem Morgen war sie zu Riker gegangen, in der Hoffnung, er würde die Logik ihrer Argumentation einsehen und sie wieder dem aktiven Dienst zuteilen.

»Sie haben Ihre Befehle, Fähnrich.« Mehr hatte er nicht gesagt. »Wegtreten.«

Einfach so. Sie konnte es noch immer nicht fassen. Und nun befand sie sich in irgendeinem vergessenen Teil des Schiffes, den sie noch nie zuvor gesehen hatte. Dieser Teil des Diskussegments war normalerweise für die Familien der Offiziere und andere Zivilisten reserviert. Sie hatte natürlich keine Familie, und auch keine Freunde, die Zivilisten waren.

Was wohl ein Glück war. Denn ihr gefiel es hier nicht. Der Gang machte irgendwie einen disziplinlosen Eindruck – jede Tür war individuell geschmückt, um Hinweise auf den Bewohner und seinen Herkunftsplaneten zu geben, wogegen sie theoretisch gar nichts hatte. Allerdings waren die meisten dieser Verzierungen für ihren Geschmack etwas zu protzig.

Sie sah auf ihr elektronisches Notizbuch und stellte verblüfft fest, daß sie an ihrem Ziel angelangt war.

Sie blieb vor der Tür stehen und betrachtete die Kalligraphie, die den Namen der Familie angab, und die kleine holographische Projektion der Erde. Dann atmete sie tief ein und drückte auf den Türsummer.

Die Tür glitt auf und enthüllte einen jungen Mann – nein, einen Teenager, stellte sie fest –, der ziemlich überrascht zu sein schien, einer Angehörigen der Kommando-Crew gegenüberzustehen.

»Äh … hallo«, stammelte er. Mit der einen Hand fuhr er durch sein langes, rotblondes Haar, mit der anderen versuchte er schnell, sein goldgestreiftes Hemd in dunkelbraune Hosen zu stopfen.

Ro funkelte ihn wütend an. Der Haltung des Jungen nach zu urteilen, glaubte er wahrscheinlich, in irgendwelchen Schwierigkeiten zu stecken.

»Ich bin Fähnrich Ro Laren«, begann sie förmlich. »Ich wurde Ihrer Familie als Orientierungsoffizier zugeteilt.«

»A-ha«, sagte er und geriet schon wieder ins Stammeln. »Ich bin James Kelly. Meine Familie ist im Augenblick nicht da. Tut mir leid. Aber wenn Sie wollen, können Sie gern hereinkommen.«

Ro verdrehte die Augen. Sie verspürte nicht den Wunsch, das Quartier dieses Jungen zu sehen. Sie sollte *ihm* die *Enterprise* zeigen. Dieser Auftrag würde eindeutig eine völlige Zeitverschwendung sein. Trotzdem …

Commander Riker hatte ihr eine Verantwortung übertragen, und Bajoraner nahmen Verantwortung stets ernst.

»Ich sehe mir Ihr Quartier an«, sagte Ro und machte einen Schritt vorwärts.

James trat zurück. Ro schaute sich um und versuchte, einen Eindruck von der Familie zu bekommen. Das war nicht einfach. Im Wohnzimmer standen überall Kartons mit der Aufschrift ›Persönliche Besitztümer‹, die noch nicht ausgepackt waren.

»Meine Mom hat Schichtdienst in der Frachtkammer, und Dad ist Lehrer einer fünften Klasse«, sagte James.

»Ich verstehe.« Ro nickte.

Es folgte ein unbehagliches Schweigen. Ro hatte keine Ahnung, was sie nun sagen sollte. Und James offensichtlich auch nicht. Er sah sie an und wandte den Blick dann abrupt ab.

»Sie haben ein schönes Quartier«, sagte Ro.

»Danke, Fähnrich Laren«, sagte James mit kratziger Stimme.

»Ro. Es heißt Fähnrich Ro«, berichtigte sie ihn kalt. Dann wurde ihr klar, daß man von einem Zivilisten nicht unbedingt erwarten konnte, daß er sich mit dem Wesen der bajoranischen Anrede auskannte.

»Tut mir leid«, antwortete er. »Ja, Fähnrich Ro.«

Ro schaute wieder auf ihren Minicomputer. »Meine Zeit ist begrenzt. Ich kann Ihrer Familie nur den Rest der Betaschicht widmen«, sagte sie. »Wenn Sie wollen, kann ich Ihnen schon mal das Schiff zeigen.«

»Sie würden mich durch das Schiff führen?« James schnappte nach Luft. Ein breites Grinsen legte sich auf sein Gesicht. »Mann … das wäre toll.«

Ro nickte. Sie wußte nicht genau, warum James so begeistert war. Vielleicht würde sein Enthusiasmus bewirken, daß die Zeit während der Führung schneller verstrich, sagte sie sich.

»Wir fangen mit der technischen Abteilung an«, sagte sie sachlich. »Sie ist das Herz des Raumschiffs, in dem sich ein Materie-Antimaterie-Reaktor befindet, der das Schiff mit Energie versorgt…«

James strahlte über das ganze Gesicht.

Picard trat zu Commander Data und Counselor Troi, die sich bereits in Position befanden, auf die Transporterfläche.

»Irgendwelche weisen Worte zum Abschied, Nummer Eins?« fragte der Captain.

Riker, der an der Transporterkonsole stand, schüttelte den Kopf. »Dieselben wie zuvor, Sir. Ich wünschte, Sie würden mich an Ihrer Stelle gehen lassen. Oder zumindest Lieutenant Worf mitnehmen. Es gefällt mir nicht, daß Sie ohne Sicherheitswächter auf den Planeten beamen – vor allem, weil die Romulaner schon dort sind.«

Picard lächelte. Darüber hatten sie bereits gesprochen. »Meine Befehle besagen, daß ich die Föderation repräsentieren soll und bei dem ersten Treffen anwesend sein muß.«

»Ihre Befehle, Sir, berücksichtigen nicht, daß Romulaner anwesend sind.«

»Ja, das stimmt«, sagte Picard gelassen. »Doch die Romulaner würden wohl schlechte Werbung für ihre Sache machen, wenn sie in dem Augenblick, in dem ich auf Eloh materialisiere, das Feuer auf mich eröffnen.«

»Dann kann ich Ihnen nur viel Glück wünschen, Sir«, erwiderte Riker. »Energie.«

Picard, Data und Troi materialisierten in einem Vorraum des Parlamentssaals. Sobald Picards Augen sich den neuen Lichtverhältnissen angepaßt hatten – eine oder zwei Sekunden, nachdem der Transporter seine Atome auf Eloh wieder zusammengesetzt hatte –, erblickte er eine kleine Delegation. Eins fiel ihm an den Elohsianer sofort auf.

Sie waren groß. Sehr, sehr groß.

Die sechs Würdenträger der Delegation vor ihnen waren zwar von humanoider Erscheinung, doch keiner von ihnen war kleiner als zwei Meter. Und im Augenblick lächelte auch keiner von ihnen. Dieser erste Eindruck ließ Übles erahnen, und Picard fragte sich kurz, welche Lügen die Romulaner ihnen bereits über die Föderation erzählt hatten.

Er trat vor. »Ich bin Captain Jean-Luc Picard von der Vereinigten Föderation der Planeten. Das sind Commander Data und Counselor Troi.«

Der Elohsianer in der Mitte der Gruppe – ein Mann, der etwas kräftiger war und älter aussah als die anderen – trat einen Schritt vor und legte die linke Faust über sein Herz.

»Willkommen auf Eloh«, sagte er. »Ich bin Daithin, Premier des Vereinigten Parlaments.« Daithins Kleidung war purpurn gefärbt und mit goldenen und silbernen Verzierungen sowie silbernen Streifen in komplizierten Mustern auf den Ärmeln und Hosenbeinen besetzt. Bei den Schuhen handelte es sich um Halbstiefel, die blitzblank gewienert und mit Spitzen aus einem kupferfarbenen Metall versehen waren. Picard fiel auf, daß der Premier nichts trug, das wie eine Waffe oder ein Kommunikationsgerät aussah, von dem allgemeinen Translator, den die Föderation ihm geschickt hatte, einmal abgesehen. Aber der Mann hatte Augen, die von Erfahrung kündeten, und ein Gesicht, das von vielen Schlachten gegerbt worden war. Kleine, auffällige rote Narben waren auf seiner breiten Stirn verlieben und hoben sich deutlich von der dunklen Haut ab. Er war zwar völlig dunkel gekleidet, aber die Aufmachung der sechs Elohsianer wies kaum Ähnlichkeiten auf, so daß Picard eine militärische Bedeutung der Kleidung ausschloß.

Daithin trat einen Schritt zurück, breitete beide Arme aus und schloß mit dieser Geste die anderen fünf Personen seiner Delegation ein. »Das sind meine Berater, und ich werde sie Ihnen zu gebührender Zeit vorstellen.« Daithin lächelte. »Doch zuerst möchte ich Ihnen Erfrischungen anbieten.«

Picard und seine Offiziere folgten Daithin in einen anderen kleinen Vorraum des Hauptsaals. Während das Essen und die Getränke serviert wurden, betrachtete Picard seinen Gastgeber und bemühte sich, dessen Beispiel zu folgen. Dabei musterte er den Premier unauffällig und bemerkte, daß Daithin und die anderen Elohsianer ihn und seine Crew ebenfalls genau beobachteten. Sie schätzten sich gegenseitig ab.

Leichte Konversation ist sinnlos, dachte Picard und entschloß sich, die Frage zu stellen, die ihn am stärksten beschäftigte.

»Premier«, sagte er. »Können Sie mir verraten, was ein romulanischer Kriegsvogel im Orbit um Ihre Welt zu suchen hat?«

Daithin betrachtete Picard einen Augenblick lang und lächelte dann leicht, wobei er weiße und regelmäßige Zähne zeigte. »Natürlich, Captain Picard, natürlich. Wir haben die Romulaner ebenfalls zu Gesprächen mit uns eingeladen. Schließlich muß das Parlament unsere beiden Nachbarreiche kennenlernen, bevor es sich entscheiden kann, mit welchem es sich verbünden möchte.«

»Natürlich«, pflichtete Picard ihm bei. »Ich war nur überrascht, daß wir nicht im voraus darüber informiert wurden.«

»Wir haben die Romulaner auch nicht über Ihre Ankunft unterrichtet.« Daithin lächelte. »Ich habe übrigens gerade mit ihrem Missionsleiter über diese Angelegenheit gesprochen. Kommen Sie, ich möchte die erforderlichen Vorstellungen hinter mich bringen, damit wir dann eine Tagesordnung und einen Zeitplan erstellen können.« Daithin drehte sich abrupt um und wandte sich von der Föderationsgruppe ab. Picard wußte gebotene Kürze durchaus zu schätzen, doch plötzlich stellte sich bei ihm das Gefühl ein, gerade Zeuge von Daithins üblichem Vorgehen geworden zu sein. Es hatte den Anschein, daß es nicht leicht werden würde, hier weitere Erklärungen zu bekommen.

Picard wechselte Blicke mit seinen Offizieren, und ihre kleine Gruppe folgte Daithins größerer. Der Vorraum war nicht gerade winzig, und dahinter befand sich ein Gang, der an einer stählernen Doppeltür endete, die ebenfalls reich verziert war.

Als die Türen geöffnet wurden, betrachtete Picard die Bauweise des Parlamentssaals. Die Wände bestanden aus einem glatten Material – weder Holz noch Metall. Es schien aus anderen Materialien gefertigt zu sein, die in Komplementärfarben gehalten und nahtlos zusammengefügt waren. Während die Kleidung der Elohsianer unter der hellen Deckenbeleuchtung dunkel blieb, schimmerte der Raum neutral in hellem Türkis. Er schien etwa sechs Meter hoch zu sein, und in die Decke waren alle paar Zentimeter Dachfenster eingesetzt, die helles Licht in den Saal strömen ließen. Farbige Glasfenster befanden sich auf beiden Seiten des großen Podiums, das den Vorderteil des Raums bildete. Neben dem Podium waren mehrere Reihen mit kleinen Tischen und Stühlen aufgebaut. Picard zählte acht Sitze auf dem Podium; weitere vierzig bis fünfzig Sitze befanden sich im Saal. Kleine Lampen leuchteten überflüssigerweise, erhellten leere Schreibtische und verwirrten Picard mit irritierenden Schatten.

Diese interessierten ihn jedoch weit weniger als das halbe Dutzend Romulaner an einem der Fenster. Sie schienen in ein Gespräch vertieft zu sein und die Ankunft der Föderationsgruppe nicht bemerkt zu haben.

»Meine romulanischen Freunde, ich möchte Sie mit Ihren Pendants von der Föderation bekanntmachen«, sagte Daithin, als er auf das Podest zuging. Auf seine Worte hin drehten die Romulaner sich zur Tür um und beobachteten die Annäherung der Föderationsoffiziere.

Daithin benutzte einfache Handbewegungen, um die Besatzungsmitglieder des Kriegsvogels vorzustellen. Der Befehlshaber der Gruppe war eindeutig ein großer, älterer Offizier namens Plactus. Die Romulaner betrachteten die Offiziere der *Enterprise* reglos. Lediglich Plactus, der als Subcommander vorgestellt wurde, erbot ein Nicken als Willkommensgruß.

»Es ist eine Ehre, Sie kennenzulernen, Captain Picard«, sagte Plactus.

»Ach?« Picard versuchte, die Miene des Subcommanders zu deuten, aber sie blieb ausdruckslos, und seine Augen konnte er nur undeutlich ausmachen.

»Sie und Ihr Schiff sind bei meinem Volk natürlich sehr bekannt.«

»Leider können wir das gleiche nicht von Ihnen und Ihrer Crew sagen«, erwiderte Picard verkniffen.

»Diese Männer stehen unter meinem Kommando, ja, aber ich bin nicht der leitende Repräsentant meiner Regierung.«

»Ich verstehe. Und Ihr Commander ist …?« Picard kam das sehr interessant vor. Wenn sie einen Commander hatten … wo war er, und warum befand er sich nicht bei der Delegation?

»Zur Zeit anderweitig beschäftigt.«

Picard wollte zusätzliche Informationen aus Plactus herausholen, stellte dann aber aus dem Augenwinkel fest, daß Daithin den Wortwechsel mit großem Interesse verfolgte. Er durfte nicht den Anschein erwecken, wegen der Anwesenheit der Romulaner allzu besorgt zu sein. Er war hier, um die Elohsianer mit dem zu beeindrucken, was die Föderation ihnen anzubieten hatte, aber nicht, um sie über ihre Fehde mit den Romulanern aufzuklären.

Er suchte gerade nach einem unverfänglichen Gesprächsthema, als er Stimmen hörte, die sich auf dem Korridor näherten. Als die schwere Holztür zurückschwang, hörte er, wie eine Frau sagte: »... unsere Technik hat noch viel mehr zu bieten, und wir werden Ihnen morgen während der Besichtigung gern alles zeigen.«

Plötzlich machte irgend etwas in Picards Hinterstübchen *klick*. Er kannte diese Stimme, aber woher ...? Er überlegte angestrengt und versuchte, die Stimme mit einem Namen in Verbindung zu bringen. Plötzlich wachsam geworden, reckte er sich ein wenig.

Die beiden Neuankömmlinge traten in den Raum. Ein Mann und eine Frau. Ein Elohsianer und eine Romulanerin.

»Ah«, sagte der Mann, »die anderen sind wohl schon eingetroffen.«

»Captain Picard«, sagte Daithin. »Das ist mein Stabschef Larkin, der die Vorkehrungen getroffen hat, Sie hierher zu holen. Ihr ... Verbindungsoffizier, so lautet das Wort wohl, nicht wahr?«

Picard schaute den Premier zur Antwort nur an, ohne richtig mitzubekommen, was der Regierungschef gesagt hatte. Auch Larkin interessierte ihn in diesem Augenblick überhaupt nicht. Seine gesamte Aufmerksamkeit galt der Frau, die gerade den Raum betreten hatte.

Er konnte lediglich ihr blondes Haar sehen.

Er kam nicht umhin zu bemerken, daß Daithin den Wortwechsel weiterhin mit großen Interesse verfolgte, und mahnte sich, daran zu denken, daß jedes Wort, jede Handlung und jeder Ausdruck bei den anwesenden Elohsianern Gewicht haben würde. Der Premier ging auf die beiden Delegationsleiter zu und hob die Arme, um sie einander vorzustellen. »Sie haben gesagt, Sie würden diese Crew nicht kennen, Captain Picard. Daher darf ich...«

»Sieh an, Captain Picard. Es freut mich, Sie wiederzusehen«, sagte Sela. Ihr Gehabe war so herrisch wie eh und je. Sie betrachtete Picard kalt und unbeugsam – brachte dann aber ein Lächeln zustande, als sie Premier Daithin ansah.

»Vorstellungen sind hier überflüssig, Premier«, fuhr sie fort. »Captain Picard und ich kennen uns sehr gut.« Ihr Tonfall strafte die scheinbare Wärme ihrer Worte Lügen.

»Commander Sela«, sagte Picard ruhig. Zwar starrte er sie noch immer an, doch er brachte wenigstens ein Nicken zustande. Wie immer ließ ihn ihre unverkennbare Ähnlichkeit mit Tasha Yar stutzen, dem ersten Sicherheitsoffizier der *Enterprise*. Sela behauptete, Yars Tochter zu sein – einer Yar aus einer parallelen Zeitlinie, die in die Hände der Romulaner gefallen war. Doch während Yars Gesicht irgendwie schutzlos ausgesehen hatte, war bei Sela nicht die geringste Schwäche auszumachen. Ihr Mund war hart und verkniffen, und ihre hellblauen Augen funkelten wütend, als sie Picard musterte. Sie trug eine normale romulanische Kommandouniform mit gepolsterten Schulterstücken und einem Waffenhalfter.

Tasha Yars Tochter? Es fiel Picard noch immer nicht leicht, das zu glauben – vor allem nicht nach ihrer ersten Begegnung, bei der Sela ihm erzählt hatte, daß sie selbst für den Tod ihrer Mutter verantwortlich war.

»Mein Vater hat ihr alles geboten«, hatte sie vor über einem Jahr an Bord der *Enterprise* ausgeführt. »Er hat ihr ein Heim gegeben, eine Tochter. Wie hat sie es ihm vergolten? Mit Verrat. Sie haben sie hingerichtet. Alles Menschliche in mir... ist an jenem Tag mit meiner Mutter gestorben. Nur das... Romulanische ist übrig geblieben. Zweifeln Sie niemals daran.«

Ihr Vorgehen bei ihren ersten beiden Begegnungen

hatte Picard völlig davon überzeugt, doch er fragte sich weiterhin, ob ihre Geschichte der Wahrheit entsprach oder nur auf die Gehirnwäsche eines fanatischen Reichs zurückzuführen war, das bereit war, alles zu tun – sogar das Leben eines seiner Angehörigen zu zerstören –, um seine Ziele zu erreichen.

Daithin hob eine Hand. »Captain Picard, Commander Sela, im Lauf der nächsten Tage wird unser parlamentarischer Rat mit Ihnen gemeinsame und getrennte Gespräche führen. Wir möchten, daß Sie mehr über uns erfahren, und im Gegenzug hoffe ich, daß ich oder meine Leute Gelegenheit bekommen werden, uns Ihre Schiffe anzusehen und vielleicht mit Ihren Besatzungsmitgliedern zu sprechen.«

Sela sprang als erste darauf an. »Natürlich, Premier. Doch gewisse Bereiche werden Ihnen nicht zugänglich sein.«

»Wir sind stolz darauf, eine zufriedene Besatzung zu haben, und Gespräche mit unserer Crew werden Ihnen das zeigen«, sagte Picard. »Wir freuen uns darauf, eine Delegation von Ihnen an Bord begrüßen zu können. Leider gibt es wie bei den Romulanern auch bei uns einige Bereiche, die Sie nicht betreten dürfen.«

»Das ist völlig verständlich«, erklärte Daithin. Dann drehte er sich zu seinem kleinen elohsianischen Kader um und wechselte leise ein paar Worte mit den Männern.

Schließlich wandte er sich wieder an seine Gäste. »Eins müssen Sie alle wissen«, begann er. »Obwohl wir so lange ein durch Krieg geteiltes Volk waren, blieben wir unter einem gemeinsamen Glaubenssystem vereint. *Nelvana Del,* unser heiligster Feiertag, wird in sieben Tagen begangen, und unser Parlament muß diese Sitzungsperiode rechtzeitig abschließen, damit all seine Angehörigen zu ihren Familien zurückkehren können. Wir haben daher nur vier Tage Zeit, um zu einem Ergebnis zu gelangen. Unsere Parlamentsangehörigen werden sich dann beraten und am fünften Tag ihre Stimme abgeben. Stellt das für einen von Ihnen ein Problem dar?« Gespannt achtete er auf ihre Reaktionen.

»Für die Föderation nicht, Premier«, sagte Picard ohne das geringste Zögern.

»Natürlich nicht, Premier«, fügte Sela schnell hinzu.

Daithin lächelte erneut. »Nun gut«, sagte er. »Ich freue mich schon darauf, in Kürze mit Ihnen sprechen zu können.«

Picard warf Sela einen Blick zu und berührte dann den Insignienkommunikator an seiner Brust. »Picard an *Enterprise*. Drei Personen an Bord beamen.«

Sie erwiderte den Blick.

Der Wettstreit hatte begonnen.

»... die Materiereplikatoren greifen auf das gefrorene, sterilisierte Rohmaterial zurück, bauen in einer Phasenübergangskammer ein neues Muster auf und bilden so das Gericht, das durch das Replikatorverteilernetz angefordert wurde.« Ro senkte die Hand, mit der sie durch die Messe auf Deck 32 gedeutet hatte. Sie hatte James Kelly die umfassendste Führung durch ein Raumschiff geboten, die sie sich nur vorstellen konnte, und sich bemüht, selbst die winzigsten Detailinformationen zu liefern, für die der Junge sich eventuell interessieren konnte. Von den Sicherheitskodes von Starfleet einmal abgesehen, wußte Ro nicht mehr, was sie ihm sonst noch zeigen oder erklären sollte.

Zu ihrem Erstaunen schien James Kelly nicht einmal von den undurchschaubarsten Erläuterungen gelangweilt zu werden. Statt dessen hing er mit den Blicken geradezu an ihren Lippen, betrachtete aufmerksam Schaltkreise, Anordnungen isolinearer Chips und die Konfigurationen von Transporterpulten. Er interessierte sich für die botanischen Gärten genauso wie für Lagerräume.

Mit dem Jungen war eindeutig irgend etwas nicht in Ordnung.

»Wer entscheidet, was es zu essen gibt?« fragte James.

Sie seufzte, ging durch den Raum weiter und hielt sich dabei von den beiden Tischen fern, an denen Techniker gerade ihre Mahlzeit beendeten. Sie hatte in den letzten paar Stunden ziemlich oft geseufzt. »Die Crew kann von dem System jede beliebige Mahlzeit anfordern. Unsere Datenbanken enthalten Tausende von Gerichten aus der gesamten Föderation.«

»Kocht hier auch jemand selbst? Mein Dad tut das jedenfalls«, sagte James und blieb stehen, um die Knochenüberreste irgendeines außerirdischen Vogels zu betrachten, die jemand auf einem Teller zurückgelassen hatte.

Ro nickte. »Einige Besatzungsmitglieder kochen als Hobby. Commander Riker zum Beispiel.«

Kelly pfiff leise. »Verbringen Sie viel Zeit mit Commander Riker?«

»Wenn mein Dienstplan nicht gerade vorsieht, daß ich mich um Zivilisten kümmere, sitze ich normalerweise auf der Brücke hinter dem Navigationspult. Ich habe oft gemeinsam mit Commander Riker Dienst.«

»Und auch bei Außeneinsätzen?«

»Wir haben ziemlich oft gemeinsam an Einsätzen teilgenommen«, erwiderte Ro. Sie dachte nicht gern über ihre komplizierte Beziehung zu Riker nach und kam zum Schluß, daß die Fragen des Jungen zu persönlich waren. Schließlich war Kelly erst seit an paar Tagen an Bord, und sie würde es bestimmt nicht zulassen, daß dieser Junge ihr private Informationen entlockt. Abrupt wandte sie sich von ihm ab.

»Wir kehren am besten zu Ihrem Quartier zurück. Es ist schon nach sechzehn Uhr, und Ihre Eltern warten bestimmt auf Sie. Mir bleibt vielleicht gerade noch Zeit, kurz mit ihnen zu sprechen, bevor ich meinen Dienst wieder aufnehmen muß.«

James beeilte sich, mit ihr Schritt zu halten. Offensichtlich bedeutete seine schier unendliche Begeisterung, daß er über überschüssige Energie verfügte und ihr es nicht gelungen war, seine Wünsche zu befriedigen. Sie wußte auch jetzt noch nicht genau, was seinen Interessen und seinem Enthusiasmus Nahrung gab.

»Können wir nicht die Brücke besuchen?« fragte er.

»Nein«, erwiderte sie. »Dort herrscht rege Betriebsamkeit, und Ablenkungen verhindern, daß mit maximaler Effizienz gearbeitet wird.«

Sie hatten einen Turbolift erreicht. Ro trat zur Seite, damit James vor ihr in die Kabine treten konnte.

»O nein«, sagte er und deutete eine Verbeugung an. »Ladies first.«

Ro warf ihm einen seltsamen Blick zu, als sie an ihm vorbei ging.

»Auf der Brücke kann es doch nicht immer etwas zu tun geben«, sagte James. »Vielleicht könnten wir sie ein andermal besuchen, und Sie zeigen sie mir dann.«

Plötzlich hatte Ro genug. Begriff dieses Kind denn überhaupt nichts?

»Die Brücke ist keine – ich wiederhole, *keine* – Touristenattraktion!« fauchte sie. »Dort gehen ausgebildete Starfleet-Offiziere ihren Aufgaben nach – wichtigen Aufgaben, die sich nicht auf überflüssige Wanderungen durch das Schiff beschränken. Halt!« bellte sie. Der Turbolift blieb stehen.

»Ich steige hier aus«, sagte sie brüsk zu James. »Der Lift bringt Sie zu Ihrem Quartier zurück. Bitte entschuldigen Sie mich bei Ihren Eltern. Guten Tag.«

Als sie einen kurzen Blick auf Kelly zurück warf, sah sie, bevor die Türen des Turbolifts sich hinter ihr schlossen, daß der Junge verzweifelt hinter ihr herschaute.

Sela verließ die Transporterfläche nach der Materialisation als erste. Plactus folgte ihr auf dem Fuße, und die beiden schritten wortlos durch die harten Metallgänge, bis sie einen Lift erreichten, der sie schnell zur Brücke brachte.

»Status«, fauchte sie, bevor die Türen sich vollständig geöffnet hatten.

Der diensthabende Offizier stand stramm, schaute strikt nach vorn und erstattete kurz und knapp Bericht. »Die *Enterprise* behält ihren geosynchronen Orbit bei. Ihre Waffen bleiben desaktiviert, aber sie haben Sensorsondierungen des Planeten vorgenommen.«

»Transporteraktivität?« fragte Plactus und nahm seinen gewohnten Platz links von den Fahrstuhltüren ein.

»Ein Außenteam wurde auf den Planeten und wieder zurück an Bord gebeamt, Subcommander.«

»Wegtreten. Ich übernehme die Wache«, sagte Sela und ging zum Sessel des Kommandanten. Sie nahm Platz, stützte das Kinn auf die rechte Hand und betrachtete den Hauptbildschirm. Er zeigte die *Enterprise*, groß, funkelnd und so nah. Sie stellte sich vor, wie sie sie mit der linken Hand umfaßte, die Hülle wie Seidenpapier zerknüllte und zusah, wie die tausendköpfige Besatzung beim Eintritt in Elohs Atmosphäre verglühte.

»Also werden Picard und ich uns erneut messen«, sagte sie leise. Ihre Stimme durchschnitt das ruhige, angespannte Klima auf der Brücke wie eine Warnsirene. Natürlich hatte sie die *Enterprise* erwartet. Geheimdienstberichte hatten vorhergesagt, daß die Föderation ihr Flaggschiff schicken würde, und die Sensoren des Kriegsvogels hatten das Schiff schon vor einigen Stunden entdeckt. Von diesem Augenblick an hatte sie ihre Offiziere jede Bewegung der *Enterprise* überwachen lassen. Sie bezweifelte nicht, daß sich ihre ungewöhnlichen Befehle schnell an Bord herumgesprochen hatten und jene Offiziere, deren Karrieren nun unentwirrbar mit der ihren verknüpft waren, bestimmt schon herausgefunden hatten, daß Sela noch eine alte Rechnung mit diesem Schiff zu begleichen hatte.

Mehr als nur eine alte Rechnung, rief sie sich in Erinnerung zurück, schaute sich auf der Brücke um und betrachtete ihre Mannschaft. Wie tief sie gefallen war, und wie schnell. Von ihrer Position als rechte Hand des Prätors in der Schaltstelle des Reiches, in der alle Entscheidungen getroffen wurden, zur Kommandantin eines heruntergekommenen Schiffes am Rand des romulanischen Territoriums. Und dafür war Picard mehr als jeder andere verantwortlich zu machen. Nun hatte sie die Chance, diese Rechnung zu begleichen – nur ein wenig.

Sela schaute sich noch einmal um und sah nacheinander jedem ihrer Offiziere in die Augen, während sie sprach.

»Bei dieser Mission steht nicht weniger auf dem Spiel als die Welt unter uns. Wir müssen dem Prätor Ehre machen. Wenn wir unseren Auftrag gut ausführen, wird man unsere Namen – und den dieses Schiffes – in den Hallen des Senats loben, und unsere Karrieren werden gesichert sein.«

»Plactus«, fauchte sie dann.

»Commander.« Der ältere Offizier trat vor und an ihre Seite.

»Zeigen Sie mir die Agenda, die Daithin uns gegeben hat«, sagte sie. »Ich will mich vergewissern, daß wir auf alles vorbereitet sind.«

Plactus nickte und gab ihr den Datenblock.

Als sie ihn studierte, gestattete es sich Sela, sich den Augenblick vorzustellen, von dem sie wußte, daß er kommen würde – den Augenblick, in dem sie Picard diese Welt entriß. Sie lebte für diesen Moment.

3

Der Morgen auf Eloh war sonnig und warm. Die Brise fühlte sich auf Geordi LaForges Haut gut an. Das wäre ein idealer Planet für einen Landurlaub, dachte er. Wenn wir nur mehr als lediglich eine Woche Zeit hätten…

Geordi saß auf dem Rücksitz eines elohsianischen ›Verweilers‹ – eines Bodenfahrzeugs, das dem Landgleiter der Föderation ähnelte. Es war batterie- und radbetrieben, funktionierte, wie sein VISOR ihm verriet, effizient und stieß nur eine geringe Menge schädlicher Abgase aus.

Er stellte fest, daß Deanna Troi, die neben ihm saß, die Fahrt und die Sehenswürdigkeiten dieses kleinen Kontinents ebenfalls genoß. Die beiden waren bei Anbruch der Dämmerung hinabgebeamt und, nachdem sie sich einen Überblick über den geplanten Tagesablauf verschafft hatten, vom Hauptkontinent Regor nach Carinth Dar geflogen. Dort waren sie bereits von ihrer Führerin Ilena erwartet worden.

Ilena war, wie alle Elohsianer, einen guten Kopf größer als Geordi und Deanna. Sie trug einen dunklen, einteiligen Overall mit einem hellblauen Kragen um den Hals. Ihr Translator war wie eine Brosche daran befestigt. Ihre Größe hatte sie zuerst ein wenig einschüchternd wirken lassen, doch während der Fahrt hatten sie sich besser kennengelernt. Geordi überraschte ihr Alter – auf der Erde hätte sie gerade erst den Abschluß an der Starfleet-Akademie gemacht –, doch sie war ein freundliches, extravertiertes junges

Mädchen und bereit, jede ihrer Fragen zu beantworten. Nach einer Stunde Fahrt hatten sie schon einen beträchtlichen Teil der Küste und des tiefen, grünblauen Meeres dahinter gesehen.

Ilena drehte sich um und schaute zu Geordi zurück. »Wir sind noch ungefähr fünf Minuten von der Computeranlage entfernt. Der Kern bietet einen beeindrukkenden Anblick«, sagte sie stolz.

Geordi beugte sich vor. Er dachte, sie vielleicht falsch verstanden zu haben. »Ihre gesamte Welt wird von einem einzigen Computersystem gesteuert?« fragte er.

Nun war es an Ilena, LaForge einen schnellen, überraschten Blick zuzuwerfen. »Ja, sicher«, sagte sie. »Seit dem Ende des Krieges sind wir alle mit dem Hauptcomputersystem verbunden – um die Einheit zu propagieren. Wir benutzen Glasfaserkabel unter dem Meer und Kurzwellenrelais, um alle an das System anzuschließen. Es ist sogar die Rede von einem Satellitensystem, das eine noch umfassendere Abdeckung gewährleisten soll.«

»Das ist sehr beeindruckend«, sagte Troi.

Politisch gesehen vielleicht, dachte Geordi. Doch vom Standpunkt des Technikers aus forderte man eine Katastrophe geradezu heraus, wenn man alles auf eine Karte setzte.

»Ich nehme an, Sie haben ein Back-up-System«, warf er ein.

»Ja, auf Dos Dar«, sagte sie. »Hier auf Carinth haben wir den Hauptcomputer und die wichtigsten Schulen; auf Regor sind die weltweiten Handelsmärkte und das Parlament angesiedelt; auf Delphine Dar haben wir Ackerbau und die Nahrungsmittelherstellung; auf Dos Dar befindet sich die Kläranlage, die für unsere wachsende Bevölkerung lebensnotwendig ist; und auf Hyanth haben wir die bedeutenden Industrien und Wissenschaften angesiedelt. Das ist doch nur logisch, meinen Sie nicht auch?«

»Befürchten Sie nicht, daß alte Wunden aufgerissen werden und der Krieg von neuem anfängt?« fragte Geordi.

Ilena winkte ab. »Unmöglich. Wir alle haben so viel verloren, daß sogar die Populisten, die den Krieg damals angezettelt haben, erkannt haben, daß es an der Zeit ist, die Waffen beiseite zu legen. Ich glaube wirklich, daß diese Welt nun mit einer Stimme spricht.«

Geordi konnte in Ruhe über diese Überzeugung nachdenken, während Ilena sich auf das Fahren konzentrierte. Nach ein paar Minuten bog der Verweiler um eine Ecke, und sie befanden sich vor einem kleinen, kaum beeindruckenden Gebäude. Auf beiden Seiten neben der Tür blinkten rote Lampen. Ilena stellte den Verweiler neben drei anderen Fahrzeugen ab, alle von der gleichen Bauweise, aber andersfarbig lackiert. Sie bedeutete ihren Gästen, ihr zu folgen, und ging zu der dunkelroten Tür voran. Geordi sah, daß sie irgendeine Karte aus ihrem breiten Gürtel fischte und vor einen Scanner hielt. Die bernsteinfarbene Linse erlosch, und eine Tür klickte auf. Ilena zog kurz daran, die Stahltür schwang nach außen auf und ermöglichte dem Trio den Eintritt.

Die Counselor ging schneller, um mit der größeren Frau Schritt halten zu können. Geordi überprüfte noch einmal die Ausrüstungsgegenstände in seiner Tasche und mußte sich dann ebenfalls sputen. Obwohl er sich rühmte, sich körperlich fit zu halten, wurde ihm klar, daß Troi für Außenteam-Missionen wesentlich besser in Form war als er. Sie achtete darauf, täglich in den Fitneß-Raum zu gehen, während er sich mit ein oder zwei Sitzungen in der Woche begnügte. Seine Ausrede war, daß er bei solchen Missionen normalerweise neue Leitungen verlegen oder etwas reparieren, aber nur selten Picard oder Riker hinterherlaufen oder feindlichem Phaserfeuer ausweichen mußte.

Ilena führte die Offiziere zum Ende eines Ganges. Dort wartete ein Fahrstuhl auf sie, der sich ebenfalls sehr schnell bewegte. Geordi schätzte, daß sie mindestens zwanzig Meter zurückgelegt hatten, als die Kabine anhielt. Die Fahrt verlief viel glatter, als er erwartet hatte; wahrscheinlich wurde der Lift magnetisch und nicht mit Kabeln und Rollen betrieben.

»Willkommen in der Operationszentrale«, sagte Ilena und trat aus dem Fahrstuhl, als die Türen sich öffneten.

Die Helligkeit des dahinter liegenden Raums überraschte Geordi. Er war riesig – etwa so groß wie der Shuttlehangar der *Enterprise* – und hatte völlig leere Wände, die indirekt von hellem, gelbem Licht erhellt wurden. In der Mitte des Raums befanden sich sieben Personen, die alle hinter Computerterminals saßen und helmähnliche Geräte trugen, die über Kabel direkt mit den Arbeitsplätzen vor ihnen verbunden waren. Die Terminals ragten schräg nach oben, so daß die Operatoren fast mit dem Rücken auf dem Boden lagen und direkt zur Decke hochschauten. Über ihnen waren Monitore angebracht, über die schneller, als das Auge folgen konnte – zumindest Geordis VISOR – Bilder huschten.

»Dieses System stellte die Kulmination von Forschungsarbeiten auf allen fünf Kontinenten dar und verwendet den schnellsten Computer, der je von uns entwickelt wurde.«

Geordi trat neben ein Terminal. Die Frau, die dahinter saß, nahm ihn kaum wahr, während ihre Finger über breite, vertikal ausgerichtete Tastaturen flogen. Er mußte sich bücken, um die drei Tastaturen und die kleinen Bildschirme in der Mitte betrachten zu können. Der Operator schien Dateien zu speichern, die nach Kontinenten geordnet waren, falls LaForge die Daten richtig deutete.

»Wir arbeiten in fünf Schichten, rund um die Uhr«, fuhr Ilena fort. »Die Operatoren passen ständig die Zuteilung unserer Ressourcen an.«

»Solch eine Zuteilung könnte eins unserer KI-Systeme schneller vornehmen«, sagte Geordi, ohne aufzuschauen. »Wir könnten Ihnen Ingenieure und Techniker zur Verfügung stellen, die Ihnen helfen, einige Ihrer Systeme zu modernisieren.«

»Unser Volk ist entschlossen, sich selbst zu helfen«, sagte Ilena, und ein leichtes Stirnrunzeln legte sich auf ihre Züge. »Ich weiß nicht, ob uns das gefallen würde.«

Troi ging zu ihrer Führerin. »Wenn Eloh der Föderation beitritt«, sagte sie, »entscheiden die Elohsianer selbst, inwiefern wir ihnen helfen sollen. Die Föderation war schon immer der Ansicht, daß jede Welt einzigartig ist und solche Entscheidungen allein treffen soll.«

Ilena lächelte und sah zuerst Geordi und dann Troi an.

»Genau das wollte ich damit sagen«, warf Geordi ein.

»Das klingt hervorragend«, erwiderte Ilena. »Hoffentlich erklärt Ihr Captain Premier Daithin Ihre Politik auf die gleiche Weise.«

»Darauf können Sie sich verlassen«, sagte Troi.

Geordi beugte sich näher an einen Operator heran und versuchte zu lesen, was auf dem Bildschirm stand. Schließlich drehte die Frau sich zu ihm um. »Möchten Sie es einmal probieren?« fragte sie barsch.

»Oh, nein«, erwiderte er und wich einen Schritt zurück. »Mit den Computern auf der *Enterprise* kenne ich mich aus, aber mit Ihren aktivierten Systemen möchte ich nicht herumspielen. Vielleicht ein andermal.«

»Dann treten Sie zurück, damit ich mich konzentrieren kann. Ich hätte fast ein Energiegitter auf Dos Dar verloren.« Die Frau widmete sich wieder ihrer Arbeit und ignorierte Geordi völlig.

Ein wenig bestürzt über die Heftigkeit ihrer Reaktion stand Geordi auf und ging zu ihrer Führerin zurück.

»Es war nicht Ihre Schuld«, sagte Ilena leise und legte eine Hand auf seine Schulter. »Wir verlangen sehr viel von diesen Leuten; wir schätzen, daß die meisten diese Arbeit nur fünf bis zehn Jahre lang verrichten können und dann leichtere Aufgaben übernehmen müssen.«

»Ah, da sind Sie ja!« sagte eine unbekannte Stimme.

Geordi drehte sich um und sah einen Mann in dunkelroter und silberner Kleidung, der durch eine Tür in der anderen Seite des Raums kam. Er hielt zwei große Schaltkreismodule in den Händen und trug ein Stirnband um den Kopf, an dem eine Lampe befestigt war. Auf den ersten Blick hielt Geordi ihn für einen Techniker, doch dann sah er den Translator, der an einer breiten Tasche befestigt war, und ihm fiel auf, wie alle Elohsianer auf seine Anwesenheit reagierten.

»Sie müssen von der Föderation sein. Ilena, würden Sie mich bitte vorstellen?« sagte der ältere Mann. Er war der kleinste Elohsianer, den Geordi bislang gesehen hatte, etwa so groß wie Commander Riker, und nicht so breit gebaut wie die anderen Vertreter seiner Spezies.

»Das sind Lieutenant Commander Geordi LaForge und Counselor Deanna Troi vom Raumschiff *Enterprise* der Vereinigten Föderation der Planeten. Und das ist General Luth, der Mann, der zur Zeit dafür verantwortlich ist, daß unsere Technik immer auf dem neuesten Stand bleibt.«

Geordi warf einen Blick auf die Schaltkreismodule in Luths Händen. Er fragte sich, wozu sie dienen mochten, und nahm mit dem VISOR einen vollständigen Scan vor.

»Was ist das da auf Ihrem Gesicht?« fragte Luth schroff.

»Ein elektronisches Gerät, das meine Blindheit kompensiert«, erklärte LaForge. »Ich kann damit auf allen Wellen des elektromagnetischen Spektrums ›sehen‹. Es hat sich als wirklich nützlich erwiesen, wenn es darum geht, an Bord des Schiffes Störungen zu finden und zu beseitigen.« Geordi zeigte auf die Module. »Und welchem Zweck dienen diese Dinger?«

Luth hob beide Hände und verzog das Gesicht. »Das sind durchgebrannte Einheiten von einer Relaisstation auf einer Insel etwa vierhundert Quadrat von hier. Ich habe sie untersucht, weil ich herausfinden will, was die Schäden verursacht hat. Was sehen Sie?«

»Eigentlich, Sir«, begann Geordi, »möchte ich es mir nicht erlauben, Mutmaßungen über Ihre Technik anzustellen. Ich sehe jedoch eine beträchtliche, von Salzwasser hervorgerufene Korrosion um die Kontakte. Was benutzen Sie als Isolierung?«

Luth wog die beiden Module weiterhin nachdenklich in den Händen und betrachtete sie. »Ein Sturm hat die Metallauflage abgerissen«, sagte er schließlich. »Wasser drang ein und rief Kurzschlüsse hervor. Aber es war nur ein ganz kurzer Kontakt nötig, um das gesamte System zu stören. Ich suche nach einer Möglichkeit, so etwas in Zukunft zu verhindern. Können Sie mir dabei helfen?«

»Hmm ...« Geordi betrachtete die Module etwas genauer. Das Problem lag in den Materialien, die die Elohsianer als Isolierung benutzten. Sie waren chemisch nicht stabil genug für die unterschiedlichen Umgebungen, denen sie standhalten mußten.

»Ich glaube, ich sehe das Problem«, begann er.

Troi legte sanft eine Hand auf seinen Arm.

Natürlich, dachte er und erinnerte sich an Picards strenge Mahnung während ihrer ersten Einsatzbesprechung, den Elohsianern keine technische Hilfe zukommen zu lassen.

Er schüttelte den Kopf. »Es tut mir sehr leid, aber ich kann Ihnen nicht helfen«, sagte er. »Wir haben Verhaltensregeln, die verhindern sollen, daß wir den natürlichen Entwicklungsstand eines Planeten verändern. Wie die Counselor und ich gerade Ilena erklärt haben ...«

Luth starrte ihn finster an. »Verändert nicht schon Ihre bloße Anwesenheit unseren Entwicklungsstand?«

»Natürlich, Sir. Aber Sie haben uns hierher eingeladen. Und bis wir die Bündnisfrage geklärt haben, darf ich mich nicht einmischen.«

»Einmischen?« donnerte der Elohsianer. »Ich bitte Sie nur um einfache technische Hilfe und nicht um Pläne zum Bau einer Bombe.«

Geordi bemerkte, daß einige Elohsianer von ihren Computerterminals aufsahen und in ihre Richtung schauten. Das war nicht gut. »Wenn Eloh sich entschließt, sich der Föderation anzuschließen, werden wir Ihnen alle Hilfe zukommen lassen, die Sie anfordern. Aber im Augenblick kann ich wirklich nichts für Sie tun. Ich bedaure.«

»Wir müssen weiter zu unserem nächsten Besichtigungspunkt«, sagte Ilena. Sie nickte Luth zu und ging rückwärts zur Tür. »Schaltmeister, vielen Dank für ...«

Luth gab ein unhöfliches Geräusch von sich, drehte sich abrupt um und stürmte zu seinem Büro zurück. Einer der Operatoren warf ihnen einen bösen Blick zu, bevor er seine Aufmerksamkeit wieder auf die Bildschirme vor ihm richtete.

»Lassen Sie mich raten – ich habe das Falsche gesagt«, murmelte Geordi, als sie wieder im Fahrstuhl waren.

»Trotzdem war der Schaltmeister unbeschreiblich unhöflich«, erwiderte Ilena. »Da seine Gefühle verletzt wurden, hält er solch ein Verhalten wohl für gerechtfertigt. Das ist nicht ungewöhnlich für einen Populisten.«

Puh... was hatte das denn zu bedeuten? Geordi wechselte einen Blick mit Troi, die lediglich die Augen verdrehte. Soviel zu Ilenas Einheitsbeteuerungen, dachte er. Trotz ihrer Erklärung, die Populisten und die Dar seien dicke Freunde und Verbündete im Parlament, schien es noch eine Menge böses Blut – und alte Vorurteile – zwischen ihnen zu geben.

Die drei kehrten schweigend zum Verweiler zurück.

»Möchten Sie meine Lieblingsaussicht auf die Küste sehen?« fragte Ilena plötzlich. Geordi und Troi sahen sich an und nickten. Das gehörte zwar nicht zur offiziellen Besichtigungstour, doch eine kleine Pause konnte im Augenblick nicht schaden. Ilena führte sie einen steinigen Pfad entlang, der am Computerkomplex vorbei zum Meer verlief. Nach ein paar Minuten vertraten sie sich die Beine und genossen die atemberaubende Aussicht. Das in der Sonne funkelnde Meer spülte sanft gegen Felsbrocken und -spitzen. Kleine Vögel flogen über sie hinweg und stießen graziöse Schreie aus. Dann sammelten sie sich zu einem Schwarm und schossen plötzlich über ihre Köpfe hinweg landeinwärts.

»Sie heißen *Totenkläger*. Jetzt suchen sie gerade Nahrung«, sagte Ilena, die seinen Blick bemerkt hatte. »Sie ziehen nach Osten, immer etwa fünfzig pro Schwarm, und halten alle paar Quadrate an, um Futter zu sammeln. Sie haben kleine Säcke unter den Schnäbeln, in denen sie es aufbewahren, bis sie ihr Winterquartier erreichen. Man kann hier jedes Jahr beobachten, wie sie sich sammeln – immer derselbe Ort, immer derselbe Zeitpunkt.« Ilena griff hinab, zog einen Schuh aus und hielt den Fuß ins Wasser.

»Als ich aufwuchs und wir noch Krieg hatten, konnte ich nur nach der Entwarnung hierherkommen. Die Schlächter von Hyanth führten Blitzüberfälle durch, schlugen hier und dort zu und zogen sich sofort wieder zurück. Wir wußten nie, wo sie als nächstes auftauchen würden. Wir mußten in unterirdischen Schutzbunkern in die Schule gehen. Ein Jahr habe ich die Totenkläger völlig verpaßt.«

»Wie konnten Sie sich auf das Lernen konzentrieren, wenn um Sie herum ein Krieg tobte?« fragte Troi.

»Als ich geboren wurde, dauerte der Krieg zwischen den Dar und den Populisten schon dreißig Jahre an. Mein Vater verbrachte sein gesamtes Leben bei der Marine. Er hat sich noch immer nicht an den Frieden gewöhnt.«

»Nun, um Ihrer aller willen hoffe ich, daß der Frieden anhält«, sagte Geordi.

»Er wird Bestand haben«, sagte Ilena, zog die Knie an die Brust und legte die Arme darum. »Er muß einfach Bestand haben.«

»Mein geschätzter Kollege aus Dos Dar scheint eher mit dem Hinterteil als mit dem Gehirn zu denken, Premier«, rief eine stämmige Elohsianerin.

»Ich erhebe Einspruch gegen solche populistischen Verleumdungen, Premier!« erwiderte der angegriffene Abgeordnete.

»Eine Verleumdung war nicht beabsichtigt«, erwiderte die Frau. »Wenn überhaupt, habe ich lediglich auf seine Weiterentwicklung hingewiesen.«

In der Besuchergalerie, direkt links vom Podest, saßen Captain Picard und Data und beobachteten still Elohs ›vereinigtes‹ Parlament. Seit einer Dreiviertelstunde brüsteten sich die Abgeordneten sämtlicher Kontinente ihrer jeweiligen Leistungen, damit diese ins Protokoll aufgenommen wurden. Dieses Protokoll stand allen, die sich dafür interessierten, im planetarischen Datennetzwerk zur Verfügung und hatte, so vermutete Picard zumindest, zweifellos einen gewissen Einfluß, wenn Neuwahlen ins Haus standen.

Die derzeitige Debatte drehte sich um die Getreideproduktion auf Regor. Die Auseinandersetzung war eskaliert, bis es dann zu Beschimpfungen gekommen war, wie Captain Picard sie nicht mehr erlebt hatte, seit er Schüler in Frankreich gewesen war.

»Im Protokoll sollte festgehalten werden, Premier«, bellte der Regorianer, »daß wir seit fünfundvierzig Perioden die Produktion ununterbrochen gesteigert haben. Das ist in unserer gesamten Geschichte einzigartig.«

»Was für eine Rolle spielt es, welche Mengen hergestellt werden, wenn das Produkt letztlich wertlos ist?« konterte seine Widersacherin. »Die Unterlagen belegen eindeutig, daß die Zufriedenheit der Kunden über die hervorragenden Produkte aus Dos Dar viel größer ist.«

Picard reckte den Hals, um die Reaktionen anderer Abgeordneter im Raum beobachten zu können. Die Vertreter der jeweiligen Kontinente machten entweder abfällige Gesten oder jubelten ihren Anführern stumm zu. Die der drei anderen Kontinente beobachteten das Hin und Her mit geringschätzigen Blicken oder Erheiterung in unterschiedlichem Ausmaß.

Data drehte sich zu seinem Captain um. »Sir«, sagte er, »ich finde die Feststellung interessant, daß man diese politische Struktur mit ihrer kleinlichen Zänkerei zur Zeit auch auf nicht weniger als vierzehn Föderationswelten vorfindet.«

»Sehr interessant, Data.« Picard schüttelte den Kopf. »Das bestätigt nur meine Ansicht, daß die menschliche Natur sich überall ziemlich ähnlich ist, ganz egal, wie weit hinaus in die Galaxis man reist. Damit die Leute miteinander zurecht kommen, muß irgendein System her, das ihnen erlaubt, Dampf abzulassen. Diese Sitzung scheint einzig und allein diesem Zweck und sonst kaum etwas zu dienen.«

»Eine faszinierende Beobachtung, Captain«, sagte der Androide.

Picard nickte geistesabwesend. »Data, wenn dieser Planet jemals als Teil der Föderation funktionieren soll, muß man seine Bewohner auf zahlreichen Gebieten schulen, angefangen bei verbesserter Technik bis hin zu *Roberts Spielregeln*.«

»Mir ist nicht bekannt, Captain, daß *Roberts Spielregeln* irgendwann während der Existenz der Föderation als anerkannte Regierungsform galten.«

Picard unterdrückte ein Lächeln. »Das war nur ein kleiner Scherz, Data«, erwiderte er.

Der Zweite Offizier konzentrierte sich kurz, runzelte die Stirn, speicherte dabei den Hinweis ab und widmete seine Aufmerksamkeit wieder der Parlamentssitzung.

Während es mit den prahlerischen Reden weiterging, beobachtete Picard den Premier. Er sah, daß Daithin sich einige wenige Notizen auf seinem Terminal machte, aber verhältnismäßig oft Larkin gegenüber leise Kommentare abgab. Keiner der beiden schien das Prahlen ernst zu nehmen.

»Wenn die Dar und die Populisten nun genug heiße Luft abgelassen haben«, sagte schließlich ein Parlamentsangehöriger, der ganz hinten im Raum saß, »möchte ich beantragen, daß diese Körperschaft sich einem neuen Thema widmet.« Die Stimme war so leise, daß man sie kaum ausmachen konnte.

Daithins Augen leuchteten erfreut auf. »Der Vorsitzende erkennt Waln von Hyanth.«

»Ich unterstütze den Vorschlag«, meldete sich eine Frau, die rechts von Waln saß, zu Wort.

»Danke, Waln«, sagte Daithin. »Wir hätten diese Diskussion schon vor geraumer Weile beenden sollen. Wer schlägt dem Parlament ein neues Thema vor?«

Waln erhob sich augenblicklich und zerrte an seinem Gürtel. Er wartete geduldig, bis der Tumult erstorben war, und ergriff dann das Wort. »Premier, die Bürger auf Hyanth haben die Untersuchung der Schäden abgeschlossen, die bei den kürzlichen Aufständen entstanden. Es wird mindestens vier Monate, vielleicht sogar ein Jahr dauern, bis wir die normale Produktion wieder aufnehmen können.«

Picard runzelte die Stirn. Er hörte zum erstenmal von solchen Unruhen.

»Überdies«, fuhr Waln fort, »haben die letzten Erdbeben nicht nur zum Tod von Dutzenden von Arbeitern geführt, sondern auch die Bergbaugruben von Lorcan stark in Mitleidenschaft gezogen. Sie müssen vielleicht völlig geschlossen werden.«

Zum erstenmal an diesem Tag sah Picard, daß Daithin die Stirn runzelte.

»Das wird eine planetenweite Verknappung an Stromkabeln nach sich ziehen«, sagte der Premier. »Steht fest, daß die Mine unbenutzbar ist?«

»Fest steht gar nichts«, sagte Waln. »Vielmehr nur eins. Nämlich, daß ich nicht länger zusehen werde, wie weitere meiner Leute sterben, nur um der Welt Metall für Waffen zu verschaffen. Statt dessen ...«

»Jetzt hören Sie einmal, mein Bester«, setzte eine schwergewichtige Frau an, die drei Tische weiter links saß. »Wollen Sie damit andeuten, daß die Soldaten auf Delphine Dar Waffen, die dem Wohl der Welt dienen, höher einschätzen als das Leben selbst?«

Waln wandte sich seiner Angreiferin zu und zeigte mit einem Finger auf sie. »Ich habe nichts dergleichen gesagt, Madame. Ich habe jedoch gesagt, daß ich mehr Zeit für meine Leute brauche. Ihre Armee ist doch bestimmt entsprechend ausgerüstet, um mit allen zivilen Unruhen fertig zu werden.« Die Stimme des alten Mannes triefte vor Sarkasmus. »Wir müssen uns nicht mehr auf Kriege vorbereiten – und wir werden im Augenblick von zwei Raumschiffen mit einer der unsrigen weit überlegenen Bewaffnung beschützt.«

Picard hatte sich während des Wortwechsels vorgebeugt, und Data hatte beobachtet, wie sein Captain die

Elohsianer beobachtete. »Sir«, fragte der Androide neugierig, »haben die Parlamente auf der Erde so ähnlich funktioniert?«

»Mr. Data, ich habe das Gefühl, daß Regierungen so gearbeitet haben, seit solche Gebilde geschaffen wurden.«

»Wir erkennen den Wert Ihrer Bemühungen an, Gouverneur – aber Sie müssen auch anerkennen, daß unser Heer seine Kampfkraft behalten muß.« Die Verbündeten der Frau nickten.

»Ich erkenne lediglich«, sagte Waln, »daß die hochgesinnten und weitschweifigen Dar vielleicht nicht bereit sind, sich den bevorstehenden Veränderungen zu unterwerfen! Sie sprechen nur von ›Ihrem‹ Heer – und nicht von den Vereinigten Streitkräften Elohs!«

»Weil es sie noch nicht gibt, Waln!« erwiderte die Frau hitzig. »Heute muß das Heer der Dar mein Volk schützen – ein Heer, wie ich hinzufügen darf, um das man uns auf fünf Kontinenten beneidet.«

»Auf *zwei* Kontinenten, meine Sie«, rief eine Stimme, die von einem Tisch hinter Waln kam. »Die Dar sind den populistischen Ruheständlern von Carinth noch immer nicht gewachsen!«

»So einen Unsinn hab ich mein Lebtag noch nicht gehört«, rief die große Frau.

»Sie sprechen heute selbst eine Menge Unsinn, *Madame*«, höhnte ein anderes Parlamentsmitglied.

Das Gesicht der Frau lief rot an, und sie stieß ihren Stuhl zurück. »Kann schon sein. Aber jetzt wollen wir mal sehen, wie Ihr Heer Sie vor mir rettet!«

Picards Mund klaffte erstaunt auf, als die Frau vorwärts stürmte und verängstigte Politiker zur Seite wichen.

Das war Einheit?

Der Captain warf schnell einen Blick zu dem Podest, auf dem Daithin sich endlich erhoben hatte. Larkin war ebenfalls aufgesprungen und gab Befehle in eine Konsole ein. Picard hoffte, daß er Ordnungskräfte zu Hilfe rief.

»Das reicht!« hallte Daithins dröhnende Stimme über die Kammer und brachte die Menge zum Schweigen. Die beiden Parteien standen sich nun kaum einen halben Meter entfernt gegenüber.

Daithin atmete tief ein und riß sich zusammen. »Und jetzt setzten Sie sich wieder – und zwar alle. Sie benehmen sich wie eine Horde zu alter Schulkinder, die sich auf dem Schulhof zanken.« Mit diesen Worten nickte er Larkin zu, der zwei Befehle in den Computer eingab. Picard vermutete, daß es sich dabei um das elohsianische Äquivalent einer Entwarnung handelte.

Alle kehrten auf ihre Plätze zurück, und Waln nahm den Faden wieder auf. »Premier, um zu meiner ursprünglichen Bitte um mehr Zeit für unseren Produktionsplan zurückzukommen ...«

»Ich habe die Bitte gehört, Waln, ich habe sie gehört«, sagte Daithin. »Ich verfüge, daß die Angelegenheit ganz oben auf die morgige Tagesordnung des Ausschusses gesetzt wird. Also – gibt es noch weitere Punkte?«

Der nächste Antragsteller erhob sich und fing an zu sprechen, und Picard wandte sich von dem Drama unter ihm ab. Er runzelte leicht die Stirn. »Mr. Data«, sagte er, »diese Welt ist noch nicht völlig geheilt.«

»In der Tat, Captain. Wenn es schon unter den gewählten Repräsentanten zu solch einem ungebärdigen Verhalten kommt, muß man sich fragen, wie es bei der allgemeinen Bevölkerung aussieht.«

»Allerdings«, gab Picard ihm recht. »Diese Welt durchlebt gerade eine sehr interessante Phase, Mr. Data. Ist Ihnen aufgefallen, wie schnell das Gespräch vom Bergbau auf Waffen und Kriegsbereitschaft umschwenkte? Der Krieg mag zwar vorüber sein, doch noch immer werden Schlachten geschlagen – wenn auch nur mit Worten.«

Data nickte. »Eins verwirrt mich jedoch, Sir.«

»Fahren Sie fort«, forderte der Captain ihn auf.

»Wie kann eine Spezies Einheit für sich geltend machen, wenn doch offensichtlich ist, daß sie völlig uneins ist?«

Picard lächelte. »Optimismus, Mr. Data. Trotz ihrer barschen Worte wollen sie alle sich wohl doch über die internen Machtkämpfe erheben, die wir gerade beobachtet haben. Daithins Führerschaft hat bewirkt, daß sie in die Zukunft schauen.«

In seinem Geist drehte sich jedoch alles um die Frage, wie die Föderation ihnen helfen konnte, ihren Traum von der Einheit zu erfüllen.

»Falls es heute keine weiteren Anträge mehr gibt, erkläre ich die Sitzung für beendet.« Daithin schlug mit einer Hand auf den Tisch und erhob sich. Alle anderen standen ebenfalls sofort auf und schickten sich an, die Kammer zu verlassen. Picard und Data blieben noch einen Augenblick lang sitzen, lauschten geflüsterten Kommentaren und nahmen das Lokalkolorit auf.

Ein Elohsianer unterbrach ihre Beobachtungen und teilte ihnen mit, er solle sie zum nächsten Punkt ihrer Besichtigungstour bringen. Sie folgten ihm aus dem Parlamentsgebäude und in das Stadtzentrum. Die Gebäude, die sie sahen, waren in einem regelmäßigen, schachbrettartigen Straßenmuster angeordnet und schienen auf höchstens fünf oder sechs unterschiedlichen architektonischen Entwürfen zu basieren. Ohne die Schilder hätte man die Straßen leicht verwechseln können. Die Gebäude waren alle ziemlich niedrig, verfügten höchstens über fünf Stockwerke, vom Parlament einmal abgesehen, das offensichtlich als Mittelpunkt der Stadt angelegt war.

Die Elohsianer, an denen sie vorbeigingen, blieben zwar stehen und betrachteten sie, gafften aber nicht übermäßig, zeigten auch nicht auf sie und schienen sich nicht an ihrem Aussehen zu stören. Statt dessen lächelten viele oder erboten den elohsianischen Gruß, den Picard erwiderte. Dabei schien es sich um das Äquivalent des in der Föderation bevorzugten Händedrucks zu handeln.

»Da kommt der Premier«, sagte ihr Führer und unterbrach Picards Gedankengang. Daithin eilte aus der entgegengesetzten Richtung auf sie zu. Larkin war bei ihm.

»Wir wollten vor den Ausschußsitzungen heute nachmittag eine Kleinigkeit essen«, sagte Daithin. Er drehte sich um und zeigte auf ein Restaurant direkt hinter ihnen. »Möchten Sie uns Gesellschaft leisten?«

»Gern«, sagte Picard. Er und Data folgten den beiden Elohsianern in das Restaurant – das ziemlich beliebt sein mußte, schätzte er, denn fast jeder Tisch war besetzt. Petar, ein übergewichtiger Elohsianer mit einem sehr breiten Lächeln, bedachte Daithin mit der rituellen Begrüßung, dem Schlag mit der Faust gegen die Brust, und deutete dann auf einen gedeckten Tisch. Sofort erschien ein Kellner mit Speisekarten – aber nur für die Starfleet-Offiziere. Picard sah Daithin verwirrt an.

»Wir kennen die Karte auswendig«, erklärte der Premier. »Darf ich Ihnen den gemischten Gemüsesalat mit dem Kräuterdip empfehlen? Er ist sehr knackig.«

Picard nickte. Data las jedoch weiterhin die Karte durch.

»Möchten Sie etwas Besonderes, Commander Data?« fragte Daithin.

»Ich studiere nur das zur Verfügung stehende Angebot«, erwiderte der Androide. »Ich muß keine Nahrung zu mir nehmen, genieße aber Gespräche bei Tisch.«

»Ah, ich verstehe«, sagte Larkin. Er und Daithin wechselten einen amüsierten Blick und gaben dann beim Kellner ihre Bestellungen auf.

»Premier«, sagte Picard, »mir ist aufgefallen, daß die Romulaner bei der heutigen Parlamentssitzung nicht anwesend waren.«

»Richtig, Captain. Sie haben vor Ihrer Ankunft an der gestrigen teilgenommen und geben meinem Beraterstab heute eine Einführung in ihre Kultur. Keine Bange, wir haben einen Terminplan ausgearbeitet, der den direkten Kontakt auf ein Minimum begrenzt. Ich kann mir gut vorstellen, wie es ist, wenn man sich in der Nähe von Leuten befindet, die man für ... den Feind hält.«

»Und ich kann Ihnen sagen, das war nicht einfach«, warf Larkin ein, »da uns nur so wenige Tage zur Verfügung stehen. Wäre doch nur nächste Woche nicht *Nelvana Del* ... aber wir können unseren Kalender genauso wenig abändern wie Sie den Ihren.«

»Natürlich«, sagte Picard. Petar und ein Kellner kehrten mit mehreren großen Keramikschüsseln zurück. In der Larkins befand sich eine dampfende Suppe, während Picards Salat ein farbenprächtiges Mosaik darstellte. Der Premier selbst schien sich mit einem Nudelgericht zu begnügen, das großzügig mit – wie Picard vermutete – örtlichen Gemüsesorten bestreut war. Jedenfalls hatte er sie in dieser Form oder Farbe noch nie gesehen.

»Wie immer ausgezeichnet, Petar«, sagte Daithin.

Petar strahlte vor Vergnügen, den Regierungschef seiner Welt zufriedengestellt zu haben, und zog sich dann, noch immer lächelnd, zurück.

»Sie scheinen wegen der Romulaner ziemlich besorgt zu sein, Captain«, sagte Daithin.

Picard lehnte sich ein wenig zurück und betrachtete den Premier. »Nur Ihretwegen, Sir.« Er hielt kurz inne. »Falls ich offen sprechen darf ...«

Daithin nickte. »Bitte.«

»Wir sehen die Romulaner lediglich als unsere Feinde an, weil ihr gesamtes Verhalten der Föderation zuwider ist. Sie nehmen sich einfach, was sie haben wollen, und ihre Werte sind uns ein Greuel. Andererseits… sollten sie die Feindseligkeiten beenden wollen, wären wir nur allzu gern bereit dazu.«

»Sie sagen das gleiche von Ihnen, Captain«, warf Larkin ein. »Wenngleich sie sich wesentlich derber ausdrücken.«

»Das überrascht mich nicht«, sagte Picard. Daithin hatte recht – sein Salat war köstlich.

»Friede ist für manche Wesen eine schwierige Vorstellung«, sagte Data. »Sie brauchen gewisse Herausforderungen, um aktiv zu bleiben und überleben zu können.«

»Das verstehe ich sehr gut«, sagte Daithin. »Wir Dar haben endlose Jahrhunderte lang gegen die Populisten gekämpft.«

»Captain«, warf Larkin ein, »was ist mit Ihren Kämpfen gegen die Romulaner? Ich habe gehört, daß von allen Raumschiffen der Föderation das Ihre am häufigsten die Klingen mit ihnen gekreuzt hat.«

»Mr. Larkin, die *Enterprise* mag zwar mit den Romulanern… zu tun gehabt zu haben, aber sie hat keine Schlachten mit ihnen ausgefochten. Seit fast zwei Jahrhunderten hat es keinen Kriegszustand mehr zwischen unseren Völkern gegeben.«

»Jetzt hören Sie aber auf, Captain«, wollte Larkin ihn aus der Reserve locken. »Subcommander Plactus hat uns von vielen solchen ›Begegnungen‹ mit Ihrem Schiff erzählt. Wie ich es verstanden habe, gehört Commander Sela ja praktisch zur Familie.«

Picard zuckte bei diesen Worten unwillkürlich zusammen. Es war schon schlimm genug, daß Lieutenant Yar unter seinem Kommando gefallen war, doch jedesmal an sie erinnert zu werden, wenn er Sela sah… Er schürzte kurz die Lippen, bevor er antwortete. »Ich streite nicht ab, daß wir Auseinandersetzungen mit den Romulanern gehabt haben, doch ich hoffe, daß jede dieser Begegnungen beiden Seiten klargemacht hat, was für einen hohen Preis ein Krieg fordern würde.« Und das war so ziemlich alles, was er darüber sagen wollte.

»Gut gesprochen, Captain«, sagte Daithin. »Gut gesprochen.« Er sah eindringlich in Picards Augen, doch der Captain erwiderte den Blick und hielt ihm stand. Der Blickkontakt hielt nur ein paar Herzschläge lang an, doch der Captain wurde sich bewußt, daß er einer genauen Prüfung unterzogen wurde. Larkin verstand es geschickt, die Vertreter der Föderation in ein Gespräch zu verwickeln, und ermöglichte es Daithin dadurch, sein Gegenüber zu beobachten. Picard nahm sich vor, stets wachsam zu bleiben.

»Mr. Larkin, welche Funktion genau nehmen Sie im Rat ein?«

Dank Datas unverfänglicher und direkter Frage erfolgte ein abrupter Themenwechsel, und Picard konnte sich kurz entspannen. Larkin schien davon völlig überrascht zu werden. Ihm blieb buchstäblich der Suppenlöffel im Mund stecken, während er nach einer Antwort suchte.

»Nun, Commander Data, ich bin Daithins Privatsekretär. Ich … berate ihn in allen Fragen.«

»Dann sind Sie kein gewählter Volksvertreter?«

»Nein, das bin ich nicht«, erwiderte Larkin. »Ich arbeite nur für den Premier. Er hat natürlich genauso ein Recht auf Berater, wie Ihr Captain sich auf den Rat Ihres Ersten Offiziers und der Schiffscounselor verlassen kann.«

»Sie kennen die Funktionsweise unseres Schiffes?« fragte Data.

»Die Föderation war so freundlich, uns Material zukommen zu lassen, damit wir uns besser auf das Gespräch mit ihnen vorbereiten können.« Larkin lächelte. »Es würde mich noch immer interessieren, Ihr Schiff zu sehen.«

»Das werden Sie auch, Mr. Larkin. Wir haben bereits einen Termin dafür vorgesehen«, sagte Picard. Er ist aalglatt, stellte der Captain fest. Er war beeindruckt, wie schnell Larkin sich gefangen und das Gespräch wieder in andere Bahnen gelenkt hatte.

Picard erhob sich. »Wenn Sie uns jetzt bitte entschuldigen, ich glaube, wir werden zu einer Einsatzbesprechung erwartet.«

»Natürlich, Captain«, sagte Daithin. Er kniff in der Mittagssonne die Augen zusammen und sah ihnen nach, wie sie das Restaurant verließen.

»Was halten Sie von ihnen, Larkin?« fragte Daithin.

»Sehr clever, sehr intelligent. Man kann sich kaum vorstellen, daß Data ein Androide ist – ein künstliches Wesen. Eigentlich ist es unvorstellbar.«

»Und zwar ein künstliches Wesen, das kaum zu zerstören ist, behaupten die Romulaner.« Daithin fuhr geistesabwesend über sein Kinn. »Hätten wir hundert wie ihn gehabt, hätte der Krieg einen anderen Ausgang genommen.« Er richtete sich auf. »Sie machen einen guten Eindruck auf mich, Larkin. Mir gefällt Picards Benehmen. Ein echter Anführer, aber auch eine Rarität.«

»Was meinen Sie damit?«

»Er hat etwas an sich, das ihn einfach von anderen Männern abhebt. Wenn er mit Data zusammen ist, merkt man es kaum, doch bei anderen Mannschaftsmitgliedern fällt es einem auf.«

»Was ist mit den Romulanern?« Larkin konzentrierte sich völlig auf die Meinung seines Chefs und verglich sie mit seinen eigenen Beobachtungen.

»Ein ganz anderer Schlag, meinen Sie nicht auch? Alle so herrisch und ausdruckslos. Es ist zweifellos interessant, ihre Anführerin zu beobachten, Commander Sela, aber man stellt fest, daß es keine echte Loyalität, keine wirklich Verbindung zwischen ihr und ihren Leuten gibt. Sie befolgen ihre Befehle, weil sie keine andere Wahl haben. Picards Leute zeigen diese Verbindung und würden wahrscheinlich bereitwillig ihr Leben für ihn geben. Die Romulaner würden wohl zögern. Sehr unterschiedliche Führungsstile.«

»Auf uns wartet noch eine Menge Arbeit«, sagte Larkin. »Die führenden Dar verlangen, länger mit den romulanischen Technikern sprechen zu können. Das ist meines Erachtens zwar unnötig, aber ein Knochen, den ich ihnen vorwerfen kann.«

»Tun Sie das«, sagte Daithin. Sie verließen das Restaurant und kehrten zu dem imposanten Parlamentsgebäude zurück. »Ein gieriger Haufen, aber wir sitzen jetzt alle in einem Boot.«

»Die Einheit, meinen Sie?«

»Nein, ich meine, da wir beide Parteien eingeladen haben, müssen wir uns vereint mit ihnen befassen, oder alles wird in einer Katastrophe enden. Denken Sie an meine Worte.«

Larkin betrachtete seinen Freund und Vorgesetzten. »Was meinen Sie?«

»Sie haben den Streit heute gesehen. Wir sind bei dem Versuch, die Vergangenheit zu begraben, keinen Schritt weitergekommen seit damals, als das Parlament zum erstenmal zusammengetreten ist. Wie kann ich die Gouverneure dazu bringen, auf solche Torheiten zu verzichten und vorausschauender zu sein?«

»Vielleicht ist ihnen das nicht möglich.«

Daithin schüttelte traurig den Kopf und schritt langsamer aus. »In diesem Fall sollten wir uns wohl lieber auf einen neuen Bürgerkrieg vorbereiten. Und dann werden die Romulaner oder die Föderation einfach hereinmarschiert kommen und die Überreste einsammeln oder uns begraben. Unsere Technik ist mittlerweile nur noch darauf ausgerichtet, Tod und Vernichtung zu bringen. Der Wiederaufbau dauert nach jedem Krieg länger. Wir haben einen Punkt erreicht, an dem es kein Zurück mehr gibt.«

Larkin musterte seinen Vorgesetzten. »Machen Sie sich Sorgen um Ihren Platz in den Geschichtsbüchern?« fragte er, um Daithin ein wenig aufzuheitern. Der wollte jedoch nichts davon wissen.

»Viel mehr als das«, erwiderte der Premier düster. »Ich mache mir Sorgen darüber, daß es vielleicht keine Geschichtsbücher mehr geben wird, wenn es uns nicht gelingt, die Allianz zusammenzuhalten.«

Ro hatte sich vergewissert, daß James Kellys Eltern Dienst hatten, bevor sie sich zu deren Quartier begab. Im Gegensatz zum gestrigen Tag, als sie kochend vor Frustration den Gang entlanggestapft war, verspürte sie nun eine beträchtliche Nervosität. Sie mußte ihr Temperament im Zaum halten und dem Teenager klarmachen, daß sie ihn mit ihren Worten nicht hatte verletzen wollen. Sie ging absichtlich gemessenen Schrittes, dachte dabei über ihren gestrigen Abgang nach und überlegte, wie sie sich umfassend entschuldigen konnte. Und sie wollte dafür sorgen, daß ihre Entschuldigung auch seine Eltern erreichten, falls er ihnen von dem Zwischenfall berichtet hatte.

Schließlich erreichte sie die Tür und drückte auf den Summer. Genau wie zuvor wurde ziemlich schnell geöffnet, und erneut stand der Junge dort, diesmal in einem hellgrauen Overall und mit ordentlich gekämmtem Haar. Mit seinem erfreuten Gesichtsausdruck hatte sie allerdings nicht gerechnet.

»Fähnrich Ro«, sagte er, und seine Stimme überschlug sich beinahe vor Aufregung.

»Hallo, James. Haben Sie Zeit für mich?«

»Zeit? Natürlich, klar doch, kommen Sie bitte rein. Ich bin gerade mit den Hausarbeiten für meinen Kurs fertig und wollte ein paar Kumpel treffen, aber das kann warten. Kann ich Ihnen etwas anbieten?« Sie stellte fest, daß er so erwartungsvoll wie ein

Welpe war, und seine Begeisterung über ihren Besuch brachte sie aus dem Konzept.

»Nein, danke. James, ich wollte mich... für mein Verhalten gestern entschuldigen. Es war für einen Offizier ziemlich ungebührlich, und ich habe Sie falsch behandelt.« Sie stand da und wartete ab, was nun geschehen würde.

James hatte sich ein Glas Saft aus dem Replikator geholt und schaute überrascht zu ihr hoch. »Ach, das. Das war doch nichts, Fähnrich. Mein Dad behandelt mich ständig viel schlechter. Ich scheine einfach nie zu wissen, wann ich aufhören muß, Fragen zu stellen. Es wird nicht leicht werden, Sozialwissenschaftler zu werden, wenn ich mich nicht beherrschen kann.«

Ro hatte das Gefühl, noch einmal davongekommen zu sein, atmete erleichtert durch und nahm eine zwanglose Haltung ein. Sie war nicht darauf vorbereitet, das Gespräch nach der Entschuldigung fortzusetzen. Sie hatte sich nur entschuldigen und wieder gehen wollen, doch nun hing sie bei dem eifrigen jungen Mann fest. Schon wieder.

»Ich habe überlegt, ob ich Xenopsychologie studieren oder vielleicht sogar ins diplomatische Korps gehen soll, bin mir aber nicht sicher. Meine Mom meint, ich kann mich noch immer entscheiden, sobald ich die Universitätszulassung habe. Wollen Sie bestimmt nichts trinken?«

»Danke, wirklich nicht.« Sie hoffte darauf, daß zu diesem Zeitpunkt Schweigen die richtige Maßnahme war und irgendwann Sand in das Getriebe des Gesprächs kam.

»Na ja, jedenfalls habe ich mich gerade mit komperativer Biologie zwischen Menschen und anderen zweibeinigen Spezies befaßt. Als wir Mitte des einundzwanzigsten Jahrhunderts erstmals den Vulkaniern begegneten, dachten wir, die Chance, daß weitere humanoide Rassen in der Galaxis existieren, sei winzig gering. Aber ... na ja, da Sie in Starfleet sind, wissen Sie das wohl selbst.«

»Allerdings. Der erste Kontakt der Bajoraner mit einer anderen Spezies liegt schon lange zurück, und ich weiß nicht mehr genau, welche es war. Unsere Welt hat nicht so sehr wie die Erde vom Kontakt mit anderen Zivilisationen profitiert.«

»Verdammter Mist, natürlich, die cardassianische Besatzung. Herrje, tut mir leid, daß ich Sie daran erinnert habe. Das war ziemlich gefühllos von mir, nicht wahr? Auf jeden Fall sollten Sie noch etwas bleiben und meine Eltern kennenlernen. Sie werden um sechzehn Uhr wieder hier sein.«

Ro trat verlegen von einem Fuß auf den anderen, während ihre Gedanken rasten. Sie hatte keineswegs vor, noch mehr Zeit mit dem begeisterten jungen Mann zu verbringen. »Ich wünschte, ich könnte es«, log sie. »Aber ich muß mich jetzt um andere Pflichten kümmern. Ich werde heute abend noch einmal vorbeischauen. Und jetzt muß ich gehen. Noch einmal vielen Dank für Ihr Verständnis.«

James trat, das Glas in der Hand, zu ihr. »Vielen Dank, daß Sie vorbeigekommen sind. Ich richte es meinen Eltern aus.«

Schnell, aber nicht zu schnell, verließ Ro das Quartier.

Etwas an den Gespräch mit Kelly hatte bewirkt, daß sie sich noch nervöser als zuvor fühlte. Er hatte sie unentwegt angestarrt, ständig gelächelt ...

Sie blieb auf dem Korridor abrupt stehen. War es möglich, daß ...

Nein, sagte sie sich energisch. An der Weise, wie James sie betrachtete, war nichts ungewöhnlich.

Trotzdem entschloß sie sich, ihren nächsten Besuch bei der Familie Kelly so kurz wie möglich zu halten.

4

Logbuch des Captains, Sternzeit 46892.6. Unser Besuch auf Eloh war erhellend und hatte auch einen glücklichen Ausgang. Damit meine ich, daß wir keine negativen Begegnungen mit den Romulanern hatten. Sie haben sich in der Tat zurückgehalten und uns keine Probleme bereitet. Der Ärger, den ich spüre, kommt von einer unerwarteten Quelle – von den Elohsianern selbst. Feindseligkeiten zwischen den vormals kriegführenden Fraktionen des Planeten brodeln noch immer unter der Oberfläche. Grundlegende Vorurteile blieben bestehen und brechen während Zeiten der Anspannung mit beunruhigender Häufigkeit auf. Ich fürchte, die Romulaner werden die Spannungen nutzen und den Planeten für sich beanspruchen, wenn gerade niemand hinschaut.

Am heutigen Abend gibt Premier Daithin ein Bankett zu Ehren der Romulaner und der Föderation. Falls Commander Sela irgend etwas vorhat, hoffe ich es dort herauszufinden.

Im Transporterraum musterte Captain Picard seine Senior-Offiziere, die alle Galauniformen angelegt hatten. Worf zerrte an seinem Kragen und zog ständig seine leuchtende zeremonielle klingonische Schärpe zurecht. Sowohl Dr. Crusher als auch Troi wirkten prächtig in ihrer Kleidung, wobei Troi sich für ein hellblaues, schulterfreies Kleid entschieden hatte, das offizieller Bestandteil ihrer Amtstracht war. Riker, Geordi und Data schienen bereit für das Ereignis zu sein. Er wußte, daß die meisten von ihnen sich nicht gern in Schale schmissen, und Picard ordnete Auftritte in dieser Uniform so selten wie möglich an. Aber er konnte es sich nicht leisten, an diesem Abend darauf zu verzichten – und er konnte auch keine Risiken bei irgendeinem anderen Teil des Banketts eingehen.

»Bevor wir auf den Planeten beamen«, begann er, und die Offiziere hörten auf damit, Fusseln zu entfernen und Uniformjacken herunterzuziehen, und richteten ihre Blicke auf den Captain, »möchte ich auf ein paar Punkte hinweisen. Zuerst einmal müssen wir noch sehr viel über dieses Volk lernen, und ich möchte, daß Sie alle aufmerksam bleiben. Das ist entscheidend, vor allem, da sich ein Kontingent Romulaner in dem Saal befindet.«

Picard trat auf die Transporterfläche und drehte sich zu seinem Sicherheitsoffizier um. »Der Status des Kriegsvogels, Mr. Worf?«

Der Klingone räusperte sich. »Vor fünf Minuten war er noch unverändert, Sir.«

»Gut. Dann wird es ja bestimmt sehr lustig werden, was?«

Worf unterdrückte eine Grimasse, als Picard den Befehl zum Beamen gab.

Ein paar Minuten, nachdem das Kontingent der *Enterprise* materialisiert war, wurde es zu einem kastenförmigen, langen und ziemlich schmalen Gebäude gebracht, das von der allgemeinen Bauweise ziemlich abwich. Es war ein einstöckiges Bauwerk mit filigranen Silberverzierungen an der Außenseite, direkt unter dem Dach und um die Fenster. Über der ziemlich breiten Tür war ein Symbol Elohs angebracht, das aus einem großen Diamanten bestand. Dunkel gewandete Frauen, die sich unter pechschwarzen Umhängen verbargen, hielten an beiden Seiten der Tür Wache – Schutz gegen ungebetene Gäste, wie der Captain vermutete. Auf der Schwelle stand Daithin, bekleidet mit einem grellen, gelben Gewand mit orangenen Streifen, um die Repräsentanten der Föderation zu begrüßen. Er trug einen engen, spitz zulaufenden Hut mit einer Kupferverzierung ganz oben. Neben ihm stand Larkin, in etwas dunkleres Gelb gekleidet.

»Wie schön, Sie empfangen zu dürfen, Captain«, begann Daithin und zeigte auf den Raum hinter ihm. »Ich hoffe, Sie haben Appetit mitgebracht. Mein Kochpersonal hat eine Woche lang das Beste vorbereitet, was unsere Welt zu bieten hat.«

»Wir freuen uns bereits darauf«, erwiderte Picard. »Ich glaube, Sie und Mr. Larkin kennen meinen Sicherheitsoffizier noch nicht, Lieutenant Worf vom Klingonischen Imperium. Und das ist unsere Chefärztin, Dr. Beverly Crusher.« Beide Mannschaftsmitglieder nickten zur Begrüßung. Daithin lächelte. Larkin starrte Worf lediglich unverhohlen an.

»Bitte folgen Sie mir in den Speisesaal«, sagte Larkin. Er zeigte nach vorn, und eine sehr breite Tür schwang auf. Die Crew betrat einen hell erleuchteten Raum. Dort liefen weitere dunkel gekleidete Frauen hin und her, die Kelchgläser und Flaschen aus Keramik auf Tabletts trugen. Keine von ihnen war mit allgemeinen Translatoren ausgestattet; über die verfügten nur die Würdenträger der Elohsianer, darunter viele Parlamentsangehörige. An einer Wand war ein Holztisch aufgebaut, der unter seiner Last vielfältiger, aromatischer Gerichte fast zusammenzubrechen schien. Die meisten davon waren sehr bunt; auf einigen leuchteten Glasierungen, während andere geradezu in Sirup schwammen. Am Anfang des Tisches waren Tellerstapel aufgebaut, am Ende leuchtende, glasierte Tabletts.

»Das ist aber nicht gerade leichte Kost«, flüsterte Crusher und rümpfte die Nase.

Picards Beobachtungen wurden unterbrochen, als er

vier Romulaner sah, die sich bereits in die Schlange vor dem langen Tisch eingereiht hatten. Sela befand sich nicht darunter, und das machte den Captain neugierig.

»Premier, können Sie mir bitte sagen, wo Commander Sela ist?«

Daithin drehte sich um und musterte Picard aufmerksam. »Wie Subcommander Plactus mir mitteilte«, antwortete er dann ausdruckslos, »wurde sie aufgehalten.« Dann wandte er sich ab und schaute wieder zu dem Tisch hinüber.

Troi trat zum Captain. Sie schaute überaus interessiert drein. »Das ist wohl nur der erste Gang«, flüsterte sie. »Ich sehe keine Stühle, und der Raum ist ziemlich klein. Wir sollten einfach zugreifen. Machen Sie keine große Sache daraus.«

»Danke, Counselor«, erwiderte Picard. »Wie ich Sie kenne, werden Sie höflich alles nur probieren und sich für später schonen. Haben Sie bereits herausgefunden, ob es auf dieser Welt ein Dessert gibt, das Ihrer Schokolade gleichkommt?«

»Noch nicht«, sagte sie augenzwinkernd. »Aber ich werde jetzt mal auf Erkundung gehen.« Mit diesen Worten schlenderte sie zum Tisch und bediente sich bei den ersten sechs Gerichten. Dr. Crusher tat es ihr sofort gleich, und das Fest konnte beginnen.

Picard folgte ihnen und betrachtete den gesamten Tisch, um sich einen Eindruck von den angebotenen Gerichten zu verschaffen. Wie er es verstanden hatte, war der interkontinentale Warenaustausch noch im Aufbau begriffen, und Pflanzen und Gewürze von anderen Kontinenten galten noch als Seltenheit. Der erste, der ein funktionierendes Vertriebssystem für solche Güter einführte, würde bestimmt eine Wirtschaftsmacht begründen, die man nicht unterschätzen durfte, dachte Picard. Worf trat vor den Captain und musterte den Tisch argwöhnisch. Insgeheim war Picard vom

Verhalten des Klingonen erheitert und überlegte, ob er ihm erlauben sollte, auf diesen Gang zu verzichten. Doch das wäre in Anwesenheit des Staatschefs einfach schlechtes Benehmen gewesen. Picard ließ Worf höflich den Vortritt und griff dann zu. Die Gerichte waren köstlich, aber in der Tat alles andere als leicht.

Geordi LaForge stand, eine kleine Schale mit Nüssen in der Hand, an einer Wand, als Data zu ihm kam. Der Androide hatte seinen Teller randvoll gefüllt. Eine Weile herrschte zwischen den beiden ein freundliches Schweigen. Während Data Geordis Gesichtsausdruck studierte, versuchte er, Rückschlüsse auf den Gefühlszustand seines Freundes zu ziehen. An LaForges Stirnrunzeln erkannte er, daß der Ingenieur über irgend etwas besorgt war. Er entschloß sich zu dem Versuch, dem Problem indirekt auf den Grund zu gehen.

»Was halten Sie von den Computeranlagen der Elohsianer, Geordi?« fragte er.

LaForge schaute auf und griff sich eine Handvoll Nüsse. Er steckte sie einzeln in den Mund, eine nach der anderen, ohne Pause.

Data entschloß sich, es erneut zu versuchen.

»Entspricht ihr Netzwerk dem Standard der Föderation?«

Schließlich unterbrach LaForge sein Knabberritual lange genug, um antworten zu können. »Nein, davon sind sie noch Jahre entfernt. Aber sie haben ein effektives Netzwerk, das alle fünf Kontinente miteinander verbindet.«

Data bemerkte, daß LaForge ziemlich unbeteiligt sprach. Der Zweite Offizier der *Enterprise* studierte wieder den Gesichtsausdruck seines Freundes. Er hatte sich seit dem Beginn ihres Gesprächs kaum verändert. Geordis Antworten waren sachlich, aber kurz und bündig. Der Androide vermutete, daß irgend etwas vorgefallen war, als LaForge und Troi Carinth

Dar besucht hatten. »Aber sie arbeiten mit einer Zentraleinheit?«

»Ja. Ich würde ihnen liebend gern unter die Arme greifen und ein paar isolineare Chips einbauen, aber wir dürfen ja nichts anfassen.« Geordi steckte sich eine Handvoll Nüsse in den Mund.

»Das scheint Sie zu frustrieren«, sagte Data.

»Das ist genau das richtige Wort«, entgegnete Geordi und schüttelte den Kopf. »Könnten wir vielleicht das Thema wechseln?«

»Natürlich.« Data hielt einen Augenblick lang inne und rief eine Small talk-Subroutine auf. »Schönes Wetter haben wir heute, nicht wahr?«

Geordi lächelte. »Ein ausgezeichneter Versuch, Data.«

»Habe ich etwas Komisches gesagt?«

»Es war die unlogische Folgerung, eine sinnlose Bemerkung zu machen, die völlig fehl am Platz ist. Sie haben es vielleicht nicht mitbekommen, mein Freund, aber Sie entwickeln Sinn für Humor.«

Data hielt inne und dachte über die Bemerkung nach. Er analysierte schnell die letzten fünf Gesprächsminuten und untersuchte, wie seine Frage über das Wetter in den Zusammenhang paßte. Er studierte den Begriff Humor zwar seit geraumer Weile eingehend, doch er war für ihn auch weiterhin nur schwer durchschaubar.

»Sagen Sie, Data, woran haben Sie in letzter Zeit gearbeitet – von den Elohsianern einmal abgesehen, meine ich.«

»Auf den Vorschlag des Captains hin habe ich mir noch einmal Edgar Allan Poes gesammelte Werke durchgelesen. Captain Picard hatte recht, der erste fiktive Detektiv war in der Tat C. Auguste Dupin, den Poe 1841 schuf. Poe führte in seinen drei Geschichten um Dupin, die insgesamt lediglich einhundert handschriftliche Manuskriptseiten umfaßten, auch die Regeln des Genres der Detektivgeschichte ein. Ich glaube, der Captain würde mir recht geben, wenn ich zu dem Schluß komme, daß sich alle literarischen Detektive, einschließlich seiner Lieblingsfigur Dixon Hill, auf Dupin zurückführen lassen.«

Data hielt inne, um abzuwarten, was Geordi darauf erwiderte, doch dann erkannte er, daß sein Freund ihrem Gespräch schon wieder nicht die volle Aufmerksamkeit gewidmet hatte. Das verwirrte ihn etwas. Data wußte, daß auch Geordi gern Detektivgeschichten las; er hatte ihm mehrmals den Gefallen getan, sich als Dr. Watson zu verkleiden, während Data den Sherlock Holmes spielte.

Es war klar, daß seinen Freund irgend etwas beschäftigte. Data wünschte, Geordi würde offen über die Sache sprechen, doch der Ingenieur steckte sich lediglich noch ein paar Erdnüsse in den Mund und kaute schweigend.

»Geordi, ich habe den Eindruck, daß irgend etwas Sie beschäftigt.«

LaForge nickte. »Das stimmt.« Der Ingenieur sprach leiser. »Ich frage mich nur, ob wir das Richtige tun, wenn wir uns hier einmischen. Diese Leute scheinen für uns noch nicht bereit zu sein. Außerdem brauchen Sie so viel Hilfe beim Wiederaufbau, daß ich ihnen liebend gern unter die Arme greifen möchte. Und das kann ich nicht.«

»Die Erste Direktive, die jedwede Einmischung untersagt«, nahm Data den Faden auf.

Geordi nickte. »Sie hätten sehen sollen, was heute passiert ist. Die reinste Katastrophe.« Er steckte eine weitere Nuß in den Mund. »Ich will mit allen klarkommen, und wenn das nicht geht... nun ja, ich weiß wohl nicht immer, wie ich damit fertig werden kann.«

»Counselor Troi rät den Mannschaftsmitgliedern normalerweise stets, sie selbst zu sein. Ich habe festgestellt, daß diese Methode sehr wirksam ist.«

Geordi stellte die Schüssel ab, betrachtete Data und lächelte zaghaft. Dann schaute er durch den Raum und sah, daß ein paar Elohsianer sich am Ende des Bankettisches leise miteinander unterhielten. »Vielleicht ist es einen Versuch wert«, sagte er. »Jedenfalls ist das besser, als den ganzen Abend Nüsse zu essen.«

Picard schaute von seinem Teller auf und stellte fest, daß Subcommander Plactus ihn anschaute. Es gab in den Föderation so gut wie keine Dateien über Sela und ihre Crew. Plactus' Name tauchte nirgendwo in den Unterlagen auf, die zur Zeit über die Offiziere der romulanischen Flotte zur Verfügung standen.

Der Subcommander war etwas größer als Picard, hatte stahlgraues Haar und hellblaue Augen. Sein Haar war ziemlich kurz geschnitten, wies aber noch keinen Ansatz einer Stirnglatze auf. Seine spitzen Ohren waren sehr auffallend und strahlten fast in dem hellen Licht, das von den Leuchtkörpern kam, die im Abstand von jeweils etwa einem halben Meter an den Wänden und der Decke angebracht waren. Picard kam zum Schluß, daß er eindeutig älter und erfahrener als Sela war, wahrscheinlich ein Berufssoldat.

»Captain, unsere Begegnung ist eine Ehre für mich«, sagte Plactus in nüchternem Tonfall. »Sie sind bei meinem Volk recht gut bekannt. Schließlich können wir die Menschen, die Romulus besucht und in den Föderationsraum zurückgekehrt sind, um über ihre Erlebnisse zu berichten, an einer Hand abzählen. Ja, wir kennen Sie sehr gut.«

Picard packte seinen Teller fester und zeigte ein Lächeln, hinter dem keine Wärme lag. »Der Besuch war sehr interessant. Der Einblick in ihre Kultur war sehr … erhellend.«

»So sollte es auch sein, Captain. Unsere Kultur ist Jahrtausende alt. Sie bestand schon, bevor Ihr Volk zu sprechen lernte. Die Tiefe unserer Kultur ließ uns wachsen und gedeihen und gibt uns Perspektiven, die es uns ermöglichen, für die Zukunft zu planen.«

Picard schaute ihn einen Augenblick lang an und wählte dann ein Horsd'œuvre von seinem Teller. Ein Stück Gemüse – ziemlich herb. Aber nicht unangenehm, dachte er, und biß noch einmal davon ab. Plactus sah ihn an und wartete auf eine Antwort.

Dieser Romulaner mußte noch eine Menge lernen, wenn er darauf hoffte, Picard provozieren zu können.

»Menschen und andere Spezies in der Föderation genießen die Freiheit, ihre Zukunft selbst zu bestimmen. Eine unserer grundlegenden Ansichten ist, daß diese Entscheidungsfreiheit gewahrt bleiben muß.«

»Ich bin der Ansicht, Captain«, sagte Plactus, »daß die Unterschiede zwischen unseren grundlegenden Auffassungen den Elohsianern eine Vergleichsmöglichkeit zwischen unseren beiden Reichen geben.«

»Die Föderation ist kein Reich, Plactus«, fauchte Picard.

»Wie Sie meinen«, sagte Plactus. »Trotzdem sind beide Regierungen hier, führen ihre Waren vor und versuchen, sich bei einer Welt anzubiedern, die sogar die Föderation problemlos in Besitz nehmen kann, ohne um Erlaubnis zu bitten. Wir verschwenden mit dieser Torheit nur Zeit und Material.«

Picard nahm einen weiteren Bissen, um etwas Zeit zu gewinnen. »Erneut sprechen Sie nur das Offensichtliche aus. Wir hätten diese Welt übernehmen können, entschieden uns aber dagegen. Sie hätten diese Welt ebenfalls übernehmen können, entschieden sich aber auch dagegen, aus Angst vor einem Scharmützel, das Sie sich zu diesem Zeitpunkt kaum leisten können.«

Plactus starrte Picard an. »Was meinen Sie damit, Mensch?«

»Ich stelle lediglich fest, daß die Ressourcen des Romulanischen Reichs seit der Aufgabe Ihrer Isolation vor lediglich sechs Jahren offensichtlich sehr gering geworden sind.«

»Captain, Subcommander, das ist sicher nicht der richtige Ort oder die richtige Zeit für solche Debatten«, sagte Daithin und trat zwischen die beiden.

»Natürlich, Premier«, sagte Plactus und wich zurück. »Es war nicht meine Absicht, den Captain zu provozieren.«

»Ich entschuldige mich ebenfalls, Premier«, sagte Picard, obwohl er den Eindruck hatte, es gäbe gar nichts, wofür er sich entschuldigen müßte. Wie lange hatte Daithin ihren Wortwechsel belauscht? Bei ihm stellte sich das Gefühl ein, der Premier habe sie nicht unterbrochen, um ihren Streit zu beenden, sondern einfach nur, weil er genug gehört hatte.

Ich sollte versuchen, die Stimmung etwas aufzuheitern, dachte er und probierte eine weitere Spezialität von seinem Teller. Auch sie war herb, aber knuspriger und von angenehmerer Konsistenz.

»Sagen Sie, Premier, was ist das?«

Daithin lächelte. »Das ist *Greel,* ein Gemüse aus Numih, meiner Heimatprovinz. Meine Mutter hat einfach alles damit gemacht, vom Salat bis zu Füllungen. Ein sehr vielseitig verwendbares Gemüse, das außerdem winterhart ist. Man kann es in fast jedem Klima anbauen. Wie ich sehe, ist es in nicht weniger als vier anderen Vorspeisen enthalten.«

Geordi und zwei Elohsianer kamen zu ihnen hinüber.

»Captain, ich möchte Ihnen Simave und Dona vorstellen«, sagte der Chefingenieur, »die Eltern Ilenas, die uns Carinth Dar gezeigt hat.«

Picard nickte beiden höflich zu, und sie lächelten breit. Die Frau, die nach den Begriffen der Elohsianer wohl sehr attraktiv war, gab ihm die Hand. »Captain«, sagte sie mit kehliger Stimme, »es ist mir ein Vergnügen, sie kennenzulernen. Meine Stieftochter Ilena hat uns gestern angerufen und berichtet, wie begeistert sie war, Ihre Crewmitglieder kennenzulernen.«

»Simave und Dona sind Berufsdiplomaten, die dazu beigetragen haben, den Friedensvertrag zwischen den Populisten und den Dar auszuhandeln«, erklärte Geordi.

Picard lächelte erfreut, überzeugt, Leute gefunden zu haben, die der Föderation wohlgesinnt waren. Er hatte keine Ahnung, ob sie noch immer einen gewissen Einfluß hatten, doch wenn die beiden bereits einen guten Eindruck von den Starfleet-Offizieren gewonnen hatten, war es um so besser. »Eine sehr beeindruckende Leistung«, sagte Picard. »Wie konnte Ihnen das gelingen, während so viele andere daran scheiterten?«

Simave lächelte und deutete zur Decke. »Die Sterne, Captain. Unserer Technologie war es endlich gelungen, dem Volk Funksignale aus dem All zu präsentieren. Wir konnten damit beweisen, daß es andere Zivilisationen im Weltraum gab und wir alle Teil einer größeren Gemeinschaft sind.«

Dona nickte. »Simave erzählt nur die Hälfte, Captain. Wir haben beiden Seiten klarmachen können, daß uns früher oder später ein Raumschiff finden wird und es für uns besser wäre, uns aus einer Position der Stärke heraus mit fremden Rassen zu befassen, als zuzulassen, daß man hier ein geteiltes Volk vorfindet. Ich bin der Ansicht, daß Eloh dem Universum viel zu bieten hat, und konnte schließlich wichtige Staatsmänner auf beiden Seiten davon überzeugen.

Wir haben die Sterne als Möglichkeit benutzt, unserer Welt zu zeigen, daß die philosophischen und lächerlichen politischen Differenzen zwischen Dar und Populisten völlig unbedeutend sind, wenn es Spezies gibt, die von Stern zu Stern fliegen können. Indem wir die planetare Entwicklung mit dieser sinnlosen Kriegsführung behindern, bringen wir uns selbst an den Platz unter den sternfahrenden Rassen, der uns eigentlich zusteht. Zwischen den Sternen warten Abenteuer auf uns, Welten, die wir gewinnen können, und große Kämpfe. Doch wir können sie nur erreichen, wenn wir den Versuch aufgeben, der Gegenseite zu beweisen, daß die eigenen Ansichten besser sind als die der anderen. Dona und ich haben ein paar Jahre gebraucht, bis sich alle dieser Auffassung anschlossen, doch schließlich haben wir es geschafft.«

Picard nickte nachdenklich, war vom Tenor des Gesprächs jedoch zutiefst beunruhigt. Er wußte, daß eine Rasse, die jahrzehntelange Bürgerkriege führte, aggressiv sein mußte. Doch die Kämpfe untereinander zu beenden, um andere Welten zu übernehmen – nun, das war etwas ganz anderes. Sie mußten die elohsianische Denkweise einer genaueren Prüfung unterziehen. Er nahm sich vor, nach dem Ende des Banketts mit Troi darüber zu sprechen.

Er machte weiterhin Konversation mit dem Paar und Geordi, bis Larkin erschien, gefolgt von einer Frau, die ein Tablett mit dampfenden grauen Handtüchern trug. Sie gab jedem der vier ein Tuch und wartete geduldig, bis sich alle gesäubert hatten. Als die große, schweigende Frau wieder gegangen war, deutete Larkin mit der Hand auf die Tür am Ende des Raums. Eine weitere dunkel gekleidete Frau wartete daneben, um die Tür mit aller Förmlichkeit zu öffnen, sobald man ihr das Zeichen gab.

»Würden Sie bitte mitkommen, Captain«, sagte Larkin feierlich.

Picard ging voraus und wartete geduldig, bis die dicke, schwere Tür geöffnet war. Die Frau ließ sich die Anstrengung nicht anmerken, doch es bereitete ihr offensichtlich Mühe. Der dahinter liegende Raum war etwas größer als der, in dem sie die Vorspeisen zu sich genommen hatten, mit kleinen Tischen und hohen Stühlen mit geraden Lehnen eingerichtet. Auch hier war an einer Wand ein langer Tisch aufgebaut. Es war ziemlich dunkel in dem Raum; er verfügte über weniger Beleuchtungskörper, und die waren gedämpft. Auf dem Tisch standen große Kessel mit dampfenden Inhalten. Bunte Bilder, die einheimische Gemüsesorten, Fisch und Geflügel darstellten, zierten die Wände der Kessel.

Larkin führte Plactus zum Anfang der Schlange und erklärte so laut, was es mit den Gerichten auf sich hatte, daß alle Gäste ihn hören konnten. Der romulanische Offizier nahm eine breite, tiefe Schüssel mit drei Fächern und wählte je eine Fisch-, Geflügel- und Gemüsesuppe aus. Larkin nickte stumm und anerkennend, als Plactus am Tisch entlangging, und bedeutete den restlichen Romulanern, ihm zu folgen. Dann nickte Larkin der Crew der *Enterprise* zu, sich zu bedienen. Picard ließ seinen Offizieren erneut den Vortritt und baute sich wieder hinter Worf auf. Picard erkannte, daß der klingonische Krieger in Worf es genoß, vor dem Captain zu stehen und Unheil von ihm fernzuhalten.

Sogar in der Schlange vor der Suppenschüssel.

Picard schaute dem Klingonen über die Schulter und sah, daß sein Sicherheitsoffizier vorsichtig an jeder Suppe roch und lediglich zwei probierte, nämlich die beiden Geflügelsuppen. »Eigentlich sollten Sie von jeder Sorte eine probieren, Mr. Worf«, sagte Picard leise.

Sein Sicherheitsoffizier drehte sich steif um und nickte. »Ich weiß, Sir, aber die anderen riechen wie *veQ*«, kam die leise, aber energische Antwort.

Der Captain nickte und lächelte dann. »Hat Ihre Mutter Ihnen nicht gesagt, daß Gemüse gut für Sie ist?«

Worf brummte und trat in die Schlange zurück.

Nachdem seine Offiziere sich bedient hatten, nahmen einige an den Tischen Platz, während andere hin und her gingen. Picard nahm sich die Freiheit, durch den warmen Raum zu schlendern, die Bauweise zu studieren und zu versuchen, die architektonische Philosophie der Elohsianer zu verstehen. Er vermutete, daß das Gebäude ziemlich alt war, vielleicht über hundert Jahre alt. Er machte Spuren von Verwitterung und Abnutzung aus, aber die Bausubstanz schien in Ordnung zu sein, und das Gebäude wirkte gepflegt. Die Fenster waren mit Schlagläden aus Messing gesichert, die neugierige Blicke, aber leider auch das angenehme Zwielicht ausschlossen. Picard sah lediglich zwei Türen in dem Raum und fragte sich, wie die Suppenterrinen gebracht und wieder abgeholt wurden. Vielleicht bewegte irgendein Mechanismus den langen Tisch in die Küche? Er schaute sich in dem Raum um, doch dann galt seine Aufmerksamkeit dem Anblick eines romulanischen Zenturions, die direkt auf Worfs Tisch zuging.

Die Romulanerin hatte ihre Suppe bereits gegessen und hielt die leere Schüssel in der Hand. Worf nippte höflich an der seinen. Sein Gesichtsausdruck verriet Picard, daß ihm trotz des Fleischinhalts keine der beiden Sorten schmeckte. Der Sicherheitsoffizier schaute auf und funkelte die Romulanerin düster an, die vor ihm stehen geblieben war. Es war offensichtlich, daß auch sie ihm nicht zusagte.

»Nun, Klingone, wie ist es, an Bord eines Schiffes voller Schafe zu dienen?«

Picard stellte fest, daß die Frau für einen Zenturion noch sehr jung war. Sie hatte kurz geschnittenes schwarzes Haar, und ihre spitz zulaufenden Ohren waren sehr interessant verdreht. Die hochgezogenen Brauen ermöglichten es ihr, reichlich Lidschatten aufzulegen, was ihrem ansonsten ziemlich schlichten Gesicht einen exotischen Ausdruck verlieh.

»Ich diene gemeinsam mit Leuten von dreizehn verschiedenen Rassen, aber bei keiner davon handelt es sich um Schafe«, erwiderte Worf.

»Und trotzdem sind Sie nicht ihr Befehlshaber.« Der Zenturion trat noch einen Schritt näher an Worf heran und lächelte. »Wir Romulaner haben uns schon immer gefragt, warum Ihr Volk sich niederprügeln und unterwerfen ließ.«

Worfs Nasenflügel blähten sich kurz auf. »Nichts davon ist geschehen, Zenturion.«

»Ich heiße Telorn, Klingone«, fauchte sie wütend. »Ich bin Zenturion Telorn von der N'ventnar, und es wird Sie noch reuen, diesem Schiff begegnet zu sein.«

Worf legte den Suppenlöffel neben die Schüssel und atmete tief durch. Dann stand er auf, und Telorn trat einen Schritt zurück. Picard sah, daß sie sich anspannte, die Muskeln in ihren Beinen sich sprungbereit strafften.

Der Captain ertappte sich, daß er stumm *Bitte nicht, Mr. Worf!* flehte. *Keine Schlägerei. Nicht hier. Nicht jetzt.*

Der Klingone betrachtete Telorn einen Augenblick lang. »Ich bin Lieutenant Worf, Zenturion Telorn«, sagte er dann. »Und ich freue mich, Sie kennengelernt zu haben.« Bevor die Romulanerin antworten konnte, fuhr Worf schnell fort: »Und was unsere Beziehung zur Föderation betrifft, so haben wir zu einem Zeitpunkt Frieden geschlossen, als es unseren Interessen am besten diente.«

Die Frau stellte ihre Schüssel auf den Nachbartisch, wobei Data, Dr. Crusher und Dona sie interessiert musterten. »Dann dienen Sie freiwillig?«

Worf nickte und biß die Zähne zusammen. Er ballte die Hände zu Fäusten und öffnete sie wieder; unter seiner Haut kräuselten sich die Muskeln.

»Ich war schon immer der Meinung, daß Klingonen gute Diener ergeben.«

Worf knurrte. Für den Fall, daß sein Offizier doch noch die Beherrschung verlieren sollte, stellte Picard schon einmal die Schüssel ab.

»Wir haben uns wohl nichts mehr zu sagen«, erwiderte Worf und wollte davongehen. Die Romulanerin trat ihm in den Weg und ging auf ihn zu, bis ihre Uniformen sich berührten.

»Nicht so schnell, Klingone. Man hat uns befohlen, daß wir uns gut benehmen, und deshalb muß ich... wie lautet noch gleich der menschliche Ausdruck?«

»Leichte Konversation machen«, warf Data plötzlich ein. Er hatte sich erhoben, näherte sich den beiden schnell und schirmte ihre Konfrontation vor Daithin ab. »Es interessiert mich sehr, Zenturion, mehr darüber zu erfahren, wie Eloh nach Ansicht der Romulaner in ihr Reich paßt. Ich habe viele Theorien und würde gern wissen, ob eine davon Ihrem Plan entspricht.«

Während Datas verbalem Sturmangriff war Worf zurück und um Telorn herum getreten. Picard nahm erfreut Datas verbesserte Fähigkeit zur Kenntnis, gefühlsmäßige Notlagen zu erkennen und einzugreifen, um einem Offizierskollegen zu helfen. Der Captain war immer wieder erstaunt darüber, welch gewaltige Fortschritte seine interne Programmierung gemacht hatte, seit sie sich vor fast sieben Jahren kennengelernt hatten.

Einen Augenblick später führte Larkin alle zu der nächsten großen Tür, hinter der sich ein Raum mit langen Bankettischen befand. Diesmal standen an zwei Wänden Tische mit Nahrungsmitteln. Picard sah alles mögliche – von gekochten Fleischsorten bis hin zu rohem Fisch, und eine erstaunliche Auswahl an Gemüsen, Obst und Gewürzen. Wie zuvor wurde Plactus zuerst in den Raum geführt, doch beim Buffet waren die Starfleet-Offiziere als erste an der Reihe. Hier wurde jedoch jede Person, die ihren Teller gefüllt hatte, am Ende des Tisches von einem dunkel gekleideten Dienstmädchen erwartet und zu ihrem jeweiligen Sitzplatz geführt.

Als sich alle Romulaner, Starfleet-Offiziere und Elohsianer an den Buffettischen bedient hatten, stellte

Picard fest, daß die Gastgeber ihre Besucher auf sehr ungewöhnliche Weise plaziert hatten. Am unteren Ende seines Tisches saß Dr. Crusher neben Plactus, einem Soldaten, während Geordi am Tisch hinter ihm neben Ilenas Eltern saß. Zufälligerweise hatte man Data neben Zenturion Telorn gesetzt, die erfolglos versucht hatte, Worf zu provozieren, und er bemühte sich noch immer, sie in ein politisches Gespräch zu verwickeln. Picard selbst saß dem – noch immer leeren – Platz gegenüber, der eigentlich Sela zugedacht war, und neben Daithin, der am Kopfende des Tisches postiert war. Larkin saß am Kopfende des zweiten Tisches. Worf ebenfalls, und aufgrund der Sitzanordnung mußte er seinem Captain den Rücken zuwenden, was ihm, seinem Stirnrunzeln zufolge, gar nicht gefiel.

Bevor jemand einen Bissen essen konnte, erhob Daithin sich.

»Meine Freunde von den Sternen, bevor wir mit dem Hauptgang beginnen, möchte ich Ihnen kurz danken. Ich weiß, daß wir unterschiedliche Ansichten haben, doch wir alle erkennen die Existenz einer leitenden Kraft an, die dem Universum Leben geschenkt und uns allen die Intelligenz gegeben hat, die wir eingesetzt haben, um hier zusammenzufinden. Danken wir für unser Dasein und für das gute Essen vor uns. Möge niemand hungrig bleiben, möge niemand Not leiden, möge sich niemand in Furcht niederkauern müssen.«

Nach einem kurzen Augenblick des Schweigens senkten alle Elohsianer so tief die Köpfe, daß sie die Tischkanten berührten. Daithin lächelte ernst und klatschte leise in die Hände. Auf dieses Zeichen schauten alle auf, und das Essen begann.

Das Fleisch war köstlich und wurde mit einer dikken Bratensoße gereicht, die zweifellos Tausende von Kalorien hatte. Egal, sagte der Captain sich, er würde die Nährwerteinschätzung der Mahlzeit Dr. Crusher überlassen und einfach den Geschmack genießen.

»Captain Picard«, sagte Daithin, »nach der Besichtigungsreise morgen können Sie vielleicht etwas Zeit erübrigen, damit ich Ihnen meinen beliebtesten Zeitvertreib vorstellen kann. Er heißt *Start*. Sie werden ihn bestimmt geistig anregend finden.«

»Danke, Premier, ich werde mir die Zeit selbstverständlich nehmen«, erwiderte Picard höflich.

»Commander Sela hat es am ersten Tag ihres Aufenthalts probiert, und sie hat bereits ein Exemplar des Spiels für den persönlichen Gebrauch angefordert.«

»Premier«, fuhr Picard fort, »ich mußte in den letzten Tagen feststellen, daß es noch immer Spannungen zwischen den kriegführenden Fraktionen gibt. Was unternehmen Sie, um die Eintracht zu bewahren?«

Daithin kaute kurz auf seinem Essen und wog offensichtlich die Antwort sorgfältig ab. Er warf kurz einen verstohlenen Blick auf Larkin, der in ein Gespräch mit Commander Riker und einem romulanischen Zenturion vertieft war, der Picard nicht vorgestellt worden war. Dann stocherte er auf seinem Teller herum und nahm einen langen Schluck aus seinem Glas. »Eine einfache, direkte Frage, Captain«, sagte er schließlich, »die eine einfache, direkte Antwort verdient. Ich wünschte, ich hätte eine.

Die Populisten und die Dar sind sich jahrtausendelang an die Kehlen gegangen – diesen Eindruck hat es zumindest. Wir haben in ein paar kurzen Jahren einen unsicheren Frieden zustande gebracht, und Sie haben richtig bemerkt, daß wir unsere dingend nötige Einheit noch nicht perfektioniert haben. Indem wir der galaktischen Gemeinschaft beitreten, hoffen wir, Beispiele zu sehen, wie diese Einheit zwischen den Sternen verwirklicht wurde. Der Rat und das Parlament haben alles getan, was in ihrer Macht steht, um die Einheit und Akzeptanz anderer zu einem Kernpunkt in den Lehrplänen unserer Schulen und religiösen Aktivitäten zu machen. Unsere Feiertage und Feste, so auch *Nelvana Del*, dienen ebenfalls dazu, die Elohsianer öffentlich in großem Maßstab zusammenzubringen. Und doch ... und doch ...« Daithins Stimme wurde schwächer, bis er schließlich ganz verstummte, und er suchte mit Blicken an der pastellfarbenen Decke nach Antworten.

»Und doch, Captain«, fuhr er dann fort, »vergessen die Leute nicht die kleinste Kleinigkeit, die ein Klan oder eine Familie der anderen zugefügt hat. Hafenstädte widersetzen sich dem Zuzug von Darhändlern, weil sie Jahrhunderte zuvor einmal von Dar angegriffen wurden. Wissenschaftler halten ihre Forschungsarbeiten sorgfältig geheim, statt mit der Arbeit, die auf anderen Kontinenten geleistet wurde, noch größere Fortschritte machen zu können. Ich habe sogar gehört, daß letztes Jahr ein Bauer die Früchte seiner Felder lieber verfaulen ließ, statt Populisten als Landarbeiter einzustellen. Ohne Einheit fürchte ich um den Wohlstand dieser Welt. Wir versuchen es unentwegt, aber allmählich wird es frustrierend.«

Picard nickte mitfühlend. »Auf meiner Welt, der Erde«, sagte er, »war es ganz ähnlich, Daithin. Alte religiöse Differenzen oder unterschiedliche Hautfarben führten dazu, daß die Menschen kämpften, töteten und zerstörten. Es hat viele Jahrhunderte gedauert, bevor wir das hinter uns lassen konnten. Aber ich bin der Ansicht, wenn dies den Menschen gelang, so ungestüm und starrköpfig sie auch sein mögen, kann es auch hier vollbracht werden.«

»Wir wollen es hoffen, Captain«, erwiderte Daithin.

Bevor irgend jemand etwas hinzufügen konnte, geriet Bewegung unter die Gäste, und alle schauten auf. Commander Sela hatte einen ziemlich theatralischen Auftritt. Sie trug eine tadellose romulanische Galauniform einschließlich des selten gesehenen Umhangs, der um ihren kompakten Körper wirbelte. Eine Kriegerin hatte den Raum betreten, die aller Aufmerksamkeit auf sich zog. Ihr Gesicht war eine steinerne Maske der Ernsthaftigkeit.

Die Tür des Hauptraums hatte sich kaum geschlossen, als sie auch schon neben Daithin und Picard stand. Sie trat neben den für sie bestimmten Stuhl. »Ich bedauere meine Verspätung zutiefst, Premier«, schnarrte sie, »aber wie Sie selbst wissen, gehen die Pflichten eines Offiziers allem anderen vor, auch einem Abendessen.«

Daithin lächelte und zeigte auf den langen Tisch an der Wand, auf dem noch immer sämtliche Gerichte zur Verfügung standen. »Eine Entschuldigung ist unnötig, Commander, völlig unnötig. Schließlich haben wir gerade erst angefangen, und Sie können noch genug probieren. Bitte füllen Sie Ihren Teller und setzen Sie sich zu uns.« Als Sela nickte und davonging, beobachtete Picard den Premier. Die Romulanerin hatte sich kaum umgedreht, da bemerkte er in Daithins Augen die Verärgerung über ihre Verspätung. Picard vermutete, daß Sela absichtlich zu spät gekommen war, um sich diesen Auftritt zu verschaffen, doch der Schuß war wahrscheinlich nach hinten losgegangen.

Sela hatte gerade Platz genommen, als Picard wieder das Wort ergriff und ein ganz anderes Thema anschnitt. »Commander Riker hat mir mitgeteilt, daß Sie morgen die *Enterprise* besuchen möchten. Ich glaube, Sie und Ihre Berater werden beeindruckt sein. Wie ich den Commander kenne, wird er sämtliche Decks geschrubbt und die Bildschirme auf Hochglanz wienern lassen.«

»Sie belieben sicher zu scherzen, Captain. Ich würde das Schiff viel lieber in seinem alltäglichen Zustand sehen.«

Picard lächelte und ließ den Premier damit wissen,

daß seine Bemerkung nicht ganz ernst gemeint gewesen war.

»Ich wage zu behaupten, daß Premier Daithin von der *N'ventnar* sehr beeindruckt war«, bemerkte Commander Sela, nachdem sie einen Bissen Fleisch heruntergeschluckt hatte.

»O ja, Captain, ihr Schiff, die *Gebleckten Reißzähne,* ist wirklich überwältigend«, gab Daithin ihr recht. »Offensichtlich sind beide Schiffe dem derzeitigen Entwicklungsstand Elohs weit überlegen. Glauben Sie mir, es spornt mich unermeßlich an, wenn ich sehe, was die Zukunft für uns bereithält, ganz gleich, welchem Reich wir uns anschließen werden. Ich mußte nur durch das Schiff gehen, um zu spüren, über welche Macht es verfügt. Waren Sie schon mal auf einem romulanischen Raumschiff, Captain Picard?«

»Nein, Daithin, das war er noch nicht«, warf Sela ein. »Zumindest weiß ich nichts davon. Allerdings hat Captain Picard einmal – unangemeldet – unsere Heimatwelt besucht, und dafür verneige ich mich vor ihm.« Sie hob ihr Glas, hielt es in Picards Richtung und trank einen großen Schluck.

»Andererseits haben wir Ihnen die Gelegenheit geboten, unser Schiff offen und ohne Eskorte zu besuchen.« Er spielte darauf an, daß Commander Sela einmal freiwillig an Bord der *Enterprise* gekommen war. Bei dieser Gelegenheit hatte sie ihm auch mitgeteilt, sie sei die Tochter seines verstorbenen Sicherheitsoffiziers Tasha Yar. Das verlockende Geheimnis in dieser Behauptung beschäftigte Picard noch immer, und obwohl fast zwei Jahre verstrichen waren, seit er diese Worte gehört hatte, hatte er noch keine Beweise finden können, die die Behauptung widerlegten oder untermauerten. Daher brachte er ihr noch immer ein erhebliches Interesse entgegen.

»Die Offenheit, die Sie so beiläufig zur Schau stellen, wird eines Tages zu Ihrem Untergang führen, Captain«, sagte Sela.

»Ganz im Gegenteil, Commander. Ich bin der Ansicht, daß die Bereitschaft, andere zu akzeptieren, eine unserer größten Stärken ist.«

»Sie verwässern Ihre Spezies mit einer Kultur nach der anderen, verschmelzen sich ständig und werden dadurch weicher. Deshalb wird es uns in einem Jahrhundert noch geben, während andere Rassen zu Tode homogenisiert wurden. Sehen Sie sich doch an, wie es den Vulkaniern, Andorianern und Benziten ergangen ist – und wie es zur Zeit den Klingonen ergeht.«

Am Nebentisch war ein lautes Knurren zu vernehmen, doch Counselor Troi bewirkte mit einem warnenden Blick, daß Worf Platz behielt. Alle Blicke waren auf Sela gerichtet, und erst jetzt bemerkte Picard, wie still es in dem Raum geworden war. »Ihre Anschuldigungen sind unbegründet, Commander«, sagte Picard. »Alle Spezies, die Sie erwähnt haben, genießen sämtliche Vorzüge der Mitgliedschaft in der Föderation – Technologie, Ressourcen, Verteidigung – und bewahren gleichzeitig ihre kulturelle Integrität.«

»Bitte«, sagte Daithin. »Ich bin davon überzeugt, daß jeder von Ihnen eine Geschichte zu erzählen hat. Aber nicht heute abend. Bitte, Captain, Commander, genießen Sie diese Mahlzeit.«

Sela funkelte Picard einen Augenblick lang an und richtete ihre Aufmerksamkeit dann wieder auf den Teller vor ihr. Die Gerichte darauf hatte sie bislang kaum angerührt. Der Captain hob lediglich die Gabel und aß etwas Gemüse. Er schaute kurz zu Troi hinüber und sah, daß sie ihm zulächelte. Zufrieden konzentrierte Picard sich auf das Essen.

Dabei gelang es ihm immer wieder, Gesprächsfetzen von Unterhaltungen an seinem Tisch und an dem hinter ihm aufzufangen. Geordi ließ sich über Computertheorie aus, und Dr. Crusher stellte Fragen über die

Kinderfürsorge in der Arbeiterklasse. Worf schien sich damit zu begnügen, stumm zu lauschen und alles zu beobachten. Zweifellos bereitete er sich darauf vor, auf weitere Provokationen zu reagieren.

Am anderen Ende von Picards Tisches schien Plactus sich für alles zu interessieren, was Dr. Crusher zu sagen hatte. Zur Überraschung des Captains unterhielten sie sich über ihre Familien.

»Also ein Sohn beim Militär«, sagte Crusher, während Plactus das Essen auf seinem Teller betrachtete.

»Er wird es weit bringen, dieser Sohn«, sagte Plactus mit prahlerischem Stolz. »Und Sie? Haben Sie auch Nachkommen?«

»Ja, ich habe einen Sohn, Wesley, der gerade sein Studium an der Starfleet-Akademie beendet.«

Plactus lächelte Dr. Crusher an und zeigte dabei abgenutzte Zähne. »Also haben wir beide Söhne beim Militär – ausgezeichnet.«

»Starfleet ist nicht das Militär, und das wissen Sie auch, Plactus«, erwiderte die Ärztin.

Er trank einen Schluck und bedeutete einer Kellnerin, seinen Becher wieder aufzufüllen. »Sollte es einen Krieg geben, wird Starfleet die Grenzen verteidigen. Das ist eine militärische Aufgabe, und das wissen *Sie*, meine liebe Frau Doktor.«

»Ich hätte nicht zugelassen, daß mein Sohn Soldat wird, Plactus. Er ist ein brillanter Junge und wird eines Tages wahrscheinlich neue Geräte oder Erfindungen konstruieren, die unser aller Leben revolutionieren.«

Plactus beäugte Dr. Crusher nach diesen Worten eingehend, und Picard stellte fest, daß es in ihm zu arbeiten schien. Er hatte kaum einmal gehört, daß sie sich öffentlich brüstete, ihr Sohn sei ein Genie, aber andererseits war sie seine Mutter und wollte nicht hören, daß der Sohn eines romulanischen Kriegers dem ihren um eine Nasenlänge voraus war.

»Was für Erfindungen?« fragte Plactus.

»Das weiß ich noch nicht, aber als er noch auf der *Enterprise* lebte, hat er ohne formelle Ausbildung einige erstaunliche Dinge bewirkt. Ich kann mir also vorstellen, daß ihm nach seinem Abschluß etwas gelingt, das heute noch unvorstellbar ist. Daher hoffe ich, daß unsere Kinder sich nie im Kampf gegenüberstehen werden.«

Zu Picards Überraschung lachte Plactus über diese Bemerkung und leerte seinen gerade gefüllten Becher. Er wischte sich sorgfältig den Mund ab, betrachtete Crusher wieder und lächelte. Es war ein berechnendes und keineswegs ehrliches Lächeln. »Ich hoffe das auch, Doktor, aber wer kann schon sagen, was morgen geschehen wird? Elohs Sonne könnte zur Supernova werden. Wir könnten Krieg gegeneinander führen. Wir könnten uns verbrüdern. Sie könnten endlich unsere moralische Überlegenheit anerkennen.«

Crusher verzog das Gesicht und schüttelte den Kopf. »Das glaube ich kaum, Subcommander.« Mit diesen Worten drehte sie sich zur anderen Seite und begann ein Gespräch mit Generalschaltmeister Luth.

Das restliche Diner verlief ereignislos, doch das Schweigen an Picards Ende des Tisches, an dem Daithin, Sela und er selbst saßen, war fast körperlich spürbar. Das mußte er korrigieren, wenn sie zum nächsten Gang in den Nebenraum weiterzogen. Zweifellos zum Nachtisch, doch der Captain hoffte, daß nach dem Essen keine alkoholischen Getränke gereicht werden würden. Er befürchtete, daß Alkohol die sowieso schon angespannte Lage noch verschärfen würde.

Kurz darauf erhob Larkin sich und nickte drei Kellnerinnen zu. Zuerst verteilten sie erneut graue Tücher im Raum, und dann räumten sie vorsichtig die nun größtenteils leeren Teller und Platten ab, wobei sie darauf achteten, leise vorzugehen und niemanden zu stören. Schließlich drehten sie sich gleichzeitig um, und eine andere Frau trat neben die nächste Tür. Picard vermutete, daß er nun an der Reihe war, die Tür zu öffnen, mußte jedoch überrascht feststellen, daß Daithin als erster zu ihr schritt. Vielleicht wollte der Premier vorangehen, weil es sich vermutlich um den letzten Raum handelte, den sie während des Banketts aufsuchten. Picard hoffte das zumindest, denn obwohl er jeweils nur winzige Portionen gegessen hatte, um möglichst viele Gerichte probieren zu können, war sein Bauch voll. Morgen früh war auf jeden Fall Fitneßtraining angesagt.

Daithin blieb vor der Tür stehen, bis Sela und Picard sich zu ihm gesellt hatten. Der Elohsianer nickte der Frau zu, die erwiderte das Nicken und stieß gegen die Tür, statt an ihr zu ziehen, um sie zu öffnen. In der Mitte des dahinterliegenden Raums standen kleine Tische, an einer Wand ein langer Tisch, der sich unter seiner Last von Desserts zu biegen schien. Im Gegensatz zu den anderen Räumen war die Beleuchtung jedoch fröhlich, und die Wände waren mit bunten Gemälden geschmückt. Dabei handelte es sich ausschließlich um geometrische Muster, die dem Auge sehr zu gefallen wußten. Picard zeigte sich besonders von dem direkt über den sehr süß riechenden Desserts angetan.

»Premier, das ist ein wunderbarer Raum, um das Bankett zu beenden«, sagte der Captain überschwenglich.

»Ja, nicht wahr?« Daithin lächelte. »Ja, wir schließen ein Essen gern mit einem Farbspritzer ab.«

»Wenn Sie nichts dagegen haben, würde ich gern meine Counselor vorausschicken. Bei Desserts handelt es sich sozusagen um ihr Spezialgebiet.«

»Selbstverständlich, Captain, selbstverständlich! Es freut mich, daß Sie anderen erlauben, den Weg zu markieren, statt dieses Vorrecht jedesmal selbst zu beanspruchen.«

Eine interessante Feststellung, dachte Picard, und nahm sich vor, später auch darüber nachzudenken. Derweil bedeutete er Troi, den Anfang zu machen, und sie ging mit einem breiten Grinsen an ihm vorbei. Dr. Crusher trat neben Picard. »Wenn es hier noch einen Raum gibt«, flüsterte sie ihm zu, »werde ich bestimmt platzen.«

Picard nickte. »Ich weiß nicht, wie es bei Ihnen ist«, erwiderte er, »aber morgen wird es für mich zum Frühstück nur Kaffee geben.«

Troi betrachtete die zahlreichen Delikatessen, während Larkin erklärte, was es mit jeder auf sich hatte, obwohl neben allen Desserts kleine blaue Schildchen aufgestellt waren. Nachdem sie ihren Teller reichlich gefüllt hatte, trat sie vom Tisch zurück und setzte sich. Sie wartete höflich auf Tischgesellschaft und betrachtete derweil die Desserts vor ihr. Ein kleiner, dunkel verkleideter Servierwagen wurde in den Raum gerollt, und eine Kellnerin mit einer kunstvollen Frisur ging direkt auf die Counselor zu.

»Darf ich Ihnen ein Getränk anbieten?«

Troi lächelte überrascht. »Ich dachte, Sie dürften nicht sprechen.«

Die Frau nickte ernst. »Wir sprechen nur, wenn wir etwas anzubieten haben«, sagte sie. »Unsere Aufgabe hier ist es, die Gäste zu bedienen und das Personal zu unterstützen, aber nicht, Teil des Ereignisses selbst zu werden.«

»Werden solche Bankette oft abgehalten?«

»Nein. Das Parlament beginnt jede neue Sitzungsperiode mit solch einer Mahlzeit. Das bislang größte Bankett fand bei der Friedenserklärung statt. Möchten Sie lieber ein heißes oder ein kaltes Getränk?«

Die Betazoidin entschied sich für ein schäumendes Heißgetränk, auf das einige Gewürze gerieben wurden. Die Kellnerin deutete an, daß dieser Trunk am besten zu den Desserts paßte, für die Troi sich entschieden hatte. Ein Schlückchen, und Troi strahlte zustimmend. Da die anderen noch mit der Auswahl der Desserts beschäftigt waren, erhob sie sich wieder. Sie betrachtete gerade eins der Gemälde, als Plactus neben sie trat.

»Counselor Troi, wie ich vermute«, sagte er glattzüngig.

»Ja, Subcommander. Was halten Sie von diesem Kunststil?«

Er warf nur einen kurzen Blick auf das Bild an der Wand. »Ich kenne mich mit Gemälden so schlecht aus«, gestand er dann ein, »daß es nicht lohnt, mich zu fragen. Aber darf ich Sie etwas fragen?«

»Natürlich«, sagte sie, verwundert über Plactus' plötzliches Interesse an ihr.

»Wir haben Sie auf dieser Welt noch nicht oft gesehen und fragen uns, warum die Schiffscounselor nicht an mehr Programmpunkten teilnimmt.«

Troi nippte an ihrem Getränk und überlegte. »Ich gehöre den Außenteams an, die den Planeten studieren.«

»Es überrascht mich, daß Sie noch keine Parlamentssitzung beobachtet haben. Man sollte doch meinen, daß ein guter Captain Wert auf die Meinung seiner Counselor über dieses Volk legt.«

Troi betrachtete Plactus, der steif dastand, die Hände auf dem Rücken verschränkt. Er hatte auf alle Desserts verzichtet und schien versessen darauf, sich mit ihr zu unterhalten. »Sie scheinen viel darüber zu wissen, wie die Dinge bei uns gehandhabt werden.«

»Wir studieren die Föderation sehr genau, Counselor. Wir beobachten, wer sich in der Nähe unserer Grenzen aufhält, weil er eine Bedrohung für unsere Sicherheit darstellen könnte. Wußten Sie zum Beispiel, daß wir in letzter Zeit Probleme mit den Corvallen hatten?«

Die Erwähnung der Corvallen ließ Troi sich versteifen. Wußte Plactus, daß sie in die jüngsten Ereignisse verwickelt gewesen war, die mit der Desertion des Vizekonsuls M'ret zusammenhingen? Bei diesem Täuschungsmanöver hatte Troi sich als Romulanerin getarnt. Wußte Plactus davon? Troi konnte dem Ausdruck des Romulaners nichts entnehmen.

»O ja, eins ihrer Schiffe schien Piraterie zu betreiben«, fuhr Plactus fort. »Wir mögen ja vieles sein, aber Piraten sind wir nicht. Meinen Sie nicht auch, Counselor?«

»Ich würde den Begriff ›Pirat‹ bestimmt nicht im Zusammenhang mit einem Romulaner verwenden.« Eine andere Antwort fiel ihr im Augenblick nicht ein.

Plactus strahlte. »Allerdings. Wir haben solch ein Piratenschiff übrigens vor kurzem zerstört. Wenn ich mich nicht irre, war die *Enterprise* dabei ganz in der Nähe.«

Er wußte es! Troi zwang einen neugierigen Ausdruck auf ihr Gesicht. »Das mag schon sein, aber ich kann mich beim besten Willen nicht an einen solchen Vorfall erinnern. Sie wollen doch nicht behaupten, daß wir irgend etwas mit Piraterie zu tun haben?«

»Nein, nein«, sagte Plactus beschwichtigend. »Ich würde den Begriff ›Pirat‹ niemals im Zusammenhang mit der Föderation verwenden. Ich finde es nur interessant, wie oft es uns gelingt, die Grenzen zwischen unseren Völkern zu überwinden. In beiden Richtungen herrscht ein reges Kommen und Gehen. Man könnte fast glauben, wir wären befreundete Nachbarn.«

Troi rief sich die Tage in Erinnerung zurück, die sie als herrische Romulanerin verbracht hatte, und zwang sich, wieder auf die damalige Disziplin zurückzugreifen. Plactus genoß es offensichtlich, Mannschaftsmitglieder der *Enterprise* zu ködern, um sie den Elohsianer vorzuführen, doch sie würde dabei nicht mitspielen.

»Wir sind keine befreundete Nachbarn, Plactus«, erwiderte sie. »Die Vorgänge, die Sie erwähnen, beinhalten Spionageaktionen und Täuschungsmanöver, die aufgrund der Feindseligkeiten zwischen uns erforderlich sind. Und diese Feindseligkeiten werden bestehen bleiben, bis Sie einsehen, daß die Galaxis für alle Völker und Rassen groß genug ist.«

»Natürlich, Counselor«, erwiderte er. »Ihre Direktheit überrascht mich. Wären Sie Romulanerin, würde ich Ihnen sofort zugestehen, ein Kommando zu übernehmen. Ja sogar, eine unserer Kriegsschwalben zu befehligen. Vielleicht die *N'ventnar* oder die *Khazara*.«

O ja, er wußte es und hatte einen Heidenspaß daran, sie zu verspotten. Die Romulaner mochten keine Piraten sein, aber Sadisten waren sie allemal. Deshalb erwiderte Troi mit so harter Stimme wie möglich: »Die Captains beider Schiffe – Sela und Toreth – repräsentieren das Reich besser als ihre Untergebenen.«

»Gut gesagt, Counselor.«

Troi entschloß sich, in die Offensive zu gehen. »Ich halte die Feststellung für viel interessanter, daß die Romulaner auf Täuschungsmanöver zurückgreifen müssen, um ihre Ziele zu erreichen. Es muß doch schwierig sein, ununterbrochen nach der nächsten Möglichkeit zu suchen, seinen Widersacher auszunutzen.«

Plactus schluckte den Köder und reagierte verärgert über Trois Kehrtwendung. »Unsere Methoden funktionieren seit einem Jahrtausend, und wir bleiben eine Kraft, mit der man rechnen muß. Andererseits hört sich das bei Ihnen an, als stünde Ihre Föderation hoch über allen Täuschungsmanövern. Sie setzen nicht identifizierte Betazoiden bei Verhandlungen ein, verstecken Vulkanier auf unserer Heimatwelt, überwachen unsere Grenzen ständig mit Sensorscans ...«

»Es hat wohl wenig Sinn, dieses Gespräch fortzusetzen, Plactus«, unterbrach Troi ihn nachdrücklich. Sie hatte genug gehört.

»Der Ansicht bin ich nicht. Es wird gerade interessant«, erwiderte er mit einem verschlagenen Lächeln.

»Ich habe gesagt, dieses Gespräch ist beendet, Subcommander«, bekräftigte Troi, doch er trat noch näher an sie heran.

Worf kam zu ihnen. »Sie haben die Counselor gehört«, donnerte er, und beide schauten zu dem imposanten Klingonen, der von Sekunde zu Sekunde größer zu werden schien.

»Haben Sie Dank für die interessante Plauderei.« Und so abrupt, wie der Subcommander sich ihr genähert hatte, schritt er davon und verwickelte im nächsten Augenblick Waln in ein Gespräch.

»Danke, Worf«, sagte Deanna, als der Romulaner außer Hörweite war. Sie atmete tief aus und lehnte sich gegen die Wand. Auf einmal fühlte sie sich fürchterlich erschöpft.

»Der Captain hat uns befohlen, keine Zwischenfälle zu provozieren«, sagte Worf sachlich. Troi wußte nicht, ob er sie aufzog oder es todernst meinte.

Riker trat zu Troi und Worf.

»Plactus weiß, daß ich mich als Major Rakal ausgegeben habe«, sagte Troi. »Er weiß, daß ich auf der *Khazara* war. Woher kann er das nur wissen, und warum bringt er es hier zur Sprache?«

Riker dachte einen Augenblick lang nach, bevor er antwortete. »Plactus hat uns auf die Probe gestellt, Deanna. Er hat versucht, Beverly zu provozieren, genau wie dieser Zenturion es bei Worf versuchte. Sie wollen uns schlecht aussehen lassen, aber bislang haben wir ihre Köder noch nicht geschluckt.«

»Aber wie kann er das wissen, Will?«

»Keine Ahnung, Deanna, aber es könnte Schwierigkeiten mit sich bringen. Wir sagen es lieber dem Captain.«

Der Raum füllte sich schnell, während die Gäste angesichts der Mengen an Nahrung, die sie bislang zu sich genommen hatten, nur kleine Desserts verzehrten. Im Gegensatz zu den ersten Gängen standen die Elohsianer zusammen, während die Romulaner in einer Ecke blieben. Sie hatten durchweg so kleine Portionen genommen, wie es ihnen eben möglich war, ohne unhöflich zu erscheinen.

Picard lauschte Trois Bericht, und sein Gesicht rötete sich vor Besorgnis und Zorn. »Toreth hat das Täuschungsmanöver natürlich dem Senat gemeldet, und jetzt stellt dies eine weitere Information in ihren umfangreichen Dateien dar. Nun gut. Das ist für diese Mission belanglos. Wir werden nicht zulassen, daß es Auswirkungen hat.«

»Natürlich nicht, Captain«, sagte Troi.

»Ich glaube, wenn wir unsere Gruppe jetzt zusammenriefen, würde jeder einzelne eine Provokation durch einen Romulaner melden. Das ist ein geplanter Schachzug ihrerseits.« Picard richtete seine Aufmerksamkeit wieder auf Troi. »Hoffentlich hat Ihnen dieses Gespräch nicht den Nachtisch verdorben. Das Feingebäck sieht köstlich aus.«

»Das ist es auch, aber ich habe den Appetit verloren, Captain«, erwiderte sie. »Wir bleiben besser nicht in einer Gruppe stehen. Das widerspricht dem Sinn dieses Abends und könnte Plactus glauben machen, er hätte einen Sieg errungen.«

»Ganz meine Meinung«, sagte er. Mit einem Becher in der Hand ging er auf Commander Sela zu, die in der Nähe ihrer Landsleute stand, sich aber keiner Gruppe angeschlossen hatte.

»Unser Gespräch gerade eben war sicherlich keine Tischkonversation«, begann er. »Ich wollte Sie nicht verärgern.«

Sela starrte Picard ohne jeden deutbaren Ausdruck an. Dann schaute sie auf ihren fast leeren Teller hinab.

»Wir beide haben einen Auftrag zu erfüllen, und ich habe nicht vor, diese Welt für uns zu gewinnen, indem ich unsere Philosophie so unverhüllt vor Daithin ausbreite.«

»Dann erwarten Sie also wirklich, Sie könnten gewinnen, Captain?«

»Natürlich, Commander. Starfleet hat mir diese Mission anvertraut, und ich wäre ein schlechter Offizier, würde ich nicht versuchen, sie zufriedenstellend abzuschließen.«

Sela schien über seine Worte nachzudenken, den nachsichtigen Tonfall und die Charakterstärke, die Picard ausstrahlte, während er vor ihr stand und etwas trank, das widerlich süß roch.

»Auch ich erwarte, den Sieg davonzutragen. Nur einer von uns wird letzten Endes zufrieden sein.«

Nun war es an Picard, über diese Frau nachzudenken. Ihre kalte Zuversicht faszinierte ihn weiterhin, weil er erkannte, daß sich unter diesem eisigen Äußeren gequälte Gefühle verbargen. Sie war zur einen Hälfte Mensch und zur anderen Romulanerin – und es gab nur ganz wenige solcher Mischlinge im Universum. Genau, wie andere Nachkommen von Eltern zweier verschiedener Spezies Schwierigkeiten hatten, sich ihrer gespaltenen Natur anzupassen, konnte er sich nicht einmal ansatzweise vorstellen, was Sela durchmachte. Sie fühlte sich der einen Kultur verpflichtet, während sie mit Rudimenten ihrer Vergangenheit fertig werden mußte. Bestimmt hatte irgend etwas von Tasha Yar in ihr überlebt.

»Commander, ich muß Sie dazu beglückwünschen, wie Sie und Ihre Offiziere sich verhalten haben. Ich weiß, angesichts unserer früheren... Differenzen ist das nicht ganz einfach.«

»Ich verhalte mich, wie die Lage es erfordert, Captain. In der Tat bestimmen *Sie* mein Verhalten im Augenblick.«

Picard sah sie erstaunt an, sagte aber nichts.

»Ja, Captain. Schließlich ist es nicht gerade eine ehrenvolle Aufgabe, die Elohsianer davon zu überzeugen, sich freiwillig dem Romulanischen Reich anzuschließen. Manche sehen das sogar als eine Art Strafe an.« Ihr Blick wurde noch eindringlicher.

»Sie sind mich teuer zu stehen gekommen, Picard. In einer Hinsicht, die Sie sich gar nicht vorstellen können. Ich hatte mich bis an die Spitze vorgekämpft und bekam das Kommando über Schlüsseloperationen. Mit jedem Erfolg erhielt ich mehr Befugnisse und mehr Macht. Man hat mich gefürchtet, und mein Wort hat über Leben oder Tod entschieden. In kurzer Zeit habe ich zwei einzigartige Pläne ausgearbeitet. Hätten sie funktioniert, hätte ich die Kräfte herausfordern können, die zur Zeit die Macht haben. Der Prätor selbst hätte meinen Erfolg gefürchtet.

Statt dessen sind beide Pläne gescheitert. *Sie* haben mir zweimal einen Strich durch die Rechnung gemacht, Picard. Zuerst haben Sie Jahre der Planung und der Arbeit verdorben und verhindert, daß uns das Klingonische Imperium wie eine reife Frucht in die Hände fällt. Das wäre nur eine Vergeltung für die Greueltaten gewesen, die sie uns vor Jahrzehnten angetan haben. Aber Sie und Ihr klingonischer Diener – Worf – haben das verhindert.

Und dann ist da natürlich noch Ihre unglaubliche Mission auf meiner Heimatwelt. Wir sind noch immer auf der Jagd nach Spock und seinem armseligen Untergrund. Merken Sie sich meine Worte, Picard, wir werden sie finden und ihre aufwieglerische Bewegung vollständig zerschlagen.«

Picard nahm die verbalen Peitschenhiebe ruhig hin und beobachtete sein Gegenüber nur. Gefühle, die den meisten Romulanern – oder ihren vulkanischen Vettern – fremd waren, wurden hier zur Schau gestellt, und er blieb weiterhin von der Frau fasziniert.

»Sie mögen glauben, was Sie wollen, Sela, aber mein kurzer Besuch bei Ihrem Volk hat mir gezeigt, daß es für etwas... anderes bereit ist. Die Lebensweise, die ich gesehen habe, war nicht die eines starken Volks. Die Romulaner sind vielleicht besser dran, wenn sie Spocks Weg einschlagen.«

Sela lauschte Picards Worten und schwieg einen Augenblick lang. Ganz kurz glaubte Picard, sie dazu gebracht zu haben, ihr Vorgehen zu überdenken.

Dann schüttelte sie den Kopf.

»Sie sind mich teuer zu stehen gekommen«, wiederholte sie. »Zwei Niederlagen, die unzählige Arbeitszeit und Ressourcen gekostet haben. Nun wirft man mir vor, man hätte sie woanders erfolgreicher einsetzen können. Die Romulaner sind ein sehr nachtragendes Volk, Captain. Wie es sich gehört, wurde ich für mein Versagen bestraft, und das ist das Ergebnis.« Sie zeigte auf ihre Kollegen, die sich nun zumindest teilweise unter die Angehörigen der elohsianischen Gruppe gemischt hatten. Picard stellte fest, daß dies auch bei all seinen Offizieren der Fall war.

»Ich wurde degradiert und bekam das Kommando über ein altes, auseinanderfallendes Raumschiff mit einer Crew, die niemand in der Flotte haben wollte. Diese diplomatische Mission ist der beste Auftrag, den ich seitdem erhalten habe. Es heißt, man wolle feststellen, ob ich meine Lektion gelernt hätte.« Sir riß die Augen auf und starrte Picard an. Falls dies überhaupt möglich war, hatte ihr Gesicht einen noch härteren Ausdruck angenommen.

»Ich werde diese Welt für uns gewinnen, Picard. Und zwar indem ich meine Befehle befolge und nach den Regeln der Elohsianer spiele. Ich werde dem Prätor die Flagge dieser Welt bringen und dann feststellen, was der Senat davon hält. Sie können sehr gut mit Worten umgehen, Captain, aber um eine Welt zu gewinnen, brauchen Sie mehr als nur das.«

Mit diesen Worten wandte sie sich von ihm ab und ging zu Plactus hinüber, der mit Dona sprach. Picard sah ihr nach. Er entschloß sich, sie noch genauer als geplant im Auge zu behalten. Doch sein Gedankengang wurde unterbrochen, als Simave und Larkin zu ihm kamen. Beide hielten Becher in den Händen, deren dampfender Inhalt sehr süß roch.

»Alles in allem ist das Bankett wohl hervorragend gelaufen«, sagte Simave, als sie Picard erreicht hatten.

Der Captain nickte und lächelte. »In der Tat. Die Gerichte dieser Welt sind wirklich vorzüglich. Ich kann mir vorstellen, daß manche Leute hierher kommen werden, nur um sie zu genießen, sollten Sie sich zugunsten der Föderation entscheiden.«

Larkin schaute mit einem Anflug von Überraschung zu Picard hinab. Dann stellte er seinen Becher auf den nächsten Tisch. »Glauben Sie wirklich«, fragte er, »daß Touristen von der Föderation zu dieser Welt kommen, nur um hier zu essen?«

»Einige sind versessen darauf, zu den ersten zu gehören, die eine neue Mitgliedswelt der Föderation besuchen. So weit hier draußen würden in erster Linie natürlich Handelsschiffe, diplomatische Missionen und natürlich Schiffe von Starfleet kommen, die die neuen Grenzen bewachen.«

»Und wieviel Schutz genau würde Starfleet uns anbieten?« fragte Simave.

»Das ist weder der Ort noch die Zeit, um solche Einzelheiten zu besprechen, Sir, doch wir bieten allen Welten Schutz durch patrouillierende Schiffe, und falls hier die neue Grenze gezogen wird, würde sie von einem Raumschiff überwacht und geschützt werden, das diesem Sektor zugeteilt wird. Und wir sind normalerweise imstande, innerhalb von ein paar Stunden auf einen Notruf zu reagieren.«

Larkin nickte leicht und speicherte die Information ab. Wie Daithin schien er ein Schwamm zu sein, der solche Daten geradezu aufsog. Picard hatte Leute wie ihn auf vielen anderen Welten gesehen und mit gelindem Interesse festgestellt, daß die meisten politischen Führer solche Personen zu brauchen schienen.

»Es ist schon ziemlich spät, Captain. Würden Sie uns die Ehre erweisen, als erster zu gehen?«

»Als erster? Ich verstehe nicht ganz, Larkin.«

»Es ist bei uns Brauch, daß unsere Ehrengäste am Ende eines solchen Ereignisses den Abend beschließen, indem sie eine kurze Rede halten. Ein paar Worte, die die Bedeutung des Ereignisses unterstreichen und an die die Gäste sich erinnern werden.«

»Darüber hat man mich nicht informiert, und ich habe nichts vorbereitet.«

Larkin nickte lediglich. »Dann liegt eine bedauerliche Unterlassung meines Büros vor«, sagte er. »Bitte verzeihen Sie mir. Könnten Sie trotzdem ein paar Worte sagen?«

»Natürlich. Geben Sie mir einen Augenblick lang Zeit, damit ich mir etwas überlegen kann.« Picard trat von seinen Gastgebern zurück und ging langsam zu seiner Crew hinüber. Tief im Innern argwöhnte er, daß Larkin ihm absichtlich nichts gesagt hatte und es sich um eine weitere kleine Prüfung handelte, mit der man feststellen wollte, wie die beiden Kandidaten mit unvorhergesehenen Problemen umgingen. Zweifellos würden seine Jahre der diplomatischen Erfahrung ihn befähigen, Sela mit Worten zu schlagen. Hoffte er.

Keine fünf Minuten später trat Daithin vor die Tür, und die Kellnerinnen flankierten ihn auf beiden Seiten. Die versammelten Elohsianer erkannten die Formation und verstummten sofort. Sie hatten ihre Teller und Becher auf Tischen abgestellt. Die Offiziere der Föderation und der Romulaner taten es ihnen schnell gleich, obwohl mehr als nur ein Gesicht von Verwirrung kündete.

»Mein Volk, meine Gäste, dies war ein wirklich

wundervoller Abend. Aber wir werden müde und müssen uns für die morgigen Herausforderungen ausruhen. Wir haben Captain Picard von der Föderation gebeten, uns die Ehre der ersten abschließenden Zustimmung zu geben. Captain?«

Einen Augenblick lang dachte Picard, er müsse vor einem Gericht aussagen – worin er allerdings auch Erfahrung hatte. Aber er unterdrückte diesen Gedanken, zog seine Uniform gerade und schritt zu Daithin. Der Premier trat nach links, um Platz für den Starfleet-Offizier zu schaffen.

»Premier Daithin, im Namen der Vereinten Föderation der Planeten und ganz besonders meiner Crew danke ich Ihnen und dem Volk von Eloh für Ihre freundliche und großzügige Gastfreundschaft an diesem Abend.

Unser Credo ist es, neue Welten zu erkunden, neue Zivilisationen zu suchen und die Wunder des Universums zu studieren. Während meiner Jahre im aktiven Dienst habe ich dazu beigetragen, neue Welten zu entdecken und Erklärungen dafür zu finden, weshalb ältere Zivilisationen untergegangen sind. Ich habe neues Leben und viel zuviel Tod gesehen.

Ich habe während meiner Laufbahn ebenfalls gesehen, daß Frieden zwischen Völkern geschlossen wurde, die dies niemals für möglich gehalten hätten. Genau, wie Eloh gerade Unstimmigkeiten geheilt hat, die viele für irreparabel hielten. Wir teilen Ihre Freude über diese Einheit. Wie Sie Ihren Kindern eine bessere Welt hinterlassen, ist es unsere Absicht, ein besseres Universum zurückzulassen, wenn wir es verlassen müssen. Wir tun dies, indem wir Hilfe gewähren. Unsere Schiffe und unser Personal kann Opfern von Katastrophen helfen oder bedürftigen Welten die neuesten Pflanztechniken bringen. Wir halten die Schifffahrtslinien des Weltraums frei für Händler, Besucher und neu entdeckte Völker.

Vor kurzem hat die Föderation dazu beigetragen, eine wunderbare neue Verbindung zur anderen Seite der Galaxis zu entdecken, die sie nun sichert. Mit unserer Hilfe und unserem Schutz können Wissenschaftler nun in Erfahrung bringen, was sich da draußen befindet. Jahrhundertelang konnte man davon nur träumen.

Wir haben uns diese Ziele nicht gesetzt, weil wir der Ansicht sind, unsere Sicht der Dinge nur auf diese Weise durchsetzen zu können. Statt dessen haben wir die Vereinte Föderation der Planeten gegründet, in der die Identität einer jeden Welt gewährleistet bleibt und ihre Bewohner sich so entwickeln können, wie sie es für richtig halten. Aber jede Welt weiß auch, daß sie von ihren Nachbarn nicht ausgenutzt wird, sondern Hilfe erwarten kann. Diese Welten können in der Sicherheit leben, ein Risiko eingehen und aus der Erfahrung lernen zu können. Und daß Hilfe nicht weit ist, sollte es wirklich einmal zu einer Katastrophe kommen.

Diese Sicherheit können wir auch Eloh und dem elohsianischen Volk bringen. Wir haben noch nicht viele Erfahrungen hier gemacht, aber ich würde sagen, daß es eine junge Welt ist, die in schrecklich kurzer Zeit erwachsen geworden ist. Schon das bloße Überleben ist unter solchen Umständen beeindruckend. Diesen unabhängigen Geist habe ich hier auf Eloh wahrgenommen, ja mich geradezu darin gesonnt.

Ich hege nicht den geringsten Zweifel daran, daß der heutige Abend einen großen Schritt in Richtung auf eine Freundschaft zwischen den Völkern darstellt – die Romulaner eingeschlossen –, ja sogar ein Wendepunkt in der Geschichte unserer Galaxis sein kann. Es ist mir eine Ehre, mich hier aufzuhalten und an solch einem Augenblick teilzunehmen. Ich danke Ihnen für die Einladung und die Gelegenheit, hierher zu kommen und Sie und Ihre Familien kennenzulernen.«

Picard lächelte Dona und den anderen freundlich zu. Alle hatten seine Rede gespannt verfolgt. Die Liebe des Captains für Shakespeare-Aufführungen hatte ihm sicherlich gute Dienste geleistet. Als er im Geiste nachvollzog, was er gerade gesagt hatte, und diese Worte mit Kommentaren verglich, die er während seines Aufenthalts gehört hatte, war er überzeugt davon, tatsächlich etwas von Bedeutung gesagt, sich aber gleichzeitig so kurz gefaßt zu haben, daß er seine Zuhörer nicht langweilte. Alles in allem eine gute Leistung. Diese Einschätzung wurde von Deanna Trois breitem Grinsen und dem zufriedenen Ausdruck in Will Rikers Augen bestätigt. Sogar Dr. Crusher zeigte ihm diskret einen gehobenen Daumen. Worf blieb stoisch ruhig, doch als der Captain ihn ansah, nickte der Klingone bestätigend, wenn auch nur kurz.

Auf der anderen Seite des Raums standen Sela, Plactus und die anderen ganz ruhig da; keiner von ihnen zeigte die geringste Gefühlsregung. Der Commander hatte die Arme vor der Brust verschränkt und hielt sich völlig starr, so daß der Captain nicht einmal ahnen konnte, wie die Romulaner seine Worte aufgenommen hatten.

Daithin trat mit einem strahlenden Lächeln zu Picard. »Wunderbar, Captain, einfach wunderbar. Wir haben diese Worte aufgezeichnet und werden sie in den heutigen Nachrichtensendungen ausstrahlen. Zweifellos werden sie morgen in zahllosen Schulen während des Unterrichts besprochen werden. Würden Sie nun zu uns treten, Commander Sela?«

Die Romulanerin schritt entschlossen durch die sich teilende Menge. Die Arme hatte sie unter dem Umhang verborgen, ihr Gesichtsausdruck war unverändert geblieben. Als Daithin erneut zur Seite trat, um Platz für sie zu schaffen, nahm sie eine militärische Habachtstellung ein, widmete ihrem Publikum jedoch zumindest ein Lächeln.

»Auch die romulanische Regierung dankt Eloh für die freundliche Einladung, Ihre Welt und Ihr Volk zu besuchen und besser kennenzulernen. Das ist etwas Neues für uns – und ein Zeichen dafür, daß die Galaxis sich verändert. Alte Regeln und Vorgehensweisen funktionieren unter diesen neuen Umständen nicht immer. Wir haben das gelernt und uns dementsprechend verhalten. Wie Sie wissen, liegt Ihre Welt direkt zwischen den Grenzlinien, die die Regierungen der Klingonen und der Föderation einerseits und der Romulaner andererseits gezogen haben. Gestern hätte der Planet leicht zu einer Kriegsbeute werden können, aber heute nicht mehr. Nein, heute führen wir eine neue Art von diplomatischem Krieg. Es bietet sich die Gelegenheit, eine neue Welt auf eine Weise zu gewinnen, die vielen unvertraut ist. Ich persönlich bin damit auch nicht vertraut, aber ich habe mich entschlossen, diese neue Herausforderung zu meistern, indem ich sie schwungvoll angehe.

Auch das romulanische Volk hat einen großen Teil der Galaxis erforscht. Wir haben Herausforderungen bewältigt und Welten gezähmt, damit unser Volk wachsen und sich ausdehnen kann. Es entspricht der Tradition der Romulaner, weder vor Herausforderungen noch vor Entbehrungen zurückzuschrecken. Viele von uns haben eine Vorliebe für solche Herausforderungen. Da dies meine erste Erfahrung damit ist, kann ich Ihnen wirklich nicht sagen, was ich davon halte. Ich weiß jedoch, daß mein Volk das Universum auf eine ganz bestimmte Art und Weise sieht und nicht davor zurückschrecken wird. Unsere Lebensweise hat sich als erfolgreich erwiesen, und sie wird bestehen bleiben, weil wir eine einzigartige Vision haben.

Eloh hat dieser Vision viel zu bieten. Sie sind ein Planet von Kriegern, die gelernt haben, die kleinen Streitereien untereinander zu beenden und zum Wohl

Ihrer Welt zusammenzuarbeiten. Das zeigt einen Mut und ein Charakterbild, das wir ansprechend finden.

Um dieser neuen Freundschaft zwischen unseren Völkern zu gedenken, möchte ich Ihnen mehr als nur Worte zurücklassen, über die Sie nachdenken können. Im Namen des romulanischen Volkes bitte ich das Parlament, ein Geschenk zum Ausdruck dieser Freundschaft zu akzeptieren.« Mit diesen Worten winkte Sela einem Legionär zu, der an der anderen Tür stand. Er trat mit einem Behälter vor, der im Stil der Elohsianer reich verziert war. Die Farben entsprachen sogar denen von Daithins bevorzugten goldenen Kleidungsstücken. Ein guter Zug, dachte Picard.

Als der Legionär den großen Behälter zu Daithins Füßen auf den Boden stellte, rief Sela: »Wir haben von unserer Welt eine Auswahl unserer besten Weihrauchsorten mitgebracht. Wir verbrennen sie, um unsere Gedanken besser konzentrieren zu können. Ihr Duft soll uns daran erinnern, daß die Naturschätze dazu beitragen können, den Geist wach zu halten und Erfolge zu erzielen. Wir wünschen Eloh, daß diese Welt ebenfalls solche Erfolge erzielt, und hoffen, daß diese Mischung Ihnen so große Zufriedenheit bereitet, wie es bei uns seit Jahrtausenden der Fall ist.«

Sela trat mit einem selbstzufriedenen Ausdruck auf dem Gesicht zurück. Die Romulaner blieben im hinteren Teil des Raums dicht zusammen, doch wissende Blicke wurden gewechselt.

Picard, der mittlerweile neben Riker und Troi stand, war bestürzt. »Hätten wir ebenfalls ein Geschenk mitbringen sollen, Counselor?« flüsterte er.

»Wir konnten nicht wissen, daß man das von uns verlangt«, antwortete sie. »Außerdem können wir noch nicht sagen, wie diese Geste das Parlament beeinflussen wird. Schließlich handelt es sich ja nur um Räucherwerk und nicht um neue Waffen oder Raumschiffe.«

»Aber man könnte ihre Geste als erstes von vielen solcher ›Geschenke‹ auffassen«, fügte Riker hinzu. »Vielleicht ist das Parlament nicht über Bestechung erhaben.«

»Ganz meine Meinung, Will«, flüsterte Picard.

Daithin schaute zu dem Behälter hinab, lächelte und sah dann zu seinen Leuten. Sie unterhielten sich miteinander, doch die vielen Stimmen verhinderten, daß der allgemeine Translator mehr als immer nur zwei oder drei Worte gleichzeitig übersetzte. Niemand konnte sagen, wie dieses Geschenk aufgenommen worden war.

»Danke, Commander Sela, danke. Es ist ein sehr großzügiges Geschenk, und unser Volk weiß es zu schätzen – im Rahmen seiner Möglichkeiten.«

Sela trat vor. »Was meinen Sie damit?« fragte sie.

»Ich meine, ich möchte Ihnen danken«, wiederholte er umständlich. »Nun ja, verstehen Sie, Commander, im Gegensatz zu den außergewöhnlichen Sinnen, die die Romulaner haben, und sicher auch die Angehörigen der Föderation, verfügen die Elohsianer nur über einen sehr beschränkten … Geruchssinn. Wir können nur gewisse Pflanzen und Kräuter unserer eigenen Welt wahrnehmen. Ihren Weihrauch leider nicht. Doch die Absicht hinter dem Geschenk hat eine große Bedeutung für mich und das Parlament. Wir werden Ihre Geste nicht vergessen.«

Ziemlich abrupt, so hatte Picard den Eindruck, hob er die Hände und beschloß das Bankett mit einem Wink. Es hatte wirklich ein seltsames Ende genommen, und Picard war sich noch nicht sicher, welche Rolle dies bei dem Entscheidungsprozeß spielen würde, der in ein paar Tagen abgeschlossen sein mußte.

Sela war aus dem festlich geschmückten Saal in den nun leeren angrenzenden Raum gestürmt, in dem sie den Hauptgang zu sich genommen hatten. Plactus und einige andere Offiziere folgten ihr, ohne zu bedenken, daß die Crew der *Enterprise* aufmerksam jede ihrer Bewegungen verfolgte. Sie packte Plactus grob am Arm. »Warum haben Sie mich nicht darüber informiert?« fragte sie.

»Aber, Commander, wir haben es doch nicht gewußt!« Plactus trat zurück, um sich dem Zorn seiner Befehlshaberin zu entziehen. Sela folgte ihm auf dem Fuße und bemühte sich nicht, leise zu sprechen, obwohl ihr Monolog wirklich nicht für alle Ohren bestimmt sein konnte.

»Sie Schwachkopf, Sie sollten bis zum heutigen Abend einfach alles über diese Leute herausgefunden haben. Wir sind schon länger hier als die Narren von der Föderation, aber nicht ihnen ist dieser Fehler unterlaufen, sondern uns! Wenn wir diese Welt verlieren, Plactus, wird der Prätor Ihren Kopf fordern und nicht meinen! Und dann wird Ihre Familie entehrt sein und ihren Rang, ihr Zuhause und ihren Platz in der Gesellschaft verlieren. Nicht viele Familien können von sich behaupten, dazu beigetragen zu haben, eine ganze Welt zu verlieren. Beten Sie, daß es nicht dazu kommt, Plactus! Ich werde keine weitere Niederlage hinnehmen!«

Sie wirbelte herum, ließ Plactus und die anderen Offiziere einfach stehen, ging geradewegs zum hintersten Raum und zum Ausgang und stieß dabei sogar ein paar Elohsianer beiseite. An Picard schritt sie vorbei, ohne ihn eines Blickes zu würdigen.

»Die Frau ist aber ziemlich sauer«, stellte Riker trokken fest.

»Wären Sie das nicht auch, Will?« fragte Troi.

»Natürlich, aber mir ist der Fehler nicht unterlaufen. Und ich würde mich auch nicht in aller Öffentlichkeit dazu äußern.«

»Aber er hätte uns unterlaufen können, Nummer Eins«, warf Picard sachlich ein. »Wir haben auch nichts von ihrem eingeschränkten Geruchssinn gewußt. Was sonst wissen wir noch nicht über sie?«

»Ein guter Einwand, Sir.«

»Ja. Doktor, ich werde versuchen, einen Elohsianer dazu zu bringen, sich einer gründlichen Untersuchung zu unterziehen. Ich würde gern erfahren, ob ihre Physiologie noch andere Besonderheiten aufweist, über die wir Bescheid wissen sollten. Vielleicht während der morgigen Besichtigung.«

Crusher nickte bestätigend und bedachte ihren Captain mit einem mitfühlenden Lächeln. Wie leicht hätte die Föderation diesen Bock schießen können, dachte sie.

Nachdem die Crew sich vor dem großen Bankettgebäude versammelt hatte, berührte Picard seinen Insignienkommunikator und sagte dann lediglich: »Picard an *Enterprise*. Beamen Sie uns hoch.«

5

Riker hatte von vornherein geahnt, daß das Bankett bis spät in den Abend dauern würde. Er hatte dafür gesorgt, daß Data die Abendschicht übernahm, und sich selbst dann die erste Schicht auf der Brücke zugeteilt, damit Captain Picard ausschlafen konnte oder Zeit genug hatte, seinen Bericht an Starfleet aufzusetzen. Da nicht vorgesehen war, daß Riker während dieser Reise noch einmal auf den Planeten zurückkehrte, konnte er sich nun zwingen, wach und aufmerksam zu bleiben, und den Schlaf nachholen, sobald die Umstände es erlaubten. Trotz der Anwesenheit der Romulaner hatte Riker den Eindruck, daß diese Mission ziemlich ruhig verlaufen würde. Er wußte eine gewisse Aktivität zwar zu schätzen, wollte aber nicht unbedingt, daß das Schicksal einer ganzen Welt einen anderen Verlauf nahm, nur um sein Verlangen danach zu befriedigen. Statt dessen kam er nach dem Ende seiner Schicht zum Schluß, ein Fitneßtraining sei angesagt.

Der Erste Offizier brachte schnell das Logbuch auf den neuesten Stand, erhob sich dann und stand so steif da, als ob er einen Besenstiel verschluckt hätte. Er straffte seine Schultern und warf einen letzten Blick auf den Hauptbildschirm und das darauf abgebildete, friedlich wirkende Eloh. Ein wirklich schöner Planet, dachte er. Vielleicht wäre ein Landurlaub hier keine schlechte Idee. Dann ging er schnellen Schrittes die Rampe hinauf, die zum oberen Brückenring führte.

Lieutenant Worf stand hinter der taktischen Station und würdigte Riker kaum eines Blickes.

»Der Schichtwechsel ist glatt verlaufen, Lieutenant«, sagte Riker. »Ich gehe zum Fitneßtraining aufs Holodeck. Sie haben den Befehl über die Brücke.«

»Aye, Sir«, erwiderte Worf und trug den Kommandowechsel mit einer knappen Bewegung der Finger seiner linken Hand ein. Als Riker zum Turbolift ging, drehte der Klingone sich zu ihm um. »Ich habe mehrere neue klingonische Trainingsprogramme geladen«, fügte er hinzu. »Darf ich vorschlagen, daß Sie Worf Tango Fünf ausprobieren?«

»Ein Tango ist vielleicht genau das Richtige, Worf«, sagte Riker und grinste breit.

Worf seufzte schwer, richtete den Blick wieder auf die taktische Station und verzichtete auf sämtliche Überlegungen bezüglich des menschlichen Humors.

Die Fahrt zu den Holodecks dauerte nicht lange, und Riker nutzte die Gelegenheit, um über Trainingsprogramme und Möglichkeiten zur Entspannung nachzudenken. Vielleicht würde er tatsächlich Worfs neues Fitneßtraining ausprobieren, wenngleich die klingonischen Programme ihn gelegentlich etwas zu stark beanspruchten und er dann anschließend noch eins aufrufen mußte, das einen Whirlpool- oder Saunabesuch beinhaltete. Vielleicht die beruhigenden Dämpfe eines argelianischen Gewürzbads …

Während der Erste Offizier seine Gedanken schweifen ließ und ein Gähnen unterdrückte, bemerkte er nicht, daß die Holodecktüren sich öffneten und ein junger Mann herauskam. Sie stießen zusammen, und Riker bewahrte mit Mühe und Not das Gleichgewicht, hielt auch den Jungen fest und erkundigte sich, ob ihm etwas passiert sei.

»Nein, alles in Ordnung«, erwiderte der junge Mann. Riker musterte ihn, da er ihm nicht bekannt schien, was ihn etwas erstaunte, denn er war der Meinung, jeden an Bord zu kennen, wenn schon nicht mit dem Namen, dann zumindest vom Sehen.

»Ich glaube, ich kenne Sie nicht«, begann er.

»James Kelly, gerade an Bord gekommen«, erwiderte der Teenager in dem Overall. »Sie müssen Commander Riker sein. Ich habe schon von Ihnen gehört.«

Riker lächelte, ohne darauf zu achten, daß die Holodecktüren sich wieder schlossen. »Ach was?« sagte er.

»Ja, Sir«, erwiderte der Junge, und ein Lächeln legte sich auf sein Gesicht. »Meine Eltern sagen, sie hätten viel Gutes über Sie gehört, und ich … nun ja, auch andere haben über Sie gesprochen.«

»Seit wann sind Sie schon an Bord?«

»Erst seit ein paar Tagen, Sir. Meine Eltern freuen sich sehr, hier zu sein.«

»Und Sie?« fragte Riker mit echtem Interesse.

»Ich wohl auch«, antwortete Kelly. »Auf diesem Schiff sind wirklich einige beeindruckende Leute. Es muß toll sein, zur Kommando-Crew zu gehören.« Die Anwesenheit des Ersten Offizier schien den Jungen nicht im geringsten nervös zu machen, dachte Riker, aber irgend etwas anderes schien ihn zu beschäftigen und abzulenken. Er entsann sich an seinen Rat an Fähnrich Ro, sich stärker um die Belange der Zivilisten an Bord des Schiffes zu kümmern. Nun schien der Augenblick gekommen zu sein, da er umsetzen konnte, was er selbst gepredigt hatte. »Tut mir leid, daß ich in Sie hineingelaufen bin«, begann er von neuem. »Ich hatte an etwas ganz anderes gedacht und nicht darauf geachtet, wohin ich gehe.«

»Sie auch?«

Riker wollte wirklich gern herausfinden, was den Jungen beschäftigte, und deutete auf die Tür zum Holodeck, die sich gerade wieder geschlossen hatte. »Möchten Sie darüber sprechen?«

Kelly zögerte einen Augenblick lang und nickte dann. »Das kann wohl nicht schaden.«

»Computer, lade das Programm Worf Tango Fünf und bereite die Ausführung vor.«

Das Holodeck gab ein kurzes elektronisches Zwitschern von sich. »Programm geladen und abspielbereit«, erwiderte es dann. »Soll es auf menschliche Normen konvertiert werden?«

»Negativ«, sagte Riker lächelnd. »Programm bereithalten.« Dann wandte er sich Kelly zu. »Das könnte ganz interessant werden«, sagte er.

Als die Türen sich öffneten, nahm Riker überrascht zur Kenntnis, daß er in der Ferne Vogelgezwitscher hörte. Die purpurnen Rauchsäulen überraschten ihn weniger; die meisten von Worfs Szenarios beinhalteten planetare Bedingungen, die alles andere als ideal waren. Der Klingone hatte ihm einmal erklärt, daß dies zu seiner erhöhten Wachsamkeit beitrug. Darauf hatte Riker erwidert, der Sicherheitsoffizier wüßte dann vielleicht nicht, was er machen sollte, wenn es bei Sonnenschein und klarem Himmel zu einer Konfrontation käme.

Riker bedeutete Kelly mit einer Geste, die fremdartige Umgebung zu betreten. Der Junge sah sich mit weit aufgerissenen Augen ungläubig um und wurde beträchtlich langsamer.

»Unser Sicherheitsoffizier, Lieutenant Worf, hat dieses Szenario persönlich programmiert. Ich erkenne die Landschaft nicht – und Sie wohl auch nicht, schätze ich. Ich habe das Programm noch nicht ausprobiert – und werde es erst aktivieren, nachdem wir uns unterhalten haben. Also, James Kelly, was haben Sie auf dem Herzen?«

»Es ist ziemlich töricht, Sir, und bestimmt nicht dazu geeignet, einen Offizier damit zu belästigen.«

Riker lächelte freundlich. »Ich bin auch ein Mensch, James«, sagte er. »Vergessen Sie die Uniform mal und sprechen Sie von Mann zu Mann mit mir darüber.«

»Aber das ist so … na ja … unbedeutend, Sir«, begann Kelly. »Vielleicht aber auch nicht. Ich muß unentwegt daran denken.« Kelly starrte auf die üppige Dschungellandschaft, die aus Bäumen mit dicken Ästen und Schlingpflanzen bestand. Hier und da waren Blasen werfende Löcher im Boden zu sehen, aus denen der purpurne Rauch quoll. Man konnte zwar einige Lebensformen hören, aber keine sehen, doch Kelly starrte trotzdem in das Dickicht und versuchte, sie auszumachen.

»Lassen Sie mich raten«, preschte Riker vor. »Familienprobleme?«

»Nein, Sir.«

»Ärger mit Ihrem Unterrichtsstoff?«

»Nein, Sir.«

Riker dachte kurz nach und schnippte dann mit den Fingern. »Es geht um ein Mädchen, nicht wahr?«

»Gewissermaßen«, sagte Kelly. »Eigentlich um eine Frau.«

Riker fuhr mit der rechten Hand durch seinen Bart und grinste. »Ach, ich verstehe, eine ältere Frau.« Ihm wurde klar, daß er vorsichtig vorgehen mußte. Er wußte nicht, wie weit er als verantwortungsvoller Erwachsener den Jungen bedrängen durfte.

»Wie viele Jahre ist sie denn älter, James?«

»Das weiß ich nicht genau, Sir. Es sind schon einige.«

»Kommen Sie, machen Sie bei den Dehnübungen mit«, forderte Riker ihn auf. Er streckte das linke Bein aus und dehnte die Muskulatur. James tat es ihm gleich und versuchte, die Bewegungen des Offiziers nachzuvollziehen. Er war jedoch beträchtlich kleiner als Riker und bei weitem nicht so breitschultrig oder so gut in Form, obwohl er viel jünger war.

»Es ist manchmal gar nicht so einfach, mit älteren Frauen auszukommen. Ich war siebzehn, als ein Mädchen von vierundzwanzig Jahren hinter mir her war; die Sache ist mir gewaltig über den Kopf gewachsen.

Ich kenne aber auch mehrere Beziehungen, die trotz gewaltiger Altersunterschiede ausgezeichnet funktionieren. Also, schaun wir mal ... ist sie an Bord dieses Schiffes?«

Stöhnend ging James dazu über, das rechte Bein zu dehnen. »Ja, Sir. Sie ist wirklich klasse, hat die betörendsten Augen, die ich je gesehen habe. Ich weiß erst ganz wenig von ihr, aber wir haben uns schon stundenlang unterhalten, und sie ist einfach unglaublich.«

»Tja, das ist doch schon ein guter Anfang«, sagte Riker. »Was wissen Sie denn über sie?«

»Nicht viel. Noch nicht. Wir haben uns erst zweimal unterhalten und dabei hauptsächlich über das Schiff gesprochen, und wie es funktioniert. Sie weiß so viel darüber ...«

»Dann ist sie schon länger an Bord als Sie?«

»Ich glaube, sie ist seit etwa einem Jahr auf dem Schiff. Ich hatte Schwierigkeiten, mit ihr Schritt zu halten. Sie ist so energisch und aktiv ...«

Riker bewegte seinen Körper nun rhythmisch, als folge er einer inneren Musik, die Kelly nicht hören konnte. »Sie muß ja eine sehr beeindruckende junge Frau sein.« Der Teenager versuchte, mit Riker Schritt zu halten, aber es gelang ihm nicht. Der Commander beobachtete ihn aus dem Augenwinkel und amüsierte sich insgeheim über James. Aber der Junge versuchte es wenigstens, und das ließ ihn in Rikers Achtung wieder steigen. »Es gibt jetzt mehrere Vorgehensweisen. Mal sehen, welche Ihnen am besten gefällt.«

Kelly nickte, stöhnte und lauschte dann aufmerksam.

Ro Laren wünschte sich im Augenblick nichts sehnlicher als frische Kleidung und etwas Warmes zu trinken. Die große, geschmeidige Frau stolperte fast in ihre Kabine, nachdem sie in den vergangenen fünf

Stunden eine Station auf der Brücke repariert hatte, die von einem Kurzschluß in Mitleidenschaft gezogen worden war. Als Ro gerade zu Bett gehen wollte, war sie von Data auf die Brücke gerufen worden, der unmittelbar nach dem Bankett auf Eloh der diensthabende Offizier war.

Das Problem auf der Brücke ließ sich nur mit ihrer Hilfe beseitigen, vor allem, da ein Großteil der Crew, die die Nachtschicht schob, aus Fähnrichen bestand, die kaum Erfahrung mit dem Auffinden und Beseitigen von Störungen hatten. Das Problem war relativ gering, aber kompliziert, da die Mikroschaltkreise sich hinter den wissenschaftlichen Stationen in der Wand befanden und von Vertäfelungen abgedeckt wurden. Da Ro als letzter Offizier an ihnen gearbeitet hatte, war sie die ideale Person dafür, das Problem zu lokalisieren, zu beseitigen und dann die neuen Schaltkreise zu testen. Zum Glück wurden keine weiteren Unregelmäßigkeiten entdeckt, und eine Technikercrew würde ihre Arbeit während der ersten Schicht überprüfen. Die durchgebrannten Schaltkreise und isolinearen Chips wurden zur Untersuchung in die technische Abteilung gebracht, damit man herausfinden konnte, was das Problem verursacht hatte und wie man ähnliche Ausfälle in Zukunft vermied.

Da das Raumschiff in einem Standardorbit flog, konnte sie ungestört arbeiten, wenngleich sie ein gewisses Unbehagen darüber verspürte, daß ein romulanischer Kriegsvogel Eloh umkreiste, auch wenn er in schlechtem Zustand sein mochte. Dann verdrängte sie diese Gedanken und stellte sich statt dessen ihr Bett vor. Ro berührte den Türöffner ihrer Kabine, trat hinein, befahl dem Computer, das Licht einzuschalten, und machte noch einen Schritt in ihr Quartier, bevor sie es sah.

Auf ihrem Schreibtisch – der normalerweise makellos aufgeräumt war, da sie sowieso nur sehr wenige

Gegenstände dort aufbewahrte – lag eine kanariengelbe Schachtel mit einer purpurroten Schleife darum. Mit zwei schnellen Schritten war Ro bei ihrem Schreibtisch und hämmerte auf ihre Computerkonsole ein. »Computer«, fauchte sie. »Wer hat diese Kabine während der letzten sechs Stunden betreten oder verlassen?«

»Fähnrich Ro Laren und Fähnrich Marguerite Nipar«, antwortete der Computer schnell mit seiner charakteristischen, mechanischen weiblichen Stimme.

»In welcher Abteilung ist Fähnrich Nipar eingesetzt?«

»Schiffsvorräte.«

Da Ro nichts bestellt hatte, war sie kurzzeitig verwirrt, doch dann wurde ihr klar, daß die Verpackung auf ein Geschenk hinwies. Sie beruhigte sich etwas und fragte sich, wer ihr so etwas schicken würde. Schließlich war heute weder ein bajoranischer noch ein terranischer Feiertag und auch nicht ihr Geburtstag – ein Ereignis, daß die Bajoraner sowieso nicht feierten. Dann kam ihr ein wahrscheinlicher Kandidat in den Sinn.

»James Kelly«, sagte sie überrascht. Sie hatte ja schon vermutet, daß der junge Mann mehr als nur beiläufig an ihr interessiert war, aber daß er ihr ein Geschenk schickte – hier braute sich Ärger zusammen. Noch schlimmer daran war, daß sie im Gegensatz zu durchgebrannten Schaltkreisen absolut keine Erfahrung mit solch einem Problem hatte.

Ro ließ sich auf den Schreibtischsessel mit der harten Lehne fallen, betrachtete die Schachtel und versuchte Vermutungen über den Inhalt anzustellen. Nachdem sie etwa ein Dutzend Möglichkeiten in Betracht gezogen und wieder verworfen hatte, zerriß sie frustriert die Schleife. In der Schachtel befanden sich dreizehn kandierte Früchte, in allen Farben des Regenbogens schillernd, jede in einer anderen Farbe. Eindeutig eine romantische Geste, schloß sie, aber sie wußte nicht genau, wie sie darauf reagieren sollte. Sie hob vorsichtig eine hellrote kandierte Frucht hoch, und als sie sie sich in den Mund steckte, wurde ihr klar, daß das *Technische Handbuch für Starfleet-Offiziere* keine Antworten für diese Situation bot.

Das Schlimmste daran war, daß die kandierten Früchte ausgezeichnet schmeckten.

Die Dämmerung auf Dos Dar war atemberaubend schön. Sonnenlicht schimmerte durch eine große Wolkenbank und färbte den Himmel in pastellfarbenen Gelb- und Orangetönen. Die Berge schienen die Wolkenränder zu streifen, und auf schneebedeckten Kuppen spiegelte sich die Farbenpracht des Sonnenaufgangs. Ein perfekter Tag, dachte Geordi, während er die Wolkenformationen von Bord eines kleinen Flugzeugs aus betrachtete. Erneut wurde er von Counselor Troi und Ilena begleitet. Diesmal besuchten sie das größte Wasserreinigungswerk des Planeten.

Der vergangene Abend hatte mit einem seltsamen Mißklang geendet, und er dachte über diese Ereignisse nach, als das Außenteam auf den Planeten zurückkehrte, um weitere Besichtigungen durchzuführen und die Zivilisation zu studieren. Später würden sie den Gefallen erwidern und eine Gruppe Elohsianer durch die *Enterprise* führen. Die Mitglieder des Außenteams stimmten überein, daß die Romulaner am Vorabend mit ihrem Geschenk einen wichtigen Vorteil errungen hatten. Troi tat, was sie konnte, um die Bedeutung der Gabe herunterzuspielen, als die Offiziere zu ihren Kabinen gingen, aber Picard blieb dabei, daß er dadurch in gewisser Hinsicht ausmanövriert worden war.

Geordi hatte die Ansicht vertreten, daß die Geste zwar gut gedacht, aber mit einem Makel behaftet war, da Weihrauch für eine Spezies mit eingeschränktem

Geruchssinn ein ungeeignetes Geschenk war. Falls jemand etwas davon verstand, dann LaForge, aber seine Kommentare konnten die Stimmung des Captains nicht verbessern.

Geordi schien ebenfalls nicht wesentlich besser gelaunt als am Vortag zu sein. Troi vermutete, daß die Begegnung mit Luth Ursache für seine Verstimmung war, und hatte versucht, ihn aufzuheitern. Sie wollte ihn dazu bringen, sich auf die aktuelle Tagesordnung zu konzentrieren und die Vergangenheit hinter sich zu lassen. Statt dessen hatte er die gesamte vergangene Nacht und diesen Morgen damit verbracht, über die Rolle nachzudenken, die die *Enterprise* auf Eloh spielte. War es richtig, diese Leute mit Informationen darüber aufzustacheln, daß es viele ihnen nicht zur Verfügung stehende Möglichkeiten gab, ihre vom Krieg zerrissene Welt voranzubringen? Waren sie besser als die Schlange, die Eva einen Apfel vor die Nase hielt? Trotz seiner Starfleet-Ausbildung wollte er mit jeder Faser seines Herzens diesen Leuten helfen, ihr Leben in den Griff zu kriegen und selbst zu entdecken, wie herrlich es sein konnte, den Weltraum zu erforschen. Statt dessen mußte LaForge sich ständig die genauen Instruktionen in Erinnerung rufen, die Picard seiner Crew erteilt hatte.

»Ist es nicht wunderschön, Counselor?« fragte Geordi, einerseits, um auf andere Gedanken zu kommen, andererseits, um Troi und Ilena nicht mit seinem verdrossenen Schweigen zu brüskieren. Mittlerweile hatte das Flugzeug die Berge überquert und hielt auf ein großes Gebäude vor ihnen zu.

»Ja«, erwiderte Deanna. Sie hatte eine Hand gegen ein Fenster gelehnt, spielte mit einer dunklen Locke und schaute weiterhin aus dem Fenster, beobachtete mit einem zufriedenen Ausdruck auf dem Gesicht die Landschaft. »Das vermisse ich an Bord eines Raumschiffs – die natürliche Schönheit eines Sonnenaufgangs oder -untergangs. Oh, ich könnte natürlich das Holodeck damit programmieren, aber am Morgen aufzuwachen, aus dem Fenster zu schauen und so etwas zu sehen … da bekommt man sofort Lust auf Landurlaub.«

»Ich freue mich, daß Ihnen die Aussicht gefällt«, sagte Ilena, die auf dem Sitz des Kopiloten saß. Am heutigen Tag trug sie ein hellbraunes und grünes Gewand mit gelbem Besatz und ein Zierband aus Kupfer um den Kopf, auf dem sich das Sonnenlicht spiegelte. »Als kleines Mädchen sah ich jeden Morgen den Sonnenaufgang; dann konnte ich einen Augenblick lang vergessen, daß wir einen schrecklichen Krieg führten.« Sie hatte das Außenteam am Parlamentsgebäude getroffen und zu einem Flughafen in der Nähe geführt, auf dem die kleine Maschine für sechs Insassen bereits wartete. Es war ein elegantes, windschnittiges Flugzeug, das im strahlenden Sonnenschein funkelte. Ein Teil seines Charmes war jedoch verlorengegangen, als der Pilot, ein ehemaliger Soldat namens Doral, ihnen erklärte, daß es sich dabei um ein umgebautes Kampfflugzeug handelte.

Die Maschine war ziemlich schnell, und Geordi hatte während des einstündigen Flugs mit Doral über ihre technischen Details gesprochen. Troi hingegen hatte Ilena in ein Gespräch über das Bankett des vergangenen Abends verstrickt. Geordi vermutete, daß Deanna unauffällig herausfinden wollte, was die Einheimischen vom Geschenk der Romulaner hielten. Er erinnerte sich daran, daß Troi ihm einmal gesagt hatte, auf fast allen Planeten, die die *Enterprise* je besucht hatte, wäre eines allgemein verbreitet – der Klatsch. Zuerst hatte er darüber gelacht, doch dann hatte er die Behauptung mit seinen eigenen Erfahrungen verglichen und überrascht einsehen müssen, daß sie völlig zutreffend war. Klatsch war ein Thema, dem der Chefingenieur normalerweise nicht viel Beachtung schenkte, vor allem, da er sein Leben lang geflüsterten Bemerkungen, versteckten Andeutungen und Spekulationen ausgesetzt gewesen war. Zuerst hatten sie seiner Blindheit gegolten, dann dem VISOR, danach seiner Versetzung auf die *Enterprise* und schließlich, an Bord des mächtigen Raumschiffs, seinem Pech mit Frauen. Schon vor langem war er zum Schluß gekommen, daß viel zuviel Zeit sinnlos mit Überlegungen über die Gewohnheiten anderer Menschen verschwendet wurde und es sich nicht lohnte, sich daran zu beteiligen.

Geordi lauschte mit halbem Ohr Trois Gespräch und gewann den Eindruck, daß Ilena die Geste der Romulaner nicht für sehr nachteilig für die Föderation hielt. Andererseits, so dachte er, schien sie der Föderation sehr zugetan zu sein, so daß ihre Ansicht vielleicht nicht die allgemein vorherrschende war. Geordi mißfiel sein Pessimismus selbst, und er versuchte, sich auf den vor ihm liegenden Tag zu konzentrieren.

Nachdem das Flugzeug gelandet war, dankte Geordi Doral für das Gespräch und half Troi dann behutsam hinaus. Die beiden folgten Ilena, die über die Landebahn zu einem weiteren Verweiler ging, diesmal einem hellgrünen. Sie hatte den beiden mitgeteilt, daß die Fahrt zu dem Wasserwerk noch einmal fünfzehn Minuten dauern würde, sie aber hoffe, der Besuch sei die lange Anreise wert.

Sie fuhren in behaglichem Schweigen dahin, betrachteten die Struktur und Form der Gebäude, die Kleidung, die auf diesem Kontinent getragen wurde, und achteten besonders darauf, wie die Leute reagierten, die zum erstenmal Fremdweltler sahen. Wie alle anderen, denen sie bislang begegnet waren, trugen auch die hiesigen Elohsianer einfache, kräftig gefärbte Kleidung mit vielen Verzierungen. Im Gegensatz zu Regor bevorzugten die Elohsianer auf diesem Kontinent übergroße Taschen, die fast immer mit allen möglichen Gegenständen vollgestopft waren. Sie trugen des weiteren mit bunten Mustern gefärbte Hüfttaschen an breiten Gürteln. Geordi kam diese Aufmachung nicht nur bequem, sondern auch praktisch vor. Wie er es verstanden hatte, arbeiteten die meisten Leute in dieser Gegend in dem Klärwerk, und in den tiefen Taschen konnten sie ihre Werkzeuge verstauen. Die meisten Bürger wurden gut mit der Anwesenheit der Gäste von der Föderation fertig, vielleicht weil sie in den vergangenen Tagen Romulaner gesehen hatten, oder weil sie nach einem so langen Krieg von nichts mehr überrascht werden konnten. Diejenigen, die sie länger musterten, lächelten dabei, so daß Geordi glaubte, sich entspannen zu können.

Ilena legte das letzte Teilstück problemlos zurück und plauderte dabei die ganze Zeit über, erklärte ihren Schutzbefohlenen, wieso das Werk so wichtig war. Während des vor kurzem beendeten Kriegs waren viele Seen, Flüsse und Talsperren durch Schrapnelle, chemische Nebenprodukte von Munitionswerken und viel zu viele Leichen verseucht worden. Daher litten entlegene Gegenden unter Wassermangel, und auch Klärwerke wurden dringend benötigt. Doch unmittelbar nach Kriegsende wurde entschieden, daß zu viele kostbare Ressourcen verschwendet wurden und der Planet insgesamt so viele Rohstoffe wie möglich wiederaufbereiten mußte. Die Kläranlage, die sie besuchen wollten, recycelte und säuberte nicht nur Wasser aus einem nahe liegenden Fluß, sondern mußte auch zahlreiche chemische Produkte aussondern. Wenn man Ilena Glauben schenken konnte, handelte es sich um ein Wunder der Technik. Geordi fiel auf, daß sie mehrmals betonte, chemische Waffen der Populisten hätten den Fluß verseucht, und ein Dar-Wissenschaftler habe die Methode erfunden, mit der der Schaden behoben werden konnte.

Als der Verweiler um eine letzte Ecke bog, konnte Geordi den ersten Blick auf das Werk werfen. Es handelte sich um ein gewaltiges, kastenförmiges Gebilde, ganz in Grau gehalten, mit Rohrleitungssystemen und Dampfventilen, die fast jeden Trick des Ingenieurwesens ausnutzten, den er bei seinem Studium an der Akademie kennengelernt hatte. Doch die Technik der Elohsianer lag Jahrzehnte – wenn nicht sogar zwei bis drei Jahrhunderte – hinter der der Föderation zurück, und Geordi hatte das Werk kaum gesehen, als er auch schon wußte, daß er dessen Effizienz problemlos hätte verbessern können. Er hatte den Eindruck, daß man einfach mit dem Bau des Werks begonnen und dann mit der Zeit hastig Ergänzungen hinzugefügt hatte. Ziemlich viele Rohre – und auch Laufstege und Gerüste – verbanden einzelne Gebäude und Schornsteine miteinander. Doch schon allein die Größe des Gebildes war beeindruckend, und die Tatsache, daß es errichtet worden war, um den Bewohnern des Planeten zu helfen, war beruhigend.

Geordi pfiff anerkennend, als sie den Wagen verließen, und Ilena strahlte. »Das ist eine der Errungenschaften, auf die Eloh besonders stolz ist«, erklärte sie.

»Das kann ich gut verstehen«, antwortete Geordi. Er hatte ganz automatisch seinen Tricorder aufgeklappt und nahm Sensormessungen der Emissionen vor. Sie bestätigten größtenteils die erstaunlichen Werte, die er bereits von seinem VISOR erhalten hatte. Zufrieden mit den Ergebnissen, klappte er das Gerät wieder zusammen und steckte es zurück in eine Tasche.

»Wie viele Leute arbeiten hier?«

Ilena blieb stehen, und die Antwort kam wie aus der Pistole geschossen; offensichtlich war sie schon oft hier gewesen und kannte das Werk genau. »Über hundert Personen werden in jeder der Sieben-Stunden-Schichten eingesetzt. Das Werk arbeitet rund um die Uhr, und wir haben redundante Systeme, die es uns ermöglichen, einzelne Bestandteile der Anlage zu Inspektions- und Wartungszwecken abzuschalten.«

»Wie alt ist die Anlage?«

»Ich glaube, das Hauptgebäude wurde vor fünfundsechzig, siebzig Jahren errichtet. Doch als dann der Krieg kam und eskalierte, haben die klugen Dar, die hier lebten, sehr schnell eingesehen, daß bald mehr Kapazitäten benötigt wurden. Sie haben das ursprüngliche Werk vor etwa fünfundzwanzig Jahren erweitert, und nachdem dann die Ära der Einheit begann, haben Populisten und Dar gemeinsam die Anlage geschaffen, die Sie nun sehen.«

Geordi nickte. Ihm war klar, was hier vollbracht worden war, und er konnte sich gut vorstellen, daß das Kontrollzentrum wirklich beeindruckend sein würde. Er schritt schneller aus, war plötzlich versessen darauf, das gesamte Werk zu umrunden, in alle Ecken und Winkel zu schauen und vielleicht einige der Kontrollmechanismen zu überprüfen. Dann riß er sich zusammen und drehte sich zu Troi um, die ihn mit einem beruhigenden Lächeln bedachte.

»Tut mir leid, Counselor, aber das hier könnte Ihnen vielleicht über den Kopf wachsen.« Geordi biß sich sofort auf die Lippe; er befürchtete, die Counselor könnte seine Bemerkung als Anspielung auf ihre Größe verstehen. »Technisch gesehen, meine ich«, entschuldigte er sich.

»Zerbrechen *Sie* sich darüber nicht den Kopf, Geordi«, erwiderte sie. Sein Ausrutscher schien sie eher zu amüsieren denn zu verärgern. »Es ist wichtig, daß wir herausfinden, wie die Dinge auf diesem Planeten gehandhabt werden. Während Sie sich auf die reine Mechanik konzentrieren, habe ich Gelegenheit, die typischen Arbeiter in Aktion zu sehen. Ich versichere Ihnen, wir beide werden wertvolle Lehren daraus ziehen.«

Geordi lächelte angesichts von Trois ermunternden Worten und schritt schneller aus. Als sie sich dem Werk näherten, blieb er kurz stehen und sog prüfend die Luft ein. Troi warf ihm einen seltsamen Blick zu und ahmte sein Verhalten dann nach. »Was ist das, Geordi?«

»Dieses Werk mag sein Wasser ja reinigen, aber der Gestank ist ziemlich übel«, sagte er. »Ilena, stört der Geruch Sie nicht?«

Als Ilena bemerkte, daß die Besucher ein paar Schritte zurückgeblieben waren und Geordi das Gesicht verzog, blieb sie ebenfalls stehen. »Was für ein Geruch, Geordi?«

»Natürlich«, sagte Troi lächelnd. »Ihr Geruchssinn ist nicht so gut entwickelt, und sie *können* die Chemikalien nicht riechen. Der Geruch belästigt sie überhaupt nicht.«

»Nein, wirklich nicht«, sagte Ilena. »Brauchen Sie eine Maske oder etwas Ähnliches? Wir können bestimmt etwas finden ...«

»Machen Sie sich darüber keine Sorgen«, erwiderte Troi beruhigend, obwohl sie instinktiv die Nase rümpfte. »Der Geruch hat uns nur überrascht. Wenn er Sie nicht stört, werden wir uns von ihm auch nicht stören lassen.«

»Sie haben gut reden«, flüsterte Geordi Troi ins Ohr. »Ich werde wahrscheinlich durch die Anlage klettern und dem Zeug ganz nah kommen.«

Nach ein paar Minuten hatten die drei den Haupteingang erreicht und wurden von einem Wachposten begrüßt. LaForge erinnerte sich daran, in der Computerzentrale auf Carinth Dar keine Wachen bemerkt zu haben, doch der hier trug nicht nur eine Uniform, sondern war auch mit einem elohsianischen Gewehr und einem in einer Scheide steckenden Messer bewaffnet. Ilena zeigte ihm einen leuchtenden Plastikausweis, der Wächter nickte und winkte sie durch.

»Wir können hier nicht vorsichtig genug sein«, erklärte ihre Führerin. »Vor ein paar Jahrzehnten, noch während des Kriegs, kam es zu einem Guerillaangriff, der zahlreiche Opfer forderte und die Arbeit eines halben Jahrs zunichte machte. Seitdem herrschen hier strenge Sicherheitsvorkehrungen. Während es sich bei Ihnen zweifellos nicht um Elohsianer handelt, mußte der Posten sich überzeugen, daß ich die Ihnen zugeteilte Führerin bin.«

»Wie seltsam, daß man Fremde nicht verdächtigt, aber Angehörige des eigenen Volkes«, stellte Troi fest.

»Sie können sich kaum als Elohsianer ausgeben. Aber *ich* könnte eine getarnte Terroristin sein, oder eine Verrückte, und unvorstellbare Schäden verursachen.«

Troi nickte, aber die Vorstellung behagte ihr trotzdem nicht.

Nachdem sie das Gebäude betreten hatten, erkannte der Chefingenieur die gleiche Innenarchitektur wie in dem großen Bankettsaal. Eine nicht weiter bemerkenswerte Bauweise, die eher funktionell als dekorativ war. Keine Statuen oder Bilder an den Wänden. Geordi sah einen großen Bildschirm, auf dem ununterbrochen eine Mitteilung abrollte, die die Leute aufforderte, gewisse farblich gekennzeichnete Bereiche zu meiden. Piktogramme zeigte auf, wo Wasser und Chemieabfälle verarbeitet wurden und wo sich Forschungs- und Entwicklungsabteilungen befanden.

»Ich würde gern alle Bereiche sehen, Ilena«, sagte Geordi. »Ich möchte gern gründlich vorgehen.«

Troi schloß zu ihrer Führerin auf und beugte sich zu ihr. »Sie haben doch Süßigkeiten auf Eloh«, flüsterte sie verschwörerisch.

»Ja, natürlich. Sie haben gestern abend welche probiert. Haben Sie Hunger?«

»Nein«, erwiderte Deanna lachend. »Auf Geordis Heimatwelt gibt es eine Redewendung, die hervorragend beschreibt, wie Geordi sich zur Zeit benimmt.«

»Ach?«

»Ja. Sie heißt ›wie ein Kind in einem Bonbonladen‹.«

Ilena ging langsamer, betrachtete LaForge und dachte über die Worte der Counselor nach. Dann legte sich ein Lächeln auf ihr Gesicht, und schließlich brach sie lauthals in Lachen aus. Geordi blieb stehen, schaute zu den beiden Frauen zurück und runzelte die Stirn. Darüber mußten sie nur noch mehr lachen. Troi riß sich zusammen, nahm Ilenas Arm und zog sie weiter.

Nachdem Geordi eine Stunde lang studiert hatte, wie Chemieabfälle beseitigt wurden, hatte er einen steifen Rücken, war aber beeindruckt von dem Entwurf und der Funktion der Anlage. Er hatte umfangreiche Notizen und Messungen mit dem Tricorder gemacht und mit den Chefingenieuren jeder einzelnen Abteilung gesprochen. Sie zeigten ihm stolz Grafiken und Diagramme, die erläuterten, wieviel Rohmaterial im Laufe eines Jahres hier gereinigt und wiederaufbereitet wurde. Die Produktivität war in den letzten sieben Jahren ständig gestiegen, und ein Nachlassen war nicht in Sicht. Geordi nahm dies zur Kenntnis und schaute hoch.

»Oh, Sie sind es«, sagte Luth.

Geordi sah den Schaltmeister einfach nur an, der in der vollen Pracht seines Overalls vor ihm stand, diesmal allerdings kein Stirnband trug. Während Geordi offensichtlich Überraschung zeigte, schien Luth keineswegs erfreut zu sein, den Chefingenieur wiederzusehen.

»Guten Morgen, Schaltmeister«, warf Troi ein.

»Ich wußte, daß die Föderation heute zu einer Besichtigung kommt, aber mir hätte klar sein müssen, daß man Sie wieder schickt. Wollen Sie mich erneut mit Ihrer technischen Brillanz demütigen?«

Geordi war nervös. Er verstand nicht, wieso er sich in Gegenwart des Verwaltungschefs so albern vorkam, wußte aber, daß er dieses Gefühl sofort unter Kontrolle bringen mußte. »Sie sind Elohs technischer Experte, ich bin der der *Enterprise*. Ich habe mich gerade eine Stunde lang umgesehen und muß sagen, dieses Werk beeindruckt mich tatsächlich.«

Luth brummte etwas vor sich hin, lächelte dabei aber. »Ich bin im Hauptkontrollraum. Wenn Sie so fasziniert sind, kommen Sie vorbei und sehen Sie sich aus der Nähe an, wie wir wirklich arbeiten.« Damit drehte er sich auf dem Absatz um und ging davon. Seine Körpersprache weckte in Geordi den Verdacht, sich auch heute keinen Freund gemacht zu haben.

»Ich weiß nicht, wie es bei Ihnen auf dem Raumschiff ist, aber bei uns machen die meisten Leute zu diesem Zeitpunkt eine Pause, um eine kleine Mahlzeit zu sich zu nehmen«, sagte Ilena schließlich. Geordi war klar, daß sie wieder versuchte, die Atmosphäre zu entspannen. »Wie ich es verstehe, handelt es sich dabei nicht um das große Frühstück, das man bei Ihnen zu sich nimmt, sondern eher um einen kleinen Imbiß. Seit den Kriegen ziehen wir mehrere kleinere Mahlzeiten, über den ganzen Tag verteilt, wenigen großen vor. Das Bankett oder ähnliche Feiern sind die Ausnahmen, die das Ereignis noch bemerkenswerter machen. Haben Sie Hunger?«

Geordi schüttelte den Kopf und schaute wieder auf den endlosen Datenstrom der Tricorder-Meßwerte. Troi hingegen war der Ansicht, daß ein kleiner Snack nicht schaden konnte. Sie war ziemlich früh aufgestanden und hatte sich von der Mahlzeit des Vorabends noch so gesättigt gefühlt, daß sie das Frühstück hatte ausfallen lassen. Nun verspürte sie in der Tat einen gewissen Hunger.

Ilena lächelte. »Schön«, sagte sie. »Ich gehe mit Deanna in die Kantine, und Sie können weiterarbeiten. Wir werden in etwa zwei Stunden aufbrechen müssen, damit Sie wieder an Bord Ihres Schiffes sind, wenn Premier Daithin dort eintrifft.«

»Ja, ich würde gern weitere Messungen durchführen, diesmal aber draußen. Ob die Wächter etwas dagegen haben, wenn ich über das Gelände wandere?«

»Das Parlament hat Ihnen einstimmig uneingeschränkten Zugang gewährt, und es scheint nur selten in irgendeiner Hinsicht übereinzustimmen. Das war ein großer Sieg für Sie, Geordi. Also genießen Sie Ihren Spaziergang. Wir treffen uns dann in einer dreiviertel Stunde in den Forschungslabors.«

Deanna lächelte Geordi zu und winkte. »Genießen Sie die frische Luft«, sagte sie. »Mir ist etwas Warmes und Wohlschmeckendes lieber.«

Ro steckte eine weitere kandierte Frucht in ihren Mund, während sie über ihre Lage nachdachte. Da sie in ihrem Quartier keine Lösung hatte finden können, saß sie nun im Gesellschaftsraum auf dem zehnten Vorderdeck. Ein Szenenwechsel, so hatte sie gelernt, konnte manchmal auch zu einer veränderten Sichtweise führen. Obwohl sie gründlich kaute, nahm sie kaum den appetitanregenden Erdbeergeschmack wahr. Genauso wenig hatte sie bemerkt, daß sich ihre Freundin Guinan näherte.

»Etwas früh am Tag für Sie, nicht wahr?« Der sanften, freundlichen Stimme gelang es jedesmal, Ros hitziges Temperament zu besänftigen, und sie entspannte sich augenblicklich. Ro wußte nur wenig über Guinans Vorgeschichte und noch weniger über die derzeitige Situation ihrer Freundin. Die Bajoranerin hatte erfahren, daß Guinan freiwillig an Bord der *Enterprise* diente, da sie und Captain Picard etwas miteinander teilten, das kein anderer durchschaute. Wie Ro hatten auch Guinan und ihr Volk ein schweres Schicksal hinter sich – sie waren als Spezies von den seelenlosen Borg fast ausgelöscht worden. Guinan ließ sich jedoch von den zahlreichen Fremdrassen, mit denen die *Enterprise* zusammentraf und von denen viele sogar der langlebigen Barchefin unbekannt waren, nicht aus der Ruhe bringen.

»Nur etwas zu trinken«, erwiderte Ro und stellte dann fest, daß Guinan schon ein großes Glas Fruchtsaft vor ihr auf den Tisch gestellt hatte. »Äh… vielen Dank.«

Wie erwartet, nahm Guinan auf dem Stuhl ihr gegenüber Platz und musterte sie.

»Sie warten jetzt wohl darauf, daß ich Ihnen mein Herz ausschütte, was?« fragte Ro mit verärgerter Miene.

Guinan lächelte verständnisvoll. »Ist Ihr Herz denn voll?«

Ro verdrehte die Augen und versuchte, wütend zu werden, doch Guinan saß einfach nur da und schaute selig lächelnd drein.

»Ich habe heute morgen eine Schachtel kandierter Früchte bekommen.«

»Wie schön. Man macht Ihnen wahrscheinlich nicht sehr oft Geschenke«, stellte Guinan fest.

»Das stimmt. Und wissen Sie auch, wieso nicht? Weil ich zur Zeit keine romantische Beziehung habe.«

»Offensichtlich versucht jemand, das zu ändern. Wissen Sie, wer es ist?«

»Ja, und das ist das Problem. Es ist ein Teenager.«

»Ich wußte gar nicht, daß Sie auf jüngere Männer stehen«, witzelte Guinan.

»Das tue ich auch nicht! Ich habe nichts für jüngere Männer übrig… ich meine, er ist nur ein Kind, und ich bin wahrscheinlich die erste Frau von einer anderen Welt, die er aus der Nähe gesehen hat, oder so… Ich weiß es nicht. Ich soll ihn und seine Familie nur durch das Schiff führen, ihnen helfen, sich dem Leben an Bord anzupassen…«

»Gute Idee«, unterbrach Guinan sie. »Die Ihre?«

»Natürlich nicht. Riker will mir auf diese Weise

etwas beibringen.« Ro nahm einen weiteren Schluck und trank ihr Glas aus.

»Und was haben Sie gelernt?«

»Daß Commander Riker weiß, wie er mich in Schwierigkeiten bringen kann.« Sie griff nach einem anderen Glas, stellte fest, daß es ebenfalls leer war, und knallte es zurück auf den Tisch. Guinan ignorierte den Ausbruch und blieb völlig ruhig.

»Sind Sie sicher, daß Sie sich das nicht selbst eingebrockt haben?«

Ro warf ihrer Freundin einen verärgerten Blick zu. »Ziemlich sicher, Guinan. Der Junge scheint zu glauben, daß es im ganzen Universum keine zweite Frau wie mich gibt, und ich habe nichts getan, um ihn darin zu bestärken. Ich habe sogar versucht, ihn zu entmutigen.«

»Vielleicht glaubt er, Sie würden nur so tun, als seien Sie an ihm nicht interessiert. Was weiß er überhaupt über Sie?«

»Nicht viel. Ich habe versucht, solche Gespräche mit ihm zu vermeiden.«

»Eine geheimnisvolle Frau. Einigen Männern gefällt das. Ich hatte auf Risa mal einen Verehrer, der wochenlang versucht hat, nur meinen Namen herauszubekommen. Ein gutaussehender Mann übrigens. Für einen Tellariten.«

Ro mußte grinsen, als sie sich vorstelle, wie ein schweineschnäuziger Tellarit Guinan schöne Augen machte. »Er ist kein Mann, sondern fast noch ein Junge. Wie soll ich ihn entmutigen, ohne den Auftrag zu vermasseln, den Riker mir gegeben hat?«

Guinan faltete die Hände auf dem Tisch und beugte sich leicht vor. »Haben Sie schon mal in Betracht gezogen, ehrlich zu ihm zu sein? Ihm ganz sanft die Wahrheit beizubringen?«

Ro dachte über ihre Worte nach und versuchte sich dann das Gespräch vorzustellen. Ihr drängte sich ein

Szenario auf, bei dem James Kelly die Botschaft nicht verstand, sie wütend wurde und den Jungen schließlich aus einer Luftschleuse warf.

Das war zu diesem Zeitpunkt vielleicht nicht die beste Vorgehensweise.

Geordi hatte sich von den beiden Frauen abgewandt und schritt auf einen farblich eindeutig gekennzeichneten Ausgang zu, der sich am Ende eines etwa hundert Meter langen hellblauen Korridors befand. Während er sich erste Notizen machte, stellte er fest, daß er nun doch ans Essen dachte. Dafür ist es jetzt zu spät, mahnte er sich und konzentrierte sich auf das Gebäude selbst. Der Ingenieur stellte sachlich fest, daß unter der ganzen Tünche und dem Chrom das Innere des Gebäudes nicht weiter bemerkenswert, unscheinbar und völlig gleichförmig war, bis hin zu der häßlichen Tür. Er hatte sich bereits daran gewöhnt, war aber dankbar, daß er nicht mehr lange auf dem Planeten bleiben mußte. Ihm war klar: Da das Gebäude größtenteils während eines Kriegs entstanden war, hatte man kaum einen Gedanken daran verschwendet, es ästhetisch so angenehm oder so effizient wie möglich zu gestalten. Er nickte einigen Arbeitern zu, an denen er vorbeiging. Die meisten erwiderten den Gruß mit einer Handbewegung oder einem Lächeln, aber niemand sprach mit ihm. LaForge war an diese Reaktion gewöhnt, wenn er andere Welten besuchte. Obwohl sie im Prinzip den gleichen humanoiden Körperbau hatten – zwei Arme, zwei Beine, einen Kopf –, gab es so viele Unterschiede zwischen den beiden Spezies, daß die Elohsianer in seiner Gegenwart vorsichtig blieben. Das VISOR erleichterte ihm das Leben auch nicht gerade, da es wie ein Leuchtfeuer fungierte und ihn ungewollt zum Brennpunkt der Neugierde machte.

Während Geordi zur Tür und dann hindurch ging,

speicherte er die Tricorder-Messungen sorgfältig. In Bezug auf die Luftreinheit überprüfte er, wie gut die Filtersysteme funktionierten und ob die Arbeiter hier wirklich ungefährdet ihrer Tätigkeit nachgehen konnten. LaForge ging langsam weiter, mit kleinen Schritten, veränderte für die nächste Meßreihe die Bandbreite und konzentrierte sich fast ausschließlich auf das Gerät in seiner Hand. Daher wäre er mehrmals fast gegen tiefhängende Rohre oder dort, wo ein neuer Teil an das alte Gebäude angebaut worden war, hervorstehende Ecken gelaufen. Geordi blieb dann immer wieder stehen und nahm neue Messungen vor, untersuchte, wie gut die beiden Teile miteinander verbunden und ob die Schweißnähte tatsächlich dicht waren. Schon nach kurzer Zeit stellte er erfreut fest, daß dies tatsächlich der Fall zu sein schien.

Schließlich hielt Geordi inne, steckte den Tricorder ein und schaute zum Himmel hinauf. Er entschloß sich, den schönen, angenehmen Spätvormittag nicht völlig zu ignorieren, sondern ihn statt dessen zu genießen. Troi hatte schon recht, gestand er sich ein; es war eine nette Abwechslung, von der Natur selbst mit dem Kuß einer warmen Brise begrüßt zu werden und zu sehen, wie natürliches Sonnenlicht den Himmel erhellte. Er streckte und dehnte und schüttelte sich, um den verkrampften Körper etwas zu lockern.

Doch dann ertönte ohne Vorwarnung ein lautes Grollen, und aus einer entfernten Ecke des riesigen Gebäudes zuckte ein Lichtblitz. Der Boden bebte so stark, daß Geordi von den Füßen gerissen wurde und auf den harten Zement prallte. Er erhob sich auf die Knie und schaute sich um, versuchte herauszufinden, was geschehen war. Dann hörte er eine laute Explosion, fühlte, daß der Boden wieder unter ihm erzitterte, und beobachtete mit wachsendem Entsetzen, daß Teile des Gebäudes zerbarsten und Flammen- und Gaswolken hochschossen.

Er hörte die Schreie und Rufe der Arbeiter in der Nähe, hinter der Ecke, und schlug schnell auf seinen Insignienkommunikator. »LaForge an Troi!« rief er.

»Hier Troi, Geordi!« vernahm er sofort die Antwort. »Was ist passiert?«

»Das versuche ich gerade herauszufinden! Geht es Ihnen und Ilena gut?« Er hatte bereits den Tricorder aufgeklappt und lief auf die Vorderseite des Gebäudes zu, die weiterhin vibrierte und ein lautes Ächzen von sich gab.

»Wir wurden ein wenig durchgeschüttelt, sind aber unverletzt. Wo sind Sie?«

»Noch draußen. Ich nähere mich dem Haupteingang. Weiß Ilena vielleicht, was passiert ist?«

»Nein, aber ich spüre, daß die Situation auch den Arbeitern unvertraut ist. Sie stehen am Rand der Panik.«

»Na schön, dann müssen wir eingreifen. Ich versuche, den Technikern zu helfen. Informieren Sie den Captain. LaForge Ende.«

Geordi lief los, versuchte, zum Eingang zu gelangen und Luth, ihren Chefingenieur, zu finden. Immer mehr Elohsianer strömten aus dem Gebäude; einige husteten, andere halfen Kollegen, die offensichtlich verletzt waren oder Rauchvergiftungen erlitten hatten. Er scannte nach Luths Körpersignatur, doch dann wurde ihm klar, daß er, wie jeder wahre Chefingenieur, wahrscheinlich noch im Gebäude war und versuchte, die Schäden einzudämmen. LaForge kämpfte sich durch die Arbeiter und den Rauch in das Gebäude vor. Die Beleuchtung funktionierte noch, aber aufgrund des Qualms war in den Gängen kaum etwas auszumachen. Der Boden war schlüpfrig vor Feuchtigkeit; zuerst wollte er nicht hinabschauen, dann tat er es doch und stellte fest, daß es sich um eine Mischung aus Wasser und reichlich elohsianischem Blut handelte. Er ignorierte den Flüssigkeitsfilm und bahnte sich mit Hilfe des VISORs den Weg durch die Fliehenden, trat über Trümmer unbekannter Herkunft und näherte sich dem Hauptkontrollraum. Er hatte allerdings die schlimmsten Befürchtungen, was er dort vorfinden würde.

Schon an der Schwelle des Raums hörte er eine Stimme, die laute Befehle rief. Also hatte jemand das Kommando übernommen. Als er die Zentrale betrat, sah er Luth über ein Kontrollpunkt gebeugt, während zwei Frauen versuchten, ein Kabel zu reparieren, das aus einem aufgerissenen Instrumentenbrett baumelte. Geordi versuchte, mit seinem Tricorder das Ausmaß der Schäden und die Gefahr für die Anwesenden abzuschätzen, kam aber zu keinem Ergebnis. Der Raum kam ihm ziemlich klein vor und konnte, falls er sich tiefer hineinwagte, zu einer tödlichen Falle werden, doch daran ließ sich nichts ändern. Zumindest war es hier ruhiger, während draußen in den Gängen noch immer die hysterischen Schreie der Elohsianer hallten.

»LaForge, wir brauchen Hilfe!« rief Luth hustend.

»Wie ist die Lage?« Keine Frage, Geordi würde ihnen helfen – zum Teufel mit den Vorschriften! Leben hatten stets Vorrang, und mit den Konsequenzen konnte er sich später auseinandersetzen – falls es ein Später gab. Er eilte zu dem Ingenieur und sah, daß Schweiß über seine haarlose Stirn strömte.

»Es hat eine Explosion im Hauptkern gegeben, die den Mittelpunkt des Gebäudes zerrissen hat. Unsere internen Sensoren sind ausgefallen, und ich habe alles abgeschaltet. Ich weiß nicht, wie viele Tote und Verletzte es gegeben hat und wo sie sich befinden. Und ich kann auch nichts über das Ausmaß der Schäden sagen. Wenn wir die Chemikalien nicht eindämmen können, werden wir die Luft und das Wasser des gesamten Kontinents verseuchen!«

LaForge nickte und klappte den Tricorder auf. »Zeigen Sie mir eine Rißzeichnung des Werks, und ich werde herauszufinden versuchen, was hier vor sich geht. Haben Sie überhaupt Notfallsysteme?«

Der ältere Mann schnaubte leise und zeigte auf die beiden hustenden Frauen, die in dem starken Rauch versuchten, ein unförmiges Computerterminal wieder ans Laufen zu kriegen. »Ja. Meine Assistentinnen versuchen gerade, es zu aktivieren, aber es wird eine Weile dauern, bis sie Zugriff auf die Stromversorgung und den Großrechner bekommen. Und diese Zeit haben wir nicht.«

Geordi nickte. Er genoß den Adrenalinstoß geradezu. Endlich konnte er etwas Produktives tun und Luth beweisen, daß er etwas von seiner Arbeit verstand. Er verband den Tricorder mit einem Bildschirm, rief eine schematische Darstellung des Gebäudes auf und verließ dann den Raum, folgte dem Plan, der ihn zum Zentrum der Katastrophe führte. Unterwegs hielt er immer wieder an, um Elohsianern zu helfen, die in Gefahr geraten waren.

Zuerst befreite er vier Leute, die hinter einer verklemmten, geschwärzten Tür eingesperrt waren, und erklärte ihnen, wie sie das Gebäude verlassen konnten. Zwei weitere steckten in einem Gang fest, der von Trümmerstücken blockiert war. Es dauerte mehrere Minuten, bis er sie mit einem langen, schweren Werkzeug befreit hatte. Seine Muskeln schmerzten, und die Hitze, der beißende Rauch und die Anspannung hatten ihn erschöpft. Dann fand er einen Elohsianer, dessen Arm von einem umgekippten Werkzeugbehälter eingeklemmt war. Es war zwar anstrengend, den Kasten hochzustemmen, ging aber verhältnismäßig schnell.

Ein Glück, denn seine letzte Rettungstat bestand darin, eine Frau von umgestürzten Kanistern zu befreien, die mit Reinigungsmitteln gefüllt waren, was über fünfzehn Minuten lang dauerte. Mehr als einmal mußte Geordi sich abwenden oder sogar von der Unglücksstelle entfernen, um kurz durchatmen zu können. Seine Nase brannte von dem scharfen Gestank der Desinfektions- und Reinigungsmittel. Noch schlimmer war, daß der Ingenieur ganz am Anfang einige Minuten brauchte, um herauszufinden, woher das Summen frei herabbaumelnder Kabel ganz in der Nähe kam. Während die Frau aufgrund ihrer Verletzung laut stöhnte, mußte Geordi seine Hilfsmaßnahmen unterbrechen, um zuerst diese Gefahr zu beseitigen. Sein VISOR übermittelte flackernde Lichtveränderungen, so daß er die Kabel zwar verhältnismäßig schnell lokalisieren konnte. Doch zu ihnen zu gelangen, war nicht so einfach. Zuerst mußte LaForge über einige der aufgerissenen Kanister klettern, die die Frau umgaben, und sich vorsichtig den Weg zu den funkensprühenden Drähten bahnen, die nur ein paar Zentimeter aus der zerstörten Wand hingen. Dann mußte der Offizier der *Enterprise* etwas finden, womit er die freiliegenden, knisternden Drähte isolieren konnte.

Aufgrund seiner Ausbildung hatte LaForge einen gesunden Respekt vor Feuer und Strom, doch er hatte auch eine persönliche Beziehung dazu. Im Alter von fünf Jahren, noch bevor er seine ›neuen Augen‹ bekommen hatte, war er in einen Großbrand geraten, der noch Jahre später ihm eine wahnsinnige Angst eingejagt hatte. Er hatte stets vermutet, daß seine Entscheidung für eine technische Ausbildung bei Starfleet etwas mit dem Wunsch zu tun hatte zu lernen, wie man solch zerstörerische Energien beherrschen konnte.

Bei zahlreichen Missionen war er Phaserschüssen, Explosionen – sowohl natürlichen als auch künstlich erzeugten – und vielen Bränden ausgesetzt gewesen. Und jedesmal, wenn er die Hitze spürte oder die Flammen sah, hielt er einen Moment lang inne und betrachtete die Szene durch die Augen eines entsetzten Kindes. Nun, als Erwachsener, atmete er dann immer tief durch und tat, was nötig war. Heutzutage war er stolz darauf, eine Krise bewältigen zu können, ohne vor Angst zu erstarren und darauf zu warten, von seinen Eltern gerettet zu werden.

Plötzlich hatte LaForge einen Geistesblitz, und er drehte sich vorsichtig um und betrachtete die beiden ihm nächsten Kanister. Wenn es sich in der Tat um Reinigungsmittel handelte, gab es vielleicht irgendwo Gummihandschuhe, mit denen die Arbeiter ihre Hände schützten. Beim ersten fand er nichts, doch beim zweiten war an einem Haken an der Innenseite des Deckel ein Paar sehr großer Handschuhe befestigt. Geordi streifte sie über, konnte nun zur Wand vordringen und mit ein paar primitiven Tricks, die er bereits von seinem Dad gelernt hatte, die freiliegenden Drähte abklemmen, versiegeln und sogar in die Wand zurückschieben.

Er zog die Handschuhe wieder aus und wischte sich den Schweiß von der Stirn. Seine Rettungsversuche hatten zwar ihren Sinn, verhinderten aber, daß er der eigentlichen Unglücksstelle näher kam. Er war bereits erschöpft und fragte sich, ob er die Kraft haben würde, den Job zu beenden, vorausgesetzt, er konnte überhaupt etwas tun. Geordi verdrängte den Gedanken und ging weiter, schwenkte den Tricorder wie eine Taschenlampe, untersuchte ständig die Luft und hielt nach Hinweisen auf die Größe der Feuersbrunst Ausschau.

Schließlich ließ er Korridore – und Leichen – hinter sich und drang in eine riesige Höhle von Raum vor. Flammen züngelten an Rohren entlang, die kreuz und quer unter der nun geschwärzten Decke verliefen – dort, wo diese Decke überhaupt noch vorhanden war. Weißer, grauer und schwarzer Rauch quoll aus verbogenen Maschinen, und Geordi verzog das Gesicht, als er die Leichen sah.

Doch der Ingenieur war nicht allein. Er machte fünf Elohsianer aus, die mit übergroßen Werkzeugen hin und her eilten und versuchten, den Schaden einzudämmen. Sein Tricorder surrte und klickte, scannte die Umgebung und versuchte, die Natur der Probleme ausfindig zu machen. Geordi verkrampfte sich, als er die Zahlen auf dem kleinen Bildschirm sah. Eine weitere Energiewoge baute sich in Geräten auf, die an der gebogenen Wand direkt ihm gegenüber standen, und er rief den Technikern eine Warnung zu.

Die Worte waren kaum über seine Lippen gekommen, als der Anstieg seinen Höhepunkt erreichte und eine weitere Explosion mit verheerenden Ergebnissen entfesselte. LaForge wurde von den Füßen gerissen und gegen einen Werkzeugschrank geschleudert. Noch mehr Rauch quoll hoch und verhinderte sogar, daß sein VISOR die Szene richtig abtasten konnte. An seine Ohren drangen jedoch die Schreie weiterer verletzter Elohsianer. Als der Ingenieur sich wieder aufrappelte, zuckte er zusammen; sein linkes Knie und der rechte Knöchel waren verletzt. Er dachte daran, Dr. Crusher und ein medizinisches Notfallteam herbeizurufen, wollte jedoch keine weiteren Leben in Gefahr bringen und die Lage vorher unter Kontrolle bringen.

Jeder weitere Schritt erschöpfte ihn zunehmend, doch er arbeitete sich über und durch Trümmer zum nächsten Elohsianer vor. Der Mann versuchte, zu einem Computerterminal zu kriechen, und ignorierte den Knochen, der aus seiner Schulter hervorstach. »Muß verhindern … daß die Sammelbehälter reißen … umleiten …«

Ohne ein weiteres Wort wurde der Mann vor Schmerz ohnmächtig. LaForge wandte sich von ihm ab und schaute in die Richtung, in die er gekrochen war. Dort befand sich offensichtlich eine Schalttafel mit einem Computerterminal, über das man den Fluß der Chemikalien, mit denen das Wasser behandelt wurde, aus ihren Behältern zu dem Ort regulieren konnte, an dem die Behandlung stattfand. Ohne Kontrolle konnte der Druck immer stärker werden, bis schließlich das ganze System barst. Geordi fiel ein, daß Luth von der Gefahr einer Kontamination gesprochen hatte. Er vermutete, daß mindestens der gesamte Kontinent Dos Dar gefährdet war.

Um Zugriff auf das Interkomsystem zu bekommen, legte Geordi einen Kippschalter um, doch statt eines Kontakts sprühten nur Funken. Die interne Verkabelung war durchgebrannt, was wahrscheinlich bedeutete, daß man den Zufluß der Chemikalien nicht mehr kontrollieren konnte. Sein Tricorder bestätigte die schlechte Nachricht, und der Ingenieur schaute auf. Die Rohre, durch die die Reinigungsmittel befördert wurden, befanden sich alle unter der Decke; sie führten von den Hauptbehältern in diesen Raum. Die einzige Möglichkeit, den Druckanstieg zu verhindern, bestand darin, hinaufzuklettern und die fünf Hauptrohre manuell abzuschalten oder den Chemikalienfluß umzuleiten. Zumindest zwei der normalen Laufstege waren dermaßen in Mitleidenschaft gezogen worden, daß man sie nicht mehr benutzen konnte, und auf einem weiteren lagen mehrere Leichen.

Bevor Geordi einen weiteren Schritt tat, hielt er inne, um seinen eigenen Zustand zu überprüfen. Er hatte an den Händen Schnitte und Risse davongetragen, was bedeutete, daß er die Handschuhe wieder anziehen mußte, um eine Infektion durch die Chemikalien zu verhindern. Er hatte sich einige Schultermuskeln gezerrt, und die Kopfschmerzen, die das VISOR hervorrief, waren schlimmer als sonst. Das verletzte Knie war steif, aber dem Knöchel schien es besser ergangen zu sein, als er anfangs befürchtet hatte. Auf der *Enterprise* würde er einem anderen qualifizierten Ingenieur befehlen, die Reparatur durchzuführen, aber hier war er der einzige, und so hatte LaForge bekommen, was er sich gewünscht hatte: die Möglichkeit, Eloh direkt zu helfen.

Als er zum ersten Hauptrohr hinaufkletterte, berührte er seinen Kommunikator. »LaForge an Troi. Wie sieht es bei Ihnen aus?«

»Ilena und ich helfen bei der Organisation der Evakuierungsmaßnahmen, Geordi. Ihr Signal ist verzerrt... wo sind Sie?«

»Im Kern. Ich helfe Luth herauszufinden, was schiefgegangen ist. Wahrscheinlich werde ich die Pipelines, durch die die Chemikalien fließen, manuell verschließen müssen – alle fünf.«

»Sie scheinen nicht überzeugt zu sein, daß Sie es schaffen«, erwiderte Troi. LaForge konnte sich ihren besorgten Gesichtsausdruck vorstellen und verspürte kurz einen gewissen Trost.

»Na ja, es sieht schlimmer aus, als mir lieb ist, aber sonst ist hier niemand, und Luth befürchtet, die gesamten Wasservorräte von Dos Dar könnten verseucht werden.« Geordi schob sich weiter zum Kern hinauf; er vernahm laute Geräusche, die von oben kamen.

»Ich habe den Captain benachrichtigt. Er und Data sind bei Premier Daithin. Sie haben beschlossen, alle Termine für diesen Tag abzusagen, bis die Sache bereinigt ist. Daithin vermutet einen terroristischen Anschlag.«

»Vermute ich auch. Ich schätze, die Einheit hat doch noch ein paar Risse. Ich melde mich bald wieder bei Ihnen. LaForge Ende.«

Fünf Minuten später befand Geordi sich nur noch einen Schritt von dem ersten Rohr entfernt. Er hörte, wie die Chemikalien durch die Metallumhüllung strömten, und fragte sich, welcher Druck darin herrschte. Doch es brachte nichts, über möglicherweise bevorstehende Katastrophen nachzudenken. Er schüttelte sich, um einen klaren Kopf zu bekommen, und näherte sich langsam und vorsichtig den manuellen Kontrollen. Dabei handelte es sich um einwandfrei gewartete Knöpfe, Schalter und Handräder, die auch auf den Piktogrammen abgebildet waren, die er überall in dem Gebäude gesehen hatte. Das versetzte ihn in die Lage, einen tödlichen Fehler zu vermeiden, und er lächelte.

Die Handräder gaben mit dem hohen Kreischen von Metall, das an Metall rieb, nach, und Geordis Muskeln meldeten sich protestierend, doch es gelang ihm, das Rohr zu schließen und zu sichern. *Nicht schlecht,* dachte er. *Vielleicht schaffe ich es ja doch noch.*

An die Rohre zwei und drei kam er verhältnismäßig leicht heran, und auch ihre Handräder ließen sich problemlos bedienen. Das ständige Kriechen, Klettern und Drehen gab Geordis Muskeln neuen Anlaß zu Beschwerden, und dem Ingenieur wurde klar, daß er in elender körperlicher Verfassung sein würde, wenn diese Sache ausgestanden war.

Geordi ließ vom dritten Rohr den Blick durch den Raum schweifen und stellte fest, daß das vorletzte sich am schwierigsten erreichen ließ. Er sah keine Möglichkeit, an die Pipeline heranzukommen, und überdies schienen die manuellen Kontrollen von Teilen der Decke verschüttet zu sein. Noch schlimmer war, daß der Schutt auf dem Rohr rötlich leuchtete. Das Rohr mußte gerissen sein, und eine Chemikalie sickerte heraus.

Zuerst mußte er an das Rohr herankommen. Er sah sich nach einem Seil oder etwas Ähnlichem um, das er an der Pipeline befestigen konnte, auf der er stand. Als er nichts Geeignetes fand, richtete er seine Aufmerksamkeit auf die Wände um ihn herum. An einer war eine ausziehbare Leiter für Notfälle befestigt. Ihm wurde klar, daß die Elohsianer in dieser Anlage für alle Eventualitäten vorbereitet sein mußten, da sie während der Bürgerkriege ein bevorzugtes Angriffsziel dargestellt hatte. Immerhin bot die Leiter ihm nun die Möglichkeit, das Rohr zu erreichen und das Leck vielleicht abzudichten.

Behutsam schob LaForge die ausgezogene Leiter auf das andere Rohr, das etwa fünf Meter entfernt war. Er rüttelte daran, um sich zu überzeugen, daß sie fest auflag, und setzte dann einen Fuß auf die erste Sprosse. Sie hielt seinem Gewicht stand, und er stieß den Atem aus, den er angehalten hatte. Mit grimmiger Entschlossenheit überquerte LaForge nun die Kluft zwischen den beiden Rohren und scannte dabei ständig mit dem VISOR nach verborgenen Gefahren. Als er etwa zwei Drittel des Weges zurückgelegt hatte, entdeckte er ein Problem, und erneut brach ihm der Schweiß auf der Stirn aus.

Bei der auslaufenden Chemikalie mußte es sich um irgendeine Säure handeln, denn sie zerfraß die Schraubzwinge, die die Leiter an Ort und Stelle hielt. LaForge überschlug schnell, daß die Klammer womöglich brechen konnte, bevor er die letzten anderthalb Meter zurückgelegt hatte. In Anbetracht seines schlechten körperlichen Zustands und der Höhe, in der er sich befand, wollte er keinen Sprung riskieren. Einen Sturz auf den harten Betonboden unter ihm würde er vielleicht nicht überleben. Also wog er das Risiko ab und entschied sich, schneller als zuvor über die Leiter zu klettern und zu hoffen, daß sie unter der Belastung nicht zusammenbrach. Aus anderthalb Metern wurde einer; als er dann nur noch einen halben von dem Rohr entfernt war, wurde seine Zuversicht größer. Er hörte zwar, wie das Metall knirschte, schätzte aber, daß er es schaffen würde. Solch kritische Situationen hatte er noch immer überlebt – bislang. Früher oder später würde seine Zeit kommen, aber tief im Inneren wußte er, daß dies heute nicht der Fall sein würde. Als er den chemischen Rückstand betrachtete, sah er, daß er recht hatte: Die Säure war nicht so aggressiv, wie er befürchtet hatte. Er konzentrierte sich darauf, das Rohr zu verschließen, bevor das Leck noch größere Probleme schaffen konnte.

Es waren anstrengende fünf Minuten dazu erforderlich, und seine Muskeln wurden fast unerträglich belastet, doch irgendwie gelang es ihm, und er hörte, wie der Chemikalienfluß schwächer wurde und dann ganz aufhörte. Es gab kein schöneres Geräusch, dachte er. Danach war das letzte Rohr ein Kinderspiel, und nach zwanzig Minuten war LaForge wieder sicher auf dem Boden. Er wußte, daß die Katastrophe für den Augenblick verhindert worden war. Es gab noch viel zu tun, doch das konnten die Reparaturtrupps erledigen.

Bevor der völlig erschöpfte, in Schweiß gebadete Ingenieur zum Kontrollraum zurückkehrte, fand er ein noch funktionierendes Interkom und erstattete Bericht, damit Luth die Reparaturtrupps zielgenau einsetzen konnte.

Dann ging er, klebrig vor Schweiß und nach Chemikalien stinkend, zum Kontrollraum zurück. Mittlerweile waren fünf weitere Arbeiter an ihre Posten zurückgekehrt, und die Aufräumarbeiten waren in Schwung gekommen. Ein Ventilator war angeworfen worden; es war jetzt heller in dem Raum und roch sauberer. Luth beugte sich jedoch über seine Konsole und schien nicht erfreut von dem zu sein, was er sah.

»Gut gemacht, LaForge«, brummte er. »Ihre Föderation ist wohl wirklich so gut, wie Sie behaupten. Sie haben heute eine Menge Leute gerettet.«

»Wie sieht der nächste Schritt aus, Luth?« Er entschloß sich, das Lob zu ignorieren und sich auf die Probleme zu konzentrieren. Einen Augenblick lang fühlte er sich jedoch ausgezeichnet, weil es ihm gelungen war, den Elohsianern zu helfen. Geordi trat hinter den großen Mann und beobachtete, wie sich auf dem Bildschirm die Diagramme und Darstellungen veränderten. Die Energiefluktuationen waren zum Erliegen gekommen, und auch der Wasserdruck war gesunken. Die Atmosphärediagnose ergab, daß man im gesamten Komplex ungefährdet atmen konnte.

»Wir überprüfen die Aufzeichnungen und Sensoren, LaForge. Seit dem Krieg sind wir Dar sehr auf Sicherheit bedacht. Wir wissen mittlerweile, wo die Explosion sich ereignet hat, und in ein paar Minuten werden ein Sicherheits- und ein Technikerteam zu der Stelle vordringen und nach Spuren suchen. Ich rufe gerade die Meßergebnisse ab, die wir unmittelbar vor der Explosion aufgezeichnet haben. Hoffentlich finden wir etwas, denn wenn nicht, werde ich meine Wut an niemandem auslassen können.«

Geordi spürte die brodelnden Emotionen, die von dem Schaltmeister ausgingen, und trat unwillkürlich einen Schritt zurück. Er sah stumm zu, war wieder nur der Beobachter, der sich dafür interessierte, wie seine Gastgeber eine Krise bewältigten. Er hatte nie damit gerechnet, diese Seite des elohsianischen Lebens so hautnah mitzuerleben. Aber, so gestand er sich ein, die Leute arbeiteten gut und effizient. Sie bewegen sich sicher und kannten ihre Aufgabe, und ihre Kommunikation galt nur den Fakten. Nur Luth gestattete sich den Luxus, aus dem Stegreif vor sich hinzubrummeln, und das auch nur einem Starfleet-Offizier gegenüber.

»Aha. Endlich bekomme ich die ersten Meßergebnisse. Das könnte ganz aufschlußreich sein«, murmelte Luth, während er den Datenfluß auf dem Bildschirm langsamer abrollen ließ und dann bei einzelnen Informationen gänzlich anhielt. Nun beugte er sich näher an den Bildschirm, drückte praktisch die Nasenspitze dagegen. Plötzlich lehnte er sich zurück, sah LaForge an und richtete seine Aufmerksamkeit dann auf einen zweiten Bildschirm links von ihm. Geordi konnte nicht sehen, was der Monitor zeigte, doch es schien Luths Verdacht zu bestätigen. Der Schaltmeister drehte sich zu Geordi um, und seine dunklen Gesichtszüge bildeten ein perfektes Pokergesicht.

»Wissen Sie, LaForge, unsere Sensoren führen alle dreißig Sekunden in sämtlichen Räumen und Gängen und auch draußen auf dem Gelände Bioscans durch. Die Biodaten jedes hier Tätigen sind im Computer gespeichert, und wir vergleichen Sie ständig mit den aktuellen, um Infektionen, Krankheiten oder auch chemischen Kontaminationen auf die Spur zu kommen. Damit können wir auch herausfinden, wer während solch einer Krise vermißt wird. Wir haben mit diesen Scans bereits die Toten identifiziert, die Sie gefunden haben.

Wir konnten aufgrund dieser Messungen auch feststellen, daß sich in der Stunde vor der Explosion nur eine Person in der Nähe des Explosionsortes aufgehalten hat.« Luth drehte sich langsam mit dem Stuhl um und sah LaForge in die Augen. »Und es handelt sich nicht um die Daten eines Elohsianers. Ich glaube, es sind die eines Menschen.«

Geordis Mund klaffte unwillkürlich auf. »Das ist unmöglich, Luth. Ich bin doch der einzige Mensch, der dieses Werk jemals besucht hat, oder?«

»Genau. Und das macht Sie, wie ich leider feststellen muß, zu unserem Hauptverdächtigen. Ich habe bereits den Sicherheitschef zu uns gebeten. Bitte bleiben Sie noch eine Weile hier.«

»Natürlich, Luth. Ich werde bei Ihrer Ermittlung selbstverständlich kooperieren. Lassen Sie mich nur kurz Counselor Troi benachrichtigen.«

»Mir wäre es lieber, wenn Sie im Augenblick nichts an Ihrem Körper berühren. Nur für alle Fälle.«

Geordi nickte verdrossen. Er wußte, er hatte keine Bombe gelegt, aber wie sollte er das dieser kriegsmüden Bevölkerung erklären? Er blieb ruhig stehen und beobachtete, wie die anderen im Raum, die Luths Erklärung allesamt mitbekommen hatten, Abstand wahrten. Sie vermieden es, ihm näher als einen Meter zu kommen.

Nach ein paar Minuten betrat der größte Elohsianer, den Geordi je gesehen hatte, den Raum. Er füllte den Raum buchstäblich aus; selbst überdurchschnittlich große Elohsianer wirkten im Vergleich mit ihm wie Zwerge. Als der Chefingenieur der *Enterprise* seinen massigen, breitschultrigen Körper sah, kam er sich plötzlich sehr klein vor. Er trug dunkelgrüne Kleidung und eine leuchtende Silberplakette, bei der es sich offensichtlich um ein Dienstabzeichen handelte. Des weiteren trug der Mann einen breiten Gürtel, an dem eine Vielzahl von Waffen befestigt war, die keinen Zweifel daran ließen, daß er dafür verantwortlich war, hier die Ordnung zu bewahren.

»Mr. LaForge, ich bin Lan Kris, Sicherheitschef dieser Anlage. Anscheinend haben wir ein Problem.«

Wenn das keine Untertreibung ist, dachte Geordi. »Da haben Sie recht, aber ich werde tun, was Sie für nötig halten, um der Sache auf den Grund zu gehen. Zuvor würde ich jedoch gern Kontakt mit meinem Captain aufnehmen und ihn über die Lage informieren.«

»Das ist sehr entgegenkommend von Ihnen, Sir. Ich hatte damit gerechnet, daß Sie sich auf diplomatische Immunität berufen würden. Vor Ihrer Ankunft hat man uns gewarnt, daß dies geschehen könnte. Auf diese Weise können wir die Ermittlung schneller durchführen. Ich muß natürlich darauf bestehen, daß Sie bei uns bleiben, bis wir zu einem Ergebnis gekommen sind. Unser Oberster Richter hat bereits für morgen früh einen Termin reserviert, falls es dazu kommen sollte. Nun können Sie Kontakt mit Ihrem Captain aufnehmen, und dann werden wir Sie in ein bequemes Zimmer bringen.«

Geordi wurde klar, daß dieser Mann völlig geschäftsmäßig und sachlich vorging. Er schluckte, nickte und berührte seinen Kommunikator. »LaForge an Captain Picard.« Nach ein paar Sekunden erhielt er Antwort. »Captain, hier hat es ein paar Probleme gegeben.«

»Ja, Counselor Troi hat mich schon informiert. Wie ist die derzeitige Lage?«

»Brenzlig, Sir. Den Sicherheitsaufzeichnungen zufolge hat sich nur ein Mensch in der Nähe des Explosionsortes aufgehalten, und raten Sie mal, wer hier der einzige Mensch ist?«

»Brauchen Sie Hilfe, Mr. LaForge?« fragte der Captain mit vor Besorgnis tiefer Stimme.

»Im Augenblick nicht. Ich habe mich bereit erklärt, hier zu bleiben und das Ergebnis der Untersuchung abzuwarten. Es wird mir schon nichts passieren. Ich kann heute nachmittag allerdings nicht an der Besichtigungstour durch das Schiff mitwirken.«

»Vergessen Sie das, Geordi. Wir haben alle Pläne auf Eis gelegt, bis dieser Schlamassel geklärt ist. Achten Sie darauf, daß Sie uns informieren können, wenn Sie Hilfe brauchen. Ich wüßte es zu schätzen, wenn die örtlichen Behörden Premier Daithin und mir eine Kopie der vollständigen Sicherheitsaufzeichnungen zur Verfügung stellen würden.«

Geordi sah Lan Kris an, der den Blick erwiderte. Nach einigem Zögern sagte er schließlich: »Wenn Premier Daithin es wünscht, werden wir der Bitte nachkommen.«

Es folgte eine Pause, und dann drang eine andere Stimme aus Geordis Kommunikator. »Hier spricht Premier Daithin. Ich glaube, es ist in unser aller Interesse, wenn wir die bislang zusammengetragenen Informationen untersuchen können. Ja, ich glaube, das wäre sehr hilfreich.«

»Wir werden die Aufzeichnungen überspielen«, sagte der Sicherheitschef. Geordi bedachte ihn mit einem dankbaren Lächeln, das von einer steinernen Miene beantwortet wurde.

Lan Kris trat zu LaForge und streckte eine Hand aus. »Ich wüßte es zu schätzen, wenn Sie mir Ihr Kommunikationsgerät und ihre Aufzeichnungsmaschine geben.«

Geordi schaute zu dem Tricorder hinab und zog ihn langsam aus der Tasche. Dann gab er ihn dem Elohsianer zusammen mit seinem Kommunikator. Kris betrachtete die Gegenstände in seiner Hand und musterte dann neugierig das VISOR.

»Das braucht er, um zu sehen, Lan Kris«, sagte Luth. Geordi lächelte dem Schaltmeister zu und blieb ruhig stehen, die Hände vor dem Bauch verschränkt. Er wußte nicht, was er tun sollte. Im Augenblick am besten so wenig wie möglich, dachte er.

»Ich werde Ilena und Ihre Begleiterin informieren, daß Sie sich nicht mit ihnen treffen werden. Ein Kollege wird Sie in den Warteraum bringen. Die Untersuchung wird bestimmt nicht lange dauern.« Mit diesen Worten verließ Lan Kris den Raum, wobei er sich unter der Tür duckte, um sich nicht den Kopf zu stoßen.

»Das gefällt mir ganz und gar nicht«, sagte Daithin. Neben ihm standen Picard und Data, die es im Augenblick vorzogen, Schweigen zu bewahren. Sie hatten angeboten, sämtliche elohsianischen Protokolle zu befolgen, woraufhin Daithin wohl den Eindruck bekommen hatte, die Lage wieder besser unter Kontrolle zu haben. Bis zu dem Zwischenfall war alles problemlos gelaufen. Einen Tag zuvor waren Commander Sela und Subcommander Plactus in diesem Büro gewesen und hatten erläutert, welchen militärischen Beistand und Schutz das Romulanische Reich Eloh bieten konnte. Bildaufzeichnungen, die ihre militärische Stärke bewiesen, hatten Daithin und Larkin, der außer dem Premier als einziger weiterer Elohsianer anwesend gewesen war, überaus beeindruckt. Daithin hatte sich vorgestellt, wie die Waffen der Romulaner den Krieg beeinflußt hätten, wenn die Dar – oder, was er natürlich vorgezogen hätte, die Populisten – über solche Feuerkraft verfügt hätten.

An diesem Tag boten Captain Picard und Lieutenant Commander Data eine ähnliche Präsentation. Daithin konstatierte, daß die Romulaner Wert auf die Betonung der Größe ihrer Schiffe und der Stärke ihrer Waffen gelegt hatten, während die Repräsentanten der Föderation hauptsächlich friedensbewahrende Maßnahmen in den Vordergrund stellten. Während des Gesprächs gewöhnte Daithin sich immer besser daran, sich mit Data zu unterhalten, den er schließlich für eine Art wandelndes Computersystem hielt. Doch er zeigte auf seine Weise auch eine Persönlichkeit, und zwar eine, die Daithin unwillkürlich mochte.

»Hat die Föderation jemals einen Bürgerkrieg erlebt, Captain?« fragte Larkin, der bislang ruhig im hinteren Teil des Raums gesessen hatte.

Picard schien von der Vorstellung hinter der Frage entsetzt zu sein. »Nein, Sir«, erwiderte er nachdrücklich. »Ich werden Sie nicht belügen und behaupten, wir hätten seit der Gründung der Föderation vor über einem Jahrhundert in völliger Harmonie gelebt. Es hat Streitigkeiten zwischen Planeten gegeben, und einige haben die Föderation sogar aus politischen Gründen verlassen, aber wir haben niemals gegeneinander Krieg geführt.«

»Dann können Sie sich nicht vorstellen, wie es ist, gegen Ihre Freunde zu kämpfen?«

»Nein, Sir. Aber mein Heimatplanet, die Erde, hatte durchaus ihren Anteil an Bürgerkriegen, in der Ära der Nationalstaaten, bis die weltweite Einheit verwirklicht wurde. Bei einigen davon handelte es sich um die wildesten und blutigsten Kämpfe in unserer Geschichte, so daß ich es vom Intellekt her durchaus verstehen kann.«

Daithin dachte über die Antworten nach, und ihm wurde klar, daß Picards Bezugssystem und das seine ziemlich verschieden waren. Der Mensch war durchaus ein eloquenter Redner, wie er schon am Vorabend festgestellt hatte, schien jedoch nicht die Seele eines Kriegers zu haben. Diese Einstellung gehörte jedoch zum elohsianischen Volk und hatte sein Wesen unzählige Jahrhunderte lang geformt. Die Föderation bot ihm die Chance, die Volksseele zu verändern. Während er gegen seine eigene Natur nicht ankam, konnte er eine Umgebung schaffen, die dazu führte, daß es in zwei oder drei Generationen eine ganz neue Art von Elohsianern gab. Ihm gefiel die Vorstellung, der Architekt einer solchen Zukunft zu sein, und er wußte zu schätzen, was die Föderation anzubieten hatte.

Diese Überlegungen wurden jedoch abrupt unterbrochen, als er die Nachricht von der Explosion auf Dos Dar erhielt. Sie brachte bittere Erinnerungen an ähnliche Angriffe zurück, und daran, wie oft er selbst während solcher Scharmützel knapp dem Tod entronnen war. Ihm mißfiel besonders der Umstand, daß der Anschlag vielleicht seine Pläne für die Zukunft seiner Welt verändern oder gar ruinieren würde. Würden die Repräsentanten der beiden Regierungen Eloh nun verlassen wollen? War einer von ihnen für den Anschlag verantwortlich? Hatte der Attentäter es vielleicht so gedreht, daß der Verdacht auf die andere Partei fiel? Die Worte der Föderation klangen zwar sehr gut, doch Daithins eigene Natur machte ihm zu schaffen. Wie konnte eine solche Zivilisation nur so hochgesinnt sein? Unzählige Fragen gingen ihm durch den Kopf und lenkten seine Aufmerksamkeit von den Gästen ab, die geduldig wartend vor ihm standen.

»Es tut mir wirklich sehr leid, Captain«, sagte Daithin leise. »Wir werden alle Programmpunkte absagen müssen, bis diese Sache geklärt ist. Ich weiß es zu schätzen, daß Ihr Offizier bereit ist, auf Eloh zu bleiben, bis die Angelegenheit geklärt ist. Wir werden Sie natürlich sofort benachrichtigen, sobald wir Antworten haben.«

Picard wollte offensichtlich bleiben und helfen, doch dann atmete er tief durch. »Nun gut, Premier«, sagte er. »Wir kehren also auf unser Schiff zurück.« Mit diesen Worten verließen er und Data das Gebäude, um sich auf die *Enterprise* transferieren zu lassen. Daithin stellte sich vor, wie es sein mochte, hin und her gebeamt, während eines Blinzeln auf die andere Seite der Welt geschleudert zu werden, und fragte sich, wie dies seine vor kurzem vereinte Gesellschaft verändern würde. Es gab so vieles, das er bedenken und abwägen mußte.

Larkin sah den beiden Männern nach und nahm dann neben dem Premier Platz. »Was halten Sie von ihnen, Daithin?« fragte er.

»Ich mag sie, Larkin, ich mag sie wirklich. Aber sie sind so ganz anders als wir, und ich frage mich, ob wir koexistieren können.«

»Ähneln uns die Romulaner denn so sehr?« Larkin stocherte immer weiter, gab sich nie mit einer einzigen Antwort zufrieden. Zumeist war dies Daithin zustatten gekommen, und mittlerweile vertraute der Premier ihm vollkommen und sah in ihm eher einen Bruder als einen Assistenten. Ihre Gespräche waren für beide Seiten befriedigend, obwohl Larkin manchmal tiefer bohrte oder ein Thema nicht so schnell fallenließ, wie Daithin es gern gehabt hätte.

»Vielleicht. Ihre Waffen sind auf jeden Fall beeindruckend, aber das bringt mich auf die Frage, warum ihr Reich freiwillig mit uns verhandelt, statt uns einfach zu erobern. Sie wissen ja, das wäre ein Kinderspiel für sie.«

»Ich mag ihren Kampfgeist«, warf Larkin ein.

»Ja, in der Hinsicht sind sie uns wirklich sehr ähnlich. Aber genug davon. Ist unser Terminplan noch zu retten?«

Zu Daithins Genugtuung nickte Larkin. Schließlich konnten sie es sich bei dem bevorstehenden Feiertag kaum leisten, Zeit zu verschwenden.

Er erhob sich. »Was halten Sie von der Explosion?«

»Bis wir gesicherte Daten vorliegen haben, kann ich nicht einmal eine Vermutung äußern. Ich traue den Menschen aber ganz bestimmt nicht zu, so etwas zu tun.«

Daithin sah tief in Larkins Augen. »Bis die Bombe hochging, hätte auch ich das niemals in Betracht gezogen. Jetzt bin ich mir nicht mehr so sicher.«

Geordi wurde schnell in ein kleines, gut beleuchtetes Zimmer geführt. Dem Umstand, daß er mit einem fünfeckigen Tisch und fünf dazu passenden purpurnen Stühlen eingerichtet war, entnahm er, daß es sich wahrscheinlich um einen Konferenzraum handelte. An den hellgrauen Wänden standen Computermonitore, die bei Gesprächen ganz nützlich sein konnten. In einer Ecke befand sich ein kleinerer Tisch, und darauf stand ein Krug mit fünf ebenfalls fünfeckigen kleinen Gläsern. Der Wachmann erlaubte Geordi, einen Schluck Wasser zu nehmen. Alles andere würde sich mit der Zeit ergeben.

LaForge setzte sich an den Konferenztisch und war nun seinen Gedanken überlassen, ganz zu schweigen von seinen steifen Muskeln. Er mußte an das alte Sprichwort denken, daß man sich sehr gut überlegen sollte, was man sich wünschte. Er hatte die ganze Zeit über den Elohsianern helfen wollen, und nachdem er Gelegenheit dazu bekommen hatte, verdächtigte man ihn, ein Terrorist zu sein. Das brachte ein verbittertes Kichern auf seine Lippen, und er schüttelte langsam den Kopf, um ihn wieder freizubekommen und klar denken zu können. Falls Picard sich nichts einfallen ließ, war er ganz auf sich selbst angewiesen.

Er vollzog die letzte Stunde in Gedanken noch einmal nach und erinnerte sich an Lan Kris' Bemerkung, man habe ihn gewarnt, daß LaForge sich auf diplomatische Immunität berufen könne. Offensichtlich war diese Immunität auf Eloh unbekannt, und deshalb hatte man Kris eigens darauf hingewiesen. Aber wer? Das Parlament? Larkin?

Geordi fragte sich, wem diese Ereignisse den größten Vorteil brächten. Den Romulanern. Wer pflegte Angehörige des diplomatischen Korps mit Immunität zu schützen? Die Romulaner. Wem sah es ähnlich, das Werk zu sabotieren? Den Romulanern. Aber wie und wann hatten sie es getan, und wer von ihnen? Geordi ertappte sich, wie er seine Hände immer fester zu Fäusten ballte, als ihm klar wurde, wie hoffnungslos seine Lage war, und er sich zu fragen begann, wie man auf dieser entlegenen Welt solch einen Anschlag bestrafte.

6

Picard saß allein in seinem Bereitschaftsraum und sah sich auf seinem Schreibtischmonitor die Aufzeichnungen aus dem Klärwerk an. Langsam spielte er die Sensorscans ab, die eindeutig aufzeigten, daß sich ein Mensch in der Nähe des Explosionsortes aufgehalten hatte. Der Captain hatte seine Tasse Tee vergessen, und sie war kalt geworden, während er sich auf diese neue Wende der Ereignisse konzentrierte. Er vermutete, daß es nun nicht mehr so einfach werden würde, die Elohsianer davon zu überzeugen, daß die Föderation ein guter Partner war, ein besserer als die Romulaner. Bislang hatten die Romulaner Geschenke gebracht und sich gut benommen. Dieser Zwischenfall würde zweifellos einen gewissen Einfluß auf die Parlamentsmitglieder haben, die sich sowieso recht leicht beeinflussen zu lassen schienen. Picard hatte zuvor Nachforschungen betrieben und herausgefunden, daß diese Politiker allesamt relativ neu in ihrem Amt waren; die meisten von ihnen waren vor wenigen Jahren noch Soldaten gewesen. Die Politik stellte aber eine ganz andere Art der Kriegführung dar, und nicht alle schienen ihren neuen Aufgaben gleichermaßen gewachsen zu sein.

Picard riß sich gewaltsam von diesen abschweifenden Gedanken los und richtete seine Aufmerksamkeit wieder auf den Bericht über die Bombe selbst. Sie hatte über einen Zünder verfügt, der durch Erschütterungen ausgelöst wurde, und war an einer Stelle angebracht worden, an der sie den maximalen

Schaden anrichten konnte, ohne das Werk völlig zu zerstören. Er dachte gerade über den Explosionsort und die Bedeutung des Werks nach, als der Türsummer ertönte.

Er rief »Herein!« und sah sich Riker, Data, Troi und Worf gegenüber. Alle vier schauten ernst drein; sie machten sich Sorgen über das Schicksal ihres Kollegen und den Schlag, den dieser Zwischenfall ihrer diplomatischen Mission versetzte. Mit einer Geste forderte Picard seine Offiziere auf, Platz zu nehmen. Worf und Data blieben jedoch lieber stehen. Picard schaltete den Bildschirm aus und wandte sich den vier Offizieren zu. »Haben Sie etwas herausgefunden, das Geordi helfen kann?« fragte er.

»Leider überwachen die Sensoren der Elohsianer den Komplex sehr gründlich«, stellte Data fest. »Siebzehn Minuten vor der Explosion hielt Geordi sich an der betreffenden Stelle auf.«

»Captain, haben die Elohsianer bereits festgestellt, welche Größe eine Bombe von solcher Vernichtungskraft gehabt haben muß?«

»Bislang noch nicht, Mr. Worf.«

»Commander LaForge hat nur seinen Tricorder bei sich gehabt. Sie werden doch sicher bemerkt haben, daß er nichts bei sich trug, was einer Bombe ähnelte.«

Picard bedachte seinen Sicherheitsoffizier mit einem verkniffenen Lächeln. »Ein guter Einwand, Lieutenant. Doch wir müssen ihren Bericht abwarten und dann entscheiden, ob wir dieses Argument anführen müssen.«

Troi schlug die Beine übereinander. »Wie nimmt Daithin das alles auf?« fragte sie.

»Er ist sehr besorgt, Counselor. Sowohl er als auch Larkin schienen von der Nachricht wirklich schockiert zu sein. Anscheinend hat es seit der Einheit keinen einzigen terroristischen Akt mehr gegeben. Daher hat er gebeten, daß sowohl das Personal der Romulaner als auch das der Föderation an Bord ihrer Schiffe bleiben, bis der Zwischenfall aufgeklärt ist.«

»Ein kluger Schachzug«, stellte Riker fest. »Glauben Sie, daß dieses Attentat uns Eloh kosten wird?«

»Es ist noch zu früh, das zu sagen, Nummer Eins. Larkin wird uns eine revidierte Tagesordnung zukommen lassen, und dann werden wir feststellen, ob unsere Möglichkeiten, unsere Sache zu präsentieren, dadurch beeinträchtigt wurden. Falls wir Mr. LaForges Unschuld beweisen können, muß jemand den wahren Schuldigen ausfindig machen. Sobald wir erfahren, wer das ist, kann ich besser abschätzen, wie diese Sache ausgehen wird.«

»Und was, wenn man den wahren Schuldigen nicht findet?« fragte Troi.

»Das kann ich jetzt noch nicht genau sagen, Counselor.«

»Terroristen beanspruchen normalerweise den Ruhm für ihre grausamen Taten«, stellte Riker fest. »Jemand wird sicher seine Identität preisgeben und erklären, warum dies geschah. Natürlich könnte dieser Jemand erneut zuschlagen.«

»Ganz genau das befürchte ich auch«, sagte Picard. »Sollten die Terroristen zuschlagen, solange wir und die Romulaner noch hier sind, könnten wir selbst zu Opfern werden.«

»Und wo waren die Romulaner während der Explosion?« fragte Riker.

»Eine kleine Gruppe war auf Hyanth und hat Trümmer des letzten Bürgerkriegs besichtigt«, erwiderte Picard. Er berührte seine Tasse, stellte fest, daß der Tee kalt geworden war, und ignorierte sie.

»Die Romulaner haben das Klärwerk doch vor uns besichtigt, oder?«

»Ja, Nummer Eins.«

»Könnten Sie die Bombe dort angebracht haben?«

Picard beugte sich vor und dachte über die Worte

seines Ersten Offiziers nach. Die Romulaner waren über solch eine Falschheit sicher nicht erhaben, und sie hatten sich schon auf dem Planeten befunden, bevor die *Enterprise* das System überhaupt erreicht hatte. Sollte es zu einem Prozeß kommen, würde er Einsicht in die Bioscans jenes Tages verlangen, an dem die Romulaner dem Werk einen Besuch abgestattet hatten.

»Ich glaube, da könnte was dran sein, Nummer Eins. Soweit wir wissen, arbeiten die Sensoren der Elohsianer nicht so genau wie die unsrigen. Commander Sela könnte als menschlich-romulanischer Mischling – zumindest behauptet sie, einer zu sein – bei den Elohsianer anomale Meßergebnisse bewirken. Schließlich könnte man ihre Daten als die eines Menschen deuten, und sie könnte durchaus eine Verdächtige sein, was übrigens für jeden Nicht-Elohsianer gilt. Ich frage mich, wo Sela heute war.«

»Sie hätte die Bombe aus dem Orbit zünden können, zu einem Zeitpunkt, da unsere Leute sich auf dem Planeten befinden«, sagte Worf.

»Sela hegt einen starken Groll gegen dieses Schiff und seine Crew. Das hat sie mir gestern abend gestanden«, überlegte Picard laut. »Wir müssen selbst eine Ermittlung durchführen, um auf alles vorbereitet zu sein. Mr. Worf, bitte finden Sie heraus, wo Sela sowohl am heutigen Tag als auch an jenem war, als die Romulaner das Klärwerk besichtigt haben.«

»Captain, ich habe noch einen anderen Vorschlag.«

»Nun, Mr. Data, fahren Sie fort«, sagte Picard, gespannt, worauf sein Zweiter Offizier hinauswollte.

Langsam schritt der Androide im Raum auf und ab, die Hände auf dem Rücken verschränkt. Picard kannte diese Manieriertheit von früheren Gesprächen her und mußte insgeheim lächeln, als ihm klar wurde, daß Data wieder die Körpersprache eines bestimmten Detektivs nachahmte. »Da Sie mich vor kurzem aufgefordert haben, mich mit Kriminalliteratur zu beschäftigen, möchte ich eine weitere Möglichkeit aufwerfen. Wir wissen, daß Geordi die Bombe nicht versteckt haben kann. Und die Romulaner sind zu offensichtliche Verdächtige. Statt dessen behaupte ich, daß es eine dritte, noch nicht identifizierte Partei gibt, die für den Anschlag verantwortlich ist.«

Picard nickte. »Wenn Sie in dieser Hinsicht etwas finden sollten, Mr. Data, nehmen Sie es genau unter die Lupe.« Der Captain erhob sich. »Sie kennen Ihre Aufgaben, also machen Sie sich an die Arbeit. Wegtreten.«

Während der Captain den Bericht an Starfleet vorbereitete, saß Riker auf dem Sessel in der Mitte der Brücke. Er blieb an Bord des Schiffes, während Picard ständig zwischen der *Enterprise* und Eloh unterwegs war. Der großgewachsene Erste Offizier betrachtete die kleine Welt auf dem Hauptbildschirm. Eloh sah zwar sehr schön aus, doch wie schon so oft zuvor war der Anschein trügerisch gewesen. Obwohl ihm das Bankett und die Elohsianer, die er bislang kennengelernt hatte, gefallen hatten, mußte Riker nun einsehen, daß die Bewohner dieser Welt noch immer ungebärdig und unbeherrscht waren. Sie hatten so viel auf sich genommen, um eine straff strukturierte Weltregierung zu bekommen, daß sie deren Erlasse nun über alles setzten. Trotzdem gelang es ihnen damit kaum, die Spannungen zu übertünchen, die Datas ersten Berichten zufolge noch immer vorhanden waren. Während Picard ein geduldiger Schlichter war, mußte Riker einsehen, daß er keine Geduld für solche Probleme hatte und Starfleet schon längst informiert hätte, daß das elohsianische Volk noch längst nicht reif für eine Mitgliedschaft in der Föderation war.

Leider zählte das Warten nicht zu seinen Stärken; er erhob sich und schritt unruhig über die Brücke. Er tat so, als wolle er die einzelnen Stationen überprüfen, und plauderte mit den Offizieren, die gerade als zweite Schicht den Dienst aufgenommen hatten. Es wurde offensichtlich, daß die Nachricht über LaForges Situation sich schon im gesamten Schiff ausgebreitet hatte.

Als er an der Navigations- und der Operatorstation vorbeiging, beugte er sich vor und beobachtete Fähnrich Ro, die gerade eine Orbitberechnung durchführte. Sie schaute mit einem völlig neutralen Ausdruck zu ihm auf. Er versuchte, ein Lächeln zustande zu bringen, fühlte sich jedoch zu unbehaglich und begnügte sich damit, die Daten auf ihrem Pult zu betrachten.

»Wenn wir uns in einem Orbit befinden, ist es für Sie wahrscheinlich am langweiligsten, nicht wahr?«

Ro schaute zu ihm hoch. »Wahrscheinlich. Aber die Station muß bemannt sein, für den Fall, daß wir plötzlich etwas anderes tun müssen, als im Kreis zu fliegen.«

»Das ist manchmal unerträglich, oder?« Sein Grinsen wurde breiter, und seine Augen funkelten.

»Ich muß Ihnen recht geben«, erwiderte sie, ohne eine Miene zu verziehen.

»Dann ist es doch eine willkommene Abwechslung für Sie, wenn Sie sich um die Familie Kelly kümmern, oder?«

Ro versteifte sich nur ganz leicht, als der Name fiel, doch Riker bemerkte es. »Stimmt etwas nicht, Fähnrich?« fragte er.

»Alles in Ordnung, Sir«, erwiderte sie schnell. »Die Familie scheint sehr … nett zu sein. Die Eltern fügen sich wirklich schnell ein, und ihr Sohn, James, scheint sich … ungewöhnlich stark für die Schiffsfunktionen zu interessieren.«

Riker stutzte kurz, und dann ging ihm ein Licht auf. Ihm wurde klar, daß James Kelly der junge Mann war, mit dem er am gestrigen Tag gesprochen hatte. Zuvor hatte er keine Verbindung zwischen dem verliebten Teenager und der Familie hergestellt, die Ro betreuen sollte. Nun, dachte er, bei nur etwa tausend Personen an Bord mußten sich solche Zufälle zwangsläufig ereignen.

»Ich habe den Jungen neulich kennengelernt. Wir haben gemeinsam ein Fitneßtraining absolviert. Er schien sich aber für mehr als nur das Schiff zu interessieren.«

Ro studierte Rikers Gesichtsausdruck, öffnete den Mund, um etwas zu sagen, überlegte es sich dann anders und wandte ihre Aufmerksamkeit wieder dem Pult vor ihr zu.

»Weitermachen, Fähnrich«, sagte Riker grinsend und ging zu der nächsten Station weiter.

Die Stunden verstrichen für die Brückencrew quälend langsam. Riker studierte die Meßergebnisse der sekundären Scanner. Data setzte seine Arbeit an der Operatorstation fort, und ein leicht amüsierter Fähnrich Ro beobachtete ihn dabei von der Navigatorstation aus. Immer wieder erläuterte der Androide dabei Ro seine Theorien, die allerdings keine irdische Kriminalliteratur gelesen hatte und auch mit Datas Auftritten als Sherlock Holmes nicht vertraut war. Worf studierte genau sowohl die elohsianischen Unterlagen als auch die Sensorscans der *Enterprise* über romulanische Transporteraktivitäten.

»Commander«, polterte der Klingone nach einer geraumen Weile, die er schweigend gearbeitet hatte. »Alle Daten deuten darauf hin, daß Commander Sela dem Außenteam angehörte, das das Klärwerk besichtigt hat. Der Besuch fand genau zwei Tage vor der Besichtigung durch unser Team statt. Als die Bombe explodierte, befand Sela sich angeblich an Bord der *N'ventnar*. Unsere Sensoren zeigen an, daß zum Zeitpunkt der Explosion ein so reger Kommunikations-

und Transporterverkehr stattfand, daß wir kein Signal isolieren können, das die Bombe gezündet haben könnte.«

Riker war während des Berichts zur taktischen Station gegangen und schaute nun auf Worfs Pult hinab. Er fuhr nachdenklich durch seinen Bart und wägte die Informationen ab. Mit geübter Hand rief er die Aufzeichnungen über die romulanischen Aktivitäten auf, um vielleicht einen Hinweis zu finden, den der Sicherheitsoffizier übersehen hatte. Nach zwei Minuten gab er frustriert auf. »Falls die Romulaner dahinterstekken«, sagte er, »haben sie den Anschlag gut getarnt. Vielen Dank, Worf.«

Der Klingone brummte etwas vor sich hin und nahm die Arbeit wieder auf, ging sämtliche Informationen in der vergeblichen Hoffnung, etwas Nützliches zu finden, ein drittesmal durch.

Riker schlenderte die Rampe hinab und nahm auf dem Sitz des Captains Platz. Mit Hilfe der Kontrollen in der Sessellehne schaltete er den Hauptbildschirm um, der bislang trockene elohsianische Ebenen gezeigt hatte, und rief die Sensorphalanx des Schiffes auf. Er betrachtete die Daten sorgfältig und suchte nach irgend etwas, das ihm vielleicht verriet, in welcher Richtung er suchen sollte. Die Minuten verstrichen, und er wollte sich schon wieder seinen anderen Pflichten widmen, als Data sich an ihn wandte.

»Commander, ich habe vielleicht etwas gefunden, das uns weiterhilft«, sagte der Androide.

Riker sprang geradezu vom Sessel auf, ging zur vorderen Station und spähte dem Zweiten Offizier über die Schulter. Zuerst blieb ihm unklar, welche Daten Data aufgerufen hatte, doch als er dann mit der Erklärung begann, ergaben sie plötzlich einen Sinn.

»Ich habe eine systematische Sensoruntersuchung des gesamten Planeten vorgenommen und die Daten mit unseren ersten Scans verglichen. Dabei ging ich von der Theorie aus, daß jedwede Veränderung ein Hinweis für uns sein könnte. Da unser Orbit sich nicht verändert hat, müßten die Scans mit Ausnahme von Wettermustern, Gezeiten und dergleichen identisch sein.«

Riker wollte Data an den Schultern packen und auffordern, endlich zur Sache zu kommen, doch er hatte schon vor langer Zeit eingesehen, daß der Androide längere Erklärungen zu bevorzugen schien, um zu gewährleisten, daß er nicht falsch verstanden wurde. Da Captain Picard ihm diesen Spielraum ließ, mußte Riker dessen Beispiel wohl oder übel folgen, ganz gleich, wie frustrierend das manchmal sein konnte.

»Etwa zehn Kilometer von dem Klärwerk auf Dos Dar entfernt habe ich eine anomale Messung entdeckt. Sie wird sogar vor unseren Sensoren abgeschirmt, Sir, und das steht nicht im Einklang mit der elohsianischen Technik, wie wir sie bislang kennengelernt haben.«

Riker beugte sich vor, bis sein Bart fast Datas Ohr berührte, und betrachtete die parallelen Scans. Der zweite wies auf ein kleines Gebilde hin, ein seltsames Artefakt, das beim ersten Scan, der vor zwei Tagen durchgeführt worden war, nicht zu sehen war. Das war eindeutig eine Untersuchung wert. Er gab Data einen belobigenden Klaps auf die Schulter und ging dann schnell zur Wissenschaftsstation. Mit geübter Leichtigkeit rief er weitere detaillierte Sensorvergleiche auf und stellte dabei fest, daß die abgeschirmte Fläche groß genug war, um mindestens zwei Lebewesen und ihre Ausrüstung zu beherbergen. »Data«, rief er, »Sie haben etwas wirklich Interessantes gefunden. Wir sollten diesem Ding einen Besuch abstatten. Mr. Worf, bitte nehmen Sie Kontakt mit Larkin im Parlamentsbüro auf.«

Ein paar Minuten später hatte man Larkin ausfindig gemacht und eine Verbindung hergestellt. Der Erste

Offizier konnte seinen Gesichtsausdruck nur schwer deuten, vermutete jedoch, daß der Adjutant über die Unterbrechung seiner täglichen Routine ungehalten war. Bei diesem Gespräch war diplomatisches Geschick gefragt. »Mr. Larkin, verzeihen Sie die Störung, aber wir glauben, etwas gefunden zu haben, und bitten um Erlaubnis, dorthin zu beamen und es zu untersuchen.«

Larkin schien nur schwach interessiert zu sein. »Worum handelt es sich dabei, Commander Riker?«

»Wir sind uns noch nicht sicher. Vor zwei Tagen haben wir es bei unseren Sensorscans noch nicht entdeckt, und jetzt ist da etwas, wird aber abgeschirmt. Es befindet sich in der Nähe des Klärwerks, und wir würden uns gern dort umsehen. Vielleicht finden wir ja etwas heraus.«

»Ich werde Lan Kris im Werk informieren, und seine Leute können sich die Sache ansehen«, sagte Larkin trocken.

»Ich würde es vorziehen, Sir, der Sache selbst auf den Grund zu gehen. Verzeihen Sie, aber mit unseren Instrumenten finden wir vielleicht mehr heraus als Sie mit den Ihren.«

»Und ich würde diese interne Angelegenheit lieber selbst untersuchen«, sagte Larkin zurückhaltend.

Riker atmete tief ein und versuchte, sich ebenso respekteinflößend wie herzlich zu geben. »Mr. Larkin, eins unserer Mannschaftsmitglieder ist in die Sache verwickelt. Ich glaube, das gibt uns das Recht, uns an der Ermittlung zu beteiligen. Wir werden uns natürlich an Ihre örtlichen Gesetze halten, doch Sie müssen eingestehen, daß wir Scans vornehmen können, die Ihnen nicht möglich sind.«

Larkin schwieg einen Augenblick lang, dachte über das Gesuch nach und versuchte offensichtlich, eine Möglichkeit zu finden, wie er es abschlagen und gewährleisten konnte, daß Riker und seine Leute an

Bord des Raumschiffs blieben. Die Sekunden zogen sich dahin, und Riker versuchte, sich seine immer stärker werdende Verärgerung nicht anmerken zu lassen.

Der Elohsianer faltete die Hände, atmete tief ein und legte sich seine Worte zurecht. »Also schön, Commander Riker, Sie dürfen herunterkommen und sich die Sache ansehen. Lan Kris wartet im Klärwerk auf Sie. Ich sollte jedoch darauf hinweisen, Sir: Falls nichts dabei herauskommt und Ihr Mann für schuldig befunden wird, erwartet ihn nach derzeitiger Gesetzeslage der Tod durch langsame Folter. Larkin Ende.« Der Bildschirm zeigte wieder den Planeten.

»Na wunderbar«, murmelte Riker. »In diesem Fall müssen wir sehr überzeugend sein.« Der Commander ging zum Turbolift. »Mr. Data, Mr. Worf«, sagte er, »Sie begleiten mich. Fähnrich Ro, Sie haben das Kommando.« Dann verschwanden die drei Offiziere in der Kabine.

Geordi hatte gerade eine kleine Mahlzeit verzehrt, die ihm ein wenig redseliger Lan Kris gebracht hatte. Das Essen war keineswegs so gut wie das beim Bankett gewesen, hatte seinem knurrenden Magen aber sehr gut getan. Für den Ingenieur vergingen die Stunden quälend langsam, und so sehr er sich auch den Kopf zerbrach, er hatte nichts gefunden, was ihn einer Lösung des Problems näher brachte. Mittlerweile hatte er es völlig aufgegeben, über das Durcheinander auf Eloh nachzudenken, und versuchte, im Geiste einen Warpkern neu zu kalibrieren, um sich von seinen Sorgen abzulenken.

Seine Gedanken wurden unterbrochen, als die Tür geöffnet wurde und Luth hereinkam. Er schaute genauso verdrossen auf Geordi herab, wie der es von ihm erwartete. Offensichtlich hatte der Schaltmeister bis jetzt Reparaturen vorgenommen, denn seine rote Kleidung war schmutzig, und ihm haftete ein übler

Geruch von Dämpfen an, der Geordi die Nase rümpfen ließ.

»Werden Sie anständig behandelt?«

»Was? Ja, sicher, Luth. Ich kann mich nicht beklagen.«

Der große Elohsianer nahm Platz und sah LaForge ernst an. »Obwohl die Beweise direkt auf Sie deuten, möchte ich Ihnen versichern, daß ich Sie nicht für den Schuldigen halte. Niemand hätte solch eine Bombe gezündet und dann so große Anstrengungen unternommen, anderen das Leben zu retten. Sie haben ausgezeichnete Arbeit geleistet, und dafür danke ich Ihnen.«

Geordi wußte nicht, was er sagen sollte. Die Erfahrung schien Luth wirklich verändert zu haben, und LaForge verspürte große Erleichterung. Trotzdem schüchterte der Mann ihn immer noch ein, und Geordi war der Ansicht, noch nicht sein möglichstes getan zu haben, um ihn von seinen redlichen Absichten zu überzeugen.

»Wie gehen die Reparaturen voran?« fragte er.

»Langsam. Wir haben alle Lecks abgedichtet und das Abwasser restlos abgepumpt. Jetzt verlegen wir neue Leitungen, damit wir in ein oder zwei Tagen wieder an die Arbeit gehen können.«

»Sieht ganz so aus, als hätten Sie ein paar gute Leute, auf die Sie sich wirklich verlassen können, Luth«, sagte LaForge.

»Da gebe ich Ihnen recht. Doch ich würde trotzdem gern Ihre Meinung hören«, sagte Luth. Er breitete die Hände aus. »Ja, ich kenne Ihre Vorschriften«, fügte er hinzu, »und obwohl es mir keineswegs gefällt, daß Sie mir kurzfristig nicht helfen können, sind mir die langfristigen Implikationen schon einsichtig. Aber sagen Sie mir, ganz ehrlich, was halten Sie von unserer Technik?«

Geordi atmete tief aus und setzte dann zu einigen längeren Erklärungen an, wobei er darauf achtete, nicht gegen die Erste Direktive zu verstoßen. Endlich konnte er konstruktive Ratschläge geben, und er stellte fest, daß ihm die Plauderei mit einem anderen Ingenieur Spaß machte. Plötzlich verging die Zeit viel schneller.

Riker mußte sich fast den Hals verrenken, um zu Lan Kris aufzuschauen. Dem Elohsianer schien es völlig gleichgültig zu sein, daß Riker, Worf und Data sich gemeinsam mit ihm an der Suche beteiligten. Er musterte die Offiziere der Reihe nach langsam und schien die Unterschiede zu studieren, die es zwischen dem Menschen, dem Klingonen und dem Androiden gab. Rikers geübtes Auge schätze Lan Kris' Maße ab, und er stellte sich vor, wie es wäre, sich mit ihm oder einem anderen Elohsianer bei einem Konflikt zu messen. Noch ein Grund, dachte er, daß Eloh der Föderation angehören sollte.

Der Erste Offizier stellte seine Begleiter vor, obwohl Kris sich nicht einmal die Mühe gemacht hatte, die schwerbewaffneten Wachen vorzustellen, die ihn an der Landestelle flankierten. Statt dessen deutete er auf einen Verweiler, der größer war als der, den Geordi und Troi an diesem Tag schon benutzt hatten.

Sie legten die Strecke von zehn Kilometern völlig schweigend zurück. Riker hatte am Anfang versucht, Kris in ein Gespräch zu verwickeln, doch Kris hatte nur einsilbig geantwortet. Während Worf Schweigen normalerweise bevorzugte, lockte Riker die Leute lieber mit einer Plauderei aus der Reserve, um auf diese Weise herauszufinden, was sie dachten und wie sie in einer spezifischen Situation reagieren würden. Riker mochte keine so große Geduld wie Picard haben, war aber ebenfalls ein erfahrener Taktiker und wußte, wie man jemanden aus der Reserve lockte. Irgendwann würde er das Eis brechen, mehr über Kris in Erfahrung bringen und besser imstande sein, sich den gegebenen Umständen anzupassen.

Riker bemerkte, daß die Sonne hinter den Bergen unterging und die Nacht bald anbrechen würde. Das schmälerte ihre Chancen, hier etwas zu finden, und er befürchtete, daß sie am Morgen hierher zurückkehren mußten und Geordi wegen eines Verbrechens, das er nicht begangen hatte, eine Nacht im Gefängnis verbringen mußte. Nach fünfzehn Minuten führte die kurvenreiche Straße sie zu einer Gabelung. Datas Tricorder zeigte an, daß sie sich nach rechts wenden mußten, aber zu Fuß weitergehen sollten, da das Gebilde nur noch hundert Meter entfernt war und Stille angebracht sein könnte. Kris nickte zustimmend und bedeutete seinen Leuten mit Handzeichen, die vorher vereinbarten Positionen einzunehmen. Riker stellte mit amüsierter Befriedigung fest, daß Worf auch weiterhin jede Bewegung Kris' im Auge behielt; seine klingonische Natur und Starfleet-Ausbildung ergänzten sich hier zur Abwechslung einmal sehr gut.

Die Straße war mit Steinen gepflastert und auf beiden Seiten von Erde, Schotter und unkrautähnlichen Büschen gesäumt. Sie befanden sich in der Nähe des Hauptgebirgszugs dieses Kontinents, und das Terrain wurde schnell felsiger und steiler – und damit nun, da die Schatten immer länger wurden, auch gefährlicher. Kris zog eine Handwaffe und ging voran. Data bezog die Position direkt hinter ihm; er hatte den Tricorder aufgeklappt, ließ seinen Phaser aber stecken. Kris' Leute hatten zuvor die Anweisung erhalten, die rechte Flanke zu übernehmen und etwa fünf bis zehn Meter hinter ihrem Anführer zu bleiben. Riker bedeutete Worf, gemeinsam mit ihm die linke Flanke zu übernehmen und die Formation damit zu schließen. Als die Gruppe sich in Marsch setzte, zog Riker den Phaser; er wollte auf alles vorbereitet sein. Aus dem Augenwinkel bemerkte er, daß Worf es ihm gleichgetan hatte. Während der Klingone das immer dunkler werdende Terrain absuchte, bewegte Riker sich fast im Gleichschritt mit ihm auf das Ziel zu.

Der Weg wurde schmaler, und sie stiegen einen kleinen Hügel hinauf. Auf der Kuppe kauerte Kris sich nieder und schaute hinab. Data hatte ihm die Meßergebnisse des Tricorders gezeigt, die genau beschrieben, wo das Gebilde sich befand: etwa vierzig Meter unter ihnen. Kris winkte, und seine Leute schwärmten über die Seite des Hügels aus. Riker und Worf hielten sich für den Fall, daß Abwehrschirme im Spiel sein sollten, ein wenig zurück. Alles blieb weiterhin völlig ruhig. Kris überquerte die Kuppe und lief zu ihrem Ziel hinab. Riker und der Klingone folgten dem Sicherheitschef und konnten kurz darauf den ersten Blick auf das Objekt werfen: ein flaches, breites, rostfarbenes Gebäude, das offensichtlich in Fertigbauweise errichtet worden war und nur von ein paar Schrauben zusammengehalten wurde. Es war eindeutig dafür konstruiert, schnell zusammen- und noch schneller wieder auseinandergebaut werden zu können. Schutzschilde oder Waffen waren nicht zu sehen, und die Wände waren nicht beschriftet. Doch ihnen fiel auf, daß die Tür offenstand – eine unerwartete Gelegenheit.

Worf schaute sich um und bemerkte dann eine kleine Gestalt, die schnell davonlief und bereits von der sich rasch senkenden Dunkelheit nahezu verschluckt wurde. »Jemand flieht in diese Richtung!« rief er. Kris und der Klingone liefen gleichzeitig los und folgten dem Verdächtigen. Riker tat es ihnen ohne das geringste Zögern gleich und versuchte, die Gestalt nicht aus den Augen zu verlieren. Dabei hob er gelegentlich den Phaser und versuchte zu zielen, doch der Fliehende war ein guter Läufer und rannte im Zickzack. Offensichtlich rechnete er damit, daß man das Feuer auf ihn eröffnete. Riker ärgerte sich darüber, es auch nur versucht zu haben; die beiden Sicherheitsoffiziere hatte darauf verzichtet, weil es sie nur langsamer gemacht hätte. Der Erste Offizier zwang sich, noch schneller zu laufen, und spürte, wie seine Muskeln und Sehnen sich dehnten. Es war schon eine Weile her, seit er als Angehöriger eines Außenteams zu solch einer Anstrengung gezwungen gewesen war.

Da Lan Kris größer war, hatte er bald einen Vorsprung gewonnen, doch der Klingone bemühte sich, ihm auf den Fersen zu bleiben. Obwohl Riker ein gutes Stück hinter ihnen war, erkannte er, daß sie langsam aufholten und den Mann – nach allem, was er im schwächer werden Licht ausmachen konnte, ein Mensch – bald eingeholt haben würden. Die Gestalt trug einen beigen Overall und schien nicht bewaffnet zu sein.

Daß Riker die ganze Zeit über genau auf das Terrain geachtet hatte, erwies sich als Vorteil, als der Mann plötzlich nach links ausbrach und auf die Berge zuhielt. Er sprang über einige Gesteinsbrocken hinweg und hatte das zerklüftete Terrain dann hinter sich gelassen. Riker hatte zuvor dort eine Senke bemerkt, durch die er problemloser vorankommen würde. Er rief Worfs Namen, hielt sich ebenfalls nach links und wurde schneller, während er versuchte, Boden gutzumachen, ohne auf dem steilen Abhang zu stolpern.

Der Abstand zu dem Mann schien sich in der Tat zu verringern, und Riker freute sich, daß er – zur Abwechslung – Lan Kris mal einen Schritt voraus war. Er hörte Steinchen, die unter schweren Stiefeln knirschten, und vermutete, daß Worf direkt hinter ihm war. Das verlieh ihm neue Zuversicht, und er legte sich noch mehr ins Zeug, wollte den Fliehenden unbedingt als erster einholen. Die Entfernung zwischen ihnen wurde schnell geringer. Hatte sie am Anfang der Jagd noch hundert Meter betragen, war sie nun auf vierzig geschrumpft, dann auf zwanzig.

Der Flüchtende schien die Verfolger nicht bemerkt

zu haben, sondern lief weiter auf seinem Zickzackkurs und wechselte oft unvorhersehbar die Richtung. Doch früher oder später würde er ermüden und gefaßt werden. Davon war Riker überzeugt, und wie als Bestätigung seiner Annahme wurde der Mann tatsächlich plötzlich langsamer und griff sich an den Oberschenkel. Ein Krampf oder eine Muskelzerrung, dachte Riker. Wie auch immer, das war seine Chance, und er fand die Kraft, noch schneller zu laufen. Aus zehn Metern wurden fünf, und der Fliehende vor ihm wurde mit jedem Schritt langsamer.

Mit letzter Kraft setzte Riker zu einem Sprung an und prallte mit einem dumpfen Geräusch gegen den Flüchtigen. Die beiden stürzten zu Boden und wirbelten Staub, Schotter und Unkraut auf. Riker spürte geradezu, daß Worf sie erreicht hatte, wußte aber auch, daß der Klingone sich zurückhalten und ihm den Ruhm des Siegs überlassen würde.

Diese Überlegungen wurden hinfällig, als links von ihnen ein lauter Knall ertönte und Rikers Opfer erzitterte, zusammenbrach und reglos liegenblieb. Worf, Lan Kris und die anderen warfen sich zu Boden und suchten nach Deckung, wo es keine gab. Riker robbte hinter die starre Gestalt und schaute über die Schulter zurück, sah aber nur den Gebirgszug. Nicht die geringste Bewegung, einmal abgesehen von fliehenden Vögeln, die von dem lauten Geräusch aus ihren Nestern aufgeschreckt worden waren. Nach einer Minute der Stille erhoben die anderen sich und gingen zu dem noch immer vor Anstrengung keuchenden Riker und der leblosen Gestalt.

»Tot«, sagte Kris, das erste Wort, das er gesprochen hatte, seit sie den Verweiler verlassen hatten. Das wußte der Erste Offizier bereits. Aus der Leiche des Mannes ragten vier pfeilähnliche Projektile heraus, die in den Oberkörper des Mannes eingedrungen waren und ihn auf der Stelle getötet hatten. Blut sickerte langsam aus den Wunden in das Unterholz und auf die Erde. Kris kniete nieder und untersuchte die Projektile sorgfältig, während Worf den Phaser ins Halfter steckte und seinen Tricorder aufklappte. Er zeichnete die Lage des Toten, die Umgebung und die Entfernung zu den Bergen auf. Riker keuchte, versuchte noch immer, zu Atem zu kommen, und war dankbar, daß Worf die Untersuchung übernommen hatte. Er sah zu, wie der Klingone den Tricorder auf einen biologischen Scan umschaltete und einen medizinischen Bericht erstellte, für den Fall, daß die Behörden sich weigerten, Dr. Crusher eine Autopsie durchführen zu lassen. Wie Riker erfreut feststellte, nahm Worf seine Arbeit als Sicherheitsoffizier sehr genau und ging völlig methodisch vor.

Lan Kris trat näher an den Klingonen heran. »Das ist ein Mensch, nicht wahr, Worf?« fragte er.

»Ja. Aber kein Angehöriger unserer Besatzung.«

Worf holte einen kleinen, durchsichtigen Behälter aus einer Tasche und schraubte ihn auf. »Lan Kris, ich würde gern eine Blutprobe entnehmen, um sie auf unserem Schiff analysieren zu lassen.«

Der große Elohsianer nickte und zog dann einen in der Leiche steckenden Pfeile heraus. »Nehmen Sie den auch mit. Wir sagen *Erewhan* dazu. Diese Waffe wird heute von Jägern benutzt, war im Krieg aber bei Guerillakämpfern sehr beliebt.«

»Wie werden die Pfeile abgeschossen?«

»Vier *Erewhan* werden in einen Behälter geladen, der mit dem Unterarm gehalten wird. Das Ziel wird mit Hilfe eines elektronischen Fernrohrs gesucht, das biologische Funktionen aufspürt. Wie Sie selbst gesehen haben, bei Dunkelheit sehr effektiv. Eine überaus effiziente Waffe.«

»Und auch eine sehr laute«, sagte Riker, als er nun um die Leiche herumging, darauf bedacht, kein Blut an die Stiefel zu bekommen. Die größer werdende

Pfütze hatte die Erde in der Nähe bereits in ein schlammiges Braun verwandelt.

»Man feuert einen *Erewhan* mittels einer Preßluftpatrone ab, mit der die Kammer geladen wird«, fügte Lan Kris hinzu.

»Sehr effektiv«, kommentierte Worf geistesabwesend und setzte die Messungen mit dem Tricorder fort.

Lan Kris schwieg einen Moment lang, schaute in den Nachthimmel und dann zu dem Gebirgszug. »Können Sie mit Ihrem Gerät in den Bergen Personen ausfindig machen?« fragte er schließlich.

Riker, der endlich wieder langsamer atmete, berührte seinen Insignienkommunikator. »Riker an *Enterprise*. Lieutenant D'Sora, bitte richten Sie die Sensoren auf den Gebirgszug. Beschränken Sie sich auf eine Entfernung von zehn Kilometern von meiner Person.«

»Einen Augenblick, Commander«, kam die Antwort. Alle warteten geduldig, während die *Enterprise* die Untersuchung vornahm. Schließlich meldete sich D'Sora wieder: »Wir haben drei Lebensformen entdeckt, wahrscheinlich Elohsianer, die sich schnell von Ihrer Position entfernen.«

»Können wir sie mit dem Verweiler verfolgen?« fragte Riker Kris.

»Es gibt keine Straßen in den Bergen, nur unbefestigte Wege, die seit Jahren nicht mehr ausgebessert wurden. Wenn sie sich schnell entfernen, benutzen sie vermutlich ein kleineres Bodenfahrzeug und hoffen darauf, daß die Dunkelheit ihnen Deckung gibt. Rilen, fordern Sie nach unserer Rückkehr entsprechende Fahrzeuge mit Nachtsichtgeräten an und durchsuchen Sie den Gebirgszug.«

»Jawohl, Sir«, sagte der Wächter. Es war das erstemal, daß Riker einen von ihnen hatte sprechen hören. Er fragte sich kurz, ob dies bei elohsianischen Sicherheitskräften so üblich war oder Lan Kris so einschüchternd wirkte, daß sie von sich aus Schweigen bewahrten. Dann zog er in Betracht, die *Enterprise* anzuweisen, die drei Flüchtigen einfach an Bord zu beamen, sah schließlich jedoch davon ab, da er seine Befugnisse damit überschritten hätte. Ohne Erlaubnis des Premiers verzichtete er lieber auf einen solches Vorgehen.

Nachdem Worf seine Messungen abgeschlossen hatte, wies Kris seine Leute an, die Leiche in das Gebäude zurückzubringen, dessen Inhalt Data untersuchte. Als die Gruppe zurückkehrte, stand er auf der Schwelle. Den Tricorder hatte er bereits wieder geschlossen und weggesteckt.

»Nun, Mr. Data?« fragte Riker, als er sich dem Androiden soweit genähert hatte, daß er sich verständigen konnte, ohne zu schreien.

»Ich glaube, dieser Mann war ein Söldner, Commander. Die gesamte Ausrüstung hier besteht aus Tarngeräten, die es ihm ermöglichen, in die meisten Gebäude einzudringen, deren Sicherheitsstandard nicht dem von Starfleet entspricht, und Sicherheitsvorkehrungen zu umgehen. Die Geräte sind in der Föderation illegal, lassen sich aber leicht auf dem Schwarzmarkt beschaffen, oder von Piraten wie den Orionern oder sogar von den Cardassianern.«

»Haben Sie Spuren der Bombe gefunden?« fragte Worf.

»Nein«, erwiderte der Androide. »Der Mann ließ nur sehr wenig belastende Gegenstände zurück. Er hatte elohsianische Kleidung in einer kleinen Tasche aufbewahrt und verfügte über genug Lebensmittel, um sich noch zwei Tage lang hier versteckt zu halten. In einer anderen Tasche befanden sich Metalle, die hier auf Eloh als sehr wertvoll gelten. Er schien überwacht zu werden; sonst hätte man ihn nach unserer Ankunft nicht so schnell töten können. Es handelte sich dabei um eine vorsätzliche Eliminierung.«

»Lan Kris, das wird Sie und den Premier wohl überzeugen, daß wir es mit etwas viel Größerem zu tun haben als mit einem bloßen Sabotageakt durch Commander LaForge«, sagte Riker nachdrücklich.

»Commander Riker, ich werde diese Informationen sofort an das Parlament weitergeben. Ich kann mir vorstellen, daß Commander LaForge unter diesen Umständen sofort freigelassen wird.«

»Dann haben wir erreicht, was wir wollten«, sagte Riker. »Diese Entdeckung wird unseren guten Ruf bei der elohsianischen Regierung hoffentlich wiederherstellen.«

»Dazu kann ich nichts sagen«, erwiderte Lan Kris.

Riker sah zu, wie Kris und seine Untergebenen das Gebäude sicherten; sie ignorierten Datas Angebot, ihnen Kopien seiner Messungen zur Verfügung zu stellen. Dann kehrten sie zu dem Verweiler zurück; die Leiche nahmen sie mit. Es war zwar gut und schön, daß Geordi LaForge nun freigelassen werden würde, doch die Offiziere der *Enterprise* mußten verdrossen feststellen, daß dieser Zwischenfall ein neues Gefahrenpotential dieser Welt aufgedeckt hatte. Neue Fragen waren aufgeworfen worden, und die Crew sah sich neuen Bedrohungen ausgesetzt. Als sie zu dem Klärwerk zurückfuhren, fragte Riker sich, ob Elohs strategische Position den ganzen Ärger wert war.

7

Riker konnte Bürokratien nicht ausstehen. Und da es sie auf nahezu allen Welten gab, stellten sie für den Ersten Offizier ein ständiges Ärgernis dar. Er hatte keine Geduld mit den kleingeistigen Verwaltungsangestellten und überließ es normalerweise Deanna Troi oder Captain Picard, die Hindernisse zu überwinden, die sie einem ständig in den Weg legten. Diesmal jedoch war er entschlossen, sich mit dem betreffenden Bürokraten zu befassen, ohne wütend zu werden. Riker war der Ansicht, Lan Kris könne LaForge freilassen, sobald die Gruppe zum Klärwerk zurückgekehrt war. Statt dessen setzte der große Sicherheitschef zu einer ausführlichen Erklärung über die rechtlichen Vorschriften an, die zu beachten seien. Der langen Rede kurzer Sinn – es war nicht damit zu rechnen, daß der Ingenieur in Bälde freigelassen werden würde.

Nachdem Riker auf die *Enterprise* zurückgekehrt war, nahm er sofort Kontakt mit Larkin auf und bat um eine Beschleunigung des Verfahrens. Statt das Gesuch umgehend zu erfüllen, erwiderte Larkin, Lan Kris habe der Gesetzeslage entsprechend gehandelt, und zitierte die entsprechenden Paragraphen. Er sicherte jedoch zu, sich darum zu bemühen, daß LaForge so schnell wie möglich freikam, vielleicht noch an diesem Abend – spätestens jedoch am morgigen. Riker dankte dem Mann knirschend und unterbrach die Verbindung. Er atmete tief aus, um sich etwas zu beruhigen, verließ die Brücke dann und suchte den

Bereitschaftsraum des Captains auf, um Bericht zu erstatten.

Wie er es erwartet hatte, sah Picard sich bereits die Daten von Worfs und Datas Tricorderaufzeichnungen an. Der Captain blieb hinter seinem Schreibtisch sitzen, ohne aufzuschauen, und arbeitete noch etwa eine Minute lang weiter, bevor er sich Riker widmete.

»Wie ich sehe, ist es den Elohsianern gelungen, alle auf Trab zu halten«, sagte Riker bissig.

Picard schaute lediglich zu seinem Ersten Offizier hoch. »Sie mögen sie nicht, stimmt's, Will?«

»Ich habe viel zu wenig Zeit mit ihnen verbracht, um mir ein genaues Bild machen zu können, Sir, aber die Bürokraten können mir gestohlen bleiben.«

»In der Tat.«

»Sir, Sie waren doch schon öfter unten. Was halten Sie von ihnen?«

»Nummer Eins, es handelt sich um ein Volk, das sehr viel durchgemacht hat und entschlossen ist, das alles endgültig hinter sich zu lassen. Vielleicht strengen sie sich zu sehr an.«

»Ganz meine Meinung, und den Berichten zufolge ist es noch immer sehr gut möglich, daß sie ihre Kriege wieder aufnehmen. Ich glaube nicht, daß sie schon reif genug sind, um der Föderation beizutreten«, schloß Riker.

»Vielleicht«, gab Picard ihm recht. »Doch anscheinend haben wir ein neues Problem.«

»Ganz genau«, sagte Riker.

»Wie ist ein Mensch vor uns hierher gekommen? Seine Anwesenheit stellt mich vor ein Rätsel.«

»Ich mache mir größere Sorgen über die Mission, die er hier durchführte, und um das Geheimnis. Er wurde getötet, um es zu bewahren. Könnten die Romulanern dahinterstecken?«

Picard schüttelte den Kopf. »Nein, das glaube ich nicht, Will«, erwiderte er. »So ein Vorgehen mag ihnen zwar ähnlich sehen, aber sie würden eher einen romulanischen Agenten als einen menschlichen einsetzen. Sie sind von ihrer moralischen Überlegenheit überzeugt und würden die Sache voller Stolz allein durchziehen.«

Riker fuhr wieder über seinen Bart und zwang sich, seine Gedanken und Gefühle zu ordnen. »Haben Sie schon mit Daithin gesprochen, seit wir davon erfuhren?«

»Nein, Larkin sagt mir immer wieder, der Premier sei in einer Parlamentssitzung, bei der über die neuesten Ereignisse gesprochen werde. Dieser Sitzung hätte ich wirklich gern beigewohnt.«

»Und was tun wir jetzt?«

Picard schwieg einen Augenblick lang, sammelte offensichtlich ebenfalls seine Gedanken oder trennte sie als guter Befehlshaber von seinen persönlichen Gefühlen. »Jemand versucht, die Verhandlungen zu sabotieren. Die Tagesordnung wurde bereits empfindlich gestört, und Daithin muß eine neue erstellen. Eine Fristverlängerung ist ausgeschlossen, die Entscheidung muß vor dem Feiertag fallen, und der Druck auf uns alle scheint größer zu werden. Weder wir noch die Romulaner können den Planeten heute besuchen. Wir werden nach dieser Parlamentssitzung wohl mehr wissen. Ich habe Worf und Data angewiesen, neue Theorien zu erstellen und sich für alle Eventualitäten vorzubereiten. Dr. Crusher untersucht die Sensorinformationen und die Blutprobe. Wir müssen abwarten, bis sie Ergebnisse aufweisen kann. Geordi wird wahrscheinlich bald freigelassen werden. Zumindest droht ihm keine Bestrafung mehr nach dem örtlichen Gesetz.«

»Gott sei Dank, Sir«, fügte Riker hinzu. »Die Strafe für Sabotage ist Tod durch langsame Folter, ein Überbleibsel aus ihrem Bürgerkrieg. Der Krieg mag vor einigen Jahren beendet worden sein, aber ihre Justiz scheint davon noch keine Kenntnis genommen zu haben.«

Picard beugte sich vor. »Das ist ein interessanter Punkt, Will. Sie geben sich angestrengt den Anschein, ein vereintes Volk zu sein und nun freiwillig miteinander zu kooperieren. Doch im Parlament bleiben erhebliche Spannungen bestehen, und nun sagen Sie mir, daß ihre Gesetze härtere Strafen vorsehen, als sie zu Friedenszeiten nötig sind. Die Föderation hat noch nie eine Welt aufgenommen, die nicht über eine stabile, einige Weltregierung verfügt. Bei mir stellt sich das Gefühl ein, daß die Dar und die Populisten noch immer Krieg gegeneinander führen, aber nun mit Worten, nicht mehr mit Bomben. Diese Welt ist für eine intergalaktische Allianz vielleicht noch nicht bereit.«

»Wäre es Ihnen lieber, wenn sie sich dem Romulanischen Reich anschließen?«

Der Captain runzelte die Stirn. »Natürlich nicht. Aber ich weiß nicht, ob diese Welt schon so reif ist, daß sie die Entscheidung allein treffen kann. Die Bürgerkriege liegen vielleicht noch nicht lange genug zurück, und die Elohsianer brauchen womöglich noch Zeit, bis die Wunden verheilt sind und sie gelernt haben, wie man wirklich zusammenarbeitet. Ich würde die Behauptung riskieren, daß sie noch mindestens eine Generation des Friedens brauchen, bevor sie eine wirkliche Entscheidung über ihr Schicksal treffen können.«

Riker dachte über die Worte des Captains nach und verglich sie – obwohl er viel seltener auf Eloh gewesen war – mit seinen eigenen Erfahrungen. »Sie haben mir gesagt, einige Elohsianer hätten die Auffassung, die Einheit auf ihrer Welt sei das Sprungbrett für größere Schlachten. Diesmal in galaktischem Maßstab.«

»Richtig. Ich weiß nicht, ob dies prahlerisches Geschrei oder echter Ehrgeiz war. Ich kann einfach nicht den Finger darauf legen, und das bereitet mir Sorgen.

In mir wächst die Überzeugung, daß diese Welt ihre Probleme noch nicht überwunden hat. Ich habe bereits damit begonnen, einen Bericht an Starfleet aufzusetzen, und diese Befürchtungen darin unmißverständlich zum Ausdruck gebracht. Aber jetzt muß ich Starfleet erst einmal über die neuesten Ereignisse informieren.«

»Sir«, sagte Riker, »ich kann nur vermuten, was Sie in diesem Bericht schreiben, aber ich muß betonen, daß diese Welt meiner Meinung nach ein Pulverfaß ist. Falls die Elohsianer sich für uns entscheiden, verzögern sie damit vielleicht nur das Anstecken der Zündschnur. Wenn sie sich für die Romulaner entscheiden, stecken sie sie an. So oder so, diese Welt braucht viel Hilfe, und Daithin ist der Aufgabe vielleicht nicht gewachsen.«

Picard schaute zu seinem Ersten Offizier auf und lächelte verkniffen. »Ich gebe Ihnen recht, aber diese Welt hat uns hierher eingeladen, und wir müssen tun, was in unserer Macht steht, um sie davon abzuhalten, daß ihre Vorurteile ihren Planeten in den Abgrund treiben. Wir können ihnen jede erforderliche Hilfe anbieten, aber das kann ich nicht so geradeheraus sagen. Wie dem auch sein mag, Sie brauchen Ruhe, Nummer Eins. Legen Sie sich ein paar Stunden aufs Ohr, ich informiere Sie, sobald es etwas Neues gibt.«

Riker erhob sich und lächelte zum erstenmal seit Stunden. »Das ist ein Befehl, wie ich ihn am liebsten mag, Sir.«

Der Erste Offizier suchte schnell seine Kabine auf, um sich zu säubern und eine frische Uniform anzuziehen, und begab sich dann in der Hoffnung, ein freundliches Gesicht zu erspähen und die Gedanken an all die Probleme vielleicht ein paar tausend Kilometer hinter sich lassen zu können, in den Gesellschaftsraum auf dem zehnten Vorderdeck. Er hatte ihn kaum betreten, als er sich auch schon entspannte.

Die beruhigenden Farbtöne und das Plüschdekor erzeugten bei den Gästen immer den Eindruck, sich überall zu befinden, nur nicht an Bord eines Raumschiffs. Hier waren keine Symbole von Starfleet oder der Föderation zu sehen. Es hätte sich um eine Bar auf irgendeiner Welt handeln können, und genauso führte Guinan den Gesellschaftsraum. Das war ihre Welt, nicht die Picards oder von Starfleet, und sie wollte unbedingt jedem Gast das Gefühl geben, willkommen zu sein.

Riker schlenderte zum Tresen, hinter der Ben, der gesellige Barkeeper, ihn mit einem Lächeln begrüßte. Er bestellte sich einen heißen tellurischen Fizz und schaute sich auf der Suche nach Gesellschaft in dem Raum um. Zuerst war er enttäuscht; er kannte zwar fast alle in der Bar vom Sehen, doch keinem der Gäste stand er besonders nah. Dann erspähte er jemanden in der Ecke, so weit von der Tür entfernt, wie es nur möglich war. Er hatte jemanden gefunden, der seine Gedanken von Eloh ablenken konnte.

»Hallo, James. Darf ich mich zu Ihnen setzen?«

James Kelly schaute erstaunt auf, als der Erste Offizier ihm gegenüber Platz nahm. Rikers Getränk, das in einem sehr hohen, breiten Glas serviert worden war, dampfte kräftig vor sich hin. Sein Aroma war ziemlich stark und sauer, und Kelly rümpfte sofort die Nase, als er es roch.

»Hallo, Commander.« Kelly schien seinen Schock schnell zu überwinden und akzeptierte allmählich, daß der zweitwichtigste Offizier der *Enterprise* sich an seinen Tisch setzte. »Wie geht es auf dem Planeten voran?«

Riker verzog das Gesicht, weil er an Eloh erinnert worden war. Er trank einen großen Schluck und genoß den Geschmack, bevor er antwortete. »Nicht so gut, nicht so schlecht. Wir müssen eine Menge Informationen von unserem heutigen Besuch auswerten und werden morgen weitersehen. Also, wie es ist gelaufen?«

»Gelaufen?«

»Das Problem, über das wir neulich gesprochen haben«, sagte Riker, und seine Augen funkelten plötzlich vor Erheiterung.

»Ach, das.« Kelly zuckte unverbindlich mit den Achseln. Riker beobachtete den Teenager und wartete darauf, daß er fortfuhr. »Ich weiß nicht, ob es geklappt hat. Auf meinem Computer war eine Nachricht … sie hat mir für das Geschenk gedankt und es dabei belassen. Ich glaube nicht, daß sie mich mag. Und es hat mir nicht die Tür geöffnet, wie Sie es erwartet haben.«

Riker runzelte verdrossen die Stirn. Wie konnte diese Frau seine Pläne durchkreuzen? Er zog Alternativen in Betracht, um den Teenager zu helfen, sein Mädchen zu bekommen. Das ist der Romantiker in mir, sagte er sich. Es war auch eine Möglichkeit, nicht an Eloh denken zu müssen.

»Es gibt viele Wege, um eine Beziehung zu entwickeln, James. Sie hatten doch schon vorher Freundinnen, oder?«

»Na klar. Vier, bevor wir auf die *Enterprise* kamen. Mit der letzten mußte ich Schluß machen, als ich erfuhr, daß die Versetzung gebilligt worden war. Mann, hat Mom sich darüber gefreut. Sie glaubt, ich sei zu jung für eine ernste Beziehung, aber ich bin fast siebzehn.«

»Sie sollten sich auch freuen, hier zu sein«, sagte Riker, um das Gespräch von Kellys letzter Freundin abzulenken. »Wir sind eins der begehrtesten Schiffe der Flotte.« Kelly nickte zumindest anerkennend.

»Wenn das Geschenk sie nicht weichgeklopft hat«, fuhr Riker fort, »sollten Sie versuchen, noch mehr Zeit mit ihr zu verbringen. Vielleicht ein Spaziergang im Arboretum. Ein idyllischer Ort, der zu sehr persönlichen, sehr herzlichen Unterhaltungen führen kann.

Oder wählen Sie ein Programm auf dem Holodeck. Wir haben Freizeitvergnügungen von vielen Welten anzubieten, darunter auch zahlreiche Spiele für zwei Personen, bei denen Sie sich zur Geltung bringen könnten. Sie müssen Zeit mit ihr verbringen, ihr zeigen, daß es Spaß macht, mit Ihnen etwas zu unternehmen. Und, James, Sie müssen Sie selbst sein. Sie haben gesagt, Sie wüßten nicht, was sie von einem Mann erwartet, also versuchen Sie nicht, etwas anderes zu sein als das, was Sie sind.«

»Ich verstehe«, sagte James langsam und bemühte sich, die neuen Informationen zu verdauen. Er schien noch immer erstaunt zu sein, daß Riker überhaupt mit ihm sprach. »So schwer ist es mir noch nie zuvor gefallen. Vielleicht bin ich ja wirklich zu jung für sie. Vielleicht mache ich einen großen Fehler.«

»Vielleicht, vielleicht auch nicht«, entgegnete Riker. Kelly musterte den Ersten Offizier angestrengt.

Riker trank noch einen Schluck, dann wurde sein Gesicht ganz ernst. »Aber Sie müssen die Möglichkeit in Betracht ziehen, daß es nicht klappt«, fügte er hinzu. »Für Sie. Vielleicht interessiert die Frau sich für einen anderen oder hat gerade eine Beziehung hinter sich und will erst mal etwas Abstand gewinnen, bevor sie sich in eine neue stürzt. Oder sie ist nicht bereit, über den Altersunterschied hinwegzusehen, dessen Ausmaß Sie noch immer nicht genau kennen. Können Sie mit einer Zurückweisung fertig werden?«

»Ich glaube schon ... Sir«, fügte der Teenager hinzu. Er schaute aus dem Fenster und betrachtete die Sterne, die ganz langsam vorbeizogen. Riker wurde klar, daß der Junge keineswegs damit gerechnet hatte, tatsächlich abblitzen zu können. Lern es lieber früh, dachte Riker.

Der Erste Offizier trank in Ruhe sein Glas aus, um es dem Teenager zu ermöglichen, mit den Gedanken wieder in den Gesellschaftsraum zurückzukehren. Es dauerte eine Weile, aber dann sah er Riker wieder an. Der kam zum Schluß, sich ausführlich genug über Romanzen geäußert zu haben, und wollte nun etwas Offizielles einfließen lassen. »Hat Fähnrich Ro Ihnen genug Informationen gegeben, damit Ihnen das Leben an Bord des Schiffes leichter fällt?«

Die Augen des Jungen wurden größer, und er geriet ziemlich ins Schwärmen. »O ja! Ich meine, ja, Sir. Sie ist toll. Gestern hat sie mit meinen Eltern zu Abend gegessen und dann die Führung durch das Schiff nachgeholt, die sie am ersten Tag verpaßt haben. Sie kommt mindestens zweimal täglich vorbei, um mit uns zu sprechen und Fragen zu beantworten. Mein Dad ist ganz begeistert von diesem Programm. Und einige andere Familien sind deshalb ziemlich eifersüchtig.«

Eifersüchtig? Riker hatte die Auswirkungen nicht in Betracht gezogen, die solch eine Bevorzugung einer bestimmten Familie auf die anderen haben würden, die neu an Bord waren. Während es sich nun ganz so anhörte, als leistete Ro wirklich gute Arbeit, mußte er sich etwas einfallen lassen, um diese neueste Verwicklung wieder hinzubiegen. Na gut, dachte er, man lernt immer dazu. Vielleicht konnte er gemeinsam mit Troi ein formelleres System für alle Neuankömmlinge ausarbeiten, und sie konnte sich dann darum kümmern. Doch zuerst mußte er sich mit Eloh befassen. Er seufzte, als ihm klar wurde, daß er seine Probleme doch nicht einfach so hinter sich lassen konnte.

»Picard an Riker«, kam es aus seinem Kommunikator.

Er tippte schnell auf das Gerät. »Hier Riker, Sir.«

»Wir haben gerade eine Nachricht von Larkin erhalten. Es ging schneller als erwartet, und sie wollen Geordi nun freilassen. Würden Sie auf den Planeten beamen und ihn abholen?«

»Natürlich. Allein schon, um weitere Verwicklungen zu vermeiden.«

»Ganz meine Meinung. Nach Ihrer Rückkehr legen Sie sich aufs Ohr. Ich habe für morgen früh, sieben Uhr, eine Konferenz anberaumt, bei der wir die Untersuchungsergebnisse besprechen und über unser weiteres Vorgehen entscheiden.«

Riker schaute zu James hinüber, der grinste, weil er wichtige Informationen aus erster Hand mitbekam. Er wußte zu schätzen, daß der Junge ihn nicht mit Fragen löcherte, wieso Geordi festgenommen worden war. Vielleicht war er doch reifer, als Riker ursprünglich angenommen hatte, und wußte sich auf solche Situationen einzustellen. »Die Pflicht ruft, James. Viel Glück.«

»Danke, Commander. Wirklich. Ihr Rat ist ausgezeichnet.«

»Ausgezeichnet? Hm, das werden wir später feststellen.« Riker verließ den Gesellschaftsraum und fragte sich, wie es James letztlich ergehen würde. Hoffentlich besser als ihnen auf dieser Mission, dachte er.

»Ich möchte Ihnen danken, daß Sie trotz der frühen Stunde vollzählig erschienen sind«, begann Picard, um anzudeuten, daß er sofort zur Sache kommen, die Atmosphäre aber so entspannt wie möglich halten wollte. Sie alle saßen um den großen Tisch herum, und zur Abwechslung befanden sich Tassen oder Becher vor ihnen. Die meisten hatten sich für Kaffee oder Tee entschieden, Worf jedoch für ein klingonisches Getränk, dessen Geruch Dr. Crusher beiseite rücken ließ. LaForge war ebenfalls anwesend; er trank schwarzen Kaffee und sah müde aus, schien nach seinem verlängerten Aufenthalt auf dem Planeten aber in Ordnung zu sein. Auf der Mitte des Tisches befand sich eine Platte mit Gebäck und Obst, die zusätzlich zu der zwanglosen Atmosphäre beitrug. Picard bestrich ein Croissant mit Butter und nickte dann Crusher zu. »Doktor, Ihr Bericht zuerst.«

Die Ärztin rutschte wieder näher an den Tisch

heran, achtete jedoch darauf, respektvolle Entfernung zu Worfs Getränk zu wahren. Der Klingone schien ihr offensichtliches Unbehagen nicht zu bemerken. »Der Mann ist an den *Erewhan*-Pfeilen gestorben, das steht zweifelsfrei fest. Es handelt sich um einen Menschen, der laut meiner Diagnosegeräte zwar nicht von der Erde selbst, aber von einer der Erdkolonien stammt.«

»Data, haben Sie etwas über seine Identität herausgefunden?«

»Ja, Captain. Der DNS-Probe zufolge, die wir aus dem Blut isoliert haben, das Worf der Leiche entnommen hat, handelt es sich den Starfleet-Unterlagen zufolge um einen gewissen John Stormcloud, einen verurteilten Straftäter. Er war Söldner, und der Starfleet-Sicherheitsabteilung zufolge hat er sich zuletzt im Onias-Sektor aufgehalten.«

Worf leerte sein Glas und stellte es mit einem dumpfen Knall auf den Tisch. »Onias liegt in der Nähe der romulanischen Grenze!«

»Ich erinnere mich, Mr. Worf«, sagte Picard. »Schließlich waren wir vor nicht allzu langer Zeit selbst dort. Noch etwas, Mr. Data?«

»Nein, Sir. Stormcloud war den Berichten zufolge ein nicht besonders bedeutender Söldner.«

Picard trank einen Schluck Kaffee, bevor er fortfuhr. Er wollte, daß alle die neuen Informationen zur Kenntnis nahmen und darüber nachdachten, welchen Einfluß sie auf die kommenden Tage haben könnten. »Daithin hat Kontakt mit mir aufgenommen und mir mitgeteilt, daß der Anschlag in der Tat auf ein Problem hinweist, er aber überzeugt sei, die nun eingeleiteten Sicherheitsvorkehrungen würden ausreichen. Er hat die Wiederaufnahme des geplanten Programms vorgeschlagen, aber wir werden es etwas straffen müssen, und die Zahl der Offiziere, die wir oder die Romulaner auf den Planeten beamen dürfen, wurde beschränkt. Nach der neuen Tagesordnung steht um vierzehn Uhr die Besichtigung dieses Schiffes an.«

»Captain, ich muß darauf bestehen, daß alle Waffen unter strenger Bewachung im Transporterraum zurückgelassen werden«, meldete Worf sich zu Wort.

»Eine kluge Vorsichtsmaßnahme, Mr. Worf. Sorgen Sie dafür«, erwiderte Picard. Er war zwar nicht der Ansicht, daß die Waffen der Elohsianer eine Bedrohung für die *Enterprise* darstellten, doch der Sicherheitsoffizier hatte damit einen kleinen Sieg errungen. Picard konnte sich gut vorstellen, daß der Klingone es vorgezogen hätte, wenn die Elohsianer auf dem Planeten geblieben wären. Noch lieber wäre ihm wahrscheinlich gewesen, wenn das Raumschiff den Orbit verlassen und noch heute nach Hause geflogen wäre. Doch sie mußten die Mission beenden, und jeder hatte das Seine dazu beizutragen, daß der Auftrag friedlich abgeschlossen wurde.

»Wer wird uns denn besuchen?« fragte Dr. Crusher.

»Daithin und Larkin natürlich, und einige wenige Parlamentsmitglieder. Und um Geordi einen Gefallen zu tun, auch Schaltmeister Luth, ihr wichtigster Computerexperte.«

Geordi brachte der Aussicht, mit Luth wieder über technische Themen sprechen zu müssen, gemischte Gefühle entgegen. Während der Krise hatte er ihm gern geholfen, doch Luth würde wahrscheinlich mehr Einzelheiten in Erfahrung bringen wollen, als LaForge ihm verraten durfte. Er mußte bei der Besichtigung äußerste Vorsicht walten lassen.

»Wir haben jedoch den Empfang abgesagt, den ich für sie geplant hatte. Jetzt ist Guinan böse auf mich«, fuhr Picard mit einem schwachen Lächeln fort. »Sie hat gesagt, sie habe zwei Tage lang Luftballons aufgeblasen, und es sei eine Frechheit von mir, ihr die Party einfach zu verderben.«

Alle am Tisch lachten darüber, und Troi strahlte Picard anerkennend an. Erneut würzte er die ernsten Themen mit einer Prise Humor, um alle daran zu erinnern, daß sie in einem Boot saßen. Diese Einstellung war Picard sehr wichtig; seine Crew sollte wissen, wie ernst die Lage war, aber nicht nervös werden, weil dadurch ihre Leistung beeinträchtigt worden wäre.

»Was unternehmen die Romulaner heute?« fragte Riker und biß dann in einen Apfel.

Picard mußte nur ganz kurz nachdenken. »Der Terminplan sieht vor, daß Commander Sela und ihr Team dem Parlament einen Vortrag über romulanische Politik halten«, sagte er dann. Nachdem er einen weiteren Schluck aus seinem Becher getrunken hatte, schien er eine Entscheidung zu treffen und wandte sich dann seinem Zweiten Offizier zu.

»Mr. Data, Ihre Mitarbeit bei den Vorbereitungen der Besichtigung ist nicht unbedingt erforderlich. Ich möchte Sie bitten, die Parlamentssitzung auf der Besuchergalerie zu verfolgen und mir über die Präsentation der Romulaner Bericht zu erstatten.«

Data nickte bestätigend. »Wir könnten uns aus ihrem Computernetzwerk problemlos eine Aufzeichnung besorgen«, wandte er dann jedoch ein. »Sie würde uns verraten, wie Eloh die Romulaner sieht.«

»Schon möglich«, gestand Picard nachdenklich ein. »Aber ich würde es vorziehen, wenn einer von uns die Romulaner beobachtet. Daithin hat mir gesagt, sie ließen sich von der ganzen Aufregung nicht aus der Ruhe bringen. Da die Romulaner von Natur aus mißtrauisch sind, läßt dies den Schluß zu, daß sie von vornherein mit einem solchen Zwischenfall gerechnet haben.«

»Wahrscheinlich haben sie sich gefragt, warum es nicht früher dazu gekommen ist«, warf Geordi ein.

»Ich möchte, daß sich alle Abteilungen auf die Besichtigung vorbereiten. Arbeiten Sie bitte eine Route aus und informieren Sie dann jede betroffene Sektion.

Beenden wir die Tour im Gesellschaftsraum, damit Guinan ihnen wenigstens einen Drink servieren kann.«

»Ein sehr kluger Schachzug, Captain«, stellte Troi grinsend fest. Damit war die Konferenz beendet; die Offiziere verließen den Raum und nahmen ihre Posten auf der Brücke ein. Troi hatte während der Einsatzbesprechung mehrmals ein Gähnen unterdrückt und seufzte nun schwer, als sie neben Picard Platz nahm.

»Haben Sie ein Problem, Counselor?«

Sie lächelte verlegen und sah den Captain dann an. »Ich habe in der vergangenen Nacht nicht allzu gut geschlafen. Wegen Ihnen habe ich noch bis spät in den Morgen gelesen.«

Picard schaute ehrlich überrascht drein. »Wegen mir? Wieso?«

»Ihre Bemerkungen über Poe neulich haben mich neugierig gemacht. Ich habe ihn als Kind nie gelesen, und so habe ich gestern ein paar Kurzgeschichten aus der Bibliothek aufgerufen. Ich habe mir ›Ligeia‹ vorgenommen, und die Geschichte war mir wohl nicht ganz geheuer.«

Picard mußte unwillkürlich lächeln. »Aber das habe ich doch nicht ausdrücklich befohlen.«

»Nein, aber Sie verstehen es wirklich, die Crew anzuspornen«, sagte Riker mit seinem charakteristischen Lächeln, während er Platz nahm. »Ich habe mir auch ein paar Geschichten von Poe besorgt, aber einen Schrecken hat mir keine einjagt. Ich lese gerade ›Das unvergleichliche Abenteuer eines gewissen Hans Pfaall‹ – ich dachte, das könnte genau das Richtige für mich sein.«

»Diese Story kenne ich nicht«, gestand Picard ein.

»Ziemlich kurz, aber sehr interessant«, sagte der Erste Offizier. Dann schaute er auf den Bildschirm, auf dem noch immer Eloh zu sehen war. »Ich wünschte, diese Mission wäre auch so ein Abenteuer – ein ganz kurzes.«

»Unser Einfluß erstreckt sich auf die ganze kartographierte Galaxis, und wir bieten unseren Mitgliedswelten die Gelegenheit, ihr Schicksal zu verwirklichen, indem sie sich uns bei einem Abenteuer anschließen, das sie sich vorher in ihren kühnsten Träumen nicht vorstellen konnten.« Commander Selas Worte hallten durch den stillen Parlamentssaal. Der Raum war nicht nur mit offiziellen Angehörigen besetzt, sondern auch mit Adjutanten, Beamten aus anderen Gebieten und ein paar wenigen ›Freunden‹, die das Glück gehabt hatten, aufgrund von Beziehungen noch Einlaß zu finden. Während die Blicke der Anwesenden auf die attraktive Romulanerin geheftet waren, wischte Daithin sich verstohlen den Schweiß von der Stirn. Data, der unauffällig in einer der hinteren Reihen saß, scannte schnell die Raumtemperatur und die Luftzusammensetzung. Beide Werte schienen über der allgemeinen Norm zu liegen, und der Androide kam zum Schluß, daß die große Zahl der Anwesenden sowie eine unzureichende Klimaanlage die Schuld daran trugen.

Seit einer Stunde sprach Commander Sela, ohne auf vorbereitete Notizen zurückzugreifen, und beschrieb die Stärke und den Einfluß des Romulanischen Reichs. Sie gab einen kurzen Überblick über dessen Geschichte und bestätigte, daß ihre Vorfahren, die Vulkanier, nun ein wichtiges Föderationsvolk waren. Sie erwähnte beiläufig die Vereinigte Föderation der Planeten, und Data stellte fest, daß sie dabei auf die üblichen gehässigen Bemerkungen verzichtete, mit denen die Romulaner ihre Rivalen sonst bedachten. Ohne Pause ging sie zu den technischen Erfolgen und den vielen Errungenschaften über, die ihrem Volk im Laufe der Jahre gelungen waren, und zu der Bereitschaft der Romulaner, diese Wunder mit dem elohsianischen Volk zu teilen. Falls der Planet wirklich Wert auf Einheit legte, schloß sie, sei eine Allianz mit dem Romulanischen Reich in ihrem besten Interesse.

Data hatte sich Zugang zu den Starfleet-Dateien über die Romulaner verschafft, damit er die Wahrheitstreue jeder Behauptung und Aussage sofort überprüfen konnte. Nicht einmal hatte Sela sich zu einer Prahlerei hinreißen lassen, die sie nicht mit glaubwürdigen Informationen untermauern konnte. Dem Androiden fielen gewisse ›Interpretationen‹ auf, die einer genauen Untersuchung vielleicht nicht standhalten würden, doch dabei handelte es sich um Kleinigkeiten. Er kam zum Schluß, daß sie die Sache der Romulaner glaubwürdig und sehr beeindruckend vertreten hatte. Data ließ auch eine Subroutine ablaufen, die ihre rhetorischen Fähigkeiten mit denen einiger der bemerkenswertesten Redner der Föderation verglich, darunter Surak von Vulkan, Ewu Notna von der Erde, Kodos dem Henker von Tarsus IV und dem vor kurzem zurückgetretenen Stephaleh von Andor. Später würde er eine Analyse erstellen, die sich vielleicht für Picard als nützlich erwies, wenn er seinen Vortrag halten mußte.

Auf den vorderen Rängen der Galerie saß eine Handvoll Romulaner, von denen Data nur einen kannte: Plactus. Der ältere Offizier nickte in grimmiger Übereinstimmung, während Sela ihre Argumente vortrug, und schien, eher wie ein Mentor denn wie ein Untergebener, Gefallen an ihrer Leistung zu finden. Bei Datas Ankunft hatte Daithin ihm eingestanden, es würde ihn nach den Ereignissen des Vortags sehr beruhigen, daß eine Abteilung romulanischer Wachen unter dem Kommando des ziemlich rauhen Zenturions Telorn das Gebäude als zusätzliche Schutzmaßnahme umstellt hatte.

»Sollten wir uns mit Ihnen verbünden«, sagte Waln, der hinter seinem Pult saß, »befänden wir uns als Angehörige Ihres Reiches in unmittelbarer Nähe zur Föderation. Welchen Schutz würden Sie uns bieten, sollte es zwischen Ihnen und der Gegenseite zu einem neuen Krieg kommen?«

Sela bedachte Waln mit einem Lächeln und zeigte zur Decke. »Sie haben Bilder von unserem Schiff gesehen und einen Überblick über die technischen Daten erhalten. Unsere Kriegsschwalben schützen die Grenze und würden auch diese neue Grenze schützen. Sollte die Föderation erneut in unseren Raum eindringen, würden wir diesen Übergriff mit der gesamten uns zur Verfügung stehenden Macht abwehren. Vertrauen Sie mir, wenn ich Ihnen sage, daß unser Siegeswille bei solchen Angelegenheiten uns seit Jahrhunderten die Oberhand hat behalten lassen. Ihre Welt wäre nicht gefährdet.«

Data beobachtete interessiert, wie Sela nun, da sie direkt Fragen beantwortete, lebhafter und zuversichtlicher wurde. Ihr Verhalten hatte sich verändert, und er fügte diese Beobachtungen seinen Subroutinen zu.

»Warum befinden sich an Bord Ihres Schiffes lediglich Romulaner, während die Crew der *Enterprise* aus einer Vielzahl von Spezies zusammengesetzt ist?« hakte Waln nach.

Sela lächelte. »Unsere Stärke entspringt unserem Kern, unserer Mitte sozusagen. Wir sind mit den besten Vertretern von Romulus zu Ihnen gekommen. Auf anderen Schiffen dienen Wesen von anderen Welten, doch wir wollten Ihnen zuerst die Besten des Reichs vorstellen.«

»Wie schnell könnten wir Ihre Technik bekommen und zu den Sternen fliegen?« Diese Frage kam von Dona.

»Ich kann mir gut vorstellen, daß Elohsianer, sobald wir hier die nötigen Anlagen errichtet und den Schutz des Planeten und der neuen Grenze gewährleistet haben, innerhalb eines Jahres an Bord unserer Schiffe dienen könnten. Spätestens in zwei Jahren.«

Data stellte fest, daß diese Antwort bei den Anwesenden für positive Reaktionen sorgte. Schließlich, so überlegte er, wollten sie ja unbedingt Teil dieser galaktischen Gemeinschaft sein. Und zwar schnell. Keine Frage, Sela hatte den Leuten gesagt, was sie hören wollten. Aber sie rückte nicht mit Einzelheiten heraus, und Data vermutete, daß Picard an denen am stärksten interessiert war.

»Würden viele Romulaner hierher kommen und hier leben?«

»Zuerst würden nur Berater und Dozenten kommen«, sagte Sela aalglatt. »Wir legen natürlich Wert darauf, daß Angehörige unserer Regierung kommen und sich ihre neue Mitgliedswelt ansehen. Ich bezweifle nicht, daß es im ersten Jahr ziemlich hektisch zugehen wird. Eloh ist eine sehr schöne Welt, und ich bin sicher, daß sich einige unserer Leute gern hier niederlassen würden. Stellt das ein Problem für Sie dar?«

Die Sprecherin war über die Gegenfrage erstaunt und wußte nicht, was sie sagen sollte. »Wahrscheinlich nicht.« Mehr brachte sie nicht heraus.

Data hingegen glaubte, das Muster vieler historischer romulanischer Feldzüge zu erkennen. Zahlreiche Welten, die sie unterjocht hatten, hatten am Anfang Berater und Dozenten willkommen geheißen. Anschließend hatten die Romulaner erklärt, daß sie weiteres Personal entsenden müssen, um weitere Anlagen zu errichten, und aus einer Handvoll wurde eine Armee. Die Armee hatte den Planeten dann als instabil eingestuft und zusätzliche Truppen angefordert. Innerhalb eines Jahrzehnts befand die Welt sich dann fest in der Hand des Romulanischen Reiches.

Zwanzig Minuten später war die morgendliche Sitzung beendet. Sela und Plactus schritten lächelnd durch die Reihen und wechselten das eine oder andere Wort mit den Parlamentariern. Data wußte, daß sie nun persönlich beruhigende Erklärungen abgaben, vielleicht schon ein paar diskrete Vereinbarungen trafen oder zumindest Termine für weitere vertrauliche Gespräche vereinbarten. So funktionierte die Politik nun mal, wie er nach vielen interstellaren Studien herausgefunden hatte.

Die Romulaner wurden von Larkin zur Tür gebracht, während Daithin von ein paar Populisten aus dem Parlament umgeben war, die unbedingt seine Meinung über die Sitzung erfahren wollten. Die meisten stellten überstürzt Fragen, während einige sich zurückhielten und nur lauschten und auf eine Einschätzung warteten. Die Elohsianer schoben sich in Scharen durch die Gänge, um den Saal zu verlassen und ihr Mittagessen einzunehmen. Data hatte sich von der Galerie in den Plenarsaal begeben, um näher bei den Elohsianern zu sein, und die Empfindlichkeit seiner Audiosensoren verstärkt, um die Stimmung der Leute erkennen zu können. Doch er verzichtete darauf, sich auf die Stimmen zu konzentrieren, weil er plötzlich ein nicht zu identifizierendes, aber eindeutig unnatürliches Geräusch vernahm. Data erhöhte die Empfindlichkeit erneut und versuchte, den Ton zu isolieren.

Daithin gab seinen Kollegen ein paar oberflächliche Antworten und beeilte sich dann, den Romulanern zu folgen. Als auch er das Gebäude verließ, bemerkte der Androide die kleine Phalanx der Romulaner, die Sela und Plactus zur Stadtmitte eskortierte. Larkin war hinter ihnen und wartete ungeduldig auf die Ankunft seines Chefs, so daß Daithin seine Schritte beschleunigte.

Data fiel auf, daß zahlreiche Leute die Prozession beobachteten; sie lehnten sich aus den Fenstern und betrachteten stumm ihren Premier und die Romulaner. Kein Jubel, keine Rufe, keine Anzeichen für Akzeptanz oder Protest. Diese Gleichgültigkeit war ihm zuvor noch nicht aufgefallen, und er fand sie faszinierend. Auf den Straßen war es für solch eine Zusammenkunft ungewöhnlich still, doch vielleicht entsprach das den Elohsianern einfach, dachte er. Er schaute nach vorn und stellte fest, daß die Prozession sich Petars Restaurant näherte, wahrscheinlich um einen Imbiß zu sich zu nehmen und weitere Gespräche zu führen. Die Stadt ähnelte vielen anderen, die er auf Dutzenden anderer Planeten gesehen hatte, wenngleich die Straßen vielleicht etwas starrer angeordnet zu sein schien: Jeweils fünf Gebäude bildeten auf einer Straßenseite einen Häuserblock. Das Schachbrettmuster war sehr praktisch, doch er vermutete, daß es gleichzeitig zu regelmäßig war, um den Glanz zu erzeugen, den die meisten Hauptstädte aufwiesen. Data beschleunigte seine Schritte, um die Gruppe einzuholen, die gerade die Straße überquerte und sich dem lächelnden Petar näherte. In dem Augenblick, als er Larkin einholte, brach die Hölle auf Regor los.

An vier Ecken gleichzeitig und nur einen Block von Daithins Lieblingsrestaurant entfernt loderten gleichzeitig mit verheerender Macht Feuer auf. Gebäude wurden augenblicklich von orangefarbenen und roten Flammen verzehrt, und die Elohsianer auf den Straßen brachen in Panik aus. Viele stürzten und schützten die Köpfe mit den Armen; andere waren in das Feuer geraten und wälzten sich auf der Straße, um die Flammen zu ersticken. In der Ferne jaulte eine Alarmsirene auf, und Data sah, daß die romulanischen Wachen einen Schutzwall um Sela und Plactus bildeten; er konnte auch aus dieser Entfernung ausmachen, daß die beiden blinzelten.

Der Androide setzte sich sofort in Bewegung, schaltete sein Gehör auf normale Leistung um, benutzte seine Augen, um die Ereignisse aufzuzeichnen, und klappte den Tricorder auf, um weitere Informationen über die Explosionen zu erhalten. Die Daten bestätigten seine ersten Vermutungen: Die Temperatur der Feuer lag im Augenblick bei über einhundertundzwanzig Grad, viel zu heiß, um natürlichen Ursprungs zu sein. Die Brände breiteten sich schnell aus.

Data untersuchte die Muster, die bei allen vier Brandherden fast völlig identisch zu sein schienen. Er schaltete den Tricorder auf automatische Messungen um und schlug auf seinen Kommunikator.

»Data an *Enterprise*. In der Hauptstadt hat es einen Zwischenfall gegeben.«

Picard antwortete fast sofort. »Was ist passiert, Mr. Data?«

Mit – für ihn – kurzen Sätzen beschrieb der Androide die Ereignisse. Dabei fiel ihm auf, daß die romulanischen Wachen zwar die Waffen gezogen hatten, sich aber nicht von der Stelle rührten und zu sahen, wie die Bevölkerung von Panik ergriffen wurde. Larkin, der zahlreiche Prellungen davongetragen hatte, drängte Daithin mit all seiner Kraft in das Parlamentsgebäude zurück und faselte dabei ununterbrochen etwas vom Ende der Welt.

»Leisten Sie Hilfe, wie Sie es für richtig halten, und melden Sie sich dann wieder. Picard Ende.« Data lief bereits auf das nächste Gebäude zu und beobachtete, wie Leute mit großen Kanistern aus anderen Häusern kamen und vergeblich versuchten, die Flammen mit irgendwelchen Chemikalien zu löschen. Ihre Bemühungen schienen das Inferno kein bißchen einzudämmen; das Feuer breitete sich ungehindert aus und griff auf andere Geschäfte und Häuser über. Bald standen vier volle Häuserblocks in Flammen, und nackte Panik herrschte.

Alle Anzeichen deuteten auf einen chemischen Ursprung des Feuers hin, doch das gab Data noch keinen Hinweis darauf, wie er das Inferno bekämpfen konnte. Statt dessen schien es ihm angebrachter zu sein, die Leute von den brennenden Gebäuden wegzubringen. Mit seiner übermenschlichen Kraft gelang es ihm, einige Elohsianer davonzutragen, die zu schwach zum Laufen waren. Seine Ohren empfingen Hilferufe aus den Gebäuden, und er gab der Rettung dieser höchst gefährdeten Personen volle Priorität. Seine Programmierung befand sich im vollen Rettungsmodus, und er überließ es dem Tricorder, eigenständig Messungen über das Feuer vorzunehmen.

Immer wieder stürmte Data in Gebäude und verließ sie mit einer oder mehreren Personen in seinen Armen. Rauch und Trümmer hatten seine goldene Haut dunkel gefärbt und mit Ruß verschmiert. Seine Uniform war an einigen Stellen zerrissen, an anderen versengt. Obwohl die Elohsianer größer und schwerer als Menschen waren, wurde seine Muskulatur problemlos mit den Lasten fertig, die er sich aufbürdete. Einmal kam er mit einer Leiche auf den Armen und einem weinenden elohsianischen Kind, das sich an seinen Hals klammerte, aus einem Gebäude heraus. Er hatte fast eine Minute dafür benötigt, die Arme des Kindes von der toten Mutter zu lösen und es davon zu überzeugen, daß es draußen sicherer sei.

Im Parlamentssaal beobachtete Daithin, wie vier Ein-Mann-Flugzeuge über den Straßen zu einem Sturzflug ansetzten und feuerdämmende Chemikalien über die Häuser sprühten, auf die die Flammen noch nicht übergegriffen hatten. Kurz darauf wimmelte es auf den Straßen vor uniformierten Schutzleuten, die Feuerlöscher oder medizinische Geräte mit sich führten. Die Passanten wurden schnell, aber vorsichtig aus dem gefährdeten Bereich evakuiert, und hastig wurden Absperrungen errichtet, die den Zivilisten den Zutritt verwehrten. Große Verweiler trafen mit weiteren Hilfskräften und Ausrüstungsgegenständen ein. Mit einem erleichterten Seufzen stellte Daithin fest, daß die gut ausgebildeten Teams etwas von ihrer Arbeit verstanden und schnelle und wirksame Hilfe leisteten. Die Elohsianer hatten während der Kriege den Instinkt entwickelt, auf alles vorbereitet zu sein, und das hatte sich auch bei dieser Katastrophe ausgezahlt.

Es bestand kein Zweifel daran, daß es sich um einen weiteren terroristischen Anschlag handelte, der es diesmal auf die Romulaner abgesehen hatte und nicht die geringste Gnade zeigte. Der Premier stellte fest, daß die romulanischen Soldaten zurückgewichen waren, die Vorgänge aus der Ferne beobachteten und keine Hilfe leisteten. Einer schien eine Nachricht zu empfangen, und die Gruppe nahm die mittlerweile vertraute Position ein und wurde offensichtlich auf den Kriegsvogel zurückgebeamt.

Nun beobachtete Daithin mit wachsender Faszination die Anstrengungen, die der Androide, Mr. Data, unternahm. Ohne das geringste Zögern drang er immer wieder in brennende Gebäude ein und holte Elohsianer heraus. Nichts konnte ihn aufhalten, und Daithin konnte schon gar nicht mehr zählen, wie viele Vorstöße der unermüdliche Androide unternahm. Er zeigte wahren Heldenmut, ganz im Gegensatz zu den Romulanern, die nur darauf bedacht zu sein schienen, sich selbst zu schützen. Doch dann war auch der Androide verschwunden, und der Premier fragte sich, ob er ebenfalls auf sein Raumschiff zurückgekehrt war.

Daithin hatte nicht die geringste Ahnung, was nun werden sollte. Er hatte sogar Angst davor, über die Zukunft nachzudenken.

Data mußte das Geschehen unwillkürlich mit der Zerstörung der Kolonie, die seine erste Heimat gewesen war, durch die Kristalline Entität vergleichen. Die Leute waren in Panik geraten, Gebäude brannten; die Parallelen waren geradezu unheimlich. Er nahm sich vor, die Dateneinträge zu einem späteren Zeitpunkt zu vergleichen. Dann nahm er einen kurzen Scan anderer persönlicher Erinnerungen vor, die ganz ähnlich gelagert sein mochten. Vielleicht konnte er einen Aufsatz darüber verfassen, dachte ein Teil seines Verstandes, während ein anderer schnell die Lage analysierte und zum Schluß kam, daß seine Aufgabe für den Augenblick beendet war.

Seine Gedanken wurden unterbrochen, als seine Rezeptoren das krachende Geräusch aufnahmen, mit dem ein Gebäude zusammenbrach. Das Feuer hatte Petars Restaurant erfaßt, und das gesamte Obergeschoß barst. Data wußte nicht, ob sich jemand in dem Gebäude aufhielt, doch sollte es zusammenbrechen, würde es auch andere Häuser zum Einsturz bringen. Des weiteren erkannte er: Falls das Feuer nicht schnell eingedämmt wurde, würden sich auch weitere Gebäude in rauchende Steinhaufen verwandeln, angefangen mit denen, die sich in der Nähe einer Stromhauptverteilstation befanden. Er rief sich in Erinnerung zurück, daß die Stadt ihre Energie über Leitungen bezog, die von einem Kraftwerk hierher führten. Doch in diesen Verteilerstationen wurde der Strom zu den einzelnen Stadtteilen geführt. Wenn Petars Restaurant das danebenliegende Gebäude zum Einsturz brachte, würde die Verteilerstation zerstört werden, und dadurch würde es zu unvorstellbaren Verwüstungen kommen.

Datas positronisches Gehirn rief sämtliche Informationen ab, die es über Eloh gespeichert hatte, und versuchte die beste Vorgehensweise zu finden. Mittlerweile näherte der Androide sich vorsichtig dem Restaurant und versuchte herauszufinden, wo er es am gefahrlosesten betreten konnte. Er hätte fast Petars Leiche übersehen, die halb verborgen von Stühlen und Tischen auf dem Boden lag.

Data nahm sich vor, die Leiche später zu bergen und dafür zu sorgen, daß Petar ein anständiges Begräbnis erhielt. Immerhin handelte es sich um einen guten Freund des Premiers. Doch er hatte bemerkt, daß ein geborstenes Fenster auf der rechten Seite des Gebäudes ihm eine Zutrittsmöglichkeit verschaffte. Das Feuer im Haus selbst war fast schon wieder erloschen; seine Hitze war so intensiv gewesen, daß es alles, was ihm Nahrung geben konnte, schnell verzehrt hatte. Er bahnte sich einen Weg durch den Gastraum. Mit Hilfe seiner scharfen Wahrnehmung stellte Data fest, daß die tragenden Balken auf dieser Seite des Gebäudes größtenteils durchgebrannt waren und das Haus jederzeit einstürzen konnte. Teile der Wände und der Decke fielen bereits herab und zerbrachen hallend in Tausende von Stücken.

Der Androide schaute sich um und bemerkte einige Metallregale, auf denen Küchengeräte aufbewahrt worden waren. Er fegte die Töpfe herab, verbog die Gestelle und verband sie miteinander. Dieses Metallgebilde verlieh der Wand nun zusätzlichen Halt und verhinderte ihren sofortigen Zusammenbruch. Doch seine Aufgabe war noch nicht erledigt, denn er mußte noch das Nebenhaus überprüfen und sicherstellen, daß es nicht einstürzte. Und schließlich mußte er auch noch nach der Verteilerstation sehen und ihre Unversehrtheit gewährleisten.

Als er ins Nebengebäude weiterging, hörte er das Prasseln von Flammen und ein Knacken; er schaute noch rechtzeitig auf, um zu sehen, daß eine Mauer des Restaurants zusammenbrach. Data riß die Hände hoch und versuchte, ein Trümmerstück zu zerschmettern, bevor es ihm ernsten Schaden zufügen konnte. Der Versuch war teilweise erfolgreich, doch die Wucht des Aufpralls zwang ihn in die Knie und riß weitere Löcher in seine Hosen. Schließlich war Data völlig von Steinen bedeckt, von denen einige aufgrund des Feuers über ihm noch ziemlich heiß waren.

Es gelang ihm schnell, sich wieder aufzurichten, doch dabei stellte er fest, daß der Tricorder von den Trümmern zerquetscht worden war und er alle wertvollen Meßergebnisse verloren hatte. Er sah ein, daß er die Gebäude nicht mehr retten konnte. Sie würden früher oder später zusammenbrechen, und nun mußte er alles daran setzen, um zu verhindern, daß die Energieversorgung explodierte.

Er rappelte sich hoch, arbeitete sich durch die Trümmer vor und erreichte die Verteilerstation, ein zwar großes, aber völlig unauffälliges, dunkles, kastenähnliches Gebilde. Er schätzte, daß ihm höchstens noch vier Minuten blieben, um die Energiequelle zu sichern oder den Stromfluß abzuschalten. In der Nähe hörte Data wieder laute Rufe, doch statt panischer Schreie erklangen nun organisierte Anweisungen von Helfern. Große Verweiler hatten sich dem Schauplatz der Feuersbrunst genähert und sprühten Schaum auf die benachbarten Gebäude. Des weiteren warfen kleine Flugzeuge Chemikalien auf sie ab, die eine Ausbreitung des Großbrandes zu verhindern schienen.

Der Androide erreichte die Station, betrachtete sie und untersuchte sie, da der Tricorder ihm nicht mehr zur Verfügung stand, mit seinen Sensoren. Er mußte sich bei seinem Vorgehen auf Vermutungen verlassen; das gefiel ihm zwar nicht, ließ sich aber nicht ändern. Sofort stellte er fest, daß die Station sich bereits erwärmt hatte, was auf Schwierigkeiten hinwies. Ein kleiner Brand schien bereits in dem Kasten ausgebrochen zu sein. Ihm blieb nichts anderes über, als die Eingangstür aus den Angeln zu reißen und die nur schwach beleuchtete Station zu betreten. Wie überall auf dem Planeten waren auch hier Piktogramme angebracht, die Anweisungen oder Warnungen gaben. Data benutzte sie als Grundlage seiner Analyse und machte sich sofort an die Arbeit, riß den Feuerlöscher aus seiner Halterung und erstickte die Flammen.

Mit gemessenen Bewegungen trennte Data Schalttafeln von ihren Leitungen ab und lenkte Stromflüsse um. Er ging dabei so schnell vor, wie er es unter den gegebenen Umständen wagen konnte, denn es war jederzeit damit zu rechnen, daß Energiefluktuationen neue und noch größere Katastrophen verursachten.

Die Zeit schien ganz langsam zu verstreichen, und sämtliche Kapazitäten des positronischen Gehirns des Androiden befaßten sich lediglich mit dem zu lösenden Problem. Seine Konzentration galt ausschließlich seiner Umgebung, und ihm wurde klar, daß er so etwas seit mehreren Jahren nicht mehr erlebt hatte.

Nachdem er eine letzte Schalttafel neu verkabelt hatte, legte er einen Schalter um und leitete damit sämtliche Energie, die in die Stadt floß, zu einer anderen Verteilerstation um. Der Anzeiger, der gerade noch hektisch dunkelrot geblinkt hatte, leuchtete nun in einem ruhigen Bernsteingelb, und seine Aufgabe schien erledigt zu sein. Data wollte das Gehäuse gerade verlassen, als ein leiser Knall ertönte und hinter der Schalttafel eine Stichflamme aufloderte. Der Androide wurde von der Wucht der Verpuffung zurückgeworfen. Da die Flammen sich zwischen ihm und dem Feuerlöscher befanden, hatte er keine andere Wahl, als aus dem Gebäude zu fliehen und es niederbrennen zu lassen. Wenigstens, dachte er, als er sich wieder ins Freie kämpfte, befand sich kaum noch Energie in der Verteilerstation, und der Schaden würde sich in Grenzen halten.

Ein paar Minuten später hatte Data sich wieder zum Parlament durchgeschlagen. Er schaute sich um. Zahlreiche Helfer waren eingetroffen, dämmten das Feuer ein und halfen Verletzten, den gefährdeten Bereich zu verlassen. Er kam zu dem Schluß, alles getan zu haben, was in seiner Macht stand, und kehrte auf die *Enterprise* zurück.

8

Wenn ein Raumschiff mehrere Tage lang einen Standardorbit beibehielt, arbeitete das Personal, das die Navigations- und die Operatorstation bediente, gelegentlich in kürzeren Schichten, um die Langeweile zu verringern. In solchen Fällen wurden diesen Posten einfach einige Leute mehr zugeteilt. Einerseits gab man damit jüngeren Offizieren die Möglichkeit, echte Erfahrungen hinter den Kontrollstationen zu sammeln, andererseits bekam die reguläre Schiffsbesatzung auf diese Weise etwas mehr Freizeit. Soweit es Ro Laren betraf, war dies eine kluge und elegante Regelung. Sie genoß die zusätzlich zur Verfügung stehende Zeit und hatte sie an diesem Tag klug genutzt. Zuerst hatte sie ein kurzes Mittagessen mit der gesamten Familie Kelly eingenommen, das ohne Zwischenfälle verlaufen war. Ro nahm diese Gelegenheit wahr, um den Kellys zu erklären, daß die Betreuung nun beendet war, da die Anpassung der Familie ausgezeichnet verlief und sie nichts mehr für sie tun konnte. Die Eltern nahmen die Nachricht gut auf und dankten ihr überschwenglich für ihre Hilfe. James Kelly schaute überrascht und dann unglücklich drein. Ro hoffte eindringlich, daß dies auch gleichbedeutend mit dem Ende seiner Schwärmerei für sie war.

Nach der Mahlzeit legte sie eine zusätzliche Schicht im Fitneßraum ein und probierte einige neue Übungen aus, die Dr. Crusher ihr nach der letzten Routineuntersuchung empfohlen hatte. Sie forderten die Muskulatur in einer Vielzahl von Kombinationen, machten sie noch geschmeidiger und ermöglichten es ihr, sich besser den wechselnden Ansprüchen anzupassen, denen sie sich als Angehörige eines Außenteams ausgesetzt sah. Crusher hatte eingestanden, daß Worf ihr diese Übungen gezeigt hatte, und Ro amüsierte sich über die Vorstellung, daß Dr. Crusher und ihre übliche Übungspartnerin, Counselor Troi, sie für entspannend hielten. Ro hatte sich durch vier Wiederholungen gequält und geschwitzt, doppelt so viele, wie Dr. Crusher ihr empfohlen hatte. Nach dem gestrigen Zwischenfall auf Eloh wollte sie in Topform sein, falls man ihr befehlen sollte, eine Gruppe auf den Planeten zu begleiten. Die Aussichten dafür waren zwar gering, aber sie konnte nie vorhersagen, wann Captain Picard sie als Teil ihrer ›Ausbildung‹, wie er es nannte, in ein Außenteam beordern würde.

Nachdem sie geduscht hatte, entschloß sie sich, im Gesellschaftsraum noch ein Glas zu trinken, bevor sie in ihr Quartier zurückkehrte, um noch etwas zu lesen. Datas Verweise auf Kriminalliteratur hatten ihre Neugier angestachelt, und sie wußte bereits, daß auch Picard sich dafür interessierte. Sie hatte aus der Schiffsbibliothek einen der bekannteren Dixon Hill-Romane aufgerufen, *Unter der Sonne,* und an diesem Morgen mit der Lektüre angefangen. Nachdem sie erst ein Kapitel gelesen hatte, wollte sie sich noch keine Meinung darüber bilden, sondern dem für sie neuen Sujet gegenüber aufgeschlossen bleiben.

Sie nahm an der Bar Platz, plauderte ein paar Minuten lang freundschaftlich mit Guinan und genoß das kühle Zitrusgetränk und die entspannte Atmosphäre im Raum. So sehr sogar, daß sie den jungen Mann erst bemerkte, als er schon neben ihr saß.

»Oh, James, hallo«, brachte Ro ohne jede Gefühlsregung über die Lippen. Sie hatte wirklich gehofft, ihn wenigstens ein paar Tage lang nicht mehr zu sehen, aber dieses Glück war ihr anscheinend nicht vergönnt.

»Hallo, Fähnrich«, sagte er zögernd.

»Möchten Sie etwas trinken?« fragte Guinan freundlich und ignorierte zuerst den kalten Blick, den Ro ihr zuwarf. Dann setzte sie einen sehr vertrauten auf, der besagte: »Es ist meine Bar, und hier wird nach meinen Regeln gespielt.«

»Klar, wie wäre es mit einem Milchshake?« erwiderte er und lächelte breit.

»Schokolade oder Vanille?« fragte Guinan.

»Erdbeere.«

»Eine gute Wahl. Kommt sofort.« Und damit ließ sie die beiden allein, was Ro nun überhaupt nicht paßte.

»Fähnrich, ich hatte noch gar keine Gelegenheit, mich persönlich bei Ihnen zu bedanken«, begann James. »Mir hat es wirklich gut gefallen, wie Sie sich mit uns befaßt und sogar meine Fragen während der Besichtigungstour ertragen haben. Und es tut mir leid, daß Ihnen mein … Geschenk nicht gefiel.«

Ro wußte nicht, wie sie das Gespräch angehen sollte, und noch weniger, wohin es führen würde. Sie entschloß sich, höflich, aber unverbindlich zu bleiben und ihn vielleicht auf diese Weise abzuschrecken, so daß er sie endlich in Ruhe ließ. »Mir hat es gefallen, James«, erwiderte sie. »Die kandierten Früchte waren köstlich, und diese Art von Süßigkeit kannte ich noch nicht. Es war nur … unnötig. Ich habe lediglich den Auftrag erfüllt, den man mir erteilt hat.«

»Ja, ich weiß.« Er wandte den Blick kurz ab, rang offensichtlich mit sich. »Aber da Sie so nett zu uns waren, wollte ich Ihnen irgendwie danken. Ich habe es wohl vermasselt, was?«

»Keineswegs. Es war … nett von ihnen.«

Die Bemerkung ermutigte Kelly. Er schien neues Selbstvertrauen zu gewinnen, und die Worte kamen nun viel flüssiger über seine Lippen. »Nett, was? Ich wollte wohl nur nett sein, weil Sie mir und der Familie gegenüber so... äh... nett waren. Ich meine, das war zwar Ihr Auftrag und so weiter, aber Sie waren wirklich freundlich, und das hat Dad sehr geholfen. Er kann ziemlich schüchtern sein, aber Sie haben darauf geachtet, daß er bei den Gesprächen nicht zu kurz kam, und dafür gesorgt, daß er ein paar neue Leute kennenlernt. Das war wirklich toll.« Er atmete tief ein und sah ihr dann direkt ins Gesicht. »Wissen Sie, Counselor Troi hat heute bekanntgegeben, daß es in etwa zwei Tagen, direkt, nachdem wir Eloh verlassen haben, auf dem Holodeck einen Tanzabend für die Neuankömmlinge geben wird, damit sie sich besser kennenlernen können.«

O nein, dachte sie und zog es vor, nichts zu sagen.

»Sie sind wirklich die interessanteste Person, die ich bislang an Bord kennengelernt habe, und da Sie so freundlich waren, uns so viel Zeit zu widmen, möchte ich mich irgendwie erkenntlich zeigen. Würde das hübscheste Mädchen an Bord des Schiffes mir also die Freude erweisen, mich zu dem Tanzabend zu begleiten?«

Guinan kehrte mit dem Erdbeershake zurück, bevor der fassungslosen Ro eine Antwort einfiel. Die Bajoranerin wußte nicht, was sie tun sollte. Kelly schien sich seiner sicher zu sein, sich auf die Aussicht zu freuen und erleichtert zu sein, daß er den Mut aufgebracht hatte, die Einladung auszusprechen. Während sie im Geiste eine Vielzahl von Antworten in Erwägung zog, nippte James stumm an seinem Shake, und Guinan nickte ihm anerkennend zu.

»Sie verstehen sich wirklich darauf, einem zu schmeicheln«, brachte Ro schließlich hervor. Sie hatte keine Ahnung, was sie in dieser Situation tun sollte. Dem Jungen einfach zu sagen, er solle die Kurve kratzen, war wahrscheinlich nicht das, was Riker im Sinn hatte. Aber erwartete er von ihr, daß sie mit ihm zu dem Tanzabend ging? Sie mußte sich unbedingt mit dem Ersten Offizier unterhalten, sobald diese Angelegenheit auf Eloh geklärt war.

»Also, möchten Sie mitkommen?«

»James, es tut mir leid, aber ich glaube nicht, daß das angemessen wäre. Ich danke Ihnen jedoch dafür, daß Sie an mich gedacht haben.« Sie hoffte, damit würde die Sache erledigt sein. Ein für allemal.

Kelly ließ die Schultern hängen und atmete mit einem langen, lauten Seufzer aus. Er tat ihr fast leid, aber sie würde sich nicht wie eine neue Eroberung von ihm zu einer Tanzveranstaltung mitschleppen lassen. Er schaute zu seinem erst halb geleerten Glas hinüber und schob es über den Tresen zurück zu Guinan, die klugerweise nichts sagte. Dann glitt er von dem Barhocker und ging, ohne ein weiteres Wort zu sagen, durch den Raum und zur Tür hinaus.

»Das hübscheste Mädchen an Bord des Schiffes, was?«

Ro warf Guinan einen wütenden Blick zu, doch die zeigte nur ihr rätselhaftes Lächeln.

Es überraschte Worf nicht, Plactus in Larkins Büro warten zu sehen, doch daß Commander Sela neben dem Subcommander stand, brachte ihn schon ein wenig aus der Fassung. Sie schien keineswegs begeistert zu sein, sich hier zu befinden. Daithin hatte beide Schiffe gebeten, Ermittler auf den Planeten zu schikken, die mit ihren moderneren Geräten den Elohsianern helfen sollten herauszufinden, was genau geschehen war und wer die Verantwortung dafür trug. Worf war geradezu erleichtert darüber, dem Außenteam zugeteilt worden zu sein, hatte er damit doch die Gelegenheit, zum Gelingen der Mission beizutragen. Er hatte die Romulaner des Verrats verdächtigt und bekam nun vielleicht Gelegenheit, seine Vermutung zu beweisen. Auf einem Tisch an der Wand lagen neben zahlreichen Kommunikationsgeräten von beiden Raumschiffen verkohlte Überreste eines metallischen Gegenstands; außerdem standen dort kleine Schüsseln, in denen sich ein gelatineartiger Rückstand befand.

Der große, breitschultrige Klingone vernahm anhaltenden Lärm direkt vor dem Gebäude. Lautsprecherdurchsagen wiesen die Zivilisten an, in ihre Wohnungen zurückzukehren und Erklärungen im Computernetzwerk abzuwarten. Ein schwerer Geruch nach Rauch und Feuer hing in der trüben Luft des kleinen Büros, und er erinnerte den Sicherheitsoffizier an die vielen anderen Greueltaten, die er im Lauf der Jahre gesehen hatte.

»Zweiundsiebzig Tote«, begann Larkin mit vor Wut verzerrter Stimme. »Wir können nicht einmal zählen, wie viele Bürger obdachlos geworden sind oder ihr Geschäft verloren haben. Unser Volk hat Angst, meine geehrten Gäste, und ich möchte es beruhigen. Benutzen Sie Ihre Geräte, finden Sie heraus, wer es getan hat, und teilen Sie es mir dann mit.« Dieser Befehl entsprach so gar nicht der üblichen Zurückhaltung der Elohsianer, doch Worf kam zum Schluß, daß die Umstände dies rechtfertigten.

Er scannte die Überreste sofort mit seinem Tricorder, während Plactus ein ähnliches Gerät benutzte. Die Zeit kroch dahin, während beide ihrer Arbeit nachgingen. Sela und Larkin standen daneben und warteten ungeduldig darauf, daß die Ergebnisse verkündet wurden.

Sela schlenderte zu Worf hinüber, betrachtete ihn mit kalter Entschlossenheit und stieß dann ein hochmütiges Lachen aus. »Natürlich, der Captain schickt Untergebene, um die Untersuchung durchzuführen, während er in der Sicherheit seines Schiffes bleibt. Keine Führungsqualität, kein Ruhm.«

Worf knurrte lediglich leise, entschlossen, höflich zu bleiben. Er rief sich in Erinnerung zurück, daß in romulanischen Verhöhnungen keine Ehre lag und sie keiner Erwiderung würdig waren.

»Nun?« Larkin war eindeutig ungeduldig. Er schien zu erwarten, daß man die Geräte nur einmal über die Trümmer schwenken mußte und der Täter dann vor seinen Augen materialisierte.

»Das ist eine bekannte Legierung«, sagte Worf und kam Plactus damit um kaum eine Sekunde zuvor. Der Klingone brummte zufrieden, daß er als erster mit einem Ergebnis aufwarten konnte. »Wir kennen sie zwar, doch Starfleet verwendet sie seit geraumer Zeit nicht mehr. Andererseits wird Plactus sicher zustimmen, daß diese Zusammensetzung bei den Romulanern sehr gebräuchlich ist.«

Larkin warf Plactus einen scharfen Blick zu, dem die Anschuldigung allerdings nichts auszumachen schien. Ganz ruhig sah er noch einmal auf sein Gerät. »Ich muß dem Starfleet-Offizier recht geben«, sagte er dann langsam. »Es handelt sich *möglicherweise* um ein romulanisches Gerät. Doch diese Legierung ist, wie er selbst gesagt hat, beiden Machtblöcken bekannt, so daß man uns nicht von vornherein die Schuld zuweisen kann.«

»Plactus hat recht«, polterte der Klingone. »Doch ich kann Computerdateien aufrufen, die belegen, daß die Romulaner genau diese Angriffsmethode in den letzten zwei Jahrhunderten mehrmals erfolgreich eingesetzt haben.«

»Können Sie das?« sagte Sela spöttisch. »Wieso sind Sie so sicher, daß Ihr Föderationsspion nicht absichtlich diese Geräte benutzt und auf die romulanische Vorgehensweise zurückgegriffen hat, um meinem Volk die Schuld in die Schuhe zu schieben?«

»Der sogenannte Spion ist tot, und diese Brandsätze sind volatil«, erwiderte Worf. »Sie explodieren spätestens dreißig Minuten, nachdem man sie angebracht hat. Die Verwendung solcher Brandsätze ist sehr riskant, doch die Romulaner haben schon öfter auf sie zurückgegriffen. Des weiteren kann Larkin bestätigen, daß sich seit fast vierundzwanzig Stunden außer Commander Data kein Angehöriger der Föderation auf diesem Planeten aufgehalten hat.«

»Lieutenant Worf hat recht«, bestätigte Larkin und sah Sela weiterhin scharf an. »Können Sie nachweisen, wo genau sich die fünfzehn Romulaner aufgehalten haben, die heute morgen den Planeten besucht haben?«

Sela warf Plactus einen Blick zu, und der Subcommander gab Anweisungen in seinen Minicomputer ein. Er schaute auf und zeigte ihr die Ergebnisse. Alle Blicke waren auf sie gerichtet, und sie sahen, wie ihre Überraschung sich in verbitterte Wut verwandelte.

»Wir müssen dieser Sache nachgehen, Commander.« Mehr sagte Plactus nicht.

»Es hat den Anschein, Larkin, daß Telorn, die Zenturion, die die Wachen vor dem Parlament befehligt, vermißt wird.«

Worf war ziemlich überrascht darüber, daß die Romulanerin, die ihn am Vorabend noch verhöhnt und herausgefordert hatte, ein Spion sein sollte. Andererseits bestätigte das nur seine Auffassung, daß jeder Romulaner jederzeit zu einem Verrat oder einer Täuschung fähig war.

»Und Sie verdächtigen sie dieser Sabotage?« fragte Data ruhig, als er den Raum betrat. Seine Uniform war noch schmutzig und stank nach Rauch. Asche und Ruß bedeckten sein Gesicht, aber er sprach mit unerschütterlicher Ruhe.

»Genauso, wie wir die Föderation verdächtigen, einen Söldner hierher geschafft zu haben, der Probleme bereiten soll«, fauchte Sela.

»Ich muß beide Parteien bitten, sofort auf ihre jeweiligen Schiffe zurückzukehren«, erklärte Larkin wütend. »Bis wir herausgefunden haben, was genau geschehen ist, sind alle weiteren Gespräche abgesagt. Beide Seiten werden warten, bis Premier Daithin eine Erklärung abgegeben hat.« Damit erhob er sich und verließ den Raum. Es bestand nicht der geringste Zweifel daran, daß er erwartete, ihn leer vorzufinden, wenn er ihn das nächste Mal betrat.

Ro beendete gerade ihre kurze Schicht auf der Brücke, als auch die bislang letzte Einsatzbesprechung zu Ende ging. Sie hätte zwar sehr gern an der Mission auf Eloh teilgenommen, doch mittlerweile war ihr klar, daß es nicht mehr dazu kommen würde. Zumindest war sie wieder zum Brückendienst eingeteilt worden, so daß sie immerhin von der Peripherie aus beobachten konnte, wie die Kommando-Crew auf jedes neue Dilemma reagierte. Nach dem, was sie mitbekommen hatte, drängte Starfleet den Captain dazu, etwas zu unternehmen, doch den Offizieren der *Enterprise* war nicht ganz klar, wie sie nun vorgehen sollten. Abgesehen von den Problemen auf dem Planeten mußte sie sich noch mit ihren ganz persönlichen befassen. Die ganze Schicht über hatte sie sich über James Kelly den Kopf zerbrochen und war zunehmend wütender auf sich selbst geworden, wußte aber noch immer nicht, wie sie sich mit Anstand aus dieser Situation befreien konnte. Als Bajoranerin hatte sie viel ertragen müssen, bevor sie zu Starfleet gegangen war, und danach hatte sie sich mit aller Kraft darauf konzentriert, die Starfleet-Akademie zu absolvieren und einwandfreie Leistungen im Dienst zu bringen, bevor sie dann an jener Außenteammission teilgenommen hatte, die zu ihrer Verurteilung durch ein Kriegsgericht geführt hatte. Nach allem, was sie durchgemacht hatte, sollte es eigentlich kein Problem sein, sich mit einem verliebten

Teenager zu befassen, und doch schien diese Situation sie irgendwie zu lähmen. Ihr rationaler Verstand analysierte die Situation und erstellte die Theorie, daß es sich um ein gefühlsmäßiges Problem handelte und sie in diesem Bereich kaum über Erfahrungen verfügte. Krieg, Folter und Studium waren relativ nüchterne Angelegenheiten, doch James Kellys Schwärmerei stellte sie vor Rätsel.

Sie verließ die Brücke und trat gemeinsam mit Dr. Crusher in den Turbolift. Die beiden lächelten sich zur Begrüßung lediglich zu. Sie hatten bislang zwar kaum etwas miteinander zu tun gehabt, dachte Ro, doch die Ärztin schien ein vertrauenswürdiger Mensch zu sein. Sie war außerdem Mutter, und vielleicht konnte sie ihr für das anstehende Problem einen Ratschlag geben. Ro mußte sie lediglich fragen.

»Doktor, haben Sie einen Augenblick Zeit?« begann die Bajoranerin.

Ein besorgter Ausdruck legte sich auf Dr. Crushers scharf gemeißelte Züge. »Fühlen Sie sich nicht wohl, Fähnrich?«

»Nein, mir geht es ausgezeichnet. Ich bräuchte lediglich den Rat einer Mutter.«

Nun löste Neugier die Besorgnis auf Dr. Crushers Gesicht ab, und die Ärztin lächelte. »Einer Mutter? Wie kann ich Ihnen helfen?«

»Man hat mir den Auftrag gegeben, der Familie Kelly dabei zu helfen, sich an Bord einzugewöhnen, und ihr Sohn James, ein Teenager, findet mich ... begehrenswert.«

Crusher bemühte sich, ein Lächeln zu unterdrücken und eine ernste Miene zu bewahren. »Er ist in Sie verknallt, meinen Sie?«

Ro seufzte. »Ich hoffe wirklich, daß nicht mehr dahintersteckt. Er hat mich diese Woche mit Geschenken und Schmeicheleien überhäuft und mich nun mit seiner Einladung, ihn zum Tanzabend für die

Neuankömmlinge zu begleiten, in die Ecke getrieben. Wie komme ich aus dieser Sache raus, ohne seine Gefühle zu verletzen oder meinen Auftrag zu verpatzen? Ihr Wesley ist auch ein Teenager, und ich dachte …«

»Er ist gerade zwanzig geworden«, sagte Beverly geistesabwesend.

»… Sie haben vielleicht ein paar Einblicke, die ich nicht habe.« Ro verstummte, als der Turbolift anhielt und die Türen sich leise zischend öffneten. Die beiden Frauen traten auf den Gang hinaus, und Ro folgte Dr. Crusher zur Krankenstation.

»Ich kann mich an einen ähnlichen Vorfall nicht erinnern, Ro, aber lassen Sie mich kurz nachdenken«, sagte die Ärztin und ging dann schweigend weiter. Nach einer Weile fragte Ro sich, ob es ein Fehler gewesen war, Dr. Crusher um Rat zu bitten. »Wissen Sie«, sagte die Ärztin dann, »mit Eloh verhält es sich eigentlich ganz ähnlich wie mit James Kelly. Wir umkreisen den Planeten und bemühen uns mit aller Kraft, ihn mit dem hohen Entwicklungsstand unserer Technik und unserer Reife für uns einzunehmen. Die Romulaner mögen ihnen ein praktisches Geschenk anbieten, aber wir bieten ihnen das größere an: Sicherheit innerhalb unserer Grenzen. James versucht, mit Geschenken und Süßholzraspeln um Sie zu werben. Das ist durchaus vergleichbar.

Einer der Gründe, wieso wir so langsam vorankommen, ist darin zu suchen, daß wir so wenig über ihre Kultur und Ansichten wissen. Uns ist jetzt schon viel mehr bekannt als noch vor drei Tagen, aber wer kann schon sagen, was wir noch alles lernen müssen? Wie begehen sie ihre Feiertage? Was sind ihre wichtigsten Werte? Essen sie ihre Toten? Wer weiß … nachdem wir das alles herausgefunden haben, wollen wir Eloh trotz der strategisch wichtigen Lage vielleicht gar nicht mehr als Partner haben.« Sie steckte die Hände in die

Taschen und blieb schweigend neben der Tür der Krankenstation stehen.

Ro dachte über die Parallelen nach, die die Ärztin gerade aufgezählt hatte, und bemerkte die Gemeinsamkeiten. Sie hätte es vorgezogen, mit Picard zu tauschen und sich mit den Romulanern zu messen, aber James Kelly war nun einmal *ihr* Problem, und sie konnte ihm nicht ausweichen. Während sie Dr. Crushers Worte im Geiste drehte und wendete, kam ihr plötzlich ein Gedanke. Er erweiterte sich schnell zu einer Idee und dann zu einem Plan, und sie lächelte, das erste echte Lächeln seit Tagen.

»Doktor, Sie haben mir gerade einen Ausweg aufgezeigt«, sagte Ro. »Danke.«

»Es freut mich, daß ich Ihnen helfen konnte, aber ... was habe ich denn gesagt?«

»Sollte es klappen, werde ich es Ihnen erzählen. Und jetzt muß ich mich sputen. Eine Freundin muß mir einen Gefallen tun.« Mit diesen Worten wirbelte Ro auf dem Absatz herum und kehrte zum Turbolift zurück. Crusher zuckte mit den Achseln, lächelte und betrat ihr Reich.

»Sie verstehen sicher, Captain, daß wir auch nicht wissen, wie wir nun am besten vorgehen sollen«, sagte Daithin. Der Premier befand sich in Larkins Büro. Putzkolonnen waren angerückt und hatten den Raum wieder auf Vordermann gebracht; schließlich sollten die Besucher von den Raumschiffen einen anständigen Eindruck von Eloh bekommen. Er hatte das Parlament nach Hause geschickt und würde die nächste Sitzung erst einberufen, wenn er der Ansicht war, die allgemeine Sicherheit gewährleisten zu können. Des weiteren hatte er Larkin fortgeschickt, um mit seinen Gedanken allein zu sein. Obwohl Daithin den nützlichen Rat seines Freundes durchaus zu schätzen wußte, war er der Ansicht, daß er – und nur er – in dieser Angelegenheit die nötigen Entscheidungen treffen mußte. »Ich möchte die Gespräche beenden, aber es wird allmählich problematisch, einen sicheren Tagungsort zu finden. Ich muß mir auch Sorgen – ja, Sorgen – um die Sicherheit der Personen in meiner Nähe machen.«

Picards Gesicht auf dem kleinen Bildschirm, der sich zwei Meter vom Schreibtisch entfernt befand, blieb ausdruckslos. Das Gespräch hatte mehrere Minuten gedauert, und Daithin wußte die Geduld und Gelassenheit des Captains zu schätzen. Beim Eintreffen der Raumschiffe hatte er nicht damit gerechnet, jemals mit solchen Problemen konfrontiert zu werden. Wer konnte schon ahnen, daß es zu Anschlägen kommen würde, die wahrscheinlich im Zusammenhang mit der Föderation und den Romulanern standen? Er hatte hier Neuland betreten und achtete nun überaus sorgfältig darauf, keinen falschen Schritt zu tun. Nach dem heutigen Zwischenfall könnte solch ein Fehler sich als tödlich erweisen.

»Unsere Sicherheitswächter sind bereit, auf den Planeten zu kommen und mit unserer Technik jeden Ort zu sichern, den Sie vorschlagen. Wir könnten unsere verbleibenden Gespräche auf diesen Ort beschränken«, schlug Picard vor.

»Danke, Captain«, murmelte Daithin. Die Romulaner hatten ihm vor ein paar Minuten ein ähnliches Angebot gemacht, und er hätte die beiden Seiten bitten können, zusammenzuarbeiten und sich auf einen Ort zu einigen. Doch er war zum Schluß gekommen, daß es noch zu viele Fragen gab, die beantwortet werden mußten, und er wußte, daß er wie ein Führer handeln mußte, auch wenn er selbst insgeheim noch unsicher über den einzuschlagenden Weg war.

»Ich werde über Ihr Angebot nachdenken und Sie morgen früh wissen lassen, was ich zu tun gedenke. Es ist schon spät, und dieser Tag war anstrengend, wirklich sehr anstrengend.«

»Bevor wir das Gespräch beenden, Premier«, sagte Picard mit der ruhigen Stimme, die Daithin mittlerweile zu bewundern gelernt hatte, »möchte ich Sie um Erlaubnis bitten, Commander Data nach Eloh zurückzuschicken, damit er die Überreste der durch das Feuer zerstörten Häuser untersuchen kann. Wir werden alle Ergebnisse natürlich sowohl Ihnen als auch den Romulanern zur Verfügung stellen. Nur durch weitere Informationen können wir herausfinden, was wirklich geschehen ist.«

Daithin hätte das Angebot liebend gern akzeptiert, doch man erwartete von ihm, daß er der weise, besonnene Staatsmann blieb. Er fand es interessant, daß die Romulaner kein ähnliches Angebot gemacht hatten, aber schließlich war eine von ihnen in Verdacht geraten. Vielleicht hofften sie darauf, daß die Elohsianer mit ihren noch nicht so fortschrittlichen Geräten etwas übersahen. Zusätzliche Informationen konnten in der Tat nur hilfreich sein, und er wußte mittlerweile, daß er Picards Wort vertrauen konnte.

Er versuchte, möglichst ausweichend zu antworten. »Die Romulaner haben mir solch ein Angebot noch nicht gemacht, und ich möchte mich vorher vergewissern, daß sie nichts gegen Ihre Anwesenheit einzuwenden haben.«

»Ich bin nicht der Ansicht, man sollte uns davon abhalten, selbst eine Untersuchung durchzuführen, nur weil die Romulaner keine einleiten wollen.« Keine barsche Antwort, nur ein Einwand – und zwar ein guter, dachte Daithin. Er mußte daran denken, daß Data alles riskiert hatte, um Leben und noch viel mehr zu retten. Die Romulaner waren lediglich auf ihr Schiff zurückgekehrt und hatten später erklärt, sie hätten es für das Beste gehalten, daß die Elohsianer ohne Einmischung von außen mit der Katastrophe fertig wurden.

»Na schön, Captain. Data darf noch heute abend auf

den Planeten kommen, aber bitte nur er allein, damit wir keine überflüssige Aufmerksamkeit auf die Ermittlung leiten. Und jetzt wünsche ich Ihnen eine gute Nacht.« Mit einem müden Seufzer drückte Daithin auf einen Knopf und schaltete das Kommunikationsgerät damit aus. Er konnte über diese Geräte nur staunen und hoffte, eine oder gar beide Seiten würden sie zurücklassen, damit sein Volk sie für globale Übertragungen benutzen konnte. Sie lieferten stärkere Signale und schärfere Bilder als alle derartigen Systeme, die die Elohsianer bislang entwickelt hatten. Er fragte sich kurz, ob man diesen Apparat auf Eloh nachbauen konnte oder ob dazu Materialien erforderlich waren, die man auf seiner Heimatwelt noch nicht herstellen konnte. Erneut richteten seine Gedanken sich auf die schicksalhafte Entscheidung, die er treffen mußte.

Er hatte die Fragen gehört, die während der Gespräche mit beiden Besuchergruppen gestellt worden waren. Daithin war klug genug, um zu wissen, daß Politiker, die vor kurzem noch Soldaten gewesen waren, jede neue Information als etwas ansahen, das das labile Gleichgewicht der Kräfte verändern konnte. Dar und Populisten konnten sich viel leichter mit Phasern und Intervallern an die Kehlen gehen als mit Mörserfeuer und *Erewhans*. Ein Wiederaufleben des Konflikts konnte das Ende des elohsianischen Volkes bedeuten, und Daithin mußte unbedingt verhindern, daß es dazu kam.

In Daithins Überlegungen floß ein neuer Gedanke ein. Vielleicht sollte Eloh seine Neutralität erklären und beide Regierungen aus dem Sonnensystem verweisen. Die Frage war nur, ob beide diese Entscheidung auch akzeptieren würden und dieses Vorgehen im Interesse des Planeten und seines Volkes lag. Während Daithin langsam vom Büro zu seinem nur wenige Blocks entfernten Haus ging, befürchtete er bereits, auch in dieser Nacht keinen Schlaf zu finden.

Asche und Ruß waren von einer sanften Brise viele Häuserblocks weit vom Explosionsort fortgetragen worden und hatten sich auf zahlreiche Gebäude gelegt. Straßenlampen leuchteten hell, warfen neue Schatten über die Stadt und verliehen ihr einen unheimlichen Eindruck, den die Bewohner zuvor nie gekannt hatten. Die meisten hatten die von dem Sicherheitsministerium verhängte Ausgangssperre befolgt und waren in ihren Häusern geblieben. Nur einige wenige verstießen dagegen, und auch nur, um sich von einem Haus zum anderen zu begeben, vielleicht, um Gesellschaft oder das Gefühl von Sicherheit zu suchen, das einem Freunde oder Familienangehörige geben konnten. Die örtlichen Restaurants und Kneipen hatten geschlossen, was den Ernst der heutigen Ereignisse unterstrich. Die Nacht hatte sich gesenkt, auf den Straßen war alles ruhig, und Furcht breitete sich aus.

Da nur so wenige Leute unterwegs waren, bemerkte niemand, wie Data genau im Epizentrum der vier Brände, die Chaos in einen friedlichen Tag gebracht hatte, flimmernd materialisierte. Der Androide hielt den Tricorder in der ausgestreckten Hand und drehte sich langsam im Kreis, um die genauen Ursprünge der Brandherde zu bestimmen. Wissen bedeutete für Data alles, und er wollte sich in den nächsten paar Stunden unbedingt einen Überblick über den Schaden verschaffen und Antworten finden, die er nicht nur seinem befehlshabenden Offizier, sondern auch Premier Daithin zur Verfügung stellen würde. Bei seinen Gesprächen mit dem politischen Führer dieser Welt war Data zum Schluß gekommen, daß Daithin wirklich nur das Beste für sein Volk wollte, und schon vor geraumer Zeit hatte der Androide erkannt, daß in der Geschichte nur solche Politiker als wirklich groß galten, die diese Einstellung gehabt hatten.

Seit ihrer Ankunft auf Eloh hatte Data so viele Informationen wie möglich über diese Welt und ihre Bewohner gespeichert. Seine internen Mechanismen zeichneten alles auf, und dann hatte er sich in der vergangenen Nacht an Bord der *Enterprise* die Zeit genommen, das zusammengetragene Wissen zu inspizieren und zu verarbeiten. Bei dem Versuch, die Gesellschaft dieser Welt so gut wie möglich zu verstehen, hatte er eine Vielzahl von Theorien aufgestellt und zahlreiche Schlußfolgerungen gezogen. Als Zweiter Offizier unter Captain Picard hatte Data gelernt, daß es ein wichtiger Bestandteil seiner Aufgabe war, sich eine Meinung zu bilden und Schlüsse zu ziehen. Darüber hinaus wußte der Androide die Gelegenheit zu schätzen, aus nächster Nähe zu beobachten, wie zwei sehr verschiedene Menschen mit Informationen umgingen und auf neue Situationen reagierten. Picard war eindeutig zurückhaltender; er fand die Gelegenheit reizvoll, über die großen Geheimnisse des Lebens nachzusinnen, wenn er sich nicht gerade mit ihnen befassen mußte. Riker hingegen zog es vor, das Unbekannte mit beiden Händen zu packen, es zu schütteln, bis er wußte, womit er es zu tun hatte, und sich dann dementsprechend damit zu beschäftigen. Faszinierenderweise boten sogar die Musikinstrumente, die sie bevorzugten, Einblick in ihre Persönlichkeiten. Picard hatte erst vor kurzem gelernt, eine ressikanische Flöte zu spielen, ein leises, eloquentes Instrument, das die größte Wirkung entfaltete, wenn man es allein spielte. Riker hingegen liebte Jazzmusik, und seine Versuche mit der Posaune waren laut, grell und schwungvoll.

In der stillen Nachtluft schienen die Geräusche des Tricorders lauter als normal zu sein. Da sich weit und breit niemand zeigte, verzichtete Data darauf, das Gerät leiser zu stellen. Alle, die in diesem Viertel gewohnt oder gearbeitet hatten, waren schon längst evakuiert und in Auffanglager außerhalb der Stadt gebracht worden. Man hatte ihm mitgeteilt, daß man noch in dieser Woche mit dem Wiederaufbau beginnen würde und damit rechnete, die Schäden innerhalb von zwei Monaten beseitigt zu haben. Data hatte schon früher an diesem Tag festgestellt, daß die Elohsianer ein effizientes Katastrophenmanagement beherrschten. Jetzt jedoch konzentrierte er sich mehr auf die herbeigeführten Zerstörungen.

Eine Stunde verstrich, und dann eine zweite, während Data an allen vier Brandherden methodisch die Trümmer durchsuchte. Abgesehen von denen, die er selbst erzeugte, vernahm er keine Geräusche. Keine Passanten, nicht einmal heimische Nagetiere oder Insekten wagten es, sich dem Ort der Zerstörung zu nähern. Seit er auf der Oberfläche materialisiert war, war die Temperatur um vier Grad gefallen, und hätte er geatmet, wäre sein Atem nun kondensiert. Er analysierte die zersetzten Überreste verschiedener organischer und anorganisch Substanzen. Vorsichtig bewegte er sich in einigen der ausgebrannten Gebäude und justierte seine Augen immer wieder, um den Lichtmangel auszugleichen. Die Arbeit langweilte oder ermüdete ihn nicht, und nicht zuletzt deshalb war Data perfekt für diese Aufgabe geschaffen. Die Kommando-Crew des Schiffes schlief mittlerweile zweifellos schon, und die Gamma-Schicht hatte die Brücke besetzt. Data selbst hatte diese Rotation ausgearbeitet, um mindestens einmal pro Woche während dieser Schicht das Kommando führen zu können; er hielt es für wichtig, auf der Brücke anwesend zu sein, wenn nicht so erfahrene Offiziere dort Dienst taten. Troi hatte aus psychologischen Gründen zugestimmt, daß die jüngeren Offiziere nur von Datas Erfahrungen profitieren konnten, auch wenn die Crew nichts anderes zu tun hatte, als einen planetaren Orbit beizubehalten. Es hatte den Anschein, daß die letzte Schicht des Tages sich nur selten mit Krisen befassen mußte. Aber darüber konnte er auch ein andermal nachdenken, mahnte er sich und konzentrierte sich wieder auf die Treppe, die er gerade emporstieg. Bei jedem Schritt analysierte er intern die vor ihm befindliche Stufe und paßte den Winkel an, in dem er den Fuß aufsetzte, und das Gewicht, mit dem er die Stufe belastete, um nicht durch verkohlte Dielenbretter zu brechen.

Bevor Data den ersten Stock erreichte, nahmen seine Audioempfänger ein Geräusch wahr, das nicht von ihm stammte. Er blieb auf der Stelle stehen und brachte all seine internen Analysegeräte zum Einsatz. Ein Knarren der Dielen ließ auf die Verlagerung von Gewicht schließen, und die Thermalanalyse ergab, daß sich ein Lebewesen in seiner Nähe bewegte. Jemand befand sich in diesem Stockwerk und ging gemächlich hin und her. Möbelstücke wurden bewegt, und Data schloß, daß die andere Person seine Annäherung noch nicht bemerkt hatte. Aufgrund der Ausgangssperre mußte der Androide davon ausgehen, daß diese Person nicht befugt war, sich hier aufzuhalten, und bereitete sich augenblicklich auf eine mögliche Konfrontation vor. Während er in einer Hand weiterhin den Tricorder hielt, griff er mit der anderen vorsichtig an seine Hüfte und zog den Phaser, der bereits auf eine mittlere Betäubungsstufe eingestellt war. Dr. Crushers oberflächliche Untersuchung des elohsianischen Körperbaus hatte ergeben, daß eine höhere Einstellung erforderlich war, um einen Elohsianer zu betäuben.

Er hob langsam den Kopf und konnte nun die Gestalt ausmachen, die durch den Raum ging und dabei gelegentlich den gebündelten Strahl einer Taschenlampe aufblitzen ließ. Ihr Atem kondensierte. Ein Großteil der Außenwand des Gebäudes war zerstört worden; durch einen breiten Riß konnte man den Sternenhimmel sehen. Schwaches Licht von einer in der Nähe stehenden Straßenlampe bot etwas zusätzliche

Helligkeit, und nach wenigen Sekunden hatte Data die Gestalt zweifelsfrei identifiziert.

Er stieg vollends zum ersten Stock hinauf und sagte: »Commander Sela.«

Die Romulanerin wirbelte herum. Sie hatte ihren schnittigen Intervaller gezogen und zielte direkt auf seinen Kopf. Als sie sah, um wen es sich handelte, grinste sie und steckte die Waffe wieder ein. »Data.«

»Mir war nicht bekannt, daß Premier Daithin Ihnen erlaubt hat, auf den Planeten zu beamen und ebenfalls eine Untersuchung durchzuführen«, sagte der Androide und blieb stehen, wo er war, um nicht den Eindruck zu erwecken, er wolle die Romulanerin bedrohen.

»Er weiß nicht, daß ich hier bin«, sagte sie und sah sich wieder um. Bei dem stark in Mitleidenschaft gezogenen Raum handelte es sich offensichtlich um ein Büro; Schreibtische und tiefe Regale standen an einer Wand, doch die Bücher und Papiere waren nur noch eine geschwärzte Masse. Bilder, unter deren verkohlten, gräulichen Oberflächen noch gelegentlich bunte Farben auszumachen waren, hingen schief an den Wänden.

»Was machen Sie dann hier?«

»Das gleiche wie Sie, nehme ich an. Ich versuche herauszufinden, wer das getan hat.«

»Sie wissen wirklich nicht, ob Ihre Zenturion dafür verantwortlich war?« Selas Aussage hatte Data verwirrt, und er wartete gespannt auf ihre Antwort.

»Telorn war ein Offizier mit einwandfreien Leistungen, und ich kann mir einfach nicht vorstellen, weshalb sie so etwas tun sollte. Wir können dadurch nichts gewinnen.«

»Genau, wie die Föderation keinen Vorteil aus der ersten Explosion ziehen kann«, fügte Data hinzu.

Sela schaute zu ihm hinüber, dachte über die Bemerkung nach und gab ein nichtssagendes Räuspern von sich. Dann fuhr sie damit fort, ohne erkennbares Muster den schwarzen Schutt auf dem Boden zu durchwühlen.

»Sie hoffen also, Beweise zu finden, die ihre Schuld eindeutig klären oder aber Hinweise auf den wirklichen Schuldigen geben.«

»So könnte man das sagen, Androide. Wir haben sie noch immer nicht gefunden, was schon genug Anlaß zur Besorgnis gibt. Unsere Sensoren hätten sie schon vor Stunden ausfindig machen müssen. Wenn ich sie aufgespürt habe, wird sie sterben, weil sie sich von ihrem Posten entfernt hat, oder aber sie wird wegen Verrats am Reich hingerichtet.«

»Eine seltsame Form der Gerechtigkeit«, sagte Data.

In Selas Stimme schlich sich ein harter Tonfall. »Ihre Föderation wird eines Tages untergehen, weil sie so weich ist«, erwiderte sie.

»Dazu kann ich nichts sagen«, antwortete Data. »Ich schlage jedoch vor, daß wir unsere Anstrengungen bündeln und gemeinsam herausfinden, was heute wirklich hier geschehen ist und die Explosion verursacht hat.«

Sela hörte mit der Arbeit auf und musterte den Starfleet-Offizier. »Warum machen Sie mir dieses Angebot?«

»Weil wir beide dasselbe erfahren wollen: die Wahrheit. Gemeinsam werden wir sie vielleicht finden.«

»Und nach unserer letzten Begegnung vertrauen Sie mir noch?« Die Blicke von Selas blauen Augen fixierten Data; offensichtlich dachte sie an die Erniedrigung und das Scheitern von fünf Jahren Arbeit, wofür der Androide, Captain Picard und Botschafter Spock verantwortlich gewesen waren.

»Mit einem Betrug könnten Sie nichts gewinnen, also kann ich Ihnen durchaus vertrauen«, erwiderte Data.

Die Romulanerin dachte über sein Angebot nach,

zuckte mit den Achseln und machte sich mit ihrer Lichtquelle und ihrem Sensorgerät wieder an die Arbeit. Letzteres war größer und beträchtlich lauter als Datas Tricorder, was ihn erneut feststellen ließ, daß die Technik der Romulaner auf manchen Gebieten überlegen sein mochte, aber keineswegs auf allen.

»Wie wir vermutet haben, handelte es sich um einen chemischen Brandsatz«, begann Data. »Soweit ich weiß, kennt diese Welt keine chemischen Waffen und war daher nicht imstande, die Ausbreitung des Feuers zu verhindern. Es hat viel größeren Schaden angerichtet, als wir dachten. Ich würde gern den Behälter finden, der die Chemikalie enthielt. Zumindest einen Teil davon.«

Sela war in einer Ecke in die Hocke gegangen, hielt in einer Hand die Taschenlampe und grub mit der anderen in dem Schutt. Etwas funkelte auf, und Data blieb ruhig stehen und wartete. Sie hob die schmutzigen Finger, zwischen denen sie einen kleinen, grünlichen Gegenstand hielt. Nachdem sie die Lampe an ihrem Gürtel befestigt hatte, hob sie den Scanner und untersuchte den Fund.

Vorsichtig trat Data näher und fragte, ob er sich den Gegenstand ebenfalls ansehen dürfe. Sie nickte nur, schien im Augenblick nicht sprechen zu wollen. Data ignorierte den möglichen Affront und konzentrierte sich auf die Meßergebnisse. »Wie ich sehe, handelt es sich um ein Stück Keramik.«

»Ja«, bestätigte sie. »Zu klein, um beweiskräftig zu sein, doch wenn wir hier noch mehr davon finden, und vielleicht auch in den anderen Gebäuden ...«

»Sie glauben, die Chemikalie hat sich darin befunden?«

»Das glaube ich, ja. Kommen Sie mit, Data«, befahl sie und ging schnell durch den Raum zur Treppe. Data ließ sich durch ihr Benehmen nicht stören und folgte ihr gehorsam. Da er keine Gefühle hatte, die man verletzen konnte, machte es ihm nichts aus, daß die Romulanerin voranging, das Kommando übernahm oder so tat, als hätte sie alles völlig unter Kontrolle. Er hatte schließlich die Erlaubnis, sich hier aufzuhalten, während sie sich heimlich hier befand. Data vermutete mittlerweile, daß Selas Untergebene nicht wußten, daß sie hierher gebeamt war, und sie auf eigene Faust ermittelte.

Nach ein paar Minuten standen sie bis zu den Knien in dem Schutt, der vorher ein Lagerraum über einer Bäckerei gewesen war. Säcke mit elohsianischem Zucker, Mehl und einigen unbekannten Substanzen waren aufgerissen, hatten sich mit der feuerhemmenden Chemikalie verbunden und bildeten nun einen Schmierfilm, der die umgestürzten Regale, Leitern und die halbe Decke überzog. Während Sela die Lampe hochhielt, wühlte Data in dem Schlamm und konzentrierte seine Suche auf einen ähnlichen Keramikgegenstand. Wäre Geordi anwesend gewesen, hätte sein VISOR die Suche erleichtert, doch seine eigenen visuellen Rezeptoren würden in diesem Fall durchaus genügen.

Nach fast einer Viertelstunde des stummen Grabens hielt Data drei weitere Stückchen des grünen Materials hoch. Sela scannte sie und schaute dann besorgt drein. Ohne auf seinen Tricorder zurückzugreifen, konnte Data sagen, daß das Material dem entsprach, das sie auf der anderen Straßenseite gefunden hatten. »Es ist romulanischer Herkunft, nicht wahr?«

Sela war von den Meßergebnissen offensichtlich erschüttert. »Ja«, sagte sie, ohne Data richtig Beachtung zu schenken. »Bei einigen Bestandteilen der Keramik handelt es sich um Tonsorten von Romulus. Die chemische Komponente wird innerhalb eines Vakuums in diese handgroßen Behälter gefüllt. Ein Säurebestandteil frißt sich durch die Keramik, entzündet sich beim Kontakt mit Luft und verbrennt sehr schnell. Es besteht kein Zweifel, daß ein Romulaner dahintersteckt. Aber, der Prätor sei verdammt, wer?«

»Gehen Sie weiter davon aus, daß Telorn diese Brandsätze versteckt hat?«

»Ich weiß nicht, wovon ich ausgehen soll, Androide!« Sela kochte vor Wut, und anhand der Beobachtungen, die Data bei Romulanern gemacht hatte, konnte er feststellen, daß ihre Reaktion eher menschlich denn romulanisch war. »Wir sind nicht hierher gekommen, um diese Welt der Föderation auszuhändigen!«

»Ich bin Ihrer Meinung«, sagte er.

Sie hielt einen Augenblick lang inne und schaute zu Data hinüber, der sich gerade den Staub von der Uniform klopfte. Sie wußte mit seinen Worten offensichtlich nichts anzufangen, und Data beobachtete, wie auf ihrem Gesicht die Wut der Verwirrung wich. Er entschloß sich, seine Theorie zu erklären. »Weder die Föderation noch das Romulanische Reich sind hierher gekommen, um ihre eigenen Anstrengungen zu sabotieren und die Welt der anderen Seite zu ›übergeben‹. Ich kann nur den Schluß ziehen, daß Agenten einer dritten Partei im Spiel sein müssen, deren Ziele wir noch nicht kennen.«

»Eine vernünftige Annahme, Data«, pflichtete sie ihm bei. »Und wie wollen wir Ihre neue Theorie beweisen?«

»Das weiß ich im Moment noch nicht. Aber um das zu erreichen, werden wir trotz unserer unterschiedlichen Philosophien zusammenarbeiten müssen.«

Sela stand ganz ruhig da und dachte darüber nach, und Data beobachtete sie genau. Er wußte nicht, wie sie den Vorschlag aufnehmen würde. Die Sekunden verstrichen quälend langsam, und lediglich der ständige Strom kondensierenden Atems verriet Data, daß Sela sich nicht in eine Statue verwandelt hatte. Schließlich traf sie eine Entscheidung, ging auf Data zu und bedachte ihn mit einem seltenen echten Lächeln. Er stellte fest, daß es allen ästhetischen Definitionen zufolge, die er aufgeschnappt hatte, ihre kalte Schönheit erhöhte.

»Na schön, Data. Wenn Sie einen Plan haben, höre ich zu.«

9

Data wechselte in den Detektivmodus über und schritt wieder auf und ab. Seine Gedanken wären für Menschen eine geordnete Sammlung von Mustern, Deduktionen und Hypothesen gewesen. Für Data hingegen waren sie ein Durcheinander von unvollständigen Ideen, die alle auf parallelen Prozessoren liefen und um Aufmerksamkeit rangen. Selbst mit seinem erstaunlichen positronischen Gehirn brauchte er eine Weile, um die Fakten zu sortieren, mit ähnlichen Zwischenfällen in seinen Datenbanken zu vergleichen, auf zufällige Kommentare zurückzugreifen, die abgespeichert worden waren und sich nun als nützlich erweisen könnten. Während er Hunderte von Theorien überprüfte, ließ er gleichzeitig zwei Subroutinen ablaufen. Zum einen beobachtete er Commander Sela, und zum anderen verglich er Etüden der elohsianischen Musik mit solchen, wie sie auf den Deneb-Kolonien vorkamen.

Sela sah anfangs ruhig zu, wie er auf und ab schritt, doch dann mußte er feststellen, daß sogar die Geduld der kühlen Romulanerin begrenzt war. »Wieso bewegen Sie sich so seltsam?« fragte sie schließlich.

»Ach ja, Sie kennen keine irdische Kriminalliteratur«, sagte Data, und ein nachdenklicher Ausdruck legte sich auf sein Gesicht. »Ich hingegen habe sehr viel davon gelesen«, fuhr er fort, »und finde die Methoden der meisten fiktiven Detektive ziemlich faszinierend. Ich habe ihre Vorgehensweisen nachgeahmt, was mehrmals zu befriedigenden Ergebnissen führte.

Da wir es hier mit einem Geheimnis zu tun haben, bin ich kurzfristig zu diesem Operationsmodus zurückgekehrt. Stört Sie das?«

»Nein, aber behalten Sie es nicht für sich, wenn Sie etwas herausgefunden haben«, verlangte sie.

»Natürlich. Pflichten Sie mir bei, daß wir es mit einer dritten Partei zu tun haben, die sowohl der Föderation als auch dem Romulanischen Reich böswillig gesonnen ist?«

Sela schien kurz über die Frage nachzudenken. Er nahm an, daß sie die Beweise gegen das abwog, was sie über die *Enterprise* und ihre Crew wußte. Es konnte nur eine Antwort geben, aber er wartete geduldig.

»Ja«, gestand sie schließlich ein.

»Sehr gut. Da wir beide nun an diese neue Theorie glauben, können wir besser zusammenarbeiten. Ich habe Grund zu der Annahme, daß es eine Verbindung zwischen dem toten menschlichen Söldner und Ihrem Zenturion Telorn gibt.«

»Unwahrscheinlich«, erwiderte Sela. »Telorn hat das Reich vor dieser Mission nie verlassen. Sie kann keinen Kontakt mit Menschen gehabt haben. Die *N'ventnar* ist vor dieser Mission tief innerhalb des Reiches eingesetzt worden, weit entfernt von Ihnen.«

Data ging weiterhin auf und ab, die Hände noch immer hinter dem Rücken verschränkt. »Ich verstehe. Kann sie von jemandem gekauft oder bestochen worden sein?«

»Bestochen? Ich hatte das nicht in Betracht gezogen, aber nach den heutigen Ereignissen ist wohl alles möglich.«

Sela entfernte sich von dem schlimmsten Schlamm und wischte sich die feuchten, schmutzigen Hände an ihren Hosen ab, ohne darauf zu achten, was sie damit anrichtete. »Wenn Sie recht haben, Data, könnten die Hinweise, die wir suchen, hier sein, direkt vor unseren

Nasen, und wir werden es niemals erfahren. Verdammt, das kann einen zur Raserei bringen.«

Data hatte ihr gerade eine völlig neue Sichtweise eröffnet, doch er wußte, Sela würde eine Weile brauchen, um die Vorstellung zu verarbeiten und zu überprüfen, ob sie sie akzeptieren konnte. So oder so, schon die Idee allein würde der stolzen Romulanerin zuwider sein und wahrscheinlich zu einer Veränderung ihrer Stimmung führen. Er beobachtete sie lediglich und versuchte festzustellen, ob er ihr Verhalten und ihre seelische Verfassung richtig vorhergesagt hatte.

»Wenn wir hier fertig sind«, sagte sie verdrossen, »könnten wir diesen Ort vielleicht verlassen? Der Gestank geht mir allmählich auf die Nerven.«

Bei ihren letzten Worten blieb Data abrupt stehen und wirbelte dann zu ihr herum. Er schnippte mit den Fingern und sagte tatsächlich: »Aha!« Zunächst war er zufrieden gewesen, daß er ihren Stimmungswandel vorhergesehen hatte, doch dann hatte er sich auf ihren Satz konzentriert; die Hinweise hatten sich zusammengefügt, und er hatte ein neues Theorem entwickelt. Das alles war mit Lichtgeschwindigkeit geschehen, so daß Sela nicht wissen konnte, was ihre Bemerkung ausgelöst hatte. Sie starrte ihn nur an.

Er ging zu dem Tisch hinüber, auf dem die drei Keramikteile lagen, und beugte sich über sie. Sie beobachtete ihn neugierig, während er sich noch tiefer bückte und tatsächlich an den Stücken schnupperte. Dann ging er zu der Wand, an der er die Teile gefunden hatte, und roch auch dort, wobei er gelegentlich auf seinen Tricorder sah, der unregelmäßig summte und piepste.

Schließlich richtete Data sich wieder auf und gab ein paar Informationen in den allgegenwärtigen Tricorder ein. Er wartete kurz, bis ein Ergebnis auf dem winzigen Bildschirm erschien, und ging dann zu Sela hinüber. »Wir haben etwas«, sagte er und hob den Tricorder hoch, damit sie es ebenfalls sehen konnte.

»Was?« fragte sie.

»Sie haben von Hinweisen direkt vor unseren Nasen und dann kurz darauf von dem Gestank gesprochen, dem ich zuvor keine Beachtung geschenkt hatte. Das erinnerte mich an eine Geschichte, mit der ich mich erst vor kurzem vertraut gemacht habe. Eine der bedeutenden Detektivgeschichten Edgar Allan Poes ist ›Der entwendete Brief‹, geschrieben im neunzehnten Jahrhundert und die letzte Story mit dem großen Detektiv ...«

»Kommen Sie zur Sache!« bellte Sela.

Data war über diese Aufforderung verblüfft und unterbrach seine Vorlesung. »In der Geschichte geht es darum, daß ein kompromittierender Brief verschwunden ist, und während die örtliche Polizei überall in der Residenz des als Täter bekannten Ministers danach sucht, befindet er sich, verkehrt zusammengefaltet, die ganze Zeit über in einem jedem zugänglichen Briefständer.«

»Was hat dieser... dieser Brief mit uns zu tun?« fragte sie barsch.

»Wir hatten einen Hinweis direkt vor unseren Nasen, den die elohsianischen Behörden niemals überprüfen würden.«

»Muß ich Ihnen jedes Wort einzeln aus der Nase ziehen, Data?« sagte Sela, schon zutiefst frustriert über ihren neuen Partner.

»Das ist nicht nötig. Ich habe in den letzten paar Minuten ein Verzeichnis der Gerüche erstellt, die ich in der Nähe der Keramikbruchstücke wahrgenommen habe. Wenn wir uns zu den drei anderen Brandorten begeben, werden wir wahrscheinlich denselben Geruch entdecken, einen Geruch, den man normalerweise nicht mit dieser Gegend, ja nicht einmal mit diesem Kontinent in Verbindung bringt.«

Nun lächelte Sela über Datas Einfallsreichtum. »Und den Meßwerten Ihres Tricorders zufolge haben Sie... Seetang gerochen?«

»Ich glaube schon. Gehen wir zu den anderen Gebäuden, bevor Sie an Bord Ihres Schiffes vermißt werden.«

Keine Stunde später hatte Data mit Hilfe seiner empfindlichen sensorischen Ausrüstung nicht nur weitere und ganz ähnliche Gerüche gefunden, sondern auch fünf weitere Bruchstücke des Keramikmaterials, das die leicht entzündbare Chemikalie umhüllt hatte. Oberflächlich gesehen war das grobe romulanische Material ein erdrückendes Beweismittel, doch mit Datas Hilfe würde die wahre Geschichte hinter den Bomben herauskommen. Sela schien dies ohne längere Diskussionen einzusehen, und Data bewunderte ihren scharfen, anpassungsfähigen Verstand. Normalerweise gestattete er es sich nicht, länger an Selas angebliche Mutter, Tasha Yar, zu denken, doch nachdem er nun so lange und so eng mit ihr zusammengearbeitet hatte, zog er unwillkürlich Vergleiche zwischen den beiden. Statt sich völlig mitreißen zu lassen, rief er eine Subroutine auf, die sämtliche Beobachtungen in Dateien speicherte, damit er später eine genaue Analyse durchführen konnte. Er hoffte, einen Hinweis zu finden, der Captain Picard half, ein für alle Mal ihre wahre Identität festzustellen. Er ignorierte allerdings, daß auch er dadurch Gewißheit finden würde – und daß er das Bedürfnis verspürte, diese Frage endgültig zu klären.

Als die beiden mit dem vierten Gebäude fertig waren, traten sie auf die Straße, wobei sie darauf achteten, sich von den Lichtpfützen fernzuhalten, die die Straßenlampen alle paar Meter warfen. Beide waren erleichtert, daß niemand ihre Arbeit unterbrochen hatte. Data hatte die Theorie geäußert, daß Daithin allen örtlichen Sicherheitskräften befohlen hatte, sich von der Gegend fernzuhalten, nachdem er ihm die Erlaubnis zum Herunterbeamen erteilt hatte.

»Ich werde auf die *Enterprise* zurückkehren und meine Ermittlungen fortsetzen. Später werde ich Sie über die Ergebnisse informieren. Dann können wir gemeinsam ein angemessenes Vorgehen beschließen. Wie soll ich Kontakt mit Ihnen aufnehmen?«

»Ich melde mich bei Ihnen«, sagte sie nur. Sie öffnete ihr Kommunikationsgerät, drückte auf einen Knopf und dematerialisierte innerhalb von ein paar Sekunden. Zweifellos war sie mit Hilfe eines vorher eingegebenen Programms auf ihr Schiff zurückgekehrt.

Nachdem Datas Arbeit getan war, bat er ebenfalls, an Bord seines Schiffes zurückgeholt zu werden.

Captain Picard begann seinen Tag ausgeruht; er hatte zur Abwechslung verhältnismäßig gut geschlafen und sein Frühstück mit Dr. Crusher genossen, bei dem sie über Angelegenheiten gesprochen hatten, die nichts mit Eloh zu tun hatten. Doch während der Mahlzeit hatten sich Zweifel und düstere Gedanken zurück in sein Bewußtsein geschlichen, und als er sein Quartier verließ, war er wieder ernst und wachsam. Zweifellos waren die Probleme auf der Welt tief unter ihm noch nicht ausgestanden, und jeder seiner Taten schien nun eine immer größere Bedeutung zuzukommen.

Als die Turbolifttüren sich öffneten und er die Brücke betrat, schaute er sich um und stellte zufrieden fest, daß hier alles in geordneten Bahnen zu laufen schien. Lieutenant Keefer erhob sich vom Sitz in der Mitte, übergab ihm das Kommando und beendete damit offiziell die Gamma-Schicht. Fast alle Angehörigen der Tagschicht waren schon an Ort und Stelle, nur Riker war nirgendwo zu sehen. Zweifellos befaßte er sich gerade irgendwo mit einigen Details der Schiffsführung, dachte Picard.

Dann bemerkte er, daß Data ruhig an der Wissenschaftsstation arbeitete. Seine Uniform war schmutzig, und ihr schien eine Vielzahl von Gerüchen anzuhaften, darunter Rauch, Feuer und andere, die er nicht identifizieren konnte. Es war ein durchdringender, unangenehmer Gestank, der ihn seltsamerweise an Eloh erinnerte. Statt auf seinem Sessel Platz zu nehmen, schlenderte er zu der Station hinüber und beobachtete Data bei der Arbeit. Einen Moment lang blieb alles still, und Picard ließ den Blick wieder über die Brücke schweifen. Als er auf den Hauptbildschirm fiel, schien das mittlerweile gewohnte Bild Elohs sich irgendwie verändert zu haben.

»Mr. Data, haben wir während der Nacht den Orbit geändert?«

Der Androide hielt in seiner Arbeit inne und schaute zum Captain hoch. »Jawohl, Sir. Ich mußte die Umlaufbahn ändern, um einen revidierten Sensorscan des Planeten durchführen zu können. Dies ist mittlerweile geschehen, und wenn Sie es wünschen, können wir jederzeit in den Standardorbit zurückkehren.«

»Verdammt, Data, was haben Sie denn die ganze Nacht über getrieben? Was haben Sie auf dem Planeten herausgefunden?«

»Es war eine sehr interessante Nacht, Captain«, begann Data. Er klang recht enthusiastisch. »Ich habe einige Ermittlungen durchgeführt, die zu befriedigenden Ergebnissen führen könnten.«

Picard nickte und wartete mit verkniffenem Gesicht auf den üblichen vollständigen Bericht einschließlich aller Einzelheiten.

»Ich habe etwas Ungewöhnliches gerochen, Sir. Zuerst haben wir herausgefunden ...«

»Wir?« Picard wirkte plötzlich besorgt.

Data hielt kurz inne, um seine Antwort zu überdenken, erkannte seine Auslassung und fuhr fort. »Ja. Commander Sela hat anscheinend ebenfalls eine

Suche nach Hinweisen durchgeführt, wenn auch insgeheim, ohne Kenntnis der örtlichen Behörden.«

Picard wirkte überrascht, was bei ihm nicht oft vorkam. Aber seine Gesichtszüge glätteten sich sofort wieder. »Ich verstehe«, sagte er nur. »Fahren Sie bitte fort.«

»Wir haben schlüssige Beweise dafür gefunden, daß Mr. Worfs Analyse der Explosion korrekt war. Die Brandbomben stammen aus einer romulanischen Quelle. Commander Sela schien nicht erklären zu können, wie dies ohne ihr Wissen geschehen konnte. Dann nahm ich einen Geruch war, der nicht dorthin zu gehören schien. Als ich dem nachging, fand ich Spuren desselben Geruchs bei allen vier Brandherden, und es war einige Zeit erforderlich, sie gründlich zu überprüfen. Nachdem ich auf das Schiff zurückgekehrt war, setzte ich meine Untersuchungen fort, die mich zwangen, die Umlaufbahn des Schiffes zu ändern.«

»Und was haben Sie gefunden?« fragte Picard, der angesichts der ausführlichen Erklärung allmählich ungeduldig wurde.

»Seetang.«

»Seetang?« Picard schien ehrlich verwirrt zu sein. Zuerst Sela, dann Seetang. Der Tag war plötzlich seltsam geworden, und ein ungutes Gefühl breitete sich in seiner Magengrube aus.

»Ja, Sir. Im Salzwasser von Elohs Meeren gedeiht eine ziemlich scharf riechende Art von Seetang, die getrocknet auf den Kontinenten der Dar als Speisegewürz Verwendung findet. Der Geruch, den ich entdeckte, war sehr ähnlich, aber nicht identisch, und ich setzte meine Nachforschungen fort, bis ich eine Hydroponikanlage auf dem Kontinent Delphine Dar fand. Dort befindet sich der Großteil des sauerstoffproduzierenden Pflanzenlebens dieser Welt; die Anlage soll die Produktion von Pflanzen steigern, mit denen die Fauna der Kontinente wiederbelebt wird, die während der Kriege die schlimmsten ökologischen Schäden hinnehmen mußten. Ich bin der Ansicht, daß es sich bei dem Geruch um den von hydroponisch erzeugtem Seetang handelt.«

»Und Sie vermuten deshalb die Leute, die hinter dem Brandanschlag stecken, in diesem Forschungszentrum auf Delphine Dar?«

»Genau dieser Auffassung bin ich, Sir.«

Picard dachte über die Enthüllungen nach und überlegte, wie sie nun vorgehen sollten. Natürlich hatte nur Data diese obskure Argumentation entwickeln und die richtigen Schlüsse ziehen können. Sicher, hätten sie gewußt, wonach sie suchen mußten, hätten auch menschliche Offiziere den Geruch des Seetangs bemerkt, ihm aber wahrscheinlich keine große Bedeutung beigemessen. Aber Data hatte recht, Seetang hatte in der Stadtmitte, in der Nähe des Parlaments, wirklich nichts zu suchen. Der Captain mußte eingestehen, daß solch ungewöhnliche Spuren schon oft Behörden geholfen hatten, Kriminelle aufzuspüren, die sich ihrer überlegenen Intelligenz sicher waren. Der Hinweis wäre für Dixon Hill vielleicht ein wenig zu obskur gewesen, aber keineswegs zu hoch für Sherlock Holmes.

»Sehr gute Arbeit, Mr. Data. Ich werde in Ruhe darüber nachdenken und über unser weiteres Vorgehen entscheiden. Derweil könnten Sie sich in Ihr Quartier begeben und eine nicht ganz so auffällige Uniform anziehen.«

Data legte den Kopf auf die Seite und dachte kurz über Picards Vorschlag nach. Dann schaute er an seinem Körper herab und schnüffelte kurz. »Ah«, sagte er und verließ umgehend die Brücke. Picard lächelte und begab sich zu seinem Kommandosessel.

Wenig später kam Commander Riker auf die Brücke, und der Captain erläuterte seinem Ersten Offizier kurz Datas neueste Theorie. Bei der Erwähnung des Seetangs runzelte Will die Stirn und grinste dann breit. Als Picard fertig war, schüttelte Riker den Kopf, erstaunt über Datas Fähigkeiten, und dann kehrte auch schon der Detektiv höchstpersönlich wieder auf die Brücke zurück. Picard winkte ihn zu sich hinüber.

»Angesichts der Umstände und der Art und Weise, wie diese Entdeckung zustande kam, sollten wir Mr. Data erlauben, unsere Ermittlung zu leiten«, erklärte der Captain.

»Ganz meine Meinung«, sagte Riker.

»Wir sollten die Erlaubnis einholen, daß Mr. Data nach Eloh zurückkehren und dieses Hydroponik-Forschungszentrum besuchen darf. Ich möchte, daß Sie Mr. Worf mitnehmen, Data.«

»Verstanden, Sir.«

»Ich werde sofort Kontakt mit Premier Daithin aufnehmen und feststellen, ob wir die Ermittlung einleiten können.« Picard erhob sich und ging in seinen Bereitschaftsraum, um dort das Gespräch zu führen. Er war überzeugt, daß der Tag nicht so verlaufen würde, wie er es sich ursprünglich vorgestellt hatte, und daß die Probleme sich ihrer Lösung näherten. Vielleicht würde aus dieser Mission ja doch noch ein Erfolg.

Daithin fragte sich, ob dies die Auswirkungen des Alterns waren. Er hatte auch in der vergangenen Nacht schlecht geschlafen und war überaus gereizt, als er sich im Parlament mit seinem Stab traf. Seine Schultern und eine Vielzahl von Narben schmerzten, und er runzelte die Stirn, als er aus dem Fenster schaute und die Zerstörungen betrachtete, die die Brandbomben angerichtet hatten. Den täglichen Papierkram ignorierte er. Er merkte selbst, daß er nicht in bester Stimmung war. Widerwillig nahm er hinter dem reich verzierten Schreibtisch in seinem Privatbüro Platz, rief auf seinem persönlichen Computer die neuesten Informationen auf und überflog kurz die Erklärungen und persönlichen Mitteilungen besorgter Politiker. Während er das heiße Getränk in seinem Becher umrührte, wurde ihm klar, daß der erstellte Zeitplan endgültig nicht mehr einzuhalten war. Jedesmal wenn auf ihrer Welt etwas geschah, wurde zuerst der Zeitplan umgeworfen. Larkin leistete normalerweise ausgezeichnete Arbeit, wenn es darum ging, mit den Terminen zu jonglieren, doch selbst er war an den Grenzen seiner Leistungsfähigkeit angelangt, wenn die Präsentationen, Besichtigungen und Treffen mit den beiden raumfahrenden Spezies ständig über den Haufen geworfen wurden. Den Kriegsvogel hatte Daithin besucht, doch es schien ihm nicht vergönnt, sich auch die *Enterprise* anzusehen.

Daithin hörte auf, das *Kintare* umzurühren, als ihn das rhythmische Klicken des Löffels zu ärgern begann. Er blies kurz in das Getränk und nahm einen Schluck – es schmeckte nicht so wie das, das seine Frau zubereitete, doch es würde ihm durch den Tag helfen. Der Geschmack des *Kintare* löste in ihm den Wunsch aus, mehr Zeit mit seiner Frau zu verbringen und nicht mehr die erdrückende Last der Verantwortung für diese Welt auf seinen Schultern zu spüren.

Seine erste Aufgabe bestand jedoch darin, den Terminplan wieder auf Vordermann zu bringen und die Gespräche mit den beiden Regierungen abzuschließen, damit das Parlament eine Entscheidung treffen konnte. Die Möglichkeit, daß die Volksvertretung zu keiner Entscheidung gelangen konnte, weil diese terroristischen Akte ihre Urteilsfähigkeit beeinflußten, ignorierte er erst einmal. Daithin mußte sein Vertrauen in zwei raumfahrende Rassen setzen, von denen er keine wirklich verstand. Das bereitete ihm Unbehagen und vielleicht sogar ein wenig Angst; er kam sich deshalb ungewöhnlich angreifbar vor. Schließlich handelte es sich um eine wichtigere Entscheidung, als er es sich vorgestellt hatte, und manchmal wünschte er, die Träumer, Dona und Simave, hätten der kriegsmüden Bevölkerung niemals etwas von den Sternen erzählt. Er vermutete, daß die Kämpfe sowieso recht bald beendet gewesen wären. Vielleicht aber auch nicht…

Es gefiel ihm nicht, die Termine erneut verlegen zu müssen, aber er hatte wohl keine andere Wahl, und da er so mürrisch war, beschloß er, es persönlich zu tun und dabei zu versuchen, die Angelegenheit ein für alle Mal und zügig zum Abschluß zu bringen.

Plötzlich klopfte es laut an der Tür. Da Daithin noch nicht fertig war, freute er sich nicht gerade über die Störung, doch das Klopfen klang vertraut. Nur sein Freund Larkin schlug immer zweimal hintereinander auf die Türfläche. Daithin griff unter seinen Schreibtisch, drückte auf einen Knopf, der das Schloß aufschnappen ließ, und gewährte dem kleineren Elohsianer Einlaß.

»Ein schöner Tag, Daithin«, sagte Larkin, der viel besser als sein Vorgesetzter gelaunt zu sein schien. Er trug sogar eine seiner helleren Monturen mit leuchtend gelbem und silbernem Filigranbesatz auf beiden Armen und Beinen. Daithin war so grantig gewesen, daß er das erstbeste Gewand angezogen hatte, das er in seinem Kleiderschrank gefunden hatte, ohne auch nur einen weiteren Gedanken daran zu verschwenden. Er schaute kurz an sich herab und stellte fest, daß es sich im eins der dunkleren handelte, mit rosa und purpurnen Streifen auf den Schultern und Armen und einem breiten braunen Gürtel mit einem Planetensymbol als Schnalle. Immerhin paßte es genau zu seiner Stimmung.

»Nein, er ist alles andere als schön, also lügen Sie nicht«, sagte Daithin grob. Er drehte den Computerbildschirm herum und zeigte mit einem Finger darauf.

»Hier, sehen Sie sich an, womit ich begonnen habe, und bringen Sie es zu Ende. Ich will beiden Kommandanten die Tagesordnung zukommen lassen und die Gespräche wieder in Gang bringen.«

Larkin beschäftigte sich kurz mit dem Bildschirm und bewegte einzelne Punkte des Terminplans wie Puzzlestücke hin und her. Dann schaute er auf. »Ach ja«, sagte er, »Captain Picard versucht, Sie zu erreichen. Wollen Sie mit ihm sprechen?«

Daithin wollte es nicht unbedingt; er warf einen Blick auf den Monitor, um zu sehen, wie Larkin vorankam, und gelangte zum Schluß, daß es endlich an der Zeit war, etwas Konstruktives mit diesem Tag anzufangen. Irgend etwas. Er ging in Larkins kleineres Büro, das am Ende des kurzen Ganges lag, und betrat es. Widerwillig nahm er hinter dem Schreibtisch Platz, atmete tief aus und schaltete den Bildschirm ein.

»Guten Morgen, Captain«, sagte Daithin, obwohl er gänzlich anderer Meinung war. »Konnte Ihr Offizier gestern abend etwas herausfinden?« Er hoffte verzweifelt auf eine positive Antwort.

Picard lächelte und zeigte Zuversicht. »Auch Ihnen einen guten Morgen, Premier. In der Tat haben wir eine sehr bedeutende Spur, und ich möchte, daß Data und Mr. Worf ihr nachgehen. Darf ich Sie um die Erlaubnis bitten, diese beiden Besatzungsmitglieder in das hydroponische Forschungszentrum auf Delphine Dar zu beamen?«

Das kam völlig unerwartet, was sich auch auf dem dunkelhäutigen Gesicht des Premiers zeigte. Daithin wußte nicht genau, was er von dieser neuen Wendung der Ereignisse zu halten hatte. Delphine Dar war einer der stabileren Kontinente, und er konnte sich nicht vorstellen, was die Anschläge auf Regor und Dos Dar mit dem Forschungszentrum dort zu tun hatten. »Ist es in Gefahr?«

»Nicht, daß wir wüßten, Premier«, erwiderte Picard.

Seine zuversichtliche Miene beruhigte Daithin trotz der düsteren Gedanken, die ihm durch den Kopf gingen.

»Also gut. Ich werde Larkin anweisen, dort die nötigen Sicherheitsvorkehrungen zu treffen. Ich will nicht, daß Ihren Leuten etwas zustößt.«

»Danke, Premier. Haben Sie schon Entscheidungen bezüglich der heutigen Tagesordnung getroffen?«

Daithin wollte Ausflüchte vorbringen und versuchte sich verzweifelt an irgendwelche Punkte des völlig durcheinandergeratenen Terminplans zu erinnern, doch dann blinkte eine Lampe an einer Konsole auf dem Schreibtisch dunkelrot auf. Unmittelbar darauf erschien die Tagesordnung auf dem Bildschirm. Daithin wandte sich wieder Picard zu und ahmte dessen Zuversicht nach.

»Ja, natürlich, Captain. Wir würden heute nachmittag gern die *Enterprise* besichtigen, um vierzehn Uhr Ihrer Zeit. Damit wären wir… nur einen Tag hinter dem Zeitplan. Heute morgen werde ich das unterbrochene Gespräch mit den Romulanern abschließen, so daß es zeitlich genau hinkommt.« Sein Blick huschte wieder zu dem kleinen Bildschirm, und er stellte fest, daß Larkin Picards formelle Rede für den morgigen Vormittag angesetzt hatte. Er teilte dem Captain den Zeitpunkt mit und stellte erfreut fest, daß Picard bereit war, den – schon wieder – geänderten Termin zu akzeptieren. Aber was blieb Picard – oder auch Sela – anderes übrig?

Als der Bildschirm erlosch, atmete Daithin schon etwas leichter. Er hatte den Eindruck, die Zügel wieder in der Hand zu halten. Diese Sache mit Delphine Dar bereitete ihm Sorgen, da sie völlig unerwartet kam, doch er vertraute den Offizieren von der Föderation und war bereit, sie die Ermittlung durchführen zu lassen. Er rief Larkin zu sich, teilte ihm die neuesten Entwicklungen mit und trug ihm auf, dafür zu sorgen, daß das Forschungszentrum die Besucher erwartete und dort nichts schiefging.

Captain Picard bat Worf, Data, Troi und Riker in das Beobachtungszimmer, um sie kurz ins Bild zu setzen und ihnen die grundlegenden Informationen zukommen zu lassen. Worf brummte etwas Anerkennendes über Datas Arbeit, und Picard unterdrückte ein Lächeln über die Reaktion des Klingonen auf Datas Detektivarbeit. »Ich schicke nur Sie beide hinab, damit wir nicht zu viel Aufmerksamkeit auf die Ermittlung lenken. Bitte, rüsten Sie sich für alle Fälle mit Tricordern und Phasern aus. Um ganz sicherzugehen, lasse ich Ihre Position ständig überwachen.«

»Captain«, drang eine Stimme aus dem Kommunikator. »Wir haben eine Nachricht vom Kriegsvogel erhalten. Sie ist an Commander Data gerichtet und als privat gekennzeichnet.«

Picard sah seinen Zweiten Offizier an, und Data erwiderte lediglich, so unerschütterlich wie stets: »Ich habe diese Nachricht erwartet.«

»Dann nehmen Sie sie hier entgegen. Wir sind sowieso fertig.« Die anderen verließen langsam den Raum und schauten dabei den Androiden an, in der Hoffnung, er würde etwas über die Nachricht verlauten lassen. Doch Data war verdammt gut darin, Geheimnisse zu bewahren.

Nachdem Picard auf die Brücke zurückgekehrt war, blieb er neben Worf an der taktischen Station stehen. Er wartete nicht nur darauf, daß Data sein Gespräch beendete, sondern auch, daß Larkin ihnen die Einzelheiten für den Transport durchgab. Er nickte mit stummem Vergnügen darüber, daß auf der Brücke alles ruhig ablief. Er hatte zuvor befohlen, daß das Schiff in den ursprünglichen Orbit zurückkehrte, und der Bildschirm zeigte wieder den vertrauten Blick auf Eloh. Nach seiner Einschätzung würde die Lage in zwei, höchstens drei Tagen geklärt sein. Bei den meisten diplomatischen Missionen hatte Picard von Anfang an ein Gefühl, wie sie sich entwickeln würden. Bei dieser hier hatte er jedoch nicht die geringste Ahnung, da die Dinge immer wieder auf den Kopf gestellt wurden. Er konnte wirklich nicht abschätzen, welches Ergebnis die letzte Abstimmung bringen würde. Der Captain war froh, daß er seine Rede vor dem Parlament doch noch halten konnte – am besten, nachdem alles aufgeklärt worden war. Es würde seiner Sache nur zugute kommen, daß er dann die volle Wahrheit bekanntgeben konnte. Dieser Umstand würde die Entscheidung der Elohsianer vielleicht sogar zugunsten der Föderation beeinflussen.

»Kann ich Ihnen helfen, Captain?« fragte Worf.

»Ich sehe mir den Planeten nur in Ruhe von oben an, Mr. Worf. Dazu hatte ich bislang noch nicht genug Zeit.«

»Ich verstehe«, erwiderte der Sicherheitsoffizier steif und gab damit zu erkennen, daß er gar nichts verstand. »Wenn ich fragen darf, Captain ...«

»Nur zu, Mr. Worf«, forderte Picard ihn auf.

»Dieser Edgar Allan Poe ... er war zweifelsfrei ein Mensch des neunzehnten Jahrhunderts?«

Picard nickte. »Natürlich.«

»Seine Fantasie kommt der der besten klingonischen Autoren gleich, sogar denen unserer Zeit«, gestand Worf ein.

»Ach«, sagte Picard. »Haben Sie ihn auch gelesen?«

Es dauerte einen Moment, bis der stolze Krieger antwortete. »Da alle anderen über sein Werk sprachen, wurde ich ... neugierig. Seine Geschichten können das Blut in Wallung bringen, und ich verstehe, warum die Counselor eine Gänsehaut bekam. Poes Werke wären ausgezeichnete Gutenachtgeschichten für Alexander.«

Kurz darauf kam Data aus dem Beobachtungszimmer und erstattete Picard direkt Bericht. »Das war Commander Sela. Sie hat Plactus beauftragt, die Gespräche mit Premier Daithin abzuschließen. Wenn Worf und ich auf den Planeten beamen, wird sie uns auf Delphine Dar treffen.«

Hinter ihnen erklang ein leises Grollen.

»Ich verstehe«, sagte Picard und ignorierte den Klingonen vorerst. »Treffen Sie alle nötigen Vorbereitungen. Aber sagen Sie mir vorher eins. Wir haben noch nicht darüber gesprochen, aber was hat Sie dazu gebracht, den Geruch als Hinweis zu erkennen?«

»›Der entwendete Brief‹, Sir«, erwiderte Data.

Es dauerte einen Augenblick, doch kann konnte Picard die Argumentation des Androiden nachvollziehen. Ein kurzer Blick auf Riker und Troi machte ihm klar, daß das bei den beiden offensichtlich nicht der Fall war. »Sehr gut, Mr. Data. Wegtreten.«

»Was hatte das zu bedeuten?« fragte Troi.

»Ich empfehle Ihnen beiden, genau wie Data, sich mit Poes Detektivgeschichten vertraut zu machen«, erwiderte Picard lächelnd. Er erhob sich und kehrte zur taktischen Station zurück, hinter der Worf ruhig seinen Aufgaben nachging. Schon allein seiner Körpersprache entnahm Picard, daß der Klingone ein Problem hatte. Er trat ganz nah an ihn heran und sprach sehr leise.

»Mr. Worf, ich weiß, daß dies eine neue Schwierigkeit für Sie darstellt«, begann er.

»Ja, Sir«, war die einzige Antwort, und die wurde auch noch mit zusammengebissenen Zähnen gegeben.

»Ich kenne keinen Offizier, der besser geeignet wäre, Data auf den Planeten zu begleiten und zu gewährleisten, daß der Auftrag ausgeführt wird. Ich habe volles Vertrauen in Sie und bin mir bewußt, daß ich Sie in eine unangenehme Lage bringe.«

»Verstanden«, erwiderte Worf. Er blieb stocksteif stehen, doch Picard sah in seinen Augen, daß Worf trotz des Abscheus, den er für die neue Verbündete empfand, seine Pflicht tun würde.

Nachdem die Offiziere der *Enterprise* auf Delphine Dar rematerialisiert waren, erblickten sie zuerst eine andere Gestalt, die gerade materialisierte. Worf zog ein unglückliches Gesicht, als Selas Transport beendet war. Sie richtete die Waffe sofort in ihre Richtung, steckte sie dann aber ein und ging auf sie zu. Ein Grinsen breitete sich auf ihrem Gesicht aus.

Sie standen auf einer Lichtung in der Nähe eines üppigen grünen Tropenwalds. In der Ferne hörten sie das mechanische Summen von Maschinen, das ihnen verriet, in welcher Richtung das Forschungszentrum sich befand. Bevor sie auf den Planeten gebeamt waren, hatten Worf und Data sich mit dem Kontinent vertraut gemacht. Es handelte sich um die zweitgrößte Landmasse Elohs, deren tropische Regenwälder über sechzig Prozent des Sauerstoffs des Planeten erzeugten. Worf hatte dem Zweiten Offizier gegenüber bemerkt, daß die Elohsianer zwar einen grausamen Bürgerkrieg geführt haben mochten, aber nicht so verrückt gewesen waren, ihre Existenzgrundlage zu zerstören, und eine stillschweigende Übereinkunft geschlossen hatten, die Urwälder nicht anzurühren. Daher zählten sie zu den Gebieten, denen man die langen Bürgerkriege vor Erreichen der Einheit kaum ansah. Das Forschungszentrum, das sie besuchten, war eins der neueren Symbole für den Frieden und Wohlstand des Kontinents.

Niemand hatte den Klingonen nach seiner Meinung gefragt, doch Picard hatte kaum etwas anderes tun können, als jenem Offizier, der am qualifiziertesten dafür war, den Auftrag zu erteilen, mit einer Romulanerin zusammenzuarbeiten. Worfs Haß auf die Romulaner reichte bis in seine Kindheit zurück. Alle Klingonen lernten früh, wer der Feind und wer der Freund war. Nachdem sie gelernt hatten, welche Häuser als Verbündete galten, brachte man ihnen alles über die Spezies in der näheren Umgebung bei.

Die Klingonen waren sehr nachtragend und hatten den Romulanern niemals vergeben, daß sie sie im Lauf der Jahre mehrmals verraten hatten. Vor fast einem Jahrhundert hatten die beiden Mächte sich verbündet, doch es war nur eine lockere Allianz zustande gekommen, die keiner der beiden Parteien Vorteile zu verschaffen schien. Dann endete diese Allianz genauso abrupt, wie sie zustande gekommen war. Blutige Kriege waren die Folge. Beide Reiche waren der Ansicht, sie seien die rechtmäßigen Erben des bekannten Universums, während die Föderation nur als vorübergehende Unannehmlichkeit angesehen wurde, obwohl sie beiden Seiten einen Schlag nach dem anderen versetzte. Während die Romulaner sich danach sechzig Jahre lang von der Föderation fernhielten, gab es während dieser dunklen Jahre ständig Scharmützel mit dem Klingonischen Imperium.

Doch als die Klingonen sich gerade an ihre Unabhängigkeit gewöhnt hatten, zwangen die Umstände sie, ihre Beziehung zu der Föderation zu überdenken, und mit der Friedenskonferenz auf Khitomer dämmerte für beide Völker ein neues Zeitalter herauf. Die neue Allianz wurde vor fünfundzwanzig Jahren auf Narenda III auf die Probe gestellt, als die *Enterprise NCC-1701-C* dem Vorposten der Klingonen während eines romulanischen Überfalls zu Hilfe eilte. Bei genau diesem Gefecht war das Raumschiff zerstört worden; aber es war auch die Verwerfung im Raum-Zeit-Kontinuum entstanden, die Sela das Leben geschenkt hatte, und der Vorfall hatte die Freundschaft zwischen den Klingonen und der Föderation zusätzlich zementiert. Zumindest hatte Sela Picard gegenüber vor gut einem Jahr behauptet, ihre Existenz den Ereignissen auf Narenda III zu verdanken. Picard hatte seinen Senior-

Offizieren später von Selas Behauptung erzählt – und auch von Guinans merkwürdiger Aussage, es sei sehr wahrscheinlich, daß sie der Wahrheit entsprach.

In den Jahren, die Data und Worf auf der *Enterprise* dienten, hatten sie mehrmals Gelegenheit gehabt, mit eigenen Augen zu beobachten, zu welcher Täuschung und welchem Verrat die Romulaner fähig waren. Ihr Verhalten hätte dabei Schande über jedes klingonische Haus gebracht. Doch in letzter Zeit bereiteten die romulanischen Täuschungsmanöver ihm immer größere Sorgen. Das Haus Duras zum Beispiel hatte während seiner geheimen Tätigkeit für die Romulaner im Lauf der Jahre großen Schaden genommen. Zuerst hatte Duras' Vater, Ja'rod, sein Volk verraten und zugelassen, daß viertausend Klingonen während des romulanischen Überraschungsangriffs auf Khitomer starben, bei dem Worf und Kurn zu Waisen geworden waren. Als Worf Jahre später auf der *Enterprise* diente, hatte er den Namen seines Vaters reinwaschen und beweisen können, daß das Haus Duras diesen Verrat begangen hatte. Das hatte Duras' Schwestern, B'Etor und Lursa, allerdings nicht daran gehindert, eng mit Commander Sela zusammenzuarbeiten, um das Klingonische Imperium durch einen Bürgerkrieg zu spalten, damit es danach von den Romulanern erobert werden konnte. Erneut hatte Worf, mit Hilfe seines Bruders Kurn, zur Verteidigung des Imperiums beigetragen und dafür gesorgt, daß Gowron ein vereinigtes, wenn auch nicht ganz glückliches Klingonisches Imperium regieren konnte.

Für Worf gab es also nicht nur kulturelle, sondern auch persönliche Gründe, die Romulaner – und besonders Sela – zu hassen. Doch der Klingone hatte auch seine Prinzipien, und wenn er den Befehl erhalten hatte, mit ihr zu kooperieren, würde er es tun. Wenn auch zähneknirschend.

Sela legte die Hände auf die Hüften. »Wie ich sehe,

haben Sie ein Haustier mitgebracht, Commander«, sagte sie verächtlich. Worf knurrte laut, doch bevor er reagieren konnte, trat Data schnell zwischen die beiden.

»Commander Sela, ich weiß, wie wichtig es ist, daß wir hier kooperieren. Doch Lieutenant Worf wird mit uns zusammenarbeiten. Sie werden ihn mit dem Respekt behandeln, der jedem anderen Offizier und Kollegen gebührt. Wenn Ihnen das nicht möglich ist, wird unsere Partnerschaft hier enden.« Data blieb reglos stehen, ging weder auf die Romulanerin zu, wich aber auch nicht vor ihr zurück.

»Ich verstehe, Data. Mein Volk hat schon öfter mit Klingonen zusammengearbeitet, also ist mir das zum Vorteil meiner Mission auch möglich«, sagte sie höflich, aber kalt, und es war offensichtlich, daß sie es nicht aufrichtig meinte.

Bevor das Gespräch fortgesetzt werden konnte, hörten die drei die Geräusche sich nähernder Schritte. Da man ihnen angekündigt hatte, man würde sie abholen, zog niemand seine Waffe, doch Worf entspannte sich nicht, sondern blieb kampfbereit. Nach einigen Sekunden traten ein paar Elohsianer hinter einer Gruppe niedriger Bäume mit langen, zusammengerollten Blättern hervor. Es handelte sich um fünf Männer, die von einer Frau in der dunkelgrünen Kleidung angeführt wurden, die Data als die des Sicherheitspersonals erkannte. Er bemerkte die silberne Dienstmarke an ihrer Gürtelschnalle, während die Männer hinter ihr die gewöhnliche dunkle Kleidung mit Zierstreifen trugen, die größtenteils in Braun- und Goldtönen gehalten waren.

»Ich grüße Sie. Ich bin Lan Mathli, Sicherheitschefin des Forschungszentrums, und das sind Ihre Gastgeber.« Sie stellte die Männer der Reihe nach vor, bei denen es sich um Forscher zu handeln schien, die hier die großartige Gelegenheit hatten, Wesen von einer anderen Welt kennenzulernen. Sela hatte ihr Anwesenheit offensichtlich mit dem Premier abgeklärt; jedenfalls machte sie keine Anstalten, sich zu verbergen, sondern riß kurzerhand das Wort an sich und stellte die beiden anderen vor. Danach begab die Gruppe sich zum Forschungszentrum. Es handelte sich dabei um ein einstöckiges Haus, das eine ähnlich verschachtelte Architektur aufwies wie der Bankettsaal auf Regor. Es sah jedoch neuer aus, und die Türen und Fenster verfügten über Chromrahmen. Hinter dem Hauptgebäude befand sich ein gigantisches Glasgebilde, bei dem es sich um das Gewächshaus handelte, in dem zahlreiche Experimente durchgeführt wurden. Zahlreiche Gärtner kümmerten sich um die Beete, die um die Gebäude unter freiem Himmel angelegt waren, und die gesamte Anlage wirkte sehr friedlich.

»Wie können wir Ihnen helfen?« fragte Lan Mathli, nachdem sie das Haupthaus betreten hatten.

Data trat vor und übernahm die Gesprächsführung. Worf wich einen Schritt zurück und musterte die Elohsianer. Er beobachtete sorgfältig ihre Körpersprache und hielt nach offen oder verborgen getragenen Waffen Ausschau. Der Klingone wollte nichts dem Zufall überlassen.

»Den Erkundigungen zufolge, die wir eingeholt haben, beinhaltet Ihre Arbeit die künstliche Züchtung neuer Formen von Seetang als Nahrungsmittel«, sagte der Androide. »Ist das richtig?«

Der kleine Elohsianer, der in etwa so groß wie Worf war, nickte. »Das stimmt, Data. Es handelt sich um völlig neue Versuche, und wir hoffen, damit jenen Gebieten helfen zu können, deren landwirtschaftliche Produktion noch nicht wiederaufgebaut werden konnte.«

»Wo befinden sich diese neuen Züchtungen?«

»Nun ja, im zweiten Gewächshaus, nicht weit von hier.«

Sela nickte. »Werden alle Gebäude bewacht? Oder zumindest ständig beobachtet?« Gute Fragen, mußte Worf eingestehen.

Lan Mathli schüttelte den Kopf. »Das war bislang nicht notwendig, Commander Sela. Nicht einmal während der Kriege. Außer mir besteht das Sicherheitspersonal nur noch aus zwei Kollegen, und wir helfen normalerweise bei den Forschungsprojekten aus, da kaum Schutzmaßnahmen erforderlich sind.«

»Das könnte sich bald ändern«, knurrte Worf.

»Es wäre wohl am besten, wenn Sie uns dieses Gebäude zeigen«, schlug Data vor. Lan Mathli zuckte mit den Achseln und führte die Gruppe wieder hinaus ins Freie.

Während sie die kurze Strecke zurücklegten, ging Worf neben Lan Mathli. »Es muß hier sehr ruhig sein«, sagte er im Plauderton.

»Ja. Wir Populisten waren so klug, die Dar hier nicht in Gefechte zu verwickeln. Oh, es gab einige Scharmützel an der Küste, aber dabei handelte es sich eher um Piraterie als um Politik.«

»Haben Sie im Krieg gedient?«

»Natürlich. Ich bin stolz darauf, auf Hyanth das Banner der Populisten getragen zu haben. Ich wurde sogar viermal verwundet, konnte den aktiven Dienst aber jedesmal wieder aufnehmen.«

»Bewundernswert.«

»Ich habe nur meine Pflicht getan«, erwiderte sie. »Nun, da wir die Einheit haben, ist es meine Pflicht, diesen Ort zu schützen.«

»Eine Aufgabe, die einer Kriegerin von Ihrem Format nicht würdig zu sein scheint«, sagte Worf.

Sie lachte. »Vielen Dank für Ihre Einschätzung, Worf«, sagte sie, »aber mir wurde dieser Posten zugeteilt und bin damit zufrieden. Ich glaube, als der Krieg endete, war ich seiner auch müde, und diese Aufgabe ist eine akzeptable Abwechslung. Ich schrecke nicht davor zurück, in Zukunft wieder kämpfen zu müssen, aber hier und jetzt fühle ich mich sehr wohl.«

Data trat zu den beiden; offensichtlich interessierte das Gespräch ihn. »Stört es Sie – eine Populistin – nicht, unter den Dar leben zu müssen?«

»Keineswegs, Data. Ich habe meine Heimat vor Invasoren verteidigt. Da es sich bei den hier lebenden Dar nicht um diese Invasoren handelt, hege ich auch keinen Groll gegen sie.«

»Interessant. Meine bisherigen Studien haben ergeben, daß auf beiden Seiten noch immer starke Vorurteile bestehen. Sie sind die Ausnahme.«

»Das freut mich zu hören«, sagte sie und ging weiter.

Das wird nicht so schlimm werden, wie man hätte meinen können, dachte Geordi, als die Besichtigung der *Enterprise* endlich begonnen hatte. Captain Picard führte die elohsianischen Würdenträger persönlich durch das Schiff, was keineswegs alltäglich war. Normalerweise fiel diese Aufgabe Riker oder Troi zu, doch angesichts der Bedeutung der Mission überraschte es den Chefingenieur nicht, daß der Captain sie selbst übernommen hatte. Er war überaus stolz auf sein Schiff und hatte nicht jeden Tag Gelegenheit, es dem Führer einer Welt zu zeigen, wie dieser ihm seine Welt gezeigt hatte. Dr. Crusher und Geordi begleiteten den Captain als einzige; man hatte sich entschlossen, daß Riker auf der Brücke blieb, falls Data und Worf Hilfe benötigten. Counselor Troi befaßte sich mit Schiffsangelegenheiten, die während der Probleme auf Eloh zurückgestellt worden waren, und auf ihrem Terminkalender jagte eine Sitzung die andere.

»Ein sehr, sehr helles, sauberes Schiff«, murmelte Daithin vor sich hin, als sie ein Mannschaftsdeck betraten. Larkin und die anderen Parlamentsmitglieder nickten in stummer Zustimmung. Sie ließen es wirklich gemächlich angehen, dachte Geordi, und bei ihm stellte sich der Eindruck ein, daß die Besichtigung ziemlich lange dauern würde. Darüber hinaus erwartete man von ihm, daß er sich um Schaltmeister Luth kümmerte, der sich ganz hinten in der Gruppe aufhielt und alles mögliche mit seinem Vergrößerungsglas studierte. Er vermied es seltsamerweise, technische Fragen zu stellen, doch Geordi befürchtete, daß er sie sich lediglich für später aufsparte.

»Alle Offiziere haben private Quartiere«, erklärte Picard. »Die rangniedrigeren Besatzungsmitglieder werden entsprechend Commander Trois Empfehlungen in Doppelkabinen untergebracht.« Er fuhr damit fort, die psychologische Bedeutung der dienstfreien Zeit und der Freizeitangebote zu beschreiben, die der Crew zur Verfügung standen. »In den Freizeitzentren werden eine Vielzahl von Spielen angeboten, die Ansprüche an den Verstand oder den Mut stellen.«

»Auch wir mögen Glücksspiele«, sagte Larkin. »Militärische Simulationen waren ein wichtiger Bestandteil der Marineausbildung der Populisten. Deshalb haben wir so großen Erfolg auf den Meeren gehabt, und nun scheinen unsere Kinder Spaß an Spielen zu haben, bei denen solche Manöver nachvollzogen werden.«

»Hört, hört, Erfolg auf den Meeren«, schnaubte ein Angehöriger der Gruppe, offensichtlich ein Dar, der etwas gegen die Prahlerei einzuwenden hatte.

Picard reagierte schnell und brachte das Thema wieder auf Spiele zurück. »Einige meiner Senior-Offiziere entspannen sich gern bei einem Kartenspiel namens Poker, während andere eher Gefallen am temperamentvollen Wettstreit eher körperbetonter Sportarten wie Handball oder Parises-Squares finden.«

Nachdem Geordi die Elohsianer ein paar Tage lang kennengelernt und etwas über ihre vergangenen Schlachten gelesen hatte, war er überzeugt, daß sie ausgezeichnete Dabo-Spieler abgeben würden, die ihre volle Leidenschaft in das Spiel einbrachten. Ferengihändlern bot sich hier eine hervorragende Möglichkeit zur Eröffnung von Geschäftsbeziehungen – noch ein Grund, weshalb diese Welt unbedingt von der Föderation oder auch den Romulanern geschützt werden mußte, die die Ferengi fast so sehr haßten wie die Menschen.

Die Besichtigung nahm ihren Verlauf, und als die Gruppe auf einen Turbolift wartete, bot sich den Gästen die Möglichkeit, Fragen zu stellen.

»Captain, mit wie vielen Photonentorpedos ist ein Raumschiff der Galaxy-Klasse bewaffnet?« fragte Larkin beiläufig.

»Unsere Waffen befinden sich an einem anderen Ort«, antwortete Picard ausweichend. »Und Sie werden sicher verstehen, daß wir sie Ihnen nicht zeigen können. Aber ich möchte betonen, daß es sich um eine reine Defensivbewaffnung handelt.«

»Was ist mit Ihren Shuttles? Sind die bewaffnet?«

»Nein. Es handelt sich dabei um reine Transportfahrzeuge, die normalerweise bei Feindseligkeiten nicht zum Einsatz kommen.«

»Wie hat sich dieses Schiff bei Gefechten mit den Romulanern behauptet?« fragte ein anderer Besucher.

»Wir haben bei den seltenen Gelegenheiten, bei denen wir uns verteidigen mußten, leichte Schäden erhalten«, erwiderte Picard. Geordi sah, daß der Captain wütend das Kinn vorschob. Wahrscheinlich war er der einzige hier, der wußte, wie selten das vorkam. Ihm war klar, daß mit diesen Fragen festgestellt werden sollte, welches der beiden Schiffe das überlegene war. LaForge verstand die natürliche Neugier der Elohsianer, wußte aber auch, daß der Captain nicht gern über die Bewaffnung des Schiffes sprach, weil er sie für ein notwendiges Übel hielt.

»Werden wir Gelegenheit bekommen, Ihre Kampfbrücke zu sehen?«

Überrascht von der Gründlichkeit des Diplomatischen Dienstes der Föderation drehte Picard sich zu dem Fragesteller um. Nach Beendigung dieser Mission würde er ein eingehendes Gespräch mit dieser Abteilung führen müssen. »Ich fürchte, daß unser verkürzter Zeitplan dies nicht zuläßt.«

»Sind Sie imstande, gleichzeitig Photonentorpedos abzufeuern und mit den Phasern zu schießen, während Sie mit Warpgeschwindigkeit fliegen?« Larkin stellte eindeutigere Fragen als jeder andere Besucher, den Geordi bislang durch das Schiff geführt hatte.

»Sir«, begann Picard, dem es mittlerweile kaum noch gelang, seine Verärgerung zu verbergen, »ich versuche, Ihnen einen vollständigen Eindruck von diesem Schiff und seiner Besatzung zu geben. Wir sind ein Forschungs- und kein Kriegsschiff. Einige der Spezies, denen wir begegnen, erweisen sich als feindselig, und wir müssen dieses Schiff verteidigen. Schließlich haben wir nicht nur Starfleet-Personal an Bord, sondern auch Zivilisten und Familienangehörige.«

Als die Turbolifttüren sich öffneten, entschloß Daithin sich klugerweise, das Thema zu wechseln. »Diese Familienangehörigen, Captain ... führen Sie das Kommando anders, als Sie es tun würden, wenn sie nicht an Bord wären?«

Diese Frage war schon besser, dachte Geordi und lauschte, während Picard einen kleinen Vortrag über unterschiedliche Kommandostilarten hielt. Der Ingenieur hatte nicht oft Gelegenheit, Picard als Diplomaten zu beobachten, und er bewunderte geradezu, wie der Captain diese Vielzahl von Fragen beantwortete, ohne sich aus dem Konzept bringen zu lassen.

Als die Besichtigung beendet war, war klar, daß alle eine Pause brauchten, und so erwies es sich im nachhinein als gute Idee, die Tour im Gesellschaftsraum ausklingen zu lassen. Guinan war so charmant wie immer, brachte die Elohsianer zum Lachen und zeigte ihnen, wie man am besten ein qualmendes Gebräu von Wrigleys Vergnügungsplanet trank. Picard hielt sich zurück, sah zu und lächelte, während Guinan Hof hielt. Falls jemand diesen Leuten die Föderation nahebringen konnte, dann sie.

Irgendwann, als Geordi sich gerade entspannte, kam Luth zu ihm. »Jetzt müssen Sie sich revanchieren«, sagte er mit einem verschwörerischen Blinzeln. »Sie sind durch meine Gebäude geklettert, und jetzt möchte ich sehen, was wirklich in diesem Schiff steckt.«

Geordi lächelte, wenn auch noch immer mit gemischten Gefühlen, nickte und führte den Elohsianer zur nächsten Jefferies-Röhre. Er fragte sich halb im Scherz, was geschehen würde, wenn der große Elohsianer in der Röhre steckenblieb, und wie er das Picard und Daithin erklären sollte.

Datas Tricorder klang inmitten der aufgeregten Geräusche der einheimischen tierischen Lebensformen, die sich in dem saftgrünen Dschungel verborgen hielten, völlig fehl am Platz. Er nahm die ersten Untersuchungen des Gebäudes vor, das sich Hunderte von Metern von dem Forschungszentrum entfernt befand. Bislang hatte er Daten über das Baumaterial, das Alter und dergleichen sammeln können. Das erst vor zwei Jahren entstandene Gebäude war eigens, wie Lan Mathli ihnen erklärte, für Experimente entworfen worden, die außerhalb der normalen Bandbreite der Aktivitäten des Forschungszentrums lagen. Das Seetang-Projekt war als eines der ersten in Angriff genommen worden, und aufgrund seines Erfolgs nahm es nun eine vorherrschende Stellung ein.

Das Gebäude war kastenförmig, ähnlich wie die Stromverteilerstationen in den anderen Städten, die sie besucht hatten – was die Theorie bestätigte, daß die Architektur der Elohsianer eher zweckmäßig als ästhetisch war. Es war bestenfalls hundert Meter breit und fünfundsiebzig lang, hatte große Fenster und ein schräges Dach, das das Regenwasser in Rohre fließen ließ, die es dann weiterleiteten, wahrscheinlich in Tanks. Die Fassade verfügte über keinerlei Verzierungen und war gelblich-braun, so daß sie fast mit ihrer Umgebung verschmolz. In mancher Hinsicht, dachte Worf, hätte es ein ideales Armeedepot oder sogar ein Bunker sein können.

»Ich verstehe ja, daß viel Sonnenlicht einfallen muß, begreife aber nicht, wieso der hintere Teil des Gebäudes geschwärzt ist«, stellte Worf fest.

Einer der Forscher trat vor. »Das ist auch nicht so vorgesehen«, sagte er.

Worf zog seine Waffe und schaute sich wachsam um. Da die Spuren sie hierher geführt hatten und etwas nicht so war, wie es sein sollte, gebot die Logik schließlich, daß zu Vorsicht geraten war. »Wann ist dieses Gebäude zum letztenmal inspiziert worden?« fragte er Lan Mathli.

»Da müßte ich in meinen Unterlagen nachsehen, aber normalerweise patrouillieren wir hier alle sechs Stunden.«

»Wäre Ihren Männern diese Veränderung aufgefallen?« fragte Sela, die nun ebenfalls ihren Intervaller gezogen hatte.

»Das weiß ich nicht.«

Worf ignorierte Selas abfälliges Schnauben und führte die Gruppe leise zu dem Gebäude weiter. Data stellte seine Aufzeichnungen auf biologische Daten um, blieb ein wenig hinter den anderen zurück und scannte aufmerksam. »Wie viele Personen sollten sich zur Zeit in dem Gebäude aufhalten?«

Der Forscher, der bereits Worfs Frage beantwortet hatte, trat vor und ergriff erneut das Wort. Seine

Stimme kündete von Überraschung. »Heute gar keiner. Wir haben gestern hier gearbeitet.«

»Mr. Worf, meinem Tricorder zufolge befinden sich fünf Personen in dem Gebäude. Was für ein Vorgehen empfehlen Sie?«

»Ich werde das Gebäude als erster betreten, und Lan Mathli und ... Commander Sela geben mir Deckung. Sollten wir auf Widerstand stoßen, werden wir es sofort erfahren.«

»Verschafft dieses Vorgehen diesen Leuten nicht Zeit, Beweise zu vernichten?«

»Ein kalkuliertes Risiko.« Mehr sagte Worf nicht dazu.

Er bat die Forscher, an Ort und Stelle zu bleiben, während er und die anderen in das Gebäude eindrangen. Data zog seinen Phaser und bedeutete Worf, daß es losgehen konnte und er ein Stück hinter ihnen bleiben würde.

Die vier rückten zu dem Gebäude vor, doch als sie sich nur noch einen Meter davon entfernt befanden, wurde Worf von einer elektrischen Entladung zurückgeworfen. Er war lediglich benommen und rappelte sich schnell wieder hoch. Data klappte sofort seinen Tricorder auf und justierte die Einstellungen. »Ich habe die Möglichkeit von Verteidigungseinrichtungen nicht in Betracht gezogen. Hier wurde ein Energiefeld errichtet.«

»Wir benutzen hier keine Kraftfelder«, sagte Lan Mathli erstaunt.

»Aber wir«, warf Sela ein. »Genau wie die Föderation. Data, Sie haben die Schuldigen gefunden.«

Der Androide schüttelte den Kopf. »Noch nicht. Bislang habe ich nur ein neues Problem gefunden, aber es läßt sich vielleicht schnell ausräumen. Es handelt sich um ein ziemlich primitives Energiefeld, das man leicht umgehen kann. Offensichtlich haben diejenigen, die sich hier verbergen, nicht damit gerechnet, daß Personal von Starfleet oder Romulaner ihr Versteck entdecken.« Mit flinken Fingern machte Data sich an die Arbeit, und nach zwei Minuten hatte er den Tricorder programmiert, einen Trägerwellenimpuls auszustrahlen, der das Feld kurz zusammenbrechen lassen würde.

»Achtung... jetzt!« rief er. Der Impuls prallte als heller violetter Strahl auf das schimmernde elektrische Feld, und alle sahen, wie sich ein Riß darin bildete. Sie liefen gleichzeitig hindurch, bevor die Welle endete und das Feld wieder stabil wurde.

Worf reagierte schnell und drang sofort in das Gebäude ein. Er rief den Leuten, die sich darin befanden, zu, sie sollten sich ohne Widerstand ergeben. Seine Aufforderung wurde mit einem blauen Lichtstrahl beantwortet, der die Luft durchschnitt und den Türrahmen neben Worfs Schulter zerschmetterte. Der Klingone erwiderte das Feuer blindlings, während Lan Mathli und dann Sela hereinstürmten, die bereits nach Zielen suchten, auf die sie ihre Waffen richten konnten. Aus einer hinteren Ecke des feuchten, stickigen Raums erklangen Rufe und dann schlurfende Schritte. Der Intervallerstrahl verfehlte die vier Personen, die sich unter Tische warfen oder hinter Säulen in Dekkung brachten.

Worf zielte schnell, gab zwei Phaserschüsse ab und wußte, daß er etwas getroffen hatte. Zumindest ein Schuß schien ein lebendes Ziel gefunden zu haben.

Er schaute nach links und sah, daß Lan Mathli lächelte. »Guter Schuß, Worf.«

Worf brummte etwas vor sich hin. »Womit schießen diese Leute?« fragte er dann.

»Keine Ahnung. Wir haben in unseren Schlachten jedenfalls nichts benutzt, das auch nur annähernd eine solche Energie entfesseln kann.« Sie kroch vorwärts, was Worfs Bewunderung für sie zusätzlich steigerte.

Dann feuerte Sela ihren Intervaller ab. Sie traf ebenfalls ihr Ziel, zertrümmerte dabei aber ein Fenster in der Rückwand. Weitere blaue Lichtblitze zuckten mit hohem Sirren durch den Raum und zerstörten ebenfalls Fenster und Lampen. Damit lösten sie die Sprinkleranlage aus, und Wasser schoß mit hohem Druck auf alle im Raum herab. Sela schrie zornig auf und gab zwei weitere Schüsse ab, von denen mindestens einer eine schattenhafte Gestalt im hinteren Teil des Raums traf.

Dann sprang die Romulanerin zu Datas Überraschung vor. Sie hatte ihren Intervaller auf Sperrfeuer umgestellt und versuchte, die Verdächtigen allein zur Strecke zu bringen. Ihr Verhalten war unbesonnen, ja sogar tollkühn, dachte der Androide, entsprach aber völlig ihrer kriegerischen Gesinnung. Selas geschmeidiger Körper bewegte sich schnell; sie sprang über Tische, wich kleineren Pflanzen aus und legte in kürzester Zeit einige Meter zurück. Doch sie schien überhaupt nicht auf die Schüsse zu achten, die aus dem hinteren Teil des Raums kamen. Einer dieser Energiestöße traf einen tragenden Balken unter der Decke, verbog und verdampfte das Metall. Mit dem Ächzen zerreißenden Stahls löste der schwere Balken sich aus seiner Verankerung und fiel langsam auf die ahnungslose Sela herab.

Worf blieben vielleicht zwei Sekunden, um eine Entscheidung zu treffen. Er wußte, daß Data zu weit entfernt war und Lan Mathli hinter ihm vom feindlichen Feuer festgenagelt wurde. Sela würde auf jeden Fall schwer verletzt, wenn nicht sogar getötet werden.

Ohne das geringste Zögern sprang er hoch, packte Selas rechten Arm und riß sie zwischen zwei Tische herunter. Der Stahlbalken krachte auf drei andere Tische und zerschmetterte Pflanzen, Behälter und Meßgeräte. Er und Sela wurden von Erde überschüttet und noch mehr Wasser durchnäßt. Während sie in den Trümmern kauerten, starrte die Romulanerin den

Klingonen mit wütend funkelnden Augen an, doch Worf erwiderte den Blick ganz ruhig.

»Warum haben Sie das getan?« fragte sie, und in diesem kurzen Moment war die Schärfe aus ihrer Stimme gewichen.

»Man hat mir befohlen, mit Ihnen zusammenzuarbeiten, und das beinhaltet auch, daß ich Sie schütze«, sagte Worf steif. »Und auch die klingonische Ehre verlangt es.«

Sela bedachte ihn mit einem seltsamen Blick, als er von ihr zurücktrat und so viel Entfernung wie möglich zwischen sie und ihn brachte, ohne seine Deckung zu verlassen.

Worf stellte fest, daß Lan Mathli die kurze Unterbrechung des Feuergefechts genutzt hatte, um sich gebückt in eine bessere Position an der linken Seite des Gebäudes zu begeben. Dort gab sie mit ihrer Projektilwaffe mehrere Schüsse ab. Das Ding knallte dabei jedesmal laut, ein ganz anderes Geräusch als das hohe Sirren eines Phasers oder Intervallers. Solange sie dort blieb, würde niemand das Gebäude verlassen können.

Worf schlich an der seitlichen Wand entlang, arbeitete sich Meter um Meter vorwärts. Aus dem Augenwinkel bemerkte er, daß Data unter den Tischen vorwärts kroch. Sie beide würden den hinteren Teil des Raums etwa gleichzeitig erreichen, und es war wichtig, daß sie als Team agierten. Als Worf die Rückseite des Gebäudes fast erreicht hatte, kniete er nieder und wartete, damit der Androide zu ihm aufschließen konnte. Data verharrte einen Moment lang und horchte. Hinten befand sich offensichtlich kein Ausgang; jedenfalls vernahm er die Geräusche hastiger Bewegungen und auch leises Stöhnen, was nur bedeuten konnte, daß einige ihrer Widersacher von Glasscherben oder ihren Schüssen verletzt worden waren. Weiterhin rieselte Wasser herab und bildete überall im Gebäude kleine Pfützen. Um diese Aktion zu beenden, ohne daß es weitere Verletzte gab, mußten sie ihre Gegner schnell festnehmen und hoffen, daß Worfs beträchtliche Größe die noch größeren Elohsianer davor zurückschrecken ließ, weiteren Widerstand zu leisten.

Data hatte die letzte Tischreihe erreicht, blieb in Deckung und gab Worf ein Zeichen, das besagte, daß der Androide als erster vorstoßen würde und der Klingone ihm folgen sollte. Worf nickte langsam und wartete dann auf Datas Signal. Eine goldene Hand erschien neben der Tischkante, und der Androide sprang hoch und stürmte mit schußbereitem Phaser los. Worf sprang sofort auf, folgte ihm und zielte mit seiner Waffe in die andere Richtung, um diese Ecke abzudecken.

Zwei Männer lagen dort auf dem Boden; offensichtlich waren sie verletzt. Ihr Blut vermischte sich mit dem Wasser und fügte dem Raum einen weiteren Farbton hinzu. Zwei andere Männer stopften hektisch Disketten und Papiere in einen viereckigen schwarzen Kasten, während die letzte Person, eine Frau, auf Data zielte. Doch bevor sie schießen konnte, feuerte Worf mit dem Phaser, und die Frau brach zusammen.

In diesem Augenblick fiel ihnen buchstäblich die Decke auf den Kopf.

Während des Schußwechsels waren so viele tragende Balken beschädigt oder zerstört worden, daß die anderen das Dach nicht mehr stützen konnte, und es brach zusammen. Mit ihm drangen Sonnenlicht und die Geräusche der Tierwelt in den Raum. Mit einem ohrenbetäubenden Aufprall zerschmetterten Teile des Dachs Tische, Versuchsanordnungen und Aktenschränke.

Wieder ohne das geringste Zögern schob Worf Trümmerstücke beiseite und kämpfte sich vorwärts, bis er Lan Mathli fand, die fast bewußtlos unter einem Teil des Dachs lag. Sie stöhnte leise und blutete stark aus Kopf- und Armwunden. Ihr linkes Bein stand in einem unnatürlichen Winkel ab. So vorsichtig wie möglich entfernte Worf die Trümmer, hob die Frau dann auf und trug sie in den unbeschädigten Nebenraum.

Data hatte ihre Widersacher bereits überwältigt und sicherte die Datenträger in der schwarzen Kiste. Worf achtete kaum auf ihn, während er Lan Mathli auf den Boden legte und sich ihre Verletzungen genau ansah. Sela ging zur anderen Seite des Tisches und schaute sich kurz um.

Ihr schien etwas aufgefallen zu sein; jedenfalls ging sie zu einer Waffe, die unter einem Stuhl lag, kniete nieder und hob sie hoch. »Ein modifizierter Intervaller«, erklärte sie.

Data warf nur einen kurzen Blick darauf. »Das entspricht der Theorie, die ich entwickelt habe«, sagte er und ergriff den Karton mit den Datenträgern.

»Was meinen Sie damit?« fragte die Romulanerin.

»Commander, die Umstände erlauben es nicht, daß ich Ihnen eine ausführliche Erklärung gebe. Ich würde es vorziehen, das Gebäude zu verlassen, bevor es vollständig zusammenbricht.« Wie zur Bestätigung seiner Aussage hörten sie erneut das Knirschen von Metall. Alle arbeiteten daraufhin etwas schneller, auch die verärgerte, aber nicht dumme Sela.

Worf hatte bereits Kontakt mit der *Enterprise* aufgenommen und gebeten, Lan Mathli direkt auf die Krankenstation zu beamen. Er begleitete sie, so daß Data und Sela die Durchsuchung des Raums allein beenden mußten. Als der Zweite Offizier um eine Ecke trat, blieb er stehen und betrachtete einen der Elohsianer, die an der Wand zusammengesunken waren.

»Das ist der Parlamentarier Waln«, sagte er.

10

Innerhalb von einer Stunde ging es im Parlamentsgebäude zu wie im Irrenhaus. Picard saß in Daithins Büro und beobachtete, wie die Emotionen immer höher schlugen, während Beschuldigungen hin und her geworfen wurden, Sicherheitskräfte die Dokumente durchsahen und Parlamentarier sofortige Antworten auf unmögliche Fragen verlangten. Larkin bemühte sich, den Informationsfluß zu koordinieren und alle neu gewonnenen Daten umgehend von seinem überfüllten Büro zu Daithins Amtszimmer weiterzugeben, in dem Picard, Sela und der Premier mit immer neuen Erkenntnissen konfrontiert wurden. Während Picard entspannt in einem tiefen Sessel saß, stand Sela so steif, als hätte sie einen Besenstiel verschluckt, an einer Wand und schien nur darauf zu warten, irgend jemandem an die Kehle gehen zu können. Picard schien sich damit zu begnügen, erst abzuwarten, bis alle Informationen vorlagen, bevor er sich zu Schlußfolgerungen hinreißen ließ. Er war felsenfest davon überzeugt, daß es Data gelingen würde, die Datenträger auszuwerten, die sie auf dem fernen Kontinent, der aus dem Orbit so idyllisch gewirkt hatte, in der schwarzen Kiste gefunden hatten.

Er stellte fest, daß Sela zwar noch immer tropfnaß war, aber trotzdem würdevoll, selbstsicher und sehr attraktiv wirkte. Sie war so sehr die Tochter ihrer Mutter, daß er sich kurz fragte, wie ihr Vater gewesen sein mußte.

Er ließ diese Gedanken fallen, als Larkin die Tür öffnete und Data einließ. Der Adjutant schloß die Tür hinter sich wieder und blieb im Raum, um sich den Bericht der Föderationsoffiziere anzuhören. Sela, Picard und Daithin rückten enger zusammen, gespannt darauf, was sie nun erfahren würden.

Seltsamerweise ergriff Larkin zuerst das Wort. »Wir haben die Identität der vier Personen ermittelt, die gemeinsam mit Waln auf Delphine Dar festgenommen wurden. Es handelt sich um Angehörige einer politischen Gruppe, die von ihnen selbst ›Die Zusammenkunft‹ genannt wird und sich das Ziel gesetzt hat, Elohs Isolation vom Rest der Galaxis zu propagieren.«

»Was?« rief Daithin. »Wieso haben wir nicht gewußt, daß es so eine ... Gruppe gibt? Hat sie weitere Anschläge gegen unser Volk durchgeführt?«

»Offensichtlich nicht«, erwiderte Data. »Die Anführerin der ›Zusammenkunft‹, eine gewisse Jasmia, beteuert, daß die Gruppe bislang lediglich die beiden uns bekannten Attentate verübt hat.«

Picard nickte, dankbar, daß Eloh weiterer Schmerz erspart bleiben würde. Daithin schien ähnlich zu empfinden, während Sela sich zu keiner Regung hinreißen ließ.

»Wir haben die Materialien gefunden, die zur Herstellung der Keramikumhüllungen der Brandbomben nötig sind, und einen Vorrat der chemischen Verbindung selbst«, fügte Data hinzu. »Sicherheitspersonal wertet die Disketten aus, die wir gefunden haben. Die Beamten hoffen, darauf eine vollständige Mitgliederliste der Organisation zu finden.«

Sela erhob sich. »Dann kann man den Romulanern keinerlei Missetaten vorwerfen«, sagte sie.

»Den Anschein hat es«, gab Daithin ihr recht. Picard runzelte überrascht die Stirn, denn für seinen Geschmack waren zu viele Fragen noch nicht beantwortet worden. Doch Daithin war der politische Führer dieser Welt, und Picard mußte sich der Einschätzung der örtlichen Behörden beugen.

»Nicht unbedingt«, sagte Data und verblüffte damit sämtliche Anwesende. »Denn aufgrund der Informationen, die wir heute gewonnen haben, habe ich einen viel besseren Einblick in die gesamte Operation gewonnen, die hier durchgeführt wurde. Unter anderem wurden einige Fragen beantwortet, die ich mir gestellt habe, seit ich die Ergebnisse der Messungen studiert habe, die Commander LaForge mit seinem Tricorder in dem Klärwerk vorgenommen hat.«

Sela kniff die Augen zu schmalen Schlitzen zusammen und betrachtete den Androiden. »Was soll das heißen?«

»Der Sprengstoff, der in dem Klärwerk benutzt wurde, unterscheidet sich völlig von dem, der Teile dieser Stadt in Schutt und Asche gelegt hat«, erklärte Data. Picard bereitete sich auf eine weitere ausführliche Erklärung vor, die zweifellos neues Licht auf die Ereignisse der vergangenen Woche werfen würde. Er mußte es dem unermüdlichen Sherlock Data überlassen, die Indizien und Fakten zusammenzufügen, die sonst niemand bemerkt hatte.

»Es wurden absichtlich zwei verschiedene Sprengstoffe benutzt, damit niemand einen Zusammenhang zwischen den beiden Anschlägen herstellen oder zumindest beweisen konnte. Wir konnten nicht herausfinden, wie die erste Bombe gezündet wurde. Obwohl wir ziemlich viel elektrische Materialien gefunden haben, die die Explosion überstanden haben, befanden sich keine Reste eines Zeitzünders darunter. Commander LaForge hat daraufhin ganz richtig geschlossen, daß die Bombe durch ein Funksignal gezündet wurde, das auf einer Frequenz gesendet wurde, die man auf diesem Planeten normalerweise nicht benutzt. Meinen Untersuchungen der Überreste zufolge wurde die

Bombe über das Niederfrequenzband gezündet, das die romulanischen Kommunikatoren benutzen.«

»Wie kommen Sie denn auf die Idee?« fragte Sela, und in ihrem Gesicht war Wut zu erkennen.

»Als Sie gestern abend das stumme Signal benutzt haben, um auf den Kriegsvogel zurückzukehren, habe ich es mit meinem Tricorder gespeichert.«

»Sie haben mich bespitzelt?« fragte sie.

»Ich habe einen potentiellen Gegenspieler studiert«, erwiderte Data ruhig. »Das Signal wurde auf der Frequenz ausgestrahlt, über die meinen Ermittlungen zufolge auch die Zündung der Bombe erfolgte. Wenn wir den Zünder unter kontrollierten Bedingungen nachbauen, können wir meine Theorie einwandfrei bestätigen oder widerlegen.«

»Außerdem sind da noch die verschwundene Romulanerin, die Technologie, mit der die Brandbomben hergestellt wurden, und die Intervaller, die wir gerade sichergestellt haben«, fügte Worf hinzu. Obwohl er Sela erst vor kurzem das Leben gerettet hatte, schien es ihm nun Spaß zu bereiten, sie in die Enge zu treiben.

»Falls genug Beweise vorliegen, die darauf hindeuten, daß die Romulaner an beiden Anschlägen beteiligt waren, sollten wir weitere Ermittlungen anstellen, Premier«, sagte Picard so verständnisvoll wie möglich zu Daithin.

Sela schritt wie ein Raubtier durch den Raum und funkelte Data wütend an. »Ich dachte, wir seien bei dieser Angelegenheit Verbündete, Androide!« schrie sie fast.

»Das sind wir auch«, erwiderte Data.

»Aber Sie beschuldigen mich terroristischer Akte!«

Data schüttelte den Kopf. »Ich beschuldige nicht Sie, Commander, denn Sie sind nicht verantwortlich dafür. Aber alle Fakten weisen eindeutig darauf hin, daß ein Romulaner in diese Sache verwickelt ist.«

Picard beobachtete, wie Sela abrupt stehenblieb, um über Datas Argumentation nachzudenken. Noch immer tropfte Wasser leise von ihrer dick gepolsterten Uniform. Eine Myriade von Gefühlen raste über ihr Gesicht, die selbst der erfahrene Captain nicht mehr deuten konnte. Doch es war faszinierend, sie und ihr Mienenspiel zu beobachten.

»Sie sind genauso entschlossen wie wir, die wahren Schuldigen zu finden«, sagte Daithin verschwörerisch. »Die Tatsache, daß Sie mit Commander Data zusammengearbeitet haben, beweist wohl Ihre Aufrichtigkeit. Genauso, wie Sie nicht ganz Eloh für das Geschehene verantwortlich machen können, mache ich Sie nicht für die Taten eines anderen Romulaners verantwortlich, falls Commander Datas Theorie zutrifft.«

Sela hatte sich durch diese Worte kaum besänftigen lassen. »Danke, Premier«, erwiderte sie frostig. »Ich werde die Ermittlung natürlich weiterhin unterstützen.«

Daithin erklärte durch ein Nicken sein Einverständnis und bat Larkin, das Verhör der Gefangenen zu überwachen und Waln in das Büro bringen zu lassen. Larkin verließ den Raum umgehend, und dann wandte der Premier sich an seine Gäste.

»Sie müssen verstehen, daß plötzlich sehr schwierige Zeiten für mich angebrochen sind. Ich kenne Waln schon sehr lange und möchte selbst hören, was er dazu zu sagen hat. Wenn Sie es wünschen, können Sie im Parlamentsgebäude bleiben und den Ermittlungen beiwohnen. Wir unterhalten uns später weiter.«

Picard begriff, daß er hiermit entlassen war, und führte seine Leute aus dem Büro. Sela folgte ihnen verdrossen. Draußen auf dem Gang fand der Captain sich plötzlich neben der Romulanerin wieder und wußte nicht, was er sagen sollte. Sie schien besorgt darüber zu sein, welche Auswirkungen die Mittäterschaft eines Angehörigen ihrer Spezies haben könnte, und wirkte wütend und überaus gereizt. Ein falsches Wort konnte zu einer neuen Runde von Feindseligkeiten führen, und das wollte der Captain unbedingt vermeiden. Also wandte er sich seinen Offizieren zu.

»Ich weiß Ihre Arbeit zu schätzen, Mr. Data. Sie dürfen auf die *Enterprise* zurückkehren. Bitte erstatten Sie Commander Riker Bericht. Ich werde hier bleiben, bis wir wissen, was nun geschieht.«

Der Offizier bestätigte den Befehl und verließ mit Worf das Gebäude, um sich ohne weitere Verzögerung auf das Schiff beamen zu lassen. Sela beobachtete, wie sie entmaterialisierten, und Picard betrachtete sie und fragte sich, was sie mit ihrem neu gewonnenen Wissen anfangen würde.

Ein stämmiger Sicherheitsbeamter, der viel zu groß für seine dunkelgrüne Uniform zu sein schien, betrat Daithins Büro und führte den mit Handschellen gefesselten Waln hinein. Der Premier dankte dem Mann und schickte ihn wieder hinaus. Dann erhob er sich und sah Waln nur an.

»Ich bin heute sehr schlechter Stimmung, Waln«, begann Daithin. »Ich habe letzte Nacht kaum geschlafen, und mir tut alles weh. Ich glaube, die Verletzung, die ich mir an der Küste von Jerinth zugezogen habe, macht mir am meisten zu schaffen.«

Waln blieb stumm, und Daithin wandte den Blick von ihm ab. Statt dessen sah er auf eine Stelle an der Wand direkt hinter dem alten Kameraden. »Wir haben lange gemeinsam in diesem Gebäude gedient, und persönlich kennen wir uns sogar noch länger, Waln. Ich erinnere mich noch, wie wir uns zum erstenmal begegnet sind. Du gehörtest zu den ersten Truppen, die von Hyanth herüberkamen. Meine Division benötigte dringend Verstärkung, und du warst da, an der Front, bereit, alles zu tun, was nötig war, um meine Stadt zurückzuerobern. Seitdem sind unsere

Kinder gemeinsam aufgewachsen, und ich habe gedacht, ich würde dich kennen, mein Freund. Was kannst du zu deiner Verteidigung anführen?«

Waln stand schweigend da, schaute aus dem Fenster und schien Daithins Worte zu ignorieren. Er sah nicht mehr wie der stolze Staatsmann aus, den Daithin Tag für Tag im Parlament gesehen hatte. Waln wirkte alt und erschöpft. Diese Erkenntnis erinnerte Daithin an die Gedanken, die er sich vor kurzem selbst über das Altern gemacht hatte, und ihm wurde klar, daß nicht nur Walns, sondern vielleicht auch seine Zeit vorbei war. Er mußte sein Volk auf den richtigen Weg bringen und dann zurücktreten, eine jüngere Generation weitermachen lassen. Ihm blieb nur noch, nach Hause zu gehen und über ein erfülltes Leben nachzudenken. Er konnte stolz darauf sein, und die Historiker würden seine Leistung anerkennen, wenn sie später einmal diese Epoche in der Rückschau betrachteten.

Über seinen Freund würde die Geschichte zweifellos ein ganz anderes Urteil fällen.

»Wie kann ich es dir nur erklären?« fragte Waln mit trauriger, müder Stimme. »Ich war wie du der Ansicht, daß den Kriegen Einhalt geboten werden mußte. Nicht wegen irgendwelcher Rassen, die es vielleicht draußen im Weltraum gab, sondern weil wir uns schon genug Schaden zugefügt hatten. Es gab keinen echten Grund mehr für den Krieg, und letztlich griffen wir nur nach diesen Versprechungen auf eine galaktische Zukunft, weil sie zur rechten Zeit kamen.

Aber ich habe nie gewollt, daß dieses Eloh, das das Juwel unseres Sonnensystems ist, eine Welt wird, die nur Mitglied in einem anderen Reich ist, eine Figur in den Plänen anderer. Als Nefor anfing, an unserem Tisch darüber zu sprechen, hörte ich aufmerksam zu. Mein Sohn und die anderen haben die ›Zusammenkunft‹ ursprünglich gegründet – als Antwort auf deine übermäßig gefeierte Einheit. Ich hatte damals schon in

Betracht gezogen, daß der von dir eingeschlagene Weg vielleicht falsch war – und Nefor hat mich davon überzeugt. Ich … ich nahm an Treffen der ›Zusammenkunft‹ teil, lauschte jungen Unruhestiftern, die verlangten, daß sie über unser Schicksal entscheiden sollten, über das Volk von morgen. Wir sind alte Krieger und alte Denker. In ihren Worten schwang Wahrheit mit, und ich habe sie mit aller Kraft unterstützt.«

»Aber zu töten, Waln?« Daithin konnte es noch immer nicht fassen.

»Wir hatten nicht vor, jemanden zu töten«, erwiderte Waln. »Wir haben nicht gewußt, welche Zerstörungskraft diese Waffen haben. Man hat sie uns einfach gegeben, ohne uns zu erklären, was sie anrichten können.«

»Jetzt kommen wir zum Kern der Sache. Du hast romulanische Materialien erhalten, Waln. Das bedeutet, du hast Kontakt mit Romulanern gehabt. Mit wem? Wie? Hast du den Söldner angeheuert, oder waren das die Romulaner? Ist die Föderation in die Sache verwickelt?«

Waln schüttelte erschöpft den Kopf. Er schloß die Augen und schien Schwierigkeiten zu haben, seine Gefühle unter Kontrolle zu halten, aber schließlich war er schon immer sehr emotional gewesen. »Was für eine Rolle spielt das noch, Daithin? Etwas ist schrecklich schiefgegangen, und nun liegt mein Leben in Trümmern.« Er schien am Rand der Tränen zu stehen, obwohl Daithin ihn in all den Jahren, die sie sich schon kannten, niemals hatte weinen sehen. Es machte den Premier sehr traurig, beobachten zu müssen, wie sein Freund vor ihm zerbrach.

»Du hast mich gefragt, warum ich es so eilig habe.« Daithins Themawechsel veranlaßte Waln, den Premier anzusehen.

»Ich fürchte, ich leide unter mehr als nur meinen Schmerzen. Ich habe nicht mehr lange zu leben, und ich kann nicht zulassen, daß die Bewohner dieser Welt sich zu zankenden Kindern zurückentwickeln. Sie stehen so kurz davor, den Bürgerkrieg wieder zu entfesseln, sind immer noch nicht zu dem Eingeständnis bereit, daß beide Seiten all diese Jahrhunderte lang falsch gehandelt haben. Wir weisen unsere Zukunft zurück. Unser Platz ist unter den Völkern dieser Galaxis, Waln. Wir haben zu lange und zu viel gelitten, um ihn jetzt nicht einzunehmen. Werden wir so mächtig wie unsere neuen Nachbarn sein? Ich weiß es nicht. Aber ich weiß, daß ich nicht auf die Gelegenheit verzichten will, die Verhältnisse hier zu verbessern, und dazu brauchen wir Hilfe.

Ob es dir gefällt oder nicht, Waln, *ich* werde eine Empfehlung abgeben, und das Parlament wird abstimmen. Wir haben nicht mehr viel Zeit, um uns die raumfahrenden Spezies anzusehen, die wir hierher eingeladen haben. In ein paar Tagen werden wir uns für die eine oder die andere Seite entscheiden müssen. Ich möchte eine kluge Wahl treffen, eine, von der unsere Welt profitieren wird.« Der Vorsitzende von Elohs Parlament atmete tief ein, beugte sich vor und sah Waln direkt in die Augen. Dann flüsterte er seine Bitte. »Hilf mir bei der Entscheidung. Verrate mir die Fakten.« Mit diesen Worten kehrte er hinter seinen Schreibtisch zurück, beobachtete seinen Freund schweigend und kam sich von Augenblick zu Augenblick älter vor.

Sela stand neben Larkins Schreibtisch. Sie erinnerte an eine Katze, die sich anschickte, sich auf ihr Opfer zu stürzen. Die Arme hatte sie fest unter der Brust verschränkt. Picard fragte sich müßig, wie sie aussehen würde, wenn sie die Deckung einmal fallen ließ und sich entspannte. Dann richtete er seine Aufmerksamkeit wieder auf Larkin, beobachtete, wie der Adjutant hektisch arbeitete, Notizen auf eine Schreibunterlage kritzelte, Daten in seinen Computer eingab und Informationen aufrief, während er gleichzeitig Anweisungen brüllte. Falls es auf Eloh tatsächlich eine geheime Macht gab, dann lag sie in Larkins Händen. Daithin mochte das Volk führen, dachte der Captain, aber die kleinen Leute wie Larkin sorgten dafür, daß auf dem Planeten nicht alles zusammenbrach.

Picard wurde aus seiner Träumerei gerissen, als der Premier sein Büro verließ. Er führte einen erschütterten Waln am Arm neben sich her. Keiner der beiden Männer sah besonders glücklich aus, und Daithins Gesicht wirkte regelrecht grimmig. Der beeindrukkende Sicherheitsbeamte führte Waln in einen benachbarten Gefängnistrakt, und Daithin dachte einen Augenblick lang nach. Dann wandte er sich an Sela, die noch an die Wand gelehnt stand, und bedeutete ihr und dann auch Picard, ihm zu folgen.

In seinem Büro nahm Daithin nicht in seinem Sessel Platz, sondern schaute, die Hände auf dem Rücken verschränkt, aus dem Fenster. Picard beobachtete ihn und konnte sich plötzlich in seine Lage hineinversetzen. In nur ein paar Tagen war der Mann, den der Captain mittlerweile zu respektieren gelernt hatte, alt geworden. Aus dem großen Soldaten wurde ein Greis, und es war Picard unangenehm, dies mit ansehen zu müssen.

»Waln hat mir alles erklärt«, begann der Premier, kaum daß die Tür geschlossen worden war. »Es hat den Anschein, daß dieser Söldner heimlich auf dem Kriegsvogel hierher gebracht und in dem Bunker abgesetzt wurde, den Ihre Leute gefunden haben, Captain.«

»Unmöglich!« platzte Sela heraus.

Daithin hob eine Hand. »Lassen Sie mich ausreden, Commander«, sagte er mit einer Stimme, aus der jede Lebendigkeit gewichen zu sein schien. »Er hat die Bomben, Brandsätze, Sender und so weiter mitgebracht. Ich verstehe die technischen Einzelheiten noch immer nicht ganz, dem Söldner waren sie aber bekannt. Der Bunker wurde von dieser Isolationistengruppe errichtet, und alles wurde sehr gut arrangiert. Waln behauptet, der Söldner hätte in den Diensten eines romulanischen Offiziers gestanden, der sich brüstete, eine hohe Position an Bord des Schiffes zu bekleiden. Ich verlange, daß Commander Sela mir den Namen dieses Mannes nennt.«

»Ich weiß von keinem Offizier, der an einer solchen Intrige mitwirken würde!« tobte die Romulanerin. »Unsere Sicherheitsvorkehrungen sind sehr streng, und nur einer meiner drei höchsten Offiziere hätte so etwas inszenieren können.« Sie hielt kurz inne, zog dann ihren Kommunikator hervor und rief die *N'ventnar*.

Einige Augenblicke später materialisierte Plactus' Gestalt schimmernd im Raum. Der Subcommander salutierte, und er hatte den Gruß noch nicht vollendet, als Sela schon zu einer kurzen Erklärung der Lage ansetzte. Während ihrer Ausführungen zeigte Plactus nicht die geringste Reaktion. Picard und Daithin blieben im Büro, ließen die Romulanerin aber gewähren.

»Können Sie mir also erklären, was an Bord meines Schiffes geschehen ist, Plactus?«

»Natürlich, Commander. Ich war dafür verantwortlich, daß der Mensch hierher gebracht wurde.«

Picard und Daithin wechselten erstaunte Blicke, und Sela funkelte ihren Offizier wütend an. »Erklären Sie mir das!« verlangte sie.

»Wenn Sie wünschen«, fuhr Plactus ruhig fort. Er ließ sich nicht aus der Fassung bringen. »Zuerst möchte ich Ihnen versichern, daß mein Vorgehen nicht zu den Ereignissen führen sollte, die dann bedauerlicherweise eingetreten sind. Zweitens erkläre ich hiermit formell, daß ich dem Tal Shiar angehöre und meine Maßnahmen von höchster Stelle gebilligt wurden.« Er holte das gefürchtete Abzeichen des Tal Shiar aus einer Tasche und befestigte es an einer gepolsterten Schulter.

Sela war sprachlos. Daithin beugte sich zu Picard hinüber. »Was ist das, dieser Tal Shiar?« fragte er.

»Der Tal Shiar ist der romulanische Geheimdienst, der dem militärischen Teil der Regierung keine Zuneigung entgegenbringt. Er hat einen unglaublichen Einfluß im gesamten Reich und verwirklicht seine Ziele hauptsächlich durch Furcht und eine eiserne Faust. Und er vertraut niemandem.«

»Mein Befehl lautete«, fuhr Plactus fort, »Eloh mit allen nötigen Mitteln für uns zu gewinnen. Wir hatten vor, gewissen Elohsianern ›Geschenke‹ zu machen und ihnen damit unsere Stärke und Aufrichtigkeit zu beweisen. Die Gruppe, mit der ich zu tun hatte, versicherte mir, großen Einfluß im Parlament zu haben. Offensichtlich wurde ich irregeführt.«

»Und warum habe ich nichts davon erfahren?«

Plactus veränderte seine Haltung, um noch mehr Autorität zum Ausdruck zu bringen. »Weil Sie, Commander, ein Köder waren. Wir wußten natürlich von Ihren früheren Begegnungen mit der *Enterprise* und gingen davon aus, daß Captain Picard Sie genau im Auge behalten und weniger auf uns achten würde. Das gab uns gewisse Freiheiten und ermöglichte uns zum Beispiel, den Söldner und die ›Geschenke‹ auf den Planeten zu schmuggeln.«

Eine Schachfigur.

Picard hätte nicht erwartet, daß Sela so tief gefallen war, mußte sich nun aber korrigieren. Er warf ihr einen verstohlenen Blick zu, wollte sie aber nicht zu offensichtlich mustern, damit sie noch einen letzten Rest von Würde bewahren konnte. Statt dessen schien sie kurz davor zu stehen, Plactus mit bloßen Händen zu zerreißen. Doch die Informationen, die ihr soeben enthüllt worden waren, schienen sie zu lähmen. Man hätte ihr nichts Schlimmeres antun können.

Ihm wurde klar, daß alles, was sie getan hatte, um die Ehre des Romulanischen Reiches zu bewahren und Picard bei seinem eigenen Spiel zu schlagen, in Wirklichkeit nur eine Nebenattraktion zur Erheiterung von Starfleet gewesen war, während die tatsächliche Arbeit von einem Subcommander erledigt worden war... nein, von Plactus, einem Major des Tal Shiar.

»Plactus ... Major Plactus, vermute ich ... was ist mit der isolationistischen Sekte geschehen?« Picard stellte die Frage ganz ruhig. Sie diente offensichtlich nicht so sehr dazu, weitere Informationen zu erlangen, als vielmehr Sela zu ermöglichen, ihre Gedanken zu sammeln.

Plactus bedachte ihn mit einem kalten Lächeln. »Captain Picard, ich habe nicht den geringsten Grund, etwas von dem zu verheimlichen, was hier geschehen ist, und werde Ihnen gern alles erklären. Die Leute, die mit uns Kontakt aufgenommen haben, nachdem wir Premier Daithins Einladung erhielten, ließen durchblicken, sie verfügten über eine beträchtliche politische Macht. Der Tal Shiar traf die Entscheidung, daß Eloh für das Romulanische Reich gewonnen werden mußte. Wir kamen zum Schluß, dabei sämtliche Lockmittel einzusetzen, die uns zur Verfügung standen. Des weiteren wurde vereinbart, daß unsere Beteiligung anonym bleiben sollte. Es war kein Problem, den Söldner zu kaufen. Meine Adjutantin, Zenturion Telorn, schmuggelte ihn an Bord der *N'ventnar* und transportierte ihn auf den Planeten, noch bevor Ihr Schiff dieses Sonnensystem erreichte.«

»Telorn gehört auch dem Tal Shiar an? Ist sie deshalb verschwunden?« fragte Sela ruhig. Es gelang ihr nun, ihren Zorn zu zügeln.

»Nein, Commander. Sie war ein loyaler romulanischer Offizier, der erkannt hat, daß mein Einfluß ihrer weiteren Karriere förderlicher sein könnte als der

Ihre«, erwiderte Plactus sachlich. »Sie gab ihr Leben für das Reich, wie jeder gute Soldat es tun würde.«

»Wer hat meinen Offizier getötet?« fragte Sela, und ihr Zorn drohte sich wieder auf unproduktive Weise zu entladen.

»Den Isolationisten gefiel es nicht, daß die Föderation wegen der Brandanschläge ermittelte, und ich habe Telorn zu ihnen geschickt, damit sie sie beruhigte. Es kam zu einem Streit, und sie wurde getötet. Ich würde es übrigens zu schätzen wissen, Premier, daß man ihre Leiche sucht, damit ich sie an Bord meines Schiffes beamen kann.«

»An Bord *meines* Schiffes!« rief Sela. »*Ich* bin der Captain der *N'ventnar*, vergessen Sie das ja nicht! Sie haben mich heute viel gekostet. Wir werden einiges zu besprechen haben, sobald diese Angelegenheit geklärt ist. Sie und Ihresgleichen werden nicht besonders erfreut sein.«

Major Plactus zog eine geschwungene Braue hoch; offensichtlich löste Selas Bemerkung nur Erheiterung in ihm aus. »Wollen Sie mir drohen, Commander? Dann werden wir wirklich ein sehr interessantes Gespräch führen.«

Daithin trat vor und versuchte, die Dinge wieder in den Griff zu bekommen, obwohl sie seiner Kontrolle immer weiter zu entgleiten schienen. »Major, ich würde sehr gern erfahren, was wirklich geschehen ist. Wie wurden Sie getäuscht, und von wem?«

»Gute Fragen, Premier«, erwiderte der Major, und ein Hauch von Herablassung schlich sich in seine Stimme. »Die Elohsianer sind listiger, als ich ihnen anfangs zugestehen wollte. Eine Gruppe, die sich ›Die Zusammenkunft‹ nennt, hat mich auf Ihren Planeten gelockt und mir ermöglicht, diese militante Fraktion zu bewaffnen, die sich mir gegenüber als Verbündete ausgab. Doch in Wirklichkeit hätte sie die *N'ventnar* am liebsten in die Sonne geschleudert, direkt der

Enterprise hinterher. Die Gruppe ist sehr gewalttätig, Premier, und muß unter Kontrolle gebracht werden, bevor ihr noch weitere meiner Leute zum Opfer fallen.«

»Was ist mit Ihrem Söldner, diesem Stormcloud, geschehen?« fragte Picard.

»Die ›Zusammenkunft‹ mag keine Fremden und vertraut niemandem, Captain«, erwiderte Major Plactus. »Ich vermute, die Gruppe hat ihn überwacht, und als Ihre Leute dann nach der Explosion in dem Klärwerk mit Nachforschungen anfingen, haben hat sie ihn beseitigt, damit ihr Geheimnis bewahrt bleibt. Er war im Gegensatz zu Telorn allerdings durchaus entbehrlich.«

Er machte eine kurze Pause, fügte dann hinzu: »Natürlich möchte ich, daß diese Angelegenheit so schnell wie möglich abgeschlossen wird und das Parlament eine Entscheidung trifft.« Plactus stand kerzengerade da, schaute selbstzufrieden und triumphierend drein.

»Wie können Sie erwarten, daß ich nach dem, was ich heute erfahren habe, irgendeine Empfehlung abgebe?« fragte Daithin. »Ich weiß nicht, was ich denken soll. Ich weiß nur eins: Ich will, daß alle Fremden meine Welt verlassen. Sofort. Wir werden versuchen, diese Leiche zu finden, Major Plactus, aber jetzt möchte ich, daß Sie alle unverzüglich gehen.«

Die Repräsentanten der Föderation und der Romulaner erkannten, daß kein weiteres Gespräch mit Daithin möglich war, und kehrten auf ihre jeweiligen Schiffe zurück. Der Premier beobachtete, wie sie sich in Luft auflösten, und wünschte sich insgeheim, ihm wäre das auch möglich.

»Was habe ich meinem Volk angetan, Larkin?« fragte er leise.

»Sie haben das getan, was Sie immer getan haben«,

erwiderte Larkin in ähnlichem Tonfall. »Das, was Sie für das Beste für unsere Welt hielten. Oder halten mußten.«

»Wie viele Tote habe ich in dieser Woche auf dem Gewissen?«

»Sie wissen, daß die genaue Zahl keine Rolle spielt. Das ist Vergangenheit. Wir können unsere Toten jetzt begraben, mein Freund, aber … was werden Sie morgen tun, Premier?«

»Ich weiß es nicht. Ich weiß es einfach nicht.«

11

»Mein Volk«, begann Daithin, »wir müssen in sehr kurzer Zeit viel bedenken. Nach der heutigen Abstimmung wird das Parlament sich vertagen, und unser Feiertag kann beginnen. Mit etwas Glück wird er friedlich verlaufen; ja, friedlich, nach allem, was wir in den letzten paar Tagen ertragen mußten. Es wird schrecklich sein, unsere Toten zu begraben und sie zu betrauern. Aber wir haben bislang immer überlebt und obsiegt, und heute wird es nicht anders sein. Die abschließenden Reden unserer Gäste werden live auf unserer vereinigten Welt übertragen, und wenige Stunden später wird die Abstimmung stattfinden. Hören Sie genau zu, meine Freunde, denn an diesem Tag wird Geschichte geschrieben.«

Picard lauschte der Eröffnungsrede nur mit halbem Ohr; er zog es vor, im Geiste seine Notizen durchzugehen und sich auf seine Rede vorzubereiten. Er wußte bereits, wie wichtig sein Auftritt an diesem Morgen war, und mußte nicht daran erinnert werden. Die letzten Tage waren von so vielen Spannungen erfüllt gewesen, daß er sich keineswegs in Höchstform fühlte. Er mußte zu oft an die Gewalttätigkeiten und Beschuldigungen denken, und Commander Selas kaltes Lächeln verfolgte ihn geradezu. Er mußte einfach Erfolg haben, und um diesen zu gewährleisten, würde er notfalls auch auf seine Theatererfahrungen zurückgreifen.

Als Picard und Sela ihre Reden halten sollten, war der Parlamentssaal völlig überfüllt. Der Premier brauchte etwa zehn Minuten, bis er die Abgeordneten endlich zur Ordnung gerufen hatte und als Präambel seine Erklärung über das Geschehene vorausschicken konnte. Er wurde gelegentlich von Fragen unterbrochen und beantwortete sie so aufrichtig, wie er konnte. Dann zeigte er auf Larkin und versprach, daß die gesamte Chronologie der Ereignisse noch vor Sonnenuntergang aus Elohs weltumspannenden Computernetzwerk abgerufen werden konnte. Außerdem seien Sicherheitskräfte gerade dabei, die Führer der ›Zusammenkunft‹ zu verhaften, die für ihre Verbrechen gegen das Volk von Eloh zur Rechenschaft gezogen werden würden.

Picard fragte sich jedoch, ob nicht schon allein die Existenz der isolationistischen Gruppe einen Einfluß auf die Denkweise der Parlamentarier hatte. Larkin hatte am Morgen erklärt, daß die öffentliche Meinung sich geändert hatte und – Schaltmeister Luth im Hauptcomputerzentrum auf Carinth Dar zufolge – die Leute ihr Interesse am Weltraum neu überdachten. Das konnte durchaus Auswirkungen auf das Parlament haben, dessen Mitglieder mit ihren jeweiligen Wahlkreisen Rücksprache halten und am folgenden Morgen abstimmen würden. Ihm war klar, daß die Zukunft des Planeten sich innerhalb der nächsten vierundzwanzig Stunden entscheiden würde, womit seiner letzten Rede noch größere Bedeutung zukam.

Picard nahm einen sehr tiefen Atemzug, verdrängte diese streunenden Gedanken und erhob sich, um sich an die Bevölkerung des Planeten zu wenden.

»Ich möchte Premier Daithin dafür danken, daß er Ihnen die gestrigen Ereignisse kurz und knapp erklärt hat«, begann er schließlich. »Die Romulaner sehen Eloh als verlockenden Besitz an, als eine Welt, die dem Einflußbereich der Vereinten Föderation der Planeten näher liegt als jede andere, die sie beherrschen. Es wäre eine Lüge, würde ich behaupten, daß meine Regierung diese Welt nicht auf ähnliche Weise sieht. Wenn Sie sicher sind, eine intergalaktische Allianz eingehen zu wollen, sollten Sie dies tun. Ich werde Ihnen heute morgen erklären, was es mit der Föderation auf sich hat, und Ihre Fragen über unsere Absichten beantworten. Keine Geschenke, keine Versprechungen, die ich nicht einhalten kann, und ganz bestimmt kein weiteres Feuerwerk.« Die letzte Bemerkung ließ einige Parlamentarier kichern, und Picard stellte erfreut fest, daß die Elohsianer ihren Sinn für Humor noch nicht völlig verloren hatten. Ein keineswegs erheiterter Worf hatte persönlich die Sicherheitsvorkehrungen inspiziert und war, nur für alle Fälle, in der Nähe geblieben. Genauso erfreut war der Captain gewesen, daß Worf gemeinsam mit der zwar noch verletzten, aber sich auf dem Weg der Besserung befindlichen Lan Mathli auf den Planeten gebeamt war. Seinem Sicherheitsoffizier zufolge war sie eine ehrbare Kämpferin – ein ziemlich hohes Lob aus dem Mund eines Klingonen.

»Wir respektieren das Recht eines Planeten auf Selbstbestimmung. Unsere Grundsätze sehen vor, daß Mitgliedswelten ihre eigene Gesetzgebung haben, doch wir verlangen, daß auf allen Welten, die sich uns anschließen, gewisse Grundrechte gewährt werden. Zum Beispiel respektieren wir das Recht des Individuums auf freie Rede und freie Meinungsäußerung. Die Unterdrückung dieser Grundrechte sehen wir als Verstoß gegen die Charta der Föderation an.«

Picard gab nun einen kurzen Überblick über die Geschichte der Föderation, ihre räumliche Ausdehnung und ihre neuesten Errungenschaften. Er wußte, daß der technische Standard dieser Welt weit hinter dem der Föderation lag, aber auch, daß sie diesen Vorsprung gern so schnell wie möglich wettmachen würde. Und angesichts von Elohs jüngster Vergangenheit achtete er darauf, die Rolle zu betonen, die Starfleet bei der planetaren Verteidigung spielte, und die Fähigkeit der Flotte, schnell auf Notrufe zu reagieren. Allerdings verzichtete er darauf, auf die militärische Bedeutung von Starfleet oder Zusammenstöße mit den Romulanern einzugehen. Statt dessen sprach er über die immer inniger werdende Allianz mit dem Klingonischen Imperium, die seit mehreren Jahrzehnten zur Stabilisierung des Friedens in der Galaxis beigetragen hatte. Schließlich entsprach solch eine Kooperation durch friedliche Mittel nach Picards Ansicht genau dem Sinn und Zweck der Föderation.

Der Captain schaute sich im Raum um und entschloß sich, nicht zu versuchen, die Reaktion der Parlamentarier zu deuten. Genauso leicht, wie sie von seinen Worten mitgerissen werden konnten, konnten sie ihre Meinung wieder ändern, wenn nach ihm Sela sprach. Statt dessen schaute er mehrmals verstohlen zu der Romulanerin selbst hinüber.

Sie saß abseits, nicht bei den anderen Romulanern, die sich auf der Galerie drängten, und hatte ihre Galauniform angelegt. Sie wirkte gefaßt, ließ Picard jedoch nicht aus den Augen. Ihr Blick war ausdruckslos, und seine Worte schienen sie weder auf die eine noch auf die andere Weise zu beeindrucken. Andererseits schaute sie nicht einmal zur Seite. War es möglich, daß seine Äußerungen tatsächlich zu ihr vordrangen?

»Einige von Ihnen sind auf meinem Schiff gewesen, und andere haben an dem Bankett zu unseren Ehren teilgenommen«, fuhr Picard fort. »Auf meinem Schiff befinden sich Angehörige dreizehn verschiedener Spezies, einschließlich des einzigen Mitglieds einer Lebensform, die man erst vor kurzem als solche anerkannt hatte.« Er sprach von Data; der Captain war stolz darauf, dazu beigetragen zu haben, daß die Föderation ihm erst vor ein paar Jahren den Status einer intelligenten Lebensform zuerkannt hatte. »Wir suchen und erforschen neue Lebensformen und neue Zivilisationen; dies ist das Credo meines Schiffes. Der Name *Enterprise* hat in der Föderation einen stolzen Klang, und meine Crew bewahrt diese Tradition. Allein der Umstand, daß wir hier sind und uns Ihnen vorstellen dürfen, ist eine bedeutende Ehre.«

Seine Rede dauerte gut fünfundvierzig Minuten, und danach beantwortete er Fragen. Einige Parlamentarier hatten die Informationen gelesen, die der Diplomatische Dienst der Föderation ihnen zur Verfügung gestellt hatte, während andere offensichtlich versteckte Andeutungen der Romulaner aufgeschnappt hatten. Picard mußte mehrmals die Politik der Föderation in bezug auf ›feindselige‹ Spezies wie den Tholianern oder den Romulanern selbst verteidigen. Erneut warf er Sela einen Blick zu, die nur Verachtung für seine diesbezüglichen Worte übrig zu haben schien. Ihr Haß war jedoch verschwunden, und ohne ihn wirkten ihre blauen Augen ganz anders, weniger entschlossen – menschlicher.

Einige andere waren besorgt darüber, die Charta der Föderation akzeptieren zu müssen, ohne an ihrer Ausarbeitung mitgewirkt zu haben. Einer erkundigte sich sogar, welche Rolle eine Welt, die einen gewissen Nachholbedarf hatte, in der Föderation überhaupt spielen konnte. Picard ging geschickt auf alle Fragen ein und ließ sich durch nichts aus der Ruhe bringen.

Larkin hatte ihm erklärt, daß das Parlament eine direkte Volksbefragung vornahm, teilweise sogar über das weltweite Computernetz. Meinungsmacher würden alles daran setzen, die Bevölkerung zu beeinflussen, die dann wiederum Einfluß auf die Entscheidung des Parlaments nahm. Das vereinte Eloh war noch sehr jung, und die Kakophonie der Politik verblüffte Picard, der in den letzten Tagen mehr als genug von diesem unsicheren Durcheinander mitbekommen hatte. Er war des gesamten politischen Geschacheres überdrüssig und geradezu erleichtert, daß die Sache nun ein Ende nahm.

Nachdem er die letzten Fragen beantwortet hatte, nutzte er die Gelegenheit, um seine Gedanken zusammenzufassen – sein letzter offizieller Versuch, diese Welt für die Föderation zu gewinnen. »Als ich vor ein paar Tagen auf Eloh eintraf, war ich nicht sicher, was mich dort erwartete. Lag diese Welt noch mit sich selbst im Krieg? Konnte diese Welt tatsächlich in so wenigen Jahren einen Wiederaufbau vollbracht haben? Ich stelle mir solche und ähnliche Fragen jedesmal, wenn ich einen neuen Planeten besuche, und möchte Ihnen allen etwas verraten: Die Antworten, die ich erhalte, sind niemals die, die ich erwartet habe. Nie. Der Grund dafür liegt darin, daß es immer etwas Neues gibt, das ich zuvor nicht in Betracht gezogen, ja von dem ich nicht einmal geträumt habe. Ich lerne jedesmal etwas dazu, finde an jedem Ort, den ich besuche, wunderbare Dinge – und genau das treibt mich seit fast vier Jahrzehnten dazu, den Weltraum zu erforschen.

Ich möchte Ihnen dieses Universum zeigen und gemeinsam mit Ihnen auf Forschungsfahrt gehen. Doch dazu müssen Sie sich mir anschließen und Ihrer selbst und Ihrer kostbaren Einheit so sicher sein, daß Sie den Schritt in eine neue Epoche tun können. Das können Sie nicht allein schaffen, und nicht an einem Tag. Wir können Ihnen helfen, die Zukunft zu gewinnen, von denen so viele von Ihnen mir erzählt haben. Sie wollen Ihren Platz in der Galaxis finden, und ich glaube aus tiefstem Herzen, daß die Föderation Ihnen den richtigen Weg weisen kann.

Ich hoffe wirklich, daß wir in den Genuß dieser einzigartigen Ehre kommen werden. Vielen Dank.«

Als Picard verstummte, war es absolut still im Raum. Die Sekunden verstrichen, und er bemerkte, daß ein Augenpaar nach dem anderen an ihm vorbei zu dem Podest blickte, auf dem Daithin saß. Langsam drehte Picard den Kopf und schaute zu dem Premier hoch. Zu seiner Überraschung standen Tränen in Daithins großen Augen. Er hatte gehofft, mitreißend zu sprechen, aber nicht damit gerechnet, daß seine Worte so bewegend waren. Aber wie er gerade selbst gesagt hatte, man konnte nie wissen, was einen auf neuen Welten erwartete.

Daithin erhob sich, lächelte und breitete die Hände aus. Ein Parlamentarier nach dem anderen stand auf, und auf ihren Gesichtern war uneingeschränkte Freude über seine Worte auszumachen. Der Captain verspürte nun keinen Zweifel mehr daran, daß er sein Bestes gegeben hatte und die Rede hervorragend aufgenommen worden war.

Doch nach den Ereignissen der vergangenen Tage stellte sich sehr schnell wieder nagender Zweifel ein. Er mochte sein Bestes gegeben haben – aber was, wenn es nicht gut genug war?

Sela hatte Picards Rede aufmerksam gelauscht. Sie war insgeheim der Ansicht, daß vieles von dem, was er gesagt hatte, der Wahrheit entsprach. Allerdings hatte sie für die Art und Weise, wie Starfleet sich mit feindseligen Spezies befaßte, nur Spott übrig. Die ach so heilige Föderation war nur eine Schafherde, die arglos weidete, bis sie durch Romulus' Hand geschlachtet wurde.

Doch sie mußte eingestehen, daß Picard eine meisterliche Leistung vollbracht hatte, die sie sogar veranlaßt hatte, kritisch über ihre Vorbereitungen nachzudenken und zu erkennen, daß sie einiges zu wünschen übrig ließen. Schließlich hatte sie neulich ohne umfassende Vorbereitungen einen Vortrag gehalten, der ebenfalls sehr gut aufgenommen worden war, und war davon ausgegangen, daß sich dies einfach wiederholen ließ. Doch Picards Worte hatten Eindruck gemacht und sie ihre Haltung gegenüber dem Captain der *Enterprise* überdenken lassen. O ja, er hatte ihr zu Hause empfindliche Niederlagen zugefügt, doch sein Geist, seine Überzeugung und Aufrichtigkeit fielen durchaus ins Gewicht. Sie hatte seinen Worten gelauscht und über sie nachgedacht, hatte genau beobachtet, wie er sich vor dem Parlament und den Kameras verhalten hatte. Es bestand kein Zweifel daran, dieser Mann war überzeugt davon, daß er das bessere Angebot machte. Und er handelte selbstlos, während sie diese Welt für ihr Volk und ihre Karriere gewinnen wollte. Und die Romulaner waren ihr Volk. Das zählte letztlich mehr als Picards schöne Worte oder sein Auftreten. Die Föderation hatte ihre Mutter im Stich gelassen, und dafür würde sie bezahlen. Der Verlust Elohs war nur der Anfang.

»Unser Volk kann seine Geschichte nur über tausend Jahre zurückverfolgen«, begann Sela. »Wir können für uns nicht in Anspruch nehmen, so weit zurückzuschauen, wie Eloh es kann, doch Sie können dankbar für Ihre Vergangenheit sein. Die Geschichte ist ein ausgezeichneter Lehrer, und Lektionen, die man einmal gelernt hat, können zukünftige Probleme vermeiden. Der vor kurzem auf Eloh beigelegte Konflikt ermöglicht es zukünftigen Generationen, die ihre Lehre daraus gezogen haben, Differenzen beizulegen und zu gedeihen.«

Die Parlamentarier merkten auf, und einige beugten sich auf ihren Stühlen vor. Die Worte schienen Eindruck auf sie zu machen, und Sela bemerkte, daß auch Picard aufmerksam zu ihr hinüber schaute. Sie würde ihm etwas bieten.

»Da der Konflikt auf Eloh Ihre Welt hätte zerstören können, blieb Ihnen nichts anderes übrig, als ihn beizulegen und sich zu einigen. Vor einem Jahrtausend trafen wir eine andere Entscheidung. Mein Volk verließ den Planeten Vulkan und brach in den Weltraum auf, um sich dem großen Unbekannten zu stellen. Wir suchten eine Welt, die wir zähmen und als Spezies beherrschen konnten. Diese Welt, Romulus, steht wie ein Leuchtfeuer in einer düsteren Ecke der bekannten Galaxis. Ich wünschte, Sie alle könnten sie sehen. Die Welt ist wunderschön, und ich kann mich noch daran erinnern, wie begeistert ich war, als man mir zum erstenmal die Feuerfälle von Gal Gath'thong zeigte.

Unser Volk wuchs, und auch unser Wohlstand. Wir schickten uns allmählich an, diesen Wohlstand in unserem Sektor zu verbreiten, besiedelten Remus und schufen so den Kern des Romulanischen Sternenreiches. Leute mit Idealen und Zielen gesellten sich zu uns, und wir wurden mächtiger. Diese Macht bedeutete, daß Invasoren leichter zurückgeworfen werden konnten und man unsere Souveränität respektierte. Mit der Zeit bekam der Name ›Romulaner‹ eine gewisse Bedeutung, und heute sind wir stolz auf diesen Namen.

Ich schäme mich zutiefst des Makels, den mein Volk auf sich geladen hat, des Schmutzflecks, der entstand, weil einem übereifrigen Offizier diese Welt wichtiger war als seine Selbstachtung. Sie können mir glauben, daß keine Spezies – mögen es die Romulaner, die der Föderation oder andere sein – perfekt ist. Genauso wenig, wie alle Bewohner Elohs reinen Herzens sind, sind sie Halsabschneider. Doch daß Sie nun die galaktische Bühne betreten, bedeutet, daß Sie Zeuge eines außerordentlichen Ereignisses werden. Wenn Sie sich nun den raumfahrenden Spezies der Galaxis anschließen, werden Sie feststellen, daß jeder Planet eine eigene Sicht der Dinge hat und diese unterschiedlichen Sichtweisen manchmal zu Konflikten zwischen den Welten führen. So ist es mit uns und der Föderation. Beide, sie als auch wir, können Ihnen Wunderbares anbieten, von militärischem Schutz bis zur Technik. Sie werden sich einige Fragen stellen müssen, die mit ihrer geographischen Lage in der Galaxis zu tun haben, mit ihrer Sichtweise, mit der Zukunft... All diese Fragen werden dazu führen, daß Sie zu einem bestimmten Schluß kommen werden. Ich wünsche Ihnen, daß Sie bei Ihrer Abstimmung eine kluge Entscheidung treffen.«

Sela ließ ihre Rede mit ein paar versöhnlichen Bemerkungen ausklingen und beantwortete dann ebenfalls Fragen. Picard hatte sich mittlerweile, offensichtlich zutiefst erstaunt von ihrem rhetorischem Geschick, wieder zurückgelehnt. Das war gerade mein erster Sieg an diesem Tag, dachte sie selbstgefällig. Sie wußte, sie hatte die Rede ihres Lebens gehalten und sie zweifellos so angelegt, daß das Parlament sich nun genau die Fragen stellen mußte, die es zu der Schlußfolgerung führen würden, das Romulanische Reich sei die bessere Heimat für den Planeten.

Die Fragen, die die Elohsianer ihr stellten, waren genauso deutlich wie die, die sie Picard gestellt hatten. Sie waren besorgt darüber, daß Besatzungstruppen auf ihrem Planeten stationiert werden sollten und man den Elohsianern die Raumfahrt verweigern könnte. Sela beantwortete sie geschickt mit einer Prise Humor und bemühte sich dabei, das Mienenspiel der Parlamentarier zu deuten. Doch es war schwierig, ihren Gesichtern irgend etwas zu entnehmen, und die Fragen kamen ihr etwas schärfer vor, als sie gehofft hatte. Als die Sitzung zehn Minuten später unterbrochen wurde, wußte sie noch immer nicht genau, ob sie tatsächlich den Sieg davongetragen hatte.

James Kelly war gerade mit seinen Hausaufgaben fertig, als er bemerkte, daß ein Lämpchen an seinem Computer blinkte und ihn darauf aufmerksam machte, daß er eine Nachricht erhalten hatte. Er rief sofort seine private Mailbox auf und stellte schockiert fest, daß er eine Mitteilung von Fähnrich Ro erhalten hatte.

Sie lautete: »Ich habe Ihren Wunsch, mich zum Tanz auszuführen, völlig falsch eingeschätzt. Ich entschuldige mich dafür, die Einladung ausgeschlagen zu haben. Sollte sie noch Bestand haben, nehme ich sie gern an. Bitte holen Sie mich morgen abend in meinem Quartier ab und begleiten Sie mich zu der Veranstaltung.«

Sie begleiten! James würde sogar auf Händen und Knien durch das Schiff robben und sie zum Holodeck tragen! Er fuhr mit den Händen durch sein widerspenstiges Haar und überlegte, was er anziehen sollte … ob er ihr ein Geschenk mitbringen sollte … ob Riker nun, da er so weit gekommen war, weitere Tips für ihn hatte … ob er genug Zeit hatte, um bis morgen alles zu erledigen … und ob der morgige Abend überhaupt je kommen würde …

Die Morgendämmerung kam viel zu schnell für Picard. Er war länger als beabsichtigt aufgeblieben. Nachdem der Captain auf die *Enterprise* zurückgekehrt war, hatte er seine Kommando-Crew zu einem privaten Abendessen eingeladen. Das Essen war ausgezeichnet verlaufen, und er hatte mit Dr. Crusher, LaForge und sogar Worf bis spät in den Abend angeregte Gespräche geführt. Als er am heutigen Morgen daran zurückdachte, war es ihm noch immer in sehr angenehmer Erinnerung. Nach einer gehetzten Morgenroutine, die ihm nicht einmal Zeit für das rituelle Frühstück mit Beverly ließ, mußte Picard dann zähneknirschend hinnehmen, daß sich wieder die Besorgnis um Eloh und die Spekulationen um das Schicksal des Planeten in seinem Hinterstübchen einschlichen.

Er bemühte sich, keine allzu beklommene Miene aufzusetzen, als er sich nur kurz darauf im Transporterraum einfand, um – vielleicht zum letztenmal – auf den Planeten gebeamt zu werden. Als der Materialisationsort um ihn herum Gestalt annahm, schaute Picard sich um und beneidete unwillkürlich Troi und LaForge, weil sie Gelegenheit gehabt hatten, sich diese Welt wenigstens zum Teil anzuschauen. Bei der nächsten derartigen Mission, sinnierte er, würde er den beiden erlauben, den Konferenzen beizuwohnen, und selbst auf Erkundung gehen.

Larkin wartete bereits an der üblichen Stelle auf den Captain. Weder die ganze Aufregung der letzten fünf Tage noch die Kälte der Jahreszeit schien ihm irgend etwas auszumachen. Auch sein übereifriges Gehabe und unauffälliger Kleidungsstil hatten sich nicht geändert. Picard erwartete mittlerweile nichts anderes als Effizienz von dem farblosen Mann. Mit einer Geste bedeutete der Adjutant ihm, er möge das Parlamentsgebäude betreten. Picard tat wie geheißen und bemerkte dabei eine Fülle von Sicherheitskräften. Zweifellos eine kluge Vorsichtsmaßnahme, dachte er.

»Hat die Lage sich mittlerweile beruhigt?« fragte Picard beiläufig.

Larkin dachte kurz nach. »Es ist noch nicht wieder so, wie es war, bevor die *N'ventnar* in die Umlaufbahn ging«, erwiderte er dann, »aber auf jeden Fall besser als gestern.«

»Es gefällt Ihnen nicht gerade, daß wir hier sind, nicht wahr?«

Erneut hielt Larkin inne und sammelte seine Gedanken. Dann schaute er zu dem etwas kleineren Picard hinab. »Es erstaunt mich«, sagte er, »wie schnell ich mich daran gewöhnt habe, daß sich Fremdweltler unter uns befinden. Ich weiß nur nicht, ob ich möchte, daß sie uns sagen, wie wir unser Leben zu führen haben.«

Picard warf ihm einen besorgten Blick zu. »Ich dachte, ich hätte klar zum Ausdruck gebracht, daß Sie selbst über Ihr Schicksal bestimmen werden.«

»Das sagen Sie. Das sagen auch die anderen. Worte, Captain. Die Ihren und die der Romulaner. Ich habe genug davon gehört.«

Larkin hielt dem Captain die Tür auf und trat dann zur Seite. Der Premier hatte zu einer Privataudienz geladen; zuerst würden nur zwei Personen die Entscheidung erfahren. Wie Picard es verstanden hatte, hatten die Parlamentarier über die Angelegenheit debattiert, dann über die Computernetzwerke die Wähler ihrer Wahlkreise befragt und waren am Abend schließlich zur Abstimmung geschritten. Die Stimmen waren direkt zu dem Computer in Daithins Büro weitergeleitet worden, und er konnte die Entscheidung des Parlaments entweder akzeptieren oder aber sein Veto einlegen. Später würde er das Ergebnis bekanntgeben und auch verkünden, wie er sich entschieden hatte.

Als der Captain neben Larkin durch die Gänge schritt, konnte er nicht sagen, wie die Sache ausgegangen war. Weder das Verhalten des Adjutanten noch das der Sicherheitskräfte ließ irgendwelche Schlüsse zu. Das Abstimmungsergebnis schien noch unbekannt zu sein, und er war allmählich sehr gespannt darauf.

Als Picard das Büro betrat, erhob Daithin sich sofort und begrüßte ihn mit einem breiten Lächeln, bei dem er erneut die guterhaltenen weißen Zähne zeigte, die einen starken Gegensatz zur dunklen Haut bildeten. »Sir, Captain, bitte setzen Sie sich. Commander Sela beamt gerade auf den Planeten. Ein wunderbares Gerät, wirklich wunderbar. Ich freue mich sehr, daß diese Technik bald auch uns zur Verfügung stehen wird.«

Picard nahm den bereits gewohnten Platz in dem kleinen Büro ein und schaute aus dem Fenster. Ein Heer von Arbeitern beseitigte die Trümmer des Großbrandes und begann mit dem Wiederaufbau ihrer Stadt. Die Elohsianer waren wirklich Überlebende, die zupacken konnten und wußten, wann Zeit zum Streiten war und wann Zeit dafür, damit aufzuhören und sich an die Arbeit zu machen. Sie konnten sich schnell an neue Umstände anpassen; zumindest das hatten Jahrzehnte des Krieges sie gelehrt. Das war ein bewundernswerter Charakterzug, und ganz gleich, für welche Seite sie sich entschieden, er würde es sie noch weit bringen lassen.

Nachdem Picard ein heißes Getränk abgelehnt hatte, redeten er und Daithin noch ein paar Minuten lang um den heißen Brei herum, bis Larkin schließlich Sela in den Raum führte. Der Augenblick der Entscheidung war endlich da.

Picard schaute zu Sela hinüber, während sie Platz nahm und die Hände auf dem Schoß faltete. Sie wirkte gelassen und schien die Situation völlig unter Kontrolle zu haben. Ihre Zuversicht war gewaltig und auch sehr ansprechend, wenn man sie unvoreingenommen beurteilen konnte.

Daithin erhob sich hinter seinem Schreibtisch, schaute zu den Repräsentanten der beiden fremden Regierungen vor ihm hinab und seufzte. »Als wir Sie einluden, Eloh zu besuchen, habe ich mir keine Vorstellungen davon machen können, was geschehen würde. Es tut mir leid, daß Sie, Commander, aufgrund von Major Plactus' Täuschungsmanöver einen geschätzten Offizier verloren haben. Und bei Ihnen, Captain, muß ich mich im Namen meines Volkes entschuldigen, daß wir Commander LaForge verdächtigt haben. Alles in allem haben beide Mannschaften sich vorbildlich verhalten, und Ihre Ehrlichkeit und Bereitschaft zur Kooperation hat mich sehr beeindruckt.

Unsere Abstimmung gestern abend gab uns Gelegenheit, endgültig zu überprüfen, wie vereint das Volk von Eloh wirklich ist. Es war eine sehr interessante Erfahrung für mich, denn ich hatte vermutet, daß die Populisten sich geschlossen für die eine und die Dar für die andere Seite entscheiden würden. Überraschenderweise war dem nicht so. Die Abstimmung war daher in gewisser Weise auch eine über die Einheit. Sie hat bestätigt, daß wir bei einem globalen Thema, das über die Zukunft eines jeden gleichermaßen entscheidet, einig sein können.

Wir haben wie ein Volk abgestimmt. Das bedeutet, daß meine Arbeit als erster Premier der Elohsianer beendet ist. Die Abstimmung hat mir die nötige Zuversicht gegeben, daß ich am Ende meiner Amtszeit zurücktreten und die Zukunft wirklich in die Hände einer neuen Generation legen kann. Meine Arbeit ist getan...« Seine Stimme wurde schwächer, bis er schließlich ganz verstummte. Ihm wurde klar, daß er gerade eben, in diesem Augenblick, diese Entscheidung getroffen hatte, und es überraschte ihn, daß er sie zuerst den Fremdweltlern und nicht seiner Familie oder seinen Freunden mitgeteilt hatte.

Daithin benötigte einen Augenblick, um seine Gedanken zu ordnen und fortzufahren. Er wußte, daß die beiden Personen vor ihm sehr gespannt waren, welchen Ausgang die Abstimmung genommen hatte. Picard und Sela vermieden es, sich anzusehen, und hielten ihre Blicke unbehaglich auf Daithin gerichtet. »Das Ergebnis der Abstimmung und meine Entscheidung als Premier waren identisch, was große Zufriedenheit in mir auslöste. Wir haben uns entschlossen, eine Allianz mit dem Romulanischen Reich einzugehen.«

Sela strahlte. Picard runzelte die Stirn.

»Darf ich fragen, Premier, was Ihre Welt zu solch einer Entscheidung geführt hat?« sagte der Captain. Es gelang ihm, seine Stimme neutral zu halten und seinen Schock zu verbergen.

»Sie haben mein Volk gesehen. Sogar die besten von uns streiten noch immer über Beleidigungen, die Jahrzehnte zurück liegen, oder irgendein Unrecht, das ein

Klan dem anderen zugefügt hat. Wir brauchen Einheit!«

»Einheit, die man mit vorgehaltener Schußwaffe erzwingt?« fragte Picard.

»Ja«, sagte Daithin fest. »Selbst, wenn sie erzwungen wird. Unsere Integration erfolgte zu schnell – wir sind zu sehr von der Technik abhängig geworden. Sollten die alten Rivalitäten wieder an die Oberfläche treten, würden sie uns in jene Epoche zurückwerfen, in der wir uns noch mit Keulen einander zu Tode geprügelt haben.«

Picard nickte. Daithin hatte nicht völlig unrecht; das wußte er nicht nur aufgrund der Beobachtungen, die er selbst in der vergangenen Woche gemacht hatte, sondern auch aufgrund der Berichte seiner Offiziere. Die Romulaner würden nicht zulassen, daß sie irgend etwas in Frage stellten, sie nicht ermutigen, in irgendeiner Hinsicht eigenständig zu denken. Man würde den Elohsianern einen Weg zeigen, den sie beschreiten mußten, und ihnen nicht erlauben, davon abzuweichen. Ihre Einheit würde gewahrt bleiben.

Aber um welchen Preis?

Picard sah zuerst Daithin und dann Sela an.

»Obwohl ich die Wahrheit in Ihren Worten erkenne, Premier«, sagte er, »bin ich der Ansicht, daß in dem, was Sie hier und heute beginnen, eine große Gefahr liegt. Ich werde Ihre Entscheidung respektieren – aber ich möchte Ihnen auch mitteilen: Sollten Sie irgendwann Anlaß haben, sie noch einmal zu überdenken, müssen Sie nur Kontakt mit uns aufnehmen.«

»Das weiß ich zu schätzen«, sagte Daithin und lächelte. »Ich habe großen Respekt vor Ihnen, Captain. Sie haben sich mir gegenüber ehrlich und sehr ehrenhaft verhalten. Auch wenn die Romulaner Ihnen Aggressionen entgegenbringen – für mich gilt das nicht. Mögen wir alle eine reiche Zukunft genießen und uns niemals auf einem Schlachtfeld gegenüberstehen.«

Picard verspürte eine herzliche Rührung, als er zu dem Premier trat, um sich von ihm zu verabschieden. Von allen philosophischen Differenzen einmal abgesehen, mochte er Daithin mittlerweile und bedauerte es, daß er ihn wahrscheinlich nie wiedersehen würde. »Danke, Premier. Ich hoffe, die Dinge wenden sich zum Besten – für Sie und für Eloh.«

Nun erhob sich Sela, die während des Wortwechsels sitzen geblieben war. »Captain Picard, ich kann ehrlich behaupten, daß es mir ein Vergnügen war – diesmal.« Sie lächelte. »Hiermit setze ich Sie offiziell darüber in Kenntnis, daß Eloh nun ein romulanisches Protektorat ist und als solches unter die Bestimmungen des im Jahr 2160 geschlossenen Nichtangriffsvertrags zwischen der Föderation und den Romulanern fällt. Ich fordere Sie und die *Enterprise* auf, dieses Sonnensystem innerhalb von vier Stunden zu verlassen. Danach wird Ihre Anwesenheit hier als feindseliger Akt aufgefaßt. Und wir werden dementsprechend reagieren.«

»Daran habe ich nicht den geringsten Zweifel, Commander«, sagte Picard und nickte. »Diese Runde ging an Sie.«

»So ist es, Captain Picard«, erwiderte sie.

»Unsere Wege werden sich zweifellos wieder kreuzen«, fuhr er fort.

»Bestimmt. Zumal ich mittlerweile den romulanischen Senat darauf aufmerksam gemacht habe, daß ein Major des Tal Shiar sich von einer machtlosen Fraktion des Planeten täuschen ließ und mich und unser Volk beinahe um diese Welt gebracht hätte. Er wurde von seinen Vorgesetzten bereits zur Rechenschaft gezogen, und auch ich werde ihn demnächst bestrafen.« Der niederträchtige Glanz in ihren Augen ließ ihr Gesicht plötzlich grausam erscheinen, und Picard trat irritiert einen Schritt zurück.

»Dann sind Sie keine bloße Spielfigur mehr«, sagte er.

»Genau. Und dieser Sieg wird nur der erste Schritt eines langen Prozesses sein. O ja, Captain, Sie werden wieder von mir hören.«

Picard wollte ihr keine Gelegenheit geben, sich noch mehr zu brüsten, drehte sich um und verließ den Raum. Als er an einem neugierigen Larkin vorbeiging, nickte er ihm zum Abschied zu und kehrte dann in das helle Sonnenlicht des Morgens zurück. Dort berührte er mit der Fingerspitze den Kommunikator und kehrte auf die *Enterprise* zurück, ohne sich die Zeit zu nehmen, sich ein letztesmal auf dieser wunderschönen Welt umzusehen. Bevor der Transporterstrahl ihn erfaßte, dachte er daran, wie unverdorben diese Welt heute zu sein schien und wie sie wohl aussehen würde, nachdem die Romulaner endgültig hier einmarschiert waren.

Nachdem er die Transporterfläche verlassen hatte, forderte er Counselor Troi und Commander Riker über den Kommunikator auf, in sein Quartier zu kommen. Das war zwar ungewöhnlich, aber Picard stand im Augenblick nicht der Kopf danach, sich auf die Brücke zu begeben. Als die beiden die Kabine betraten, nickte Troi sofort mitfühlend.

»Sie haben sich für das Romulanische Reich entschieden«, sagte Picard leise. Er setzte sich, und sein Körper schien zu erschlaffen.

»Irgendwelche Befehle, Sir?« fragte Riker zögernd.

»Wir gehen wie besprochen vor und verlassen den Orbit. Der Steuermann soll uns von hier wegbringen.«

»Aye, Sir«, sagte der Erste Offizier.

»Captain, sollen wir den Tanzabend für die Neuankömmlinge an Bord verschieben?« Troi schaute gleichzeitig hoffnungsvoll und mitfühlend drein; ein interessanter Trick, dachte der Captain.

»Ich weiß, als Sie ihn für den heutigen Abend angesetzt haben, gingen Sie davon aus, daß wir die Oberhand gewinnen. Das ist uns zwar nicht gelungen,

Counselor, aber trotzdem sollten wir nicht mit dieser Tradition brechen. Er findet also wie geplant statt.«

Die Offiziere zogen sich schweigend zurück, um sich ihren Aufgaben zu widmen, und ließen den Captain mit seinen Gedanken allein.

Ro blieb gerade noch die Gelegenheit, einen Blick in den Spiegel zu werfen und sich zu überzeugen, daß sie sich wirklich hervorragend zurechtgemacht hatte. Normalerweise legte sie auf gesellschaftlichen Annehmlichkeiten wie Verabredungen keinen großen Wert, und sie wußte nicht genau, wie sie sich verhalten sollte. Die Entscheidung, was sie anziehen sollte, war ihr noch leicht gefallen. So groß war ihre Garderobe nicht, was Freizeitkleidung betraf, und für diesen Anlaß war die Auswahl noch geringer. Sie hatte sich für ein langes, smaragdgrünes Kleid mit einem tiefen Ausschnitt und einem Rock entschieden, der sich schon an den Oberschenkeln stark verjüngte. Auch der Rücken war tief ausgeschnitten, und der Stoff wurde von einer sternförmigen Schnalle zusammengehalten, die im schwachen Licht funkelte. Ihre Schuhe waren ebenfalls smaragdgrün und bestanden aus einem Material, das das Licht zeitweise zu absorbieren und dann wieder auszustrahlen schien. Ihre schlanke, schwielige Hand schob noch eine verirrte Haarsträhne zurück, und dann befand sie sich für vorzeigbar.

Das Chronometer zeigte 19:59 an, und sie wußte inzwischen ja, daß ihr Verehrer überaus eifrig und pünktlich war. Während die letzten Sekunden verstrichen, schaute sie sich noch einmal um: stimmungsvoll gedämpftes Licht, und makellos aufgeräumt war ihr Quartier auch. Sie hakte im Geiste noch einmal die Kleinigkeiten ab, die sie für diesen Abend arrangiert hatte. Auf Guinan war Verlaß, sie würde genau zum rechten Zeitpunkt eingreifen.

»Computer, vulkanische Etüden der klassizistischen Periode.«

»Nennen Sie den Komponisten«, verlangte der Computer.

Ro verzog verärgert das Gesicht. »Zufällige Auswahl.«

Der Computer piepte und befolgte die Anweisung dann. Seltsam klingende Instrumente waren nun in der Kabine zu vernehmen und vervollständigten die von ihr gewünschte Atmosphäre.

Schließlich war es zwanzig Uhr, und Ro atmete mehrmals tief ein. Sie hatte den Abend sorgfältig geplant und mußte vermeiden, daß irgend etwas schiefging. Wenn sie es richtig anfing, würde ihre Lage sich gewaltig verbessern. Wenn nicht, würde sie gewaltige Schwierigkeiten haben, Riker die Situation zu erklären – und so ein Gespräch wollte sie nicht unbedingt führen. Niemals.

Das leise elektronische Zirpen des Türsummers erklang, und Ro ließ den Besucher ein.

James Kelly hielt eine kleine Schachtel in der rechten Hand. Er trug einen einteiligen, kobaltblauen Overall; an der rechten Brust hatte er irgendein Abzeichen befestigt, auf das Ro sich keinen Reim machen konnte. In die Schnalle seines breiten, dicken schwarzen Gürtels war ein hell funkelnder roter Stein eingelassen, und seine Schuhe schienen sehr spitz und unbequem zu sein. Das normalerweise wellige, weiche Haar hatte er sich nun angeklatscht, und eine Locke hing über der linken Braue auf die Stirn. Er machte drei Schritte in den Raum, sah Ro und rief: »Du heiliger Strohsack!«

»Stimmt etwas nicht, James?« fragte Ro mit möglichst einladender Stimme.

»Nein, ganz im Gegenteil, Fähnrich. Sie sehen absolut makellos aus.«

Sie trat einen Schritt auf ihn zu und ließ ein Lächeln

aufblitzen, das perfekte weiße Zähne zeigte. Instinktiv wich er einen Schritt zurück. »Ich denke, heute abend können wir auf das ›Fähnrich‹ verzichten. Heute bin ich für dich Laren.«

»Laren. Klar.« Er schien abwechselnd nervös und begeistert zu sein. Ro konnte noch nicht sagen, wofür er sich schließlich entscheiden würde.

»Bevor wir gehen, James, möchte ich dir danken, daß du dich bereit erklärt hast, mein Gemahl zu werden.«

Ein verwirrter Ausdruck legte sich auf sein Gesicht. »Gemahl?«

»Ja, sicher. Ich stamme von Bajor, und dort haben wir eine sehr strenge Paarungsordnung. Wir stehen erst ganz am Anfang, und ich bin sehr aufgeregt. Es ist schon ... lange her.«

James Kelly starrte Ro an, registrierte ihr reizvolles Äußere und versuchte, ihre Worte zu begreifen. Sie beobachtete ihn, wartete darauf, daß er seinen Zug machte, damit sie dann sofort mit einem eigenen kontern konnte.

»Äh ... wenn es darum geht, äh ... Laren ... nun ja ... was kommt denn jetzt?«

Ro trat in ihr Quartier zurück und legte eine Hand auf ein langes, gebogenes Instrument aus poliertem Holz mit einer Metallspitze, die sich zu fünf scharfen Enden erweiterte. »Komm herein. Wir können ruhig ein paar Minuten zu spät zu dem Tanz kommen. Schließlich ist es nicht unbedingt am besten, als erster zu kommen.« Sie versuchte zu kichern, stellte fest, daß es sich wie ein Gurgeln anhörte, und gab es sofort wieder auf.

Kelly kam herein und starrte den Gegenstand an, den sie beiläufig streichelte. Erst dann bemerkte er, daß weitere solcher Geräte an auffälligen Stellen an den Wänden und sogar über ihrem Bett hingen.

»Bajoraner sind sehr leidenschaftlich, James. Das hat

uns auch ermöglicht, einen so langen Kampf zu führen, bis wir uns von den Cardassianern befreien konnten. Unsere Rituale reichen Jahrhunderte zurück und wurden bislang immer befolgt. Die Paarung ist ein Grund zum Feiern, aber es gilt natürlich, gewisse Regeln zu befolgen. Komm bitte näher.«

Kelly trat zögernd einen Schritt vor, und Ro lächelte. Sie hob die Hand mit dem Instrument und hielt es ihm hin. Mit mittlerweile verschwitzten Händen nahm er es entgegen, fühlte das Gewicht des Holzes und Eisens und ignorierte geflissentlich die scharfen Kanten und die detaillierten Gravuren im Griff. »Sollte dich jemand um das Recht meiner … Leidenschaft herausfordern«, erklärte sie und bemühte sich dabei weiterhin, so verführerisch wie möglich zu klingen, »wirst du mich damit verteidigen. Ich habe im Holodeck vier ein Programm installiert, und du kannst das bajoranische Turnier jederzeit aufrufen. Wer den ersten Treffer erzielt, hat gewonnen.«

Sie trat hinter ihn, legte die Hände auf seine Schultern und küßte ihn auf ein Ohrläppchen. Kelly bewegte sich nicht; allerdings ließ er aber auch nicht die Waffe fallen und lief davon, wie sie es gehofft hatte.

»Wir gehen natürlich zu der Tanzveranstaltung, und wenn sie vorüber ist, kehren wir hierher zurück. Ich koche uns einen Kevas-Wein, und dann können wir uns für die Nacht zurückziehen.«

Die Aussicht darauf ließ Kelly glücklich seufzen. Er war voll und ganz darauf hereingefallen und zappelte am Haken. Jetzt mußte sie die Angel nur noch einziehen, wie Riker es ihr einmal erklärt hatte.

»Ach ja, das habe ich ganz vergessen«, fügte sie hinzu. »Vor der … Paarung müssen wir noch die Zeremonie des Fleisches und Blutes vollziehen.«

»Fleisch und Blut«, wiederholte James.

»Wenn du heute abend nicht um meine Ehre kämpfen mußt, verlangt das Protokoll die Zeremonie. Mit einem Familienmesser werden wir uns gegenseitig kleine Stücke aus unserer Haut schneiden. Wir geben die Haut und das tropfende Blut in einen Kelch. Dann werden wir die Mischung mit geheiligten Ingredienzen würzen und trinken, bevor wir unsere dauerhafte Verbindung besiegeln.«

Volle dreißig Sekunden lang herrschte Schweigen im Raum. Ro lauschte, wie Kellys Atem immer schneller ging, und wartete geduldig auf seine letzte Reaktion. Langsam, ganz langsam und vorsichtig, legte James die Waffe auf ihren Schreibtisch. Dann trat er ein paar Schritte von ihr zurück und schaute in ihre Richtung, vermied es aber, ihr in die Augen zu sehen.

»Gibt es noch weitere Rituale, wenn man mit einer Bajoranerin zusammenlebt?« brachte er schließlich über die Lippen.

Ro machte mit der Show weiter und ging langsam auf ihn zu. Ihr Lächeln war noch immer einladend. »Viel mehr. Aber du hast doch selbst gesagt, daß du dich für Xenologie interessierst. Hast du dich noch nicht über die Bajoraner informiert?«

»Ich wußte nicht, daß mein Volk sich von Ihrem so sehr unterscheidet«, sagte er schnell. Seine Gedanken schienen zu rasen. »Ich bin erst siebzehn. Ich weiß nicht, ob ich schon bereit für eine dauerhafte Verbindung bin. Es tut mit wirklich schrecklich leid, äh… Fähnrich… äh… Laren… äh… aber vielleicht ist so eine Beziehung nicht zu unserem Besten…« Er ging rückwärts zur Tür.

Ro blieb stehen, sah ihn an und versuchte zu verhindern, daß sich Freude auf ihrem Gesicht zeigte. »Ich respektiere deine Wünsche und bin froh, daß du eine kluge Wahl getroffen hast, bevor wir untrennbar miteinander verbunden wurden. Ich werde dich vermissen.«

»Klar. Äh… ich werde Sie… unsere gemeinsame Zeit… auch vermissen. Aber Sie haben ja Ihren

Dienst…« Er trat, noch immer rückwärts gehend, auf den Gang hinaus, und die Tür schloß sich umgehend.

Ro brach sofort in ein echtes Grinsen aus. »Computer«, befahl sie, »Musik abbrechen, und volle Beleuchtung.« Als im Raum wieder normale Verhältnisse hergestellt waren, griff Ro nach hinten und öffnete den Verschluß ihres Kleides. Sie ließ es zu Boden gleiten und legte ihre übliche bajoranische Freizeitkleidung an. Dann dachte sie kurz nach und entschloß sich, den Dixox-Hill-Schmöker zu Ende zu lesen. Schließlich hatte sie am heutigen Abend bewiesen, daß sie wußte, was es hieß, eine Puppe zu sein; und jetzt wollte sie endlich erfahren, ob der Mörder tatsächlich der Gärtner war.

Doch zuerst, dachte sie, mußte sie Worf die Waffen mit bestem Dank zurückbringen. Bajor verfügte zwar auch über eine Vielzahl davon, doch für ihre Zwecke waren keine so geeignet gewesen wie die einer legendären Kriegerrasse.

Zufrieden mit dem Verlauf des Abends vollzog Ro im Geiste James Kellys Reaktionen noch einmal nach und kicherte dann. Diesmal klang es genau richtig.

Zwei Stunden später war der Tanzabend für die Neuankömmlinge in vollem Gang. Das Holodeck war sowohl von Offizieren als auch Zivilisten gut besucht; die Federation Horns, eine Band von altgedienten Mannschaftsmitgliedern, spielten sich die Seele aus dem Leib, und Guinan hatte in einer Ecke eine behelfsmäßige Bar aufgebaut. Counselor Troi hatte persönlich dafür gesorgt, daß die Dekorationen stimmig waren; auf dem Holodeck war eine Tanzhalle nachgebildet, die sie als Heranwachsende auf Betazed besucht hatte. Alles war in hellen Tönen gehalten, und die Beleuchtung war so kunstvoll arrangiert, daß kein einziger Schatten fiel.

Will Riker hatte gerade einen Auftritt mit den Federation Horns hinter sich und genoß nun mit Troi einen Drink an der Bar. Beide hielten den Abend für einen großen Erfolg und eine willkommene Abwechslung zu den Anspannungen der vergangenen Tage. Es hatte schon etwas für sich, als Zivilist an Bord dieses Schiffes zu sein: Man lebte unberührt von den meisten Dingen, die außerhalb des Schiffes vor sich gingen.

Riker hatte gerade einen unglaublich schlechten Witz über einen Ferengi, einen Klingonen und einen Benziten erzählt, als die Tür des Holodecks sich öffnete und Captain Picard die Tanzhalle betrat. Er kam dem Ersten Offizier verdrossen vor; zweifellos hatte er den Druck der letzten Tage stärker verspürt als alle anderen an Bord. Riker wußte auch, daß Picard nichts gegen Zivilisten auf dem Schiff einzuwenden hatte, Festivitäten wie diesen Tanz aber zutiefst verabscheute. Er war lediglich hier, weil die Pflicht es verlangte. Dann kam Riker die erheiternde Idee, daß Picard auch gekommen sein konnte, um sich nicht Trois Zorn zuzuziehen.

»Nummer Eins, Counselor«, begrüßte Picard sie.

»Captain, ich freue mich, daß Sie doch noch gekommen sind«, sagte Troi. Sie wirkte in ihrem hellblauen schulterfreien Kleid wieder ganz bezaubernd. Es war eins ihrer Lieblingskleider, und auch eins von Rikers, und er freute sich immer, wenn sie es trug.

Picard schaute sich kurz um. »Hier scheinen sich ja alle zu vergnügen«, sagte er. Die Leute tanzten zu Livemusik und machten Schritte, die auf Dutzenden von Föderationswelten der neueste Schrei sein mußten, der Besatzung aber völlig neu waren.

In diesem Augenblick bemerkte Riker, daß James Kelly in den Tanzsaal geschlichen kam. Er war allein, und seine eingefallenen Schultern verrieten, daß Rikers Ratschläge wohl nicht zum ersehnten Erfolg geführt hatten. Der Erste Offizier entschuldigte sich, setzte ein Lächeln auf und schlenderte zu dem Teenager hinüber.

»Hallo, James«, begrüßte er ihn.

Kelly schaute auf, schon wieder überrascht, daß Riker ihn bemerkt hatte. »Guten Abend, Sir.«

»Sie sind allein?«

»Es hat nicht geklappt. Ich hätte eine zu große Verpflichtung eingehen müssen«, erklärte er.

Riker schaute nachdenklich und verwirrt zugleich drein. »Eine zu große Verpflichtung bei einem Tanzabend?«

»Na ja, Fähnrich Ro hatte all diese Rituale ...«

»Ro! Es ging um Sie und Fähnrich Ro?« Riker tat schockiert. Er fuhr sich mit der Hand über den Bart, um das Lächeln zu verdecken, das er nicht unterdrücken konnte.

»Wußten Sie das nicht, Sir?«

»Der Name der Frau ist nie gefallen, James«, erwiderte Riker ausweichend. »Und ich mußte mich auch noch um ein paar andere Dinge kümmern.«

»Es war von vornherein klar, daß es nicht hinhaut, nicht wahr?«

»Ro wäre bestimmt nicht die Richtige für Sie«, sagte Riker noch immer grinsend. »Ich muß mich wohl bei Ihnen entschuldigen. Hätte ich von Anfang an gewußt, daß es um sie ging, hätte ich Ihnen bestimmt nicht geraten, am Ball zu bleiben. Es gibt genug junge Frauen in Ihrem Alter, James, und einige davon sind bestimmt hier. Na los, gehen Sie schon, Sie werden bestimmt eine finden. Ich verspreche, ich passe auf Sie auf.«

»Na gut. Klar.« Noch immer etwas niedergeschlagen bewegte Kelly sich zögernd zu der Menge hinüber.

Zu Rikers Überraschung kam, bevor der Junge zehn Schritte getan hatte, Guinan direkt auf James zu. Sie zog eine junge Frau an der Hand hinter sich her. Der

Erste Offizier beobachtete, wie die erfahrene Barkeeperin sich an die Arbeit machte.

»Hallo, James Kelly. Ich warte schon seit geraumer Zeit auf Sie.«

Er sah sie kaum an und schien das Mädchen überhaupt nicht zu bemerken. »Das wußte ich nicht. Tut mir leid.«

»Schon gut. Wissen Sie, Counselor Troi hat sich wirklich ins Zeug gelegt, damit die Party zu einem Erfolg wird. Dazu gehört auch eine sorgfältig ausgewogene Gästeliste. Das ist Elizabeth Seward, und sie hat schon seit mindestens fünfzehn Minuten keinen Tanzpartner mehr.«

»Hallo«, sagte James und betrachtete das pausbäckige Mädchen mit dem schulterlangen braunen Haar. Es trug ein pfirsichfarbenes Kleid mit einem hellen gelben Gürtel und sah ziemlich attraktiv aus. Riker konnte geradezu sehen, wie es hinter der Stirn des Jungen arbeitete und ihm klar wurde, daß diese junge Frau für ihn wesentlich leichter erreichbar war als Ro. Und er hörte, wie die Mutter des Jungen murmelte: »Makellos.«

»Ich komme aus Maryland, das liegt auf dem irdischen Kontinent Nordamerika«, sagte Elizabeth.

James Kelly setzte zu einer langen Geschichte darüber an, wie es ihn an Bord der *Enterprise* verschlagen hatte, und Guinan schlüpfte leise in die Menge zurück. Sie bemerkte, daß Riker zu ihr hinüberschaute, blinzelte ihm zu und ging dann zu ihrer Bar. Hat man so etwas schon erlebt! dachte Riker. Diese Frau konnte Q mit Blicken niederzwingen, Worf in einen geselligen Partylöwen verwandeln, und heute spielte sie auch noch die Ehestifterin. Er würde sie nie wieder unterschätzen.

Riker sah sich nach dem Captain um und hoffte, daß Picard nicht schon wieder gegangen war. Er mußte noch die Neuankömmlinge begrüßen, was wohl am besten dazu geeignet war, um ihn von Eloh abzulenken. Doch daraus schien nichts zu werden: Picard hatte gerade seinen Rundgang durch den Tanzsaal beendet, nickte geistesabwesend ein paar Mannschaftsmitgliedern wie Fähnrich Robin Leffler oder Chief Rick Taylor zu, die er kannte, und hielt dann schnurstracks auf die Tür zu.

Der aufmerksame Erste Offizier folgte ihm auf den Gang hinaus und holte ihn am Turbolift ein. Sie betraten die Kabine schweigend, und Picard gab die Brücke als Ziel an.

»In der Gamma-Schicht läuft alles glatt«, sagte Riker, nur um etwas zu sagen.

Picard nickte und schaute dann nachdenklich seinen Offizier und Freund an. »Sie fragen sich wahrscheinlich«, sagte er schließlich, »woran ich in den vergangenen Stunden gedacht habe.

Es gibt Zeiten, Will, da wir eine zu anmaßende Meinung von uns selbst und unserer Lebensweise haben. Die Menschheit leidet wohl schon seit Anbeginn der Zivilisation an diesem Makel. Die Geschichte der Erde weist zahlreiche Vorkommnisse auf, bei denen eine Gesellschaft sich für perfekt hielt und versuchte, anderen ihre Denkweise aufzuzwingen. Die Kreuzzüge, der Zweite Weltkrieg, die Eugenischen Kriege, und so weiter ... Ich hatte gedacht, wir hätten dies hinter uns gelassen, doch dem ist anscheinend nicht so.

Wir sind nach Eloh gekommen und ganz natürlich davon ausgegangen, da wir die friedlichsten und wohlwollendsten Absichten haben, seien wir viel wünschenswerter als eine Regierung, die es auf Teufel komm raus auf Eroberungen anlegt und eine strenge Lebensweise propagiert. Meine Arroganz ließ mich glauben, wir würden die Oberhand behalten, und ich habe nicht im Traum daran gedacht, daß die Elohsianer die romulanische Lebensweise bevorzugen könnten.«

Der Lift hielt an, und sie betraten die ziemlich ruhige Brücke. Lieutenant Michael Hagen erhob sich vom Sitz des Captains, doch Picard gab ihm ein Zeichen, er solle seinen Dienst fortsetzen. Er ging mit Riker zu seinem Bereitschaftsraum, und sie nahmen auf dem Sofa Platz. Der Captain wirkte wieder gedankenverloren.

Schließlich brach er sein Schweigen. »Daithin hat die Feststellung getroffen, als er uns auf seine Welt einlud, habe er sich nicht träumen lassen, was geschehen würde. Ich habe es aber auch nicht vorhersehen können. Wie wunderbar das Leben doch ist … es präsentiert uns ständig Überraschungen und lullt uns nur selten mit einem falschen Gefühl der Sicherheit ein.«

»Gefällt Ihnen das an Ihrer Laufbahn am meisten?« fragte Riker.

»Das kann schon sein, Will. Ich habe es auch in meiner Rede vor dem Parlament gesagt. Vielleicht haben die Elohsianer im Lauf der Jahre genug Überraschungen erlebt und sehnten sich nun nach etwas, worauf sie sich verlassen konnten. Ich bin neugierig, was in einem Jahrzehnt aus dieser Welt geworden sein wird.«

»Wo werden wir dann sein?« fragte Riker, der allerdings auch keine Antwort darauf hatte.

»Das weiß ich nicht. Ich kann mir vorstellen, daß ich entweder noch Captain dieses Schiffes oder Kommandant irgendeiner Starbase sein werde. Jedenfalls habe ich nicht vor, zu Starfleet Command auf der Erde zu wechseln. Das wäre ein zu vorhersagbares Leben für mich.« Er kicherte tatsächlich über die Vorstellung, und Riker lachte mit. Er wußte, welchen Abscheu Picard der Cliquenwirtschaft entgegenbrachte, die in Bürokratien manchmal herrschte. »Vielleicht wäre eine der Deep Space-Stationen genau richtig für mich. Die befinden sich näher an den Grenzen.«

»Klingt hervorragend«, bestätigte der Commander.

»Eins ist jedoch sicher«, sagte Picard eher zu sich als

zu Riker. Der Erste Offizier sah den Captain an und wartete geduldig, bis Picard fortfuhr.

»Wir dürfen Commander Sela nicht unterschätzen. Sie hat eine wunderbare Abschlußrede gehalten und wußte besser als ich, wie sie die Zuhörer nach ihrer Pfeife tanzen lassen konnte. Sie hat ihre Aufgabe diesmal sehr gut gemeistert und wird daraus zweifellos Kapital schlagen, so daß wir wieder von ihr hören werden. Vielleicht kann ich dann herausfinden, ob ihre Behauptungen der Wahrheit entsprechen.«

Riker wußte, daß Picard schon immer von dieser Frau fasziniert gewesen war, merkte aber erst jetzt, wie tief der Eindruck war, den sie bei ihm hinterlassen hatte. Er wußte des weiteren, daß ihre Wege sich zweifellos wieder kreuzen würden, und fragte sich, wie es den beiden Befehlshabern dann ergehen würde. Picard war auf jeden Fall der einfallsreichere Führer, doch Selas Ausstrahlung und ihre Vorgeschichte würden vielleicht zu ihrem Vorteil wirken.

»Das werden wir dann sehen, Captain«, erwiderte Riker. »Aber heute ist sie auf Eloh, und wir haben ein neues Ziel. Wir haben noch viel zu tun, bis wir dort eintreffen. Ich sollte mich also lieber daranmachen, die vierteljährlichen Einschätzungen für die Personalakten zu schreiben.«

Picard sah ihn an, und Riker bemerkte, daß der Captain seine Gedanken über Eloh bereits zurückdrängte. Seine alltäglichen Pflichten schoben sich wieder in den Vordergrund. »Nein, Nummer Eins. Bitte gehen Sie auf die Party zurück und genießen Sie den Abend. Die Berichte können bis morgen warten.«

»Wie Sie meinen, Sir«, sagte Riker und erhob sich. »Erinnern Sie mich daran, daß ich Ihnen erzähle, was sich an Bord des Schiffes getan hat, während Sie fort waren. Eine oder zwei Begebenheiten werden Ihnen gefallen.«

»In der Tat, Nummer Eins. Ich freue mich bereits

darauf.« Picard erhob sich ebenfalls, zog seine Jacke herunter und ging dann zu seinem Schreibtisch, um die Arbeit wiederaufzunehmen.

Als Commander Riker den Bereitschaftsraum verließ, hielt Picard inne und schaute zum Fenster hinaus. Die Sterne zogen an dem Schiff vorbei, das weiterhin beschleunigte und Eloh schnell hinter sich ließ. Er beobachtete sie einen Moment lang, dachte, daß jeder Stern das Versprechen auf etwas Neues, etwas Wunderbares barg, und gab sich zufrieden damit, einen dieser Sterne nach dem anderen zu erforschen.

STAR TREK™

in der Reihe
HEYNE SCIENCE FICTION & FANTASY

STAR TREK: CLASSIC SERIE

Vonda N. McIntyre, Star Trek II: Der Zorn des Khan · 06/3971
Vonda N. McIntyre, Der Entropie-Effekt · 06/3988
Robert E. Vardeman, Das Klingonen-Gambit · 06/4035
Lee Correy, Hort des Lebens · 06/4083
Vonda N. McIntyre, Star Trek III: Auf der Suche nach Mr. Spock · 06/4181
S. M. Murdock, Das Netz der Romulaner · 06/4209
Sonni Cooper, Schwarzes Feuer · 06/4270
Robert E. Vardeman, Meuterei auf der Enterprise · 06/4285
Howard Weinstein, Die Macht der Krone · 06/4342
Sondra Marshak & Myrna Culbreath, Das Prometheus-Projekt · 06/4379
Sondra Marshak & Myrna Culbreath, Tödliches Dreieck · 06/4411
A. C. Crispin, Sohn der Vergangenheit · 06/4431
Diane Duane, Der verwundete Himmel · 06/4458
David Dvorkin, Die Trellisane-Konfrontation · 06/4474
Vonda N. McIntyre, Star Trek IV: Zurück in die Gegenwart · 06/4486
Greg Bear, Corona · 06/4499
John M. Ford, Der letzte Schachzug · 06/4528
Diane Duane, Der Feind – mein Verbündeter · 06/4535
Melinda Snodgrass, Die Tränen der Sänger · 06/4551
Jean Lorrah, Mord an der Vulkan Akademie · 06/4568
Janet Kagan, Uhuras Lied · 06/4605
Laurence Yep, Herr der Schatten · 06/4627
Barbara Hambly, Ishmael · 06/4662
J. M. Dillard, Star Trek V: Am Rande des Universums · 06/4682
Della van Hise, Zeit zu töten · 06/4698
Margaret Wander Bonanno, Geiseln für den Frieden · 06/4724
Majliss Larson, Das Faustpfand der Klingonen · 06/4741
J. M. Dillard, Bewußtseinsschatten · 06/4762
Brad Ferguson, Krise auf Centaurus · 06/4776
Diane Carey, Das Schlachtschiff · 06/4804
J. M. Dillard, Dämonen · 06/4819
Diane Duane, Spocks Welt · 06/4830
Diane Carey, Der Verräter · 06/4848

STAR TREK™

Gene DeWeese, Zwischen den Fronten · 06/4862
J. M. Dillard, Die verlorenen Jahre · 06/4869
Howard Weinstein, Akkalla · 06/4879
Carmen Carter, McCoys Träume · 06/4898
Diane Duane & Peter Norwood, Die Romulaner · 06/4907
John M. Ford, Was kostet dieser Planet? · 06/4922
J. M. Dillard, Blutdurst · 06/4929
Gene Roddenberry, Star Trek (I): Der Film · 06/4942
J. M. Dillard, Star Trek VI: Das unentdeckte Land · 06/4943
David Dvorkin, Die Zeitfalle · 06/4996
Barbara Paul, Das Drei-Minuten-Universum · 06/5005
Judith & Garfield Reeves-Stevens, Das Zentralgehirn · 06/5015
Gene DeWeese, Nexus · 06/5019
D. C. Fontana, Vulkans Ruhm · 06/5043
Judith & Garfield Reeves-Stevens, Die erste Direktive · 06/5051
Michael Jan Friedman, Das Doppelgänger-Komplott · 06/5067
Judy Klass, Der Boacozwischenfall · 06/5086
Julia Ecklar, Kobayashi Maru · 06/5103
Peter Norwood, Angriff auf Dekkanar · 06/5147
Carolyn Clowes, Das Pandora-Prinzip · 06/5167
Diana Duane, Die Befehle des Doktors · 06/5247
V. E. Mitchell, Der unsichtbare Gegner · 06/5248
Dana Kramer-Rolls, Der Prüfstein ihrer Vergangenheit · 06/5273
Michael Jan Friedman, Schatten auf der Sonne · 06/5179
Barbara Hambly, Der Kampf ums nackte Überleben · 06/5334
Brad Ferguson, Eine Flagge voller Sterne · 06/5349
Gene DeWeese, Die Kolonie der Abtrünnigen · 06/5375
Michael Jan Friedman, Späte Rache · 06/5412
Peter David, Der Riß im Kontinuum · 06/5464
Michael Jan Friedman, Gesichter aus Feuer · 06/5465
Peter David/Michael Jan Friedman/Robert Greenberger, Die Enterbten · 06/5466
L. A. Graf, Die Eisfalle · 06/5467
John Vornholt, Zuflucht · 06/5468
L. A. Graf, Der Saboteur · 06/5469
Melissa Crandall, Die Geisterstation · 06/5470
Mel Gilden, Die Raumschiff-Falle · 06/5471
V. E. Mitchell, Tore auf einer toten Welt · 06/5472
Victor Milan, Aus Okeanos Tiefen · 06/5473
Diane Carey, Das große Raumschiff-Rennen · 06/5474
Diane Carey, Kirks Bestimmung · 06/5476

STAR TREK™

STAR TREK: DIE ANFÄNGE
Vonda N. McIntyre, Die erste Mission · 06/4619
Margaret Wander Bonanno, Fremde vom Himmel · 06/4669
Diane Carey, Die letzte Grenze · 06/4714

STAR TREK: DEEP SPACE NINE
J. M. Dillard, Botschafter · 06/5115
Peter David, Die Belagerung · 06/5129
K. W. Jeter, Die Station der Cardassianer · 06/5130
Sandy Schofield, Das große Spiel · 06/5187
Lois Tilton, Verrat · 06/5323
Diane Carey, Die Suche · 06/5432
Esther Friesner, Kriegskind · 06/5430
Melissa Scott, Der Pirat · 06/5434
Nathan Archer, Walhalla · 06/5512
Greg Cox/John Gregory Betancourt, Der Teufel im Himmel · 06/5513
Robert Sheckley, Das Spiel der Laertaner · 06/5514

STAR TREK: STARFLEET KADETTEN
John Vornholt, Generationen · 06/6501
Peter David, Worfs erstes Abenteuer · 06/6502
Peter David, Mission auf Dantar · 06/6503
Peter David, Überleben · 06/6504
Brad Strickland, Das Sternengespenst · 06/6505
Brad Strickland, In den Wüsten von Bajor · 06/6506
John Peel, Freiheitskämpfer · 06/6507
Mel Gilden & Ted Pedersen, Das Schoßtierchen · 06/6508
John Vornholt, Erobert die Flagge! · 06/6509
V. E. Mitchell, Die Atlantis Station · 06/6510
Michael Jan Friedman, Die verschwundene Besatzung · 06/6511
Michael Jan Friedman, Das Echsenvolk · 06/6512
Diane G. Gallagher, Arcade · 06/6513
John Peel, Ein Trip durch das Wurmloch · 06/6514
Brad & Barbara Strickland, Kadett Jean-Luc Picard · 06/6515

STAR TREK: VOYAGER
L. A. Graf, Der Beschützer · 06/5401
Peter David, Die Flucht · 06/5402
Nathan Archer, Ragnarök · 06/5403
Susan Wright, Verletzungen · 06/5404
John Betancourt, Der Arbuk-Zwischenfall · 06/5405

STAR TREK™

Christie Golden, Die ermordete Sonne · 06/5406
Mark A. Garland & Charles G. McGraw, Geisterhafte Visionen · 06/5407
S. N. Lewitt, Cybersong · 06/5408

DAS STAR TREK-UNIVERSUM, 2 Bde.,
überarbeitete und aktualisierte Neuausgabe!
von *Ralph Sander* · 06/5150

DAS STAR TREK-UNIVERSUM, Ergänzungsband
von *Ralph Sander* · 06/5151

William Shatner/Chris Kreski, Star Trek Erinnerungen · 06/5188
William Shatner/Chris Kreski, Star Trek Erinnerungen: Die Filme · 06/5450

Phil Farrand, Cap'n Beckmessers Führer durch STAR TREK – DIE NÄCHSTE GENERATION · 06/5199
Phil Farrand, Cap'n Beckmessers Führer durch STAR TREK – DIE CLASSIC SERIE · 06/5451

Ralph Sander, Star Trek Timer 1997 · 06/1997
Ralph Sander, Star Trek Timer 1998 · 06/1998
Nichelle Nichols, Nicht nur Uhura · 06/5547
Leonard Nimoy, Ich bin Spock · 06/5548
Lawrence M. Krauss, Die Physik von Star Trek · 06/5549
J. M. Dillard, Star Trek: Wo bisher noch niemand gewesen ist · 06/6500
Judith & Garfield Reeves-Stevens, Star Trek – Deep Space Nine: Die Realisierung einer Idee · 06/5550
Judith & Garfield Reeves-Steven, Star Trek Design · 06/5545
Aris Kazidian & Bruce Jacoby, Das Star Trek Kochbuch · 06/5546

Diese Liste ist eine Bibliographie erschienener Titel
KEIN VERZEICHNIS LIEFERBARER BÜCHER!